羽毛的重量

胡亚才 著

中原出版传媒集团
中原传媒股份公司
大象出版社
·郑州·

图书在版编目(CIP)数据

羽毛的重量/胡亚才著. -- 郑州：大象出版社，
2025.6. -- ISBN 978-7-5711-2763-3

Ⅰ.I267

中国国家版本馆CIP数据核字第2025WA5873号

羽毛的重量
YUMAO DE ZHONGLIANG

胡亚才　著

出 版 人	汪林中
策划编辑	孟建华
责任编辑	司　雯
责任校对	陶媛媛　马　宁　张迎娟
装帧设计	张　丽

出版发行	大象出版社（郑州市郑东新区祥盛街27号　邮政编码450016）
	发行科　0371-63863551　总编室　0371-65597936
网　　址	www.daxiang.cn
印　　刷	郑州市毛庄印刷有限公司
经　　销	各地新华书店经销
开　　本	720 mm×1020 mm　1/16
印　　张	23.75
字　　数	319千字
版　　次	2025年6月第1版　2025年6月第1次印刷
定　　价	68.00元

若发现印、装质量问题，影响阅读，请与承印厂联系调换。
印厂地址　郑州市惠济区新城办事处毛庄村南
邮政编码　450044　　　　电话　0371-63784396

目 录

真正的根，其实在我们的灵魂里（自序） —— 001

第一辑
1999 年的几则日记 —— 003
一个女人的城市 —— 012
等我等我，我的城市 —— 022
关于麻雀问题 —— 035
关于量词"根"字的功能问题 —— 040
雕塑亚非 —— 043
老高不容易 —— 055
云霆先生的片段 —— 061
不仅仅因为一本书 —— 065
王玉的故事 —— 069
羽毛的重量 —— 075
1993 年秋写给董晓宇的信 —— 081
一次失聪 —— 087
树上长了一只猫 —— 098

归家小记 ——— 113
四十年前的一次课改 ——— 122
劝学记 ——— 131
南湾读湖 ——— 142

第二辑　且听下回分解 ——— 149
正在嗞嗞生长的响动 ——— 159
伸进时光的缝隙 ——— 161
犁透漫长的时光 ——— 164
触摸果实的力量与温情 ——— 169
时光不锈 ——— 175
打开 ——— 182
一头雪白 ——— 189
雪的气息多么温馨 ——— 199
雪还在下 ——— 208
第十年 ——— 219

第三辑　风，在花枝上行走 ——— 231
怀念那片花朵 ——— 234
流来往去 ——— 237
天空明亮 ——— 241
带你去故乡 ——— 246
光明之书 ——— 252
独白，或者挣扎 ——— 257
与石头有关系 ——— 261

在感觉与感觉之间 ———————————— 267

一唱三叹的城市表情 ————————— 271

用象形的亲切摇响春暖花开 ————— 276

跋涉的快乐 ———————————————— 285

徜徉汉字间 ———————————————— 288

给心灵找个安放的位置 ———————— 293

关于施业明正体临作的几点感想 —— 297

天庭的歌声是她今夜的衣衫 ————— 301

另一种安详 ———————————————— 307

文字的风度与骨气 ——————————— 311

写出淮上人家所有的寻常与别致 —— 317

他的平静有着繁茂的力量 ——————— 325

第四辑

关于《啊，土地》————————————— 335

北京蓝 ——————————————————— 339

长大了好写书 —————————————— 341

余下的情景你可以想象 ———————— 343

为城而作 —————————————————— 347

怀念那些时光 —————————————— 351

关于《另一种存在》相关情况的简单交代 ——— 355

有一种美丽正幸福花开 ———————— 357

后记 ————————————————————— 363

真正的根，其实在我们的灵魂里（自序）

胡亚才

  凡事不能松懈，一松便懈。就像这本书，原本在四年前就已做好结集的准备，车马炮都齐了，就差个"序"，其实，请名家作序，或自己写序都可以，但因为这本书的内容有点多样性，我想谈点额外的感受与心得，就迟迟未下笔，一边在找寻切入点，一边也在积攒着书写的意绪。不料，不知从哪个上午，或是午后，或是黄昏，可能主要还是哪个夜晚，"自序"的感觉倏然从身边溜走，于是，便安慰自己：先放一放。谁承想，这一放就是四年。

  过去较长一段时间，我感觉在写作上，自己陷入一种无法言明的困难中，很像一个意气风发斗志昂扬的行路者在途中一下子陷入泥泞，这种感觉，以往也不是没有遇见过，以往有时写着写着，尤其在完成一些自己较为满意的作品时，不知为什么，突然就陷进突如其来的雨中的泥泞，也就是后来我常常想到的念到的甚至反复咀嚼的一个表达：文学的雨季与泥泞。陷进了泥泞，只有挣扎，奋力挣扎，直到从泥泞中拔出满是淤泥的两腿。写作过程中这种陷进和拔出的过程与场景和形态交替重复，开始我并未在意，也不曾为此烦躁过，但渐渐地，这种交替重复，给了我另一种感觉：也许，这种文学雨季与泥泞中的陷进和拔出，正好强化了我写作的愿望、敏感与冲动。后来，我一直在想，如果我的写作始终很顺，没有困难、困顿、困惑、困扰、困乏、困倦、困窘，那么，我是否还真的能坚持到今天，仍在诚实、真实、扎实地书写？

因为，我在梳理这种困难时发现了一个现象：已经历的每一次从泥泞中奋力挣扎的过程，就是我从许多许多小人物、小事物、小风物、小景物上找寻、捕捉、挖掘、获取的过程，循环往复，且呈哲学意味地螺旋式上升。文学的痛苦与幸福、忧伤与欢乐、纠结与疏朗、冷静与激情，使得创作灵感不断闪现，创作的内生动力不断生成，如大海波涛一浪撵着一浪奔涌而来。

可是，变化怎么就来了？要说一点儿不知道，也不是，要说能清晰厘清时间、空间边界，似乎也不是。大致，只能是个大致，它发生在2020年新年之后，也就是我57岁之后，在为《信阳散文十年精选》写完题为《且听下回分解》的序，在接下来的春天里，面对着文学的雨季与泥泞，我没有了多愁善感、痛苦忧伤，没有了害怕与担心，但真正的困难也由此产生了：我缺少了创作冲动，即使仍常有灵感闪过，也不再像过去那样，没有了推动灵感生成文字的耐心与耐力。

放了四年，并不等于就沉寂了四年，其实，不仅没有沉寂，正相反，一个声音常在耳边响起。这四年我经历了两位亲人的离去，一位是我的父亲，一位是我的三爹，还经历了我前不久的退休，无形之中，平添了一些怎么凭空臆想都无法想象的内容。如同没有面对过生死考验的人，很难理解站在悬崖边上的感觉；没有经历过漫漫黑夜的人，很难想象那一束黎明之光可以带给人怎样巨大的震撼。好在，我与绝大多数人一样，还是能够镇定、节制并坦然地面对这一切的。

2023年，阳春三月的申城格外清新，空气里隐含着丝丝春雨的气息与味道，好久没经历雨水了，是该下场雨了，无论大小。这天一大早，我便去了老城，在四一路丁四清真早餐店，在东方红大街分岔小巷里的大成殿，在古玩市场，在浉河边明代古城墙，在浉河公园……我穿街走巷，去接近最本真、最有烟火气、最有生活动态的，因此也是最能令我动容动心的城市生活的场景。

我在品着申城入口入脑入心的早餐的同时，看着一个个男女老少或排着长队，或如痴如醉地食用着不同价位的热干面、米线，他们目光平和淡定，餐后，满足、安详、宁静地离去，汇入人海中。没人注意我，只有我自己知道，能享受与感受的这一切是多么美好，多么令人陶醉。

不仅如此，对我所生活的申城四季分明转换中的阳春气息与景象，对清早氤氲而起的意味，对老城区那些老建筑与成片的低矮民居，对临街谁家的那扇一直紧闭着的窗子，对高高树枝上的鸟巢及站在鸟巢上观察四周动静的鸟儿，对阳台上袖着双手坐在椅子上发呆的老人……对这座城市里感知性较强的任何生活细节，我都敏感，都常常怀着一种莫名的忧伤与无助，我感觉自己生活在梦与现实的边缘地带，既虚无又充实。虽然我能群居亦能独处，但独自待在申城某一个角落、某一堵墙根、某一片林中、某一棵树下、某一个路口、某一块儿石旁、某一处河边、某一座山脚、某一旧址里，就像我站在浉河公园里申伯楼前，静静地评品着十几年前我撰并书却未落款的对联"浉园堪称山水画卷起一帘烟景／申城恰似线装书翻开两页风生"，享受着孤独的安宁与幸福，还是令我更容易漂浮起来，令我更容易产生想象，进而陶醉于无与伦比的文学联想之中。之所以陶醉，是因为它不停地提醒我一些似乎不着边际的问题，其实也是一些老问题。比如：我究竟是谁？我为何会来到这里？我为什么与这山这水这城这人同居一地？我热爱他们与它们吗？我怎么才能做到热爱？这些自省式的发问，其实是很重要的生命提问，对于一个写作者的精神境界与写作向度至关重要。

就在这个阳春三月的早上，当申城的天空真的飘落下这个春天难得的雨滴时，我仿佛听见了四年以前所熟悉而四年以来渐显陌生的陷入泥泞与从泥泞中拔出的"扑哧""扑哧"的声响。这下该好了，好就好在坚持自己向内的写作向度，就是从最隐秘的内心呈现出生命的柔软与坚硬。好就好在进入创作应有状态中的作家既痛苦又欢乐，因为其在体会跋涉的艰辛的同时，也在体会表达的舒畅。好就好在我又想起了许多与文学有关的事情来。比如，意大利当代作家卡尔维诺关于文学表达的一段话，他说：要轻逸——笔触和思维轻逸；要迅捷——手法简约有效，叙事流畅迅速；要可视——生动的细节描写和鲜明的视觉形象。比如，一位作家朋友对创作随笔的感觉描写，他说他的写作就像是不断拿起电话，然后不断地拨出一个个没有顺序的日期，去倾听电话另一端往事的发言。比如，弗洛伊德告诉我们有关人格、性格、艺格三者之间那种隐秘的联系。

申城三月里的小雨淅淅沥沥，铺排着、绵密着正徜徉于浉河公园里的我的文字乃至文学的意绪……

接下来，该谈谈这本书所涉及的一个绕不过去的重要话题"信阳散文"了。这里有个小插曲，2017年我在全国少数民族文学创作研讨会上见到李敬泽先生时，他上来就问我：信阳散文还在做吗？当时，我备感温暖又备感吃惊。他说，2015年春暖花开时节，在信阳郝堂举办的"中国2014年度华文最佳散文 2013—2014年度新经验散文奖颁奖典礼暨《2014年度信阳散文》首发式"很成功，他印象很深，主要是回京的高铁上他看了一路《2014年度信阳散文》，他没想到，出乎意料地成熟，有独特的风格与品质。

我深以为，"信阳散文"是值得关注和期待的一个文学群体。"信阳散文"越来越凸显出它的个性、它的品质，我们在大别山下，在淮河岸边，在淮上村落，在城镇的街巷，听到散文书写者们发出的多声部的合唱，那是具有独立品质的平原行走、丘陵抒情、山地放歌，那是聚合了一个地域写作概念所需要的"文化根系"与"文化背景"的支撑的独特声响，这个支撑正是来自中国南北文化过渡带（豫风楚韵）和吴楚文化东西交汇区的文化基因。

"信阳散文"的创作呈现出四个向度：其一，向上。以有限的时间长度苍茫眺望，姿态昂扬，热血沸腾，很直接地表现不变的气势与律动。其二，向下。在社会发展与结构裂变中抒情，现实的，现代的，有欣喜，有迷茫，有疼痛，有忧伤，有共同的生命体验，但没有无名的暴戾和激烈的对抗，使得散文书写常常别开生面而又内蕴丰饶。其三，向外。不局限于对大别山对淮河水对这片肥沃土地血脉的指认，而是将目光探及千里万里之外，将思想的触角延展到古今中外的角角落落，并能以自己所熟悉所擅长的方式准确表达，以一种张开双臂和胸襟的方式去完成。其四，向内。最为活跃、最具生命力和群体扩张的一种写作向度，书写者们慎用话语权，常怀知音心，已不止于对乡村进行苦难书写，也不止于对城市持续多年的浅抒情，甚至摒弃文学留给城市的种种标签，而且，还拒绝了对社会"底层"进行诗意想象，从而葆有了自己清醒的认识与把握、反思的自觉与敏锐。

坦率地说，我对"信阳散文"的评品及对信阳一些散文书写者所著散文集的言说，还谈不上真正意义上的文学评论，不具有宏观理路、独特视角，更没有一种与评论对象平起论道的审美感受力和评论文采。因此，我的评说远未以独具的慧眼触到作者灵魂的最深处，发现作品和作家间隐秘的关系，帮助作者找到适合其气质修养与禀赋的路数，同时，也尚未鉴定作品的社会意义，进而引导读者进行更深入的鉴赏。因此，我对"信阳散文"的评说，其实就是读后感，充其量是努力从散文本体出发，参用了美学与历史的标准赏析并加以阐释的随笔。但我有真心用真情在喧嚣环境中静下心来，以人心情怀观照信阳——豫风楚韵之地的散文书写，换句诗意的话来说，我愿闲庭信步，听鸟语。

另外，需要表明一下，我一直以为文学包括艺术各门类是相通的，不存在哪个门类高哪个门类低的问题，因此，平素里在对"信阳散文"评说的同时，我试图在诗歌、散文诗以及美术、书法等文学艺术多个门类在一定层面上相通上做些努力，使文学艺术"通感"的美学价值得到一定程度的实现，就我而言，这也许是散文随笔书写的新天地。

正是这"通感"，引发了我对这本散文随笔集的书名的纠结，四年前我初定的是这本书里另一篇文章的篇名《树上长了一只猫》，是写法国野兽派大师马蒂斯的，当初想用这个名字，也不是为了猎奇，更不是为了博人眼球，理由有些复杂，就是利用各种感觉相互交通的心理现象，以一种感觉来表现另一种感觉，就是"通感"。四年过去了，经历了那么多的四年后的今天，我想想，这本书的名字没必要恁复杂，事情本身并不复杂，何必人设复杂呢？非要读者百思不得其解的才算是好吗？不尽然。

但是，大白话的确又不是我情愿的，于是，便选定了这本书里一篇曾发表于《上海文学》并获奖的散文的篇名《羽毛的重量》，选《羽毛的重量》，不在于《羽毛的重量》获奖了，而在于我觉得"羽毛的重量"能够统领这个集子；同时，这个名字也好记，并且，容易产生一定的联想，至少在轻重之间骋思。

在申城当空飘落的如丝如缕的春雨中，我漫不经心地走在浉河岸边的浉河公园里，我没有打伞，也没找个地方躲一躲，早前或锻炼或休闲或练声的人们因雨水的到来已迅即散去，周围已不见喧嚣，却正好呈现一幅似曾相识的景象，而这一景象也契合了我心头的图景：文学的雨季与泥泞。于是，我边走边自言自语，在心里，一遍又一遍：把我带走吧 / 走得远远的 / 走出我自己 / 连同根 / 一起拔掉 / 无论是别人的 / 还是自己的。相信 / 真正的根，其实 / 在我们的灵魂里。

2023 年 4 月 6 日于申城

第一辑

1999年的几则日记

1999年4月22日　周四　天好

春暖花开。南信叶公路两侧风景如画。

在沙窝镇西不远的坡顶处，遇到了一棵树，在公路的正中，有几分临风玉立的形姿，乘车路过的人该是无一不仰侧而望。

下车打量：这棵树深褐色，有刺，主干粗壮遒劲，枝干沉稳有力，杈丫纷繁，新春里发的叶子翠绿逼眼，在阳春的风中婆娑摇动。

这棵树竟长在一片沙土上，沙土被浆砌块石合围，呈东西向椭圆形，约莫长4米，宽2~3米，高3米。想必是修南信叶公路时留下的。

少顷，候得一放羊老人，言其树为皂角，至少有300年的岁数。大前年修路差点要了它的命，是镇政府的老徐好说歹说给保下来了。幸亏这个领导有良心。老人叹了一气说，四里八乡都欠着皂角树的人情。

车上，司机说，留树不留树，当时争执不下，据说，老徐生气了，拍了桌子，摔了茶杯，末了，放了句狠话：谁让砍这棵树，死谁全家。

老徐。老徐？

入夜。查实：皂角树学名皂荚树，是医药、食品、保健品、化妆品及洗涤用品的天然原料，荚果入药可祛痰、利尿，种子入药可治癣、通便秘，枝刺入药可活血并治疮癣。

怪不得。

感觉甚好。今天从固始到新县赴任，皂角树一事该为第一印象。但愿如此，被感知的事实永远比事实本身更重要。

1999年5月5日　周三　天好

去箭厂河、陈店、郭家河，一路上不时看见红旗。开始并未在意，渐渐，发现是国旗，并且这些国旗无一例外地迎风招展在一个个建筑工地上。

好奇。便忍不住停在了三个不同进度的工地不远的地方。

其一处。正在插国旗，在选定的宅基上破土动工。但见后面山岭来势连绵，门前开阔，明塘自然无修砌；对面山岭横卧，平缓，势如长虹，左右有人顾手环抱。独自上前，欲问个究竟，却不见应答，末了，一主事模样之人一问缘由，笑了，朗朗的，递过来一支烟，说："听口音，你是外地人，一时三刻怕搞不懂。这叫作'大别山红旗不倒，箭厂河人丁兴旺'。"

车上，司机说，至今日，箭厂河的人口还未恢复到大革命时期。

其二处。赶上盖房子的人正在上梁，头顶上蓝天、白云，背景里深碧浅绿，衬得房前的五星红旗鲜艳夺目。鞭炮齐鸣，锣鼓喧天，一朵硕大的大红绸子花牢牢地捆扎在梁正中，在缓缓上拉梁的过程中，掌线的唱起彩歌，每唱一句，众人齐声和道"喜呀"："东家勤俭盖新房（喜呀），党的阳光照四方（喜呀）；芝麻开花节节高（喜呀），葵花开花向太阳（喜呀）；今日新房平地起（喜呀），大发财源人丁旺（喜呀）；社会主义千般好（喜呀），幸福日子万年长（喜呀）。"

车上，我问司机，盖房子插红旗是新县的习俗吗？司机说，不知是不是习俗，反正时日一长，大家都照这么搞。

其三处。房屋已建好，房前屋后只有主人模样的正在收拾残砖碎瓦。我前去问询房子盖好了为什么还留着红旗一事，他倒对我的问题很是不解："你知不道吗？急急撤旗搞么事嘛。"他指了指门两旁一副红彤彤的对联，"上面写着哩，你看看，日出东方红旗插上，恭贺贵府宾客满堂。"

1999年5月22日　周六　晴转阴，大雨

开始从香山下来时，挡风玻璃上只有几个麻点，下到半山腰，雨越来越大。雷声连绵。

一处弯道刚过，司机猛地将车刹住。我没有反应过来，他侧过身将副驾驶车门打开，招呼一个正在雨中疾行浑身湿透的老妇人上了车。司机又给老妇人递过去一块儿干毛巾。

一路上，他俩用新县当地话不停地交谈，很熟悉很亲切的样子。后来，老妇人在快进城的一个村庄旁下的车，但未立刻走开，她站在雨地里一直朝车上招手。

我问司机，是熟人吗？

当时在车上司机只说了声不是，吭哧了一下，欲言又止，没再说什么。

回到单位，他像是有话想跟我说，脸憋得红红的，看着我，一时又不知从哪儿说起。

下班时，司机到办公室，怯生生的，很不好意思的样子，递给我一张纸便走开了。

纸上有这么一段："……当年在部队给首长开车，首长说，遇到确实需要帮助的人，在没有极其特殊状况的情况下，要捎带一程。首长说，方向比速度更重要。"

挺有意思。之前我就应该有所感觉，上周末回固始，在寨檀路浉湾段，他就有过一个急刹车，当时我在眯盹儿，被弄醒了，问怎么回事，他指了指车前，我看见一条蛇正在横穿道路。就在前天去连康山的路上，他还看似不经意地说，山路不宜开快车，鸟们小兽们容易被惊着，

懵懂中乱窜一头就撞死了。

他的首长说得对，方向比速度重要。其实除了方向，还有很多事情也比速度更重要。

到新县工作正好一个月，与这个司机相处也正好一个月。

司机就是他了，张长威。

1999年6月9日　周三　有雾

朦胧。依稀。隐约。雾，幻化了天地风物，老家蓼东平原上难得一见。

十点半才到了大山深处的卡房乡。

乡政府院子里，有一女在哭泣，近旁，一男满脸悲戚，拳头不时砸向墙壁，雾湿的头发还没晾干，看似赶了一截山路来的。

男女是夫妻。男人姓解，哭述中道出了缘由。

解家原有一头母猪，常在山林里觅食游荡，有一次被散兵游勇的野公猪糟蹋了，结果怀了孕，并且一窝降生了12个小猪娃，解家欢喜得合不上嘴。妻子提意出了月便把小猪卖掉，老解不同意，说是三个月后再出售，并声称杂交猪一定能卖上好价钱。一家人省吃俭用，添食加料，好生伺候这母子们。这群尖嘴獠牙的小猪越来越生龙活虎，庄子上的人把老解一家往云里雾里夸赞，仿佛解家母猪的行为是有意的。

就在今天一大早，解家女人仍像平日给猪送去食物时，发现圈内空空荡荡，原本生动激荡的气息销声匿迹。女人大惊失色，忙叫来老解，一看，猪圈一段砖块垒摞起来而没有浆砌的矮墙坍塌了，显然，猪从此豁口集体出逃遁入山林。

有两个问题，一时困扰住了乡干部：其一，豁口处是从里往外坍塌的，难道野猪先翻进圈内再用尖嘴拱倒矮墙，随之带领妻子儿女冲出重围？其二，母猪怎么也跑了呢？这不符合逻辑呀！

我没插话,更没断言。打算先记下,此事留日后琢磨。若以文学视角,其一问,正符合魔幻现实主义的基本要素,同质异构的动物活动,在被赋予人的情感理解后,似乎具有了进入写作的价值。旷日持久的野外生活,使野公猪轻而易举翻进圈内,从薄弱处拱倒矮墙,更是发挥了野公猪的生理优势,从里至外,先与妻儿团聚会合,既避免了从外往里坍塌易致小猪丧命的危险,又避免了如此硬闯给妻子儿女带来极度惊吓。大雾弥漫,一支队伍向着自由天地进发,或许,并未惊慌失措一路狂奔。其二问,根本就没有困扰我,我的直接答案就是:并非爱情,只为摆脱命运。

1999 年 6 月 10 日　周四　天好

阳光普照。

留宿卡房,一个晚上的安静抵得上我 36 年来安静的总和。

这固然是个收获。但更大的是收获一个人。

上午 9 点卡房乡开会,是基层组织建设三级联创动员会,共五项议程,其中有三个讲话:乡党委书记的动员讲话,包乡县级领导动员讲话,我最后讲话。这三个讲话稿都写得好,风格不同,各有侧重,避免了重复,出乎我意料的是竟出自一人一夜之手。

这个人叫小成。

会后,在乡里书记寝办合一的屋里,我见到了他,个头不高,浓眉大眼,脸上还有些痘痘及其留下的印迹,目光平和,与脸颊上的红相呼应,一片羞涩笼罩着他。显然,他属于很敦实的那种。

我谢了他,因为原本我没打算用他的稿子,结果随手翻着翻着,便入眼入脑了,我不自觉地运用了他的好几个段落。特别是写沈泽民那部分,为讲话增色不少。文学家茅盾的胞弟沈泽民任鄂豫皖省委书记时,在他病逝前的最后一段时间里,就是在卡房枣林山草棚里忍受着巨大病痛的折磨奋笔疾书,给中共中央写下了后来在延安整风时作为必读材料的长信,在信中他严格自我解剖,不推诿,不找客观理由,认真地总结了鄂豫皖苏区革命斗争的教训,襟怀坦荡,堪称典范。此次讲话讲到卡房乡干部所熟悉的沈泽民,再合适不过。

小成是河南农业大学毕业分配到卡房乡政府工作的。当年,没有考上大学,家庭困难,不想再复读了,父亲没有让他外出打工,而是逼迫他在家干农活。

小成挠了挠头,很不好意思地对我说:"我父亲让我选,是回到学校复读考大学,还是继续在家干农活。我实在累得不得过,只好又回到了学校。"

我忍不住笑了。

临走时,乡里书记跟我说起小成一件事:上周乡政府食堂从街市上买回了一只甲鱼,正巧就被小成碰上了,他一眼认定这是一只野生中华鳖,硬是出其不意,从食堂师傅手里活生生地给抢跑了,几个人都没撵上,他一口气跑到老龙潭水库将甲鱼给放生了。

"这个小伙子心地善良,笔头过硬,你把他弄到县里去,准是一把好手。"乡里书记满脸诚意,"二十八了,还没得个对象,不能让他打一辈子寡鳏条子。"

当时,我没应允,但我点点头,表示记住了:卡房乡有个小成。

1999年8月16日　周一　多云

去八里畈乡宋营子村看稀奇:一个庄子上今年有两个孩子同时考上清华大学。

看罢才俊,祝贺家属后,我在庄前庄后随意转转,宋营子背山面水,粉墙黛瓦,岁月在上面早已留下了斑剥的印迹。这是大别山里一个普通的村庄,朴实而安详。

庄东头有处陈旧甚至已显破落的院舍,院外西南角有棵大枫杨树,五角叶已开始斑斓,院外东北角有一棵古银杏树,果子密密麻麻,挂满了枝头。村支书说，这是宋家祠堂，当年刘邓首长就在这个祠堂里召开了一个会。村支书迟疑了一下，看看乡党委书记，乡党委书记接过话头："安卵子会。"

大家你一句我一句，讲了个梗概：

刘邓大军进入大别山之初并不顺利，尤其在1947年9月的20天里用主力三打国民党第58师，结果仗仗不理想。北方士兵强烈的思乡情绪和对环境的不适应造成其意志衰退、纪律松弛，非战斗减员在迅速增加，除了伤病员，更多的是开小差，开始一两人地跑，后来整班整班地跑。军心动摇，部队危机四伏。大军究竟能不能在大别山站住脚？

9月27日，解放军第二野战军在宋家祠堂召开了会议，20多位纵队和旅指挥员参会。

那天会后一直下着大雨，纵队和旅指挥员们一刻没停留，走进雨帘之中……

乡党委书记说他们常拿"安卵子会议"教育干部，效果不错。

村支书说他常拿"安卵子会议"对照反省，并说宋营子的老人们都知道用刘邓首长的话教育自己的子孙。

看来，两个男孩子同时考入清华也是有渊源有背景的。

1999年9月11日　周六　雨过天晴

从周河乡人民政府出来往西500米处有一岔道，一条朝西南，一条朝北，朝西南的，就是上午我们从县城来的路。司机张长威说，朝北是汉潢（汉口至潢川）古道，可以通南信叶公路，途中可以下来看看毛铺村的彭氏山庄古居。

自然，车随心动，就奔了古道上的山庄而去。

果然，不同凡响。至少，在豫南实为罕见。

彭氏山庄始建于清初，兴盛于乾隆年间，完善于民国前期。古民居占地百亩，背靠打鼓山，面对白鹭河，布局排列规整，由东向西一字排开，东西长370米，南北宽60米。前后有三层院四进房屋，房屋300多间，青砖灰瓦，龙门架结构，歇山顶山墙，屋基为红色石条垒砌。每层院房屋为左右分开，一户一院，分为堂屋、客房、厢房、耳房、阁、楼，每户均有侧门可左右贯通。大门楼和檐廊均用条石铺成，门楼高大气派又各具特色，门楼内房屋连廊互通。每户房屋建筑大致相似，但门窗、楼梯等式样风格各异，简朴大方中凸显精雕细凿，石雕、砖雕、木雕镶嵌的流檐飞角更是精致典雅古朴。古居结构合理，有安全保卫的防护门、瞭望台、避匪道，有生活用品的加工区，有传统家教的以彭家祠堂为中心的祭祀区，有耍龙灯、花鼓戏、皮影戏的文化娱乐区，整个古居有完整一体的地下排水系统。

站在彭氏之一彭廷锡建于乾隆年间的"大兴堂"前环顾四周，打鼓山从北东西三面环抱而来，白鹭河从古居前蜿蜒流过，河对岸板石铺设的汉潢古道掩不住千年沧桑，古道的那边，跌水潭瀑布正飞泻飘落……

我说，这真是块儿风水宝地。

一位正从我面前走过的老人停了下来，他衣着朴素整洁，自称为彭氏后人。他接过了我的话头说："水好，更得风好。风在水之前。"他用手指了指门楼上的一副对联，没再说什么便走开了。

那副镶刻在青石上的对联早已斑剥，与两块竖立的青条石融为一体了，细致辨认，这副很容易被忽略的对联一下子亮堂起来：

世间好事勤和俭
天下良图读与耕

怪不得，从一门多室不同户主门楼旁的墙上所张挂的木框简介中，我看到清朝以来彭氏家族出大夫4人、恭人3人、宜人1人，考取监生32人、秀才8人。

柳枝摆动，沙尘扬起，海浪汹涌，其背后无疑是风的力量。就彭氏家族而言，一定有一个历代相传的，能够体现家族成员审美标准、品行气质、综合素质以及所展示出的家族文化风格的家风。

是的，风在水之前。

一个女人的城市

一个时期，阴云老是密布，那翻卷的黑色的云团不知从什么地方浩浩荡荡集结而来，黑压压地盘踞在每一扇窗外。终于，在经历了没完没了的雨水的昏黄与灰暗，清朗的玫瑰色的傍晚倏然光临申城。

尽管四处似乎布满毛茸茸的霉菌，低矮的墙脚处长出许多单调乏味的苔藓，但是，当我穿过鲍氏街与仓胡同，在窄长的周家胡同青石板上不紧不慢地走着时，心里还是疏朗的。我是去一个叫白果树的地方，那里有个书店。

事情原本并不复杂。

那个傍晚，走在街巷上的我遇见了她。

如果能把时光往我们的来处推溯，1981年初夏那个傍晚的相遇就可以回复原貌，那早已不存在的鲍氏街、仓胡同、周家胡同、白果树、白果树书店以及诸多景物也就能展现如昨了……

在申城上学的时日里，我是不愿在城区里转来转去的，每个学期也就随着开学在人民路上的长途客车站下车，然后乘3路公交到学校；放假时，在校园外乘3路公交去长途客车站。一学期中间去几回白果树书店。平时就爱待在校园里和校园外的浉河边。那时的校园总氤氲着一种喧嚣的宁静，让人总是很安定而不慌张。门前的浉河虽未经治理，倒也点点滴滴显露着原始生态的本真，河滩上散落着被水冲刷遗留的各类各色的小石子，很惹人心动。河岸上的树一团团一簇簇，成林的，郁郁葱葱，有许多的鸟自由地来往其中，鸣着婉转动人的鸟语；也有一些孤独的树，或站于河畔，或立于水中，一副矜持的模样。多年后，我还总是念想着当年校园的好与当年浉河的好。

也可能因为浉河的气息容貌与我家乡那条史河颇为相似的缘故，我偏爱城外的景象而忽略了城里的景象。准确地说，直到临近毕业离校前，申城并没有真正给我留下什么特别的印象。

遇见她，之前没有一点点征兆，就我而言，既未预谋，也没有心理准备，甚至，时至今日，我还常有梦幻之感。

我是沿着南湖路通过八一路走进城的，当时南湖路两侧多半是农民低矮无序的小房子，间杂一些菜地，倒是那些品种多样新鲜欲滴的蔬菜，给南湖路平添了许多生机，在短暂的恍惚间，我误以为我置身于家乡的乡野。与南湖路不同，八一路两侧是军营，铁锈色的围墙威武森严，不时从围墙内传出整齐嘹亮的口号，那时的城市里远没有现在的商店多，走在大街上，常常是无奈而困乏，适时出现的嘹亮口号使我精神也为之一振。

平日里，我进城大多是坐公交，虽车内空气混浊，拥挤不堪，但毕竟快，我去白果树书店，可以坐到民权路，步行 300 米就到了。可在我即将离开申城前，也就是说在我最后一次去白果树书店时，我没按习惯坐公交，这一次我选择了步行，朝着白果树的方向，该走大街走大街，该行小巷行小巷。

沿着八一路向南，走到浉河边向左转，就上了东方红大道。东方红大道于申城，相当于北京的长安街，自然功能相对齐全，尽管那时车流人流远不及今天，但已让许多人眼花缭乱了。不知为什么，我却没有异样的感觉。行人中不乏朝气蓬勃的、青春靓丽的、花枝招展的、气宇轩昂的、楚楚动人的、奇装异服的，就此而言，我家乡小镇的确相形见绌，走在东方红大道上，我依然显得有些沉闷。

后来的日子，我曾想过，如果在东方红大道上遇见她，会不会刻骨铭心？或者说，能否从人流中一眼就能把她抓住？渐渐渐渐，一个观点说服了自己：东方红大道人流中，我无法把她抓住，因为那时申城已渐开美丽，让我新鲜、兴奋的同时，也让我备感困惑，事实上，她平时一定就常出现在人流中，即使我与她同时出现在东方红大道上，并且迎面相遇，也未必就能如此摄人心魄。

当然，东方红大道上坐北朝南的大成殿，对我还是有足够吸引力的，那座明代的建筑寄寓了太多申城人重文尚贤的情怀。高大舒展的梧桐树从两边伸展，将大成殿乃至整个东方红大道并不宽敞的天空轻轻地呵护起来。

从东方红大道拐向鲍氏街。鲍氏街不长，老街巷，灰砖灰瓦，一溜排开的铺店木板门，路是修过的，四方块的水泥砖横平竖直，两侧紧贴墙根铺着许是老街改造时没舍得丢掉的青石板。如此，低矮的屋檐下，高高的青石板上，空间很是逼仄，却似乎也给人几分莫名其妙的温馨。在鲍氏街的南尽头转角处，有一口砖井，看样子很古老，幽深幽深的，井壁上长满了青苔，有几处罅缝里，竟有木本植物着了根，从上往下打量，叫不出名字，硬是在太阳照不到的阴暗潮湿的井里挣扎出一片绿意。井口是青石打造的，严丝合缝地接对着，上面被取井水的绳子勒出一道又一道深深的辙印，井台是青石块铺就的，经井水长期的冲洗后，越发地清秀悦目。似曾相识，鲍氏街的这口井与我家乡小镇街中的那口井一模一样。怪好，像是被井水浸透了一次，我心神爽朗了许多。

从鲍氏街出来，往东，进了仓胡同。仓胡同有些来历，靠南一大片房屋似乎是古建筑，重灰色，颇显沧桑，一段很厚实的围墙上被水泥抹平，上面写着几个遒劲的大字：深挖洞／广积粮／不称霸。字是白石灰水写的，许是浸透其中，虽经风霜雪雨，却依然醒目。在仓胡同厚墙面前，我并没有去思考这几个字的意思，因为那个时代与更早些那个时代的人都熟悉这几个字的意思，我是在想这几个字与仓胡同的关系。这是古代的一个粮仓吗？想必是。申城自古是兵家重地，仓储粮食对于南征北战具有生死成败的意义。

平时坐 3 路公交，走马观花，的确未有心得，1981 年初夏傍晚的这次步行，于不经意间倒是屡屡捕获新意。于是，一个穿着海蓝色 T 恤衫、牛仔裤，脚蹬白色回力鞋的 19 岁的青年大学生，吹着口哨从仓胡同拐进周家胡同时，身后一定留下了灼人的激情。

周家胡同比起仓胡同、鲍氏街并不窄，但两边有一些老式楼房，基础多为方块石砌成，很是牢固，也很有条理，与之相衬，门窗也有了讲究，许是雨过天晴的缘故，门窗都敞开着，倒也没显空洞。周家胡同静静的，连一些倚门而坐或在门前木凳子上坐着的人也都是一副安静闲适的样子。

故事在这个时候发生了。正当我颇有耐心地打量这个小小的街巷时，一串高跟鞋敲打青石板的清脆悦耳的声音从身后传来，越来越近，我心不禁一动，想着扭过脸看个究竟时，一个影子被夕阳投射在我的身边，就在并排走过的那一刻，我和她几乎同时扭过脸，如果把时光定格在那一瞬间，这是我第一次，也是唯一的一次看到她的面容。在以后的许多年里，我不止一次问自己，是什么让我在那一瞬突然陷入一种梦幻？而这种梦幻又紧紧萦绕了我数十年。是她线条清晰、灿若桃花的面容，是她含而不露的微笑，是她高高束起随风轻扬的长发，是那双如一潭清幽湖水般的眼睛里流淌着的温和与灵动。是的，是的，但还不全是。我仔细在记忆里搜索，对了，与她擦肩的一刹那伴随她的气息而让我刻骨铭心的那一缕缕淡淡的体香。哦，那淡淡的体香。我无法解释更无法形容出这是一种什么样的香味，在以后的数年里，我曾多次试图去寻找，甚至专门去商场逐一嗅寻名目繁多的香水，一直未果。最终，我放弃了寻找，我似乎明白，那是不可复制而自然散发的体香，哪里又能寻得到呢？有趣的是，在 1999 年阳春三月的一个早晨，当我闲庭信步于家乡的野外时，突然闻到了这样一种淡淡的香味，当时我内心抑制不住一阵狂喜，四处搜寻，原来不远处有一株兰草花正在不声不响地开放，晶莹的露珠仍在花间滚动，我一下子理解了古人"吐气若兰"的妙用。我就是在周家胡同那短暂的数秒里，被那缕淡香所包裹，所浸润，所迷惑。我记不清在与她对视时自己的表情，似乎也微笑了一下。当她飘然而过后，我竟还久久地愣在那里，是一阵急促的自行车铃声惊醒了我，我青春年少的心怦怦直跳，不由得加快了脚步，向那惹人眼热的身影匆匆追去。

背影，她的背影就在我前面不远处，周家胡同那窄长的巷道让我更容易更具体甚或更大胆地聚焦于这个突如其来的丰姿绰约的年轻女子的背影，她那白色连衣裙的裙幅在1981年初夏傍晚的风中不时被撩起，像蝴蝶的羽翅翩翩飞舞于我此后30年的梦里……

我没有从最近的一个路口拐进民权街，当然也就没拐进白果树书店。那棵千年白果树正在周家胡同与民权街交叉口站着，树干乌黑粗壮，树冠如擎天巨伞，枝繁叶茂，阳春时节满树浅绿，此时已被涂上深碧的色彩。白果树上有两个鸟巢，分筑在上下两处枝头上，很密实很牢固。一只喜鹊雄姿英发，在鸟巢的枝头上叫个不停。我并没有驻足聚神关注白果树、树上的鸟以及两个鸟巢的关系，我的心神无法安定，不由自主地随着那飘逸的背影一直向着周家胡同深处走去。我不知道我的脸颊什么时候开始发烫的，也许是从心跳加速开始的，脸上肯定已是红霞满天了，但我是真的停歇不了我跟随的脚步。在她身后大约50米处，我身披夕阳，内心里亦真亦幻地充满了难以表述的冲动与喜悦。

直到在一段紧临澌河的明代古城墙边，她推开了城墙对面的一扇院门，消失了她那印满了我的眼睛的背影，我才如梦初醒。我靠着古城墙根，望着并未紧闭的院门，回味着刚刚经历的情景。正在这时，院里竟传出婉转悠扬的口琴声，天籁般的琴声如层层叠叠的流水轻轻追逐而来，迎面扑进我的怀里，是《乡恋》，是我熟悉的《乡恋》。我不知道是谁吹的口琴，一定是她吧，如此绝美的琴声，该是由如此清丽脱俗之人奏出。我仰起头，发现周家胡同深处两边高大的玉兰树盛开出许多花朵，洁白如瓷，我再也无法忍住，站在古城墙与她的院子之间，对着幽深的周家胡同，用力大叫了一声，悠长悠长的：

"啊——"

那天从周家胡同深处折回，白果树书店已经关门，我竟没有一丝怅然若失或不快，我去了民权桥。那时的车辆远没现在的多，也远没有现在这么嘈杂，我抚着桥西侧的栏杆，激动的心难以平复，望着浉河北岸大树掩隐中的古城墙与古城墙后的街区，宽大的渐暗的天空，因无他物参照，显得无比地辽远与静谧。不远处的申伯楼中正雅静地耸立在浉河北岸，对称布局的申伯楼，空间丰富，趣味十足，颇有天圆地方之象。许是因为年久，申伯楼颇显几分陈旧落寞。这是为纪念申城的人文始祖申伯而建的。西周初期，申伯就国，勤勉王事，内修政事，以中原文明教化百姓，鼓励垦荒，练兵备战，改进生产生活。《诗经·大雅》中有一首《崧高》的诗就是专门赞美申伯的："申伯之德，柔惠且直。揉此万邦，闻于四国。"没有申伯，哪来的申城？渐渐地，我凝望中的申城开始充盈起恬适温馨的气息，越来越充实，越来越厚重，越来越精神。而桥上的我越来越酥软，像是不远处那个美丽的人从我的柔软处夺取了我的柔软，才使得我抚桥望城的黄昏时分意趣十足。我想着她的容貌，想着她的微笑，想着她快乐、灵动与聪慧的背影，想着她那让人回味无穷的缕缕淡香……

想着想着，最后一抹夕阳隐去，夜幕拉开，华灯初上。浉河从西往东，在那一大片杉树林和一大片竹林处略微转了个弯儿，平缓而浩荡地朝着东南方向流去，清新湿润的初夏气息笼罩着整个申城……

当时，我在想，有水的地方，总是人喜爱的地方，这是本能。水如女人，女人如水。在桥上，我有被水淹没的真切之感。同时，眼前的情景让我有了一种往日不曾有过的触动，生活不像我们想象的那样，却总是像我们所热爱的那样。我的生活可能会因为她的出现而更加丰富多彩。我突然觉得，城市也许很好。申城本来也很好。

当年在周家胡同的那声大叫，应该是我留给我学习、生活了三年的申城的一个真实的声音，也应该是我青春时节的感叹抑或呐喊。无缘由，无企图，也无目的。多年后，我才渐渐意识到，19岁的我当时暗依着她那敲击青石板清亮的声响，目无他人，心无旁骛走那么长窄窄的街巷，是多么率真与激动。在以后的日子里，我不止一次想，周家胡同的不期而遇对我具有重要意义，它甚至是我最终走向城市的一条连绵而从未间断的路径。因此，我没笑话我当年的举止，我也没羞于提及当年的话题，当然，更没有后悔。

但是，当初在毕业时决定是否留在申城时，我那颇具江南风情的家乡小镇温婉的景象具有不可抗拒的召唤力，终于，我还是义无反顾地应着我祖母我母亲的唤声回到了我的家乡。离开申城时，一点点感触都没有吗？也不是。后来，我曾跟我爱人坦言，申城除了那个散发着缕缕淡香的女人，我真的没有什么惦记，尽管她压根儿就不知我姓啥名谁，那匆匆一遇，根本就没有进入她的记忆之门，甚至她在那个傍晚就没有感觉到我跟随在她不远的身后。我爱人听后很平静，没有一丝的愠色。再后来，旧话重提，她不经意的一句话，看似平淡，却把一张窗户纸轻轻地戳破了，她笑着说："看来，我们一定会进城。"

如此一说，即使城市不向我走来，我也会走向城市。

果真。离开申城25年后，我又回到了申城。其实，在离开的25年间，我与这座城市还是多有往来的，甚至至少有过三次，还曾沿着1981年初夏那个傍晚的路线，穿过鲍氏街，穿过仓胡同，在窄长的周家胡同青石板上不紧不慢地走着，像当年一直走向深处。空气中似乎仍然有她淡淡的体香，潮湿的明代古城墙上，依旧布满了铁色的青苔，偶有几棵小树坚决地从石缝间长出，玉兰花蓬勃依然，狮河水浩荡而舒缓地在古城墙外流淌着。她进入的那个院落还在，只不过我到此止步，我当然没有进去的必要，我靠着城墙根，望着对面的院门，想象着她的模样。但是，我倒真的希望奇迹发生，她能从那个院子里走出，或者在我重访周家胡同时与她再次或迎面或转过身来而邂逅，哪怕她什么感觉都没有，或者口琴声再次从院子里响起，无论是不是她吹的，无论是不是《乡恋》。呵呵，都没有如愿。

我在20世纪90年代初一次重访申城后写的一首小诗看似不经意，

实则就是我那时内心的强烈反应。不知道究竟为什么,整整那个夏季,我都在与回忆相遇,万籁俱寂的时候,来自申城周家胡同相遇的温柔不失时机的侵袭,总是把我带回痴醉的往事,既有孤独的感觉又有本质的体会,起初我是小心翼翼地抚摸着这份仿佛来自久远年代的真诚感受,渐渐,随着心底固守的坚强之水不断地涌动,我便不时想起她的模样、申城的模样。那段无法模糊的记忆不仅没有因时光流逝而淡去,相反,竟以过去从未有过的召唤力和从未呈现的形式更加鲜活和具体。

我写道:

从村庄里走出
经过黑夜里的田野
我的手抚着隐痛
雨,软软柔柔的
可是雨能算什么呢
我的柔软在你的指间
土地厚实着我的脚印
渐行渐远
向着一个女人的城市

后来,申城发生了很大的变化,与其他城市一样,很多我们所熟知的事物景物像流水正悄无声息地从人们视线中消失。2006年的春天,我回到这座我时常梦想的城市时,它早已没有了鲍氏街、仓胡同,周家胡同名虽在而面目全非,青石板早已销声匿迹,明代古城墙大部分不复存在,仅存的一截,幸得一批市民联名,终于得以保存了下来。干粗冠大的玉兰树不知下落,那一大群洁白如瓷的花朵难料是否还开在枝头。东方红大道两侧那豪情满怀、高耸入云的梧桐早已被慵懒落魄的女贞替代,虽四季常青,却并未给东方红大道带来多少生机活力。

民权街那棵白果树死了，死于1985年那年春天，它既没有吐出嫩绿，更没有长出新枝。当年那上下两个鸟巢中的喜鹊困惑惘然后，经过一番痛苦的抉择，飞往他处，鸟去巢空，好像人去房空，颇显几分凄然与悲凉。千年古树终于倒下。树死了，名还在。一不做二不休，在我回到申城的这年冬天，在原址，从大别山腹地移植来一棵百年白果树，经悉心呵护，现又是浓荫匝地，硕果累累。白果树书店早已没了踪影，聊以慰藉的是，当年在白果树书店里买的《复活》《围城》《一个陌生女人的来信》等一批盖有白果树书店图章的书籍，仍安稳地在我的书柜里。她推门进去的那个院落彻底不见了，没有留下点滴痕迹。

但是，大样的东西还是留了下来，那是根本，也是魂魄。

城中错落有致的几座山依然健在，起伏着申城连绵的激情，顺山而下的风，始终招展着欲望的旗帜。温婉秀美的浉河依然窈窕丰满，这一脉有情义、有魂魄的水，让岸的事物亭亭玉立，让岸的心情楚楚动人。大成殿在鳞次栉比的高楼中鹤立鸡群，申伯楼焕然一新而不失楚风汉韵之美。道路街巷多了，也宽了，比过去整洁干净了许多，一座又一座新颖别致的桥，一处又一处盛满欢歌笑语的公园，一栋又一栋高楼大厦，成了申城新的标志。

当然，只有我自己知道，在我的内心深处，她，才是申城的标志，永远的城市标志。

那是唯一的一次相遇，我再也没有见到她。我曾怀疑她已不在这座城市，但我很快就否定了自己的怀疑，因为我常常能够感觉到她存在于申城的气息，有时这种感觉甚至十分强烈，那缕缕淡香常常在我不经意时轻轻飘来，以至于让我无须鼓足勇气就敢肯定，我当年留给了她深刻的印象，如同她留给我深刻的印象一样，我进而诠释了她当年的目光，那是友善的目光、鼓励的目光、包容的目光、撩拨的目光，那是一个城市的目光……

不知不觉中，在我的眼里，她成了这座城市的影子，她的目光遍及申城大街小巷的角角落落。如此，她在与不在申城已不重要，如同当初周家胡同相遇一事本来就不复杂。既然我，我们来到了城市，就该从城市开始新的生活，无论城市今后会经历什么，会遭遇什么，会变成什么样子，我们都该从容面对。既然为了无尽的爱，太阳每天从东方升起，那么至少，我不会后悔我的选择，面对申城，我不会袖手旁观，为了她，为了30年前陌生而新鲜的美丽。

真的，1981年初夏的那个傍晚，她那束黑亮的长发轻松自然地在后背上来回晃动，晃得人心旌摇曳，她那一缕又一缕淡香不断地袭来，袭来……

等我等我，我的城市

待到我从《走年坟》完成后的疲劳中恢复过来，立秋后第一场雨悄然飘落。

就在这个秋雨潇潇之夜，一个久违的声音又重新响了起来。是老虎的声音，从巨大胸膛吼出来的，深厚悠长的沉重。

我差不多都将老虎忘了。五年前，我从山之间水之畔的地方来到城市，想都没想就在我现在居住的小区临时安营扎寨。第一个夜晚也是湿湿的，那是春天，雨丝稠黏，我刚刚入睡，一声极具穿透力的怪异之声掀开夜幕雨帘奔我而来。这个陌生的声音让我在无意识和有意识状态中都认为是在我梦境里的，恍惚之时，那个声音又如平地一声春雷响，之后一切便又恢复了城市深夜的寂寥与喧嚣。我却再也无法入眠，辗转反侧中我想到了老虎，我住处的窗口正对着公园，这个声音分明来自公园，只有老虎，才能有，也才配有这般曾来自山野来自森林的声音，任何犬只，哪怕是藏獒也绝不可能有如此磅礴大气之声。深更半夜，这位老兄从哪里站起，给这个城市的夜这么一个突如其来的光火？这是话语权的标志，还是存在的宣示？

第二天我就知道了，公园里的确有个动物园，动物园里的确有只老虎，老虎的确常在夜深之时发出吼叫。

我偶尔在公园里独自游走时，经过动物园，心里总是想着老虎，似乎颇多念想，可是我终究没有进过动物园，我曾跟妻子说过，我怕遭遇老虎那无助或者无神的目光。

至今我也没去探望老虎，并且仍然没有前去的计划。我没有理由将老虎那声发自胸膛的深厚悠长的沉重理解为呐喊或者呼唤之类的似乎很文化的东西，但我的确每每想到公园里那只孤苦伶仃的老虎，就憋屈得慌，我甚至在心里请求过它的原谅，尽管这一切跟我没有什么关系。

整个春季和夏季，我一字未动。虽然在我以往的写作中，曾舞动着锐利的笔尖抑或温软的意绪，保持着过去与现今、未来的联系，因而不曾停歇行走于路上的脚步，也不曾凝固在整日喧嚣的城市里也许难得的思想的姿态。但是，这一次，我真的是遭遇了困顿、困惑与困难，前所未有的洗劫与空寂之感紧紧缠绕着我。

起先，我以为是母亲的突然离去给我带来的打击所致，至今疗伤未愈，而起草于2010年农历大年初二夜，收笔于大年初五凌晨的近两万字的长篇散文《走年坟》的写作，更是活生生地掏空了我的内心世界。这样想本来也符合情理，我甚至一度认为是我母亲通过我们无法熟悉的方式在暗示我放下笔，换换脑筋。生前，她曾多次站在夜晚伏案写作的我的身后，直待我不经意转过身来，她总是慈祥而温暖地看着我，轻声说："睡吧，天不早了，明天还上班。"可渐渐地，我发现自己并不对。因为我根本就无法查找到持续疲劳状态的原因，甚至连查找的路径都没能真正加以确认。

一个人整个地浮在空中，像只风筝，不。我想，我连只风筝也不如，像一粒灰尘。

早晨7点50分从我的住处出来，经上海西路、北京南路、东方红大道、拥军路、人民西路，到单位，从一楼到五楼，进办公室，从别人那里接受任务，别人又从我这里接受任务，时而手机，时而座机，其间，有人进来谈工作，有人门外待进，还有一部分人在对门的办公室里排队等候，还有一部分人正从不同的方向往这里急奔，来来往往，川流不息，反正兵来将挡水来土掩吧。忘记了时间，扭脸看看墙上的石英钟，已到了中午12点30分，站起身来，顿感腰酸腿疼头昏脑涨。

如果在办公室，几乎天天如此。这样怎样？嫌不好？可以。走出办公室。可是，走出办公室又能怎样？走出办公室，还不一定就比在办公室强多少。正是。那就随便说说其中的一次吧。

下午2点，我从住处出来，车子刚转到中华路，就碰上上班的高峰期，双向四车道上密密麻麻挤满了车，迅速把道路挤得密不透风。车流像蜗牛一点点地往前挪着，司机忍无可忍，哪还顾得上禁鸣，不停地按着喇叭，此起彼伏的鸣笛声没有加快车子移动的步伐，却加剧了空气中到处漫溢的焦躁。我颓丧地将头仰在靠背上，无奈地闭上眼睛。车子在漫长的等待后终于随着车流挤上东方红大道，这条贯穿中心城区的老街像一条细长的链子，环环紧扣着老城区的繁荣与委顿。两边的高层住宅、超高层写字楼像一双双巨大而粗壮的手臂，将城市以及城市里的人紧紧地攥在了手心。五颜六色的大型广告牌当然不甘示弱，或是搔首弄姿的美女，或是极其夸张的动漫，都竭力地伸展着，霸占着人们有限的视觉空间，街道上充满着逼仄与窒息。从内河的桥上经过时，我不忍往桥下观看，一股腐酸腥臭的气味扑面袭来，那里早已成为污水汇集的地方，那些汇集成河的污水势不可当地扑进了流经城区的大河。车子驶到前进路，慢车道上的菜摊、水果摊蜿蜒不绝，路旁酒店用于庆典的婚宴的小孩生日的老人寿辰的爆竹的纸屑被风旋着，在空中在楼顶在树梢在地面自由地飘扬，毫无章法地拉长着城市的快乐与幸福。经过世纪大道，过往车辆挟着泥浆丝毫不减速地飞驰而过，与路边热气腾腾的建筑工地上拖尘带土的施工车辆一起，肆意张狂地把道路的两边折腾得蓬头垢面。

在和平路，正建设中的小区与城中村杂乱交织，残破的车辆占据着慢车道，从修理铺里蹿出来的油污我行我素，人行道只剩下惨不忍睹的支离破碎。阳光路，无任何遮挡的旧楼拆除正在进行时，漫天的扬尘与垮塌的楼房如灾难大片的场景，紧邻一边被风撕破的围挡广告随风起舞，让我的心一阵阵紧缩。不远处一家即将拆迁的商场促销喇叭歇斯底里，为口口声声的大甩卖上演最后的疯狂。驶进文化街，后悔都来不及了。轿车、摩托车、自行车横七竖八放着，接放学孩子的人们潮水般地涌满了学校门前的道路，进退两难，哭笑不得。在风云路，从大排档上、烧烤摊上弥漫升腾的油烟迫不及待地宣告了黄昏的到来，一阵阵说不清是什么味道在毫不气馁地招徕着来来往往的人们，即将走出办公室的人们，久居房内厌烦不已的人们，以及被体力活累得疲惫不堪的人们……

这些情景与我的工作紧密相连，我不是挑剔，而是无法回避。望着车窗外疾行穿梭于大街小巷的那些斑驳的出租车，我禁不住一声长叹……

我的工作还没有结束。

最后回到单位，从一楼到五楼，进办公室，抬眼便看见对面墙上的石英钟，已是下午6点。办公桌上早已有一摞文件嗷嗷待阅待批待签。终于，阅签完毕，长舒一口气，扭脸看看墙上的石英钟不知不觉已指向晚上8点。办公室主任轻身走近桌前，手拿着记事本，流水账般地安排着明天的会议：明天上午8点参加市推进城镇化进程工作座谈会，11点参加市商务片区启动仪式；下午2点半参加市节能减排紧急会议，4点参加内河治理规划评审会议……

8点半，城市的夜空在灯光的映衬下，灰蒙蒙的，树叶无辜似乎又强打笑容地在道边翻卷着……我是否依然具有于平凡景色中却能享有一种额外兴味、独立而快乐的能力？在很多这样的晚上，形单影只得连脚步都分外寂寞与尴尬。我没有选择，我只能脚步如风。

打开家门，妻子从沙发上跳起来扑向厨房。我换掉皮鞋，长长而又无声地叹了一口气，坐下去的那一刻，我总是想起那句诗"口干舌燥呼不得，归来倚杖只叹息"，便拿起遥控，看着电视屏幕，不厌其烦地一个接着一个地更换频道，不知道不想看什么，也不知道想看什么。妻子端上可口的菜肴，我的手机却响了，我的脸色顿变，我真的怕又有什么马上必须要处理的事儿。果然，真的还要出去，领导此时正在现场，要求迅速赶过去。

我来到这座城市已经五年，周围一切景物早已不再陌生，大街、高楼、商店、广告、车辆、人流、灯光等，现代城市元素无时无刻不在眼前呈现，可奇怪的是，我只愿注视眼前的此起彼伏，很长时间，我觉得这些谓之繁华的东西与我无关。我不知如何完全融入这个城市的血液里，总是感到若即若离。我曾不止一次强迫自己用城市的喧嚣驱散内心的孤独，到头来，却发现喧闹过后是无尽的寂寞。

似乎无所不能而又对许多事情无能为力的城市，正飘荡在匆匆的走马灯似的男女中间，思考着，骚动着，跳跃着，紧张着，矜持着，朦胧着，敏感着，脆弱着，叫嚣着，期待着……慌乱中，城市与我无法付诸实践被迫赋闲的曾有的炽热念头碰撞了，满目金花……

我病了。

起先嗓子出了问题。河两岸嫩绿染柳时，我嗓子哑了，并且一直不好，其实已哑了很长时间。我去了医院，长长的视频探头从鼻孔贪婪地往里打探，尽管鼻腔里喷满了麻药，没有了疼痛，但难受的程度远远超过了我的想象。声带上长了个小结，经医生认真的分析，我选择了动手术解决与吃药解决这两个方案中的后者，虽然要经过一个漫长的每日三次、一次三粒的过程。

接着是突发性耳聋。有一天，无任何征兆，突然就听觉失灵了，顿时手足无措起来。一不做二不休，立即进医院检查诊断。第一个医生不动声色甚至颇有几分矜持地断定我失聪是感冒造成的，竟顺理成章地开了一批消炎药和口服药，直勾勾地占用了我这个已患耳疾的人极其宝贵的三天时间。病情愈来愈重，换个医院当然换了医生再诊断，经仪器检查，我是典型的突发性耳聋，需要住院治疗。这咋可能呢？外面一大堆的事呢，能躺在医院的病床上去治什么突发性耳聋？我怕其中有诈至少又怕误诊，便再一次一不做二不休，立刻动身去武汉协和医院。汪教授用满是严肃的目光看着我："你知道耳聋的结果吗？""知道。"我并不显得紧张。"那你说是什么结果？"教授加重了语气。我很正经地回答："表情没有以前丰富了。"教授一下子笑了："你还蛮幽默的。"她很快收起笑容，以不容置疑的口气说："急诊入院治疗。"我好说歹说，请求老太太网开一面，将处方上的药买上一个星期的，回到家输水。从武汉回来便真的办了入院手续。每天的吊针都是在晚上下班后扎上的，等到打完吊针，已是凌晨两三点了。妻子早该倦怠，却安静地坐于身边，将我的另一只手抓于她的手中，轻轻摩挲。我知道这对于我耳聋的治疗没有什么作用，但在她长久的摩挲中，26个打吊针的夜晚，我真的得到许多的安宁与宽舒。

差点成了哑巴，几乎成了聋子，这不能不使我对自己产生了怀疑：我到底怎么啦？！

终于，拔掉吊针后，我对我自己，对我每天生活的城市，对我赖以生存的工作怒不可遏起来。

我想大叫，我想在无人的地方大叫，我想在黑夜里的旷野中大叫，歇斯底里的那种，胡言乱语的那种，意识流的那种，无边无际而又无须回声的那种。

终于，春夏之交黑云压城的那夜，我无法停歇的脚步，使我穿越了城市最为光明也最为璀璨的夜色，同时，也穿越了词语的光芒。我在旷野中肆无忌惮地大叫起来，远远的，近近的，重重的，轻轻的，浓浓的，淡淡的，粗粗的，细细的，厚厚的，薄薄的……

那个黑夜，那个漆黑不见五指的黑夜，像诗歌一样的疼痛，让我不知疲倦地在旷野中大声叫着。浮在半空中的灰尘能飘落吗？即便我不能抵达我所希望抵达的居所，也不能轻轻敲响我所希望敲响的那扇门。但至少，我能叫醒自己的听觉，甚或叫醒城乡接合部的那一大片有足够耐心的草和正在水沟里茫然无措的鱼……

我要替压扁的夜喊出浑身的疼痛，我要为冲突与裂痕的自己喊出真爱的心声。

我想，一场暴风雨即将过去，随着如手的轻风翻过，在我大叫出声的那一刻，已完成底片的最后冲洗：要么，是新鲜欲滴的容颜；要么，是从容淡定的气息……

就在那夜连我自己都不可思议地大叫结束浑身乏力地回到家后,我颤抖不止,肌肉酸痛。我发了高烧,据妻子说我还有气无力地说了些胡话。事后,我多次回忆高烧时的梦境,渐渐地,终于想起来了,都是一些根本无法连贯的东西,梦境没有情节,没有细节,没有具体人物,到处是高楼大厦,到处是水泥马路,是连绵不见首尾的车流,是黑压压行色匆匆的人流,是震耳欲聋的高音促销喇叭。梦里,我一直在上坡,并且有很长很长一段在爬山,腿如灌铅,气喘吁吁。

累。真累。

终于,我病倒了,想想平素里劳累厌烦至极之时所想到的"什么时候病得爬不起来就好了",想笑,却笑不出来,大脑里灰蒙蒙一片。在浑浑噩噩之中,在迷迷盹盹之中,我躺了一个星期,两个手背上扎了许多针眼,我像失忆之人竟全然不知。

妻子告诉我,父亲很着急,要到城市来看看我,并反复地叮嘱要我歇歇,等缓过劲来再工作,事情不是一天能做完的,也不是一个人能干完的,年龄也不小了,千万别再任性,千万别再逞能。我躺在床上,脑子空空的,心也空空的,听妻子这么一说,眼眶里泛出一层湿来,心里暖和了许多。母亲的离去,已给我一种小鸟无巢可归的空荡之感,是我已年迈的父亲过去不曾有过的絮叨拉近了父子形式上的距离,几十年来,我们都是在心里、在目光里,甚至在感觉中进行着两个男人之间的对话与交流。我想也没想,便拨通了床头柜上的电话,当父亲温和而已显苍老的声音在我耳边响起,不知为什么,泪水竟夺眶而出……

大病初愈,恰逢月圆。我去了城外,去看月光。果然,月光轻轻飘来,平和、淡泊恰是城外月光的特质,颇具中国文人的许多美感,它淡化了世俗因素而更加注重精神的妥帖与合榫。而城里的现实却是要学会忍受,包括忍受许多个夜晚不恰当的月光。对城市而言,纯粹的月光完全是奢侈品,所以无所谓需要不需要的月光,总是冷漠地照见事物的空虚，使熟悉的城市、熟悉的街巷、熟悉的霓虹灯在陌生的欲望与遗憾中，走进更深的陌生……

可是，可是我知道，此事古难全。对于少数人，契合的价值高于诉说，而对于更多的人来说，生存的意义则远远高于生活的质量。

唉，城市。也许城市在很多时候很多时候是无辜的。

在治病抑或疗伤中，我试图调整，调整情绪、调整心态、调整方式。我拾捡起我早些年的一个想法并付诸实践，与妻子一起去公园在花团锦簇中大步行走，姑且叫作锻炼吧。在区间道路两旁，我发现有那么多老年人或打太极或舞绸扇；有那么多年轻的女人在轻快明朗的音乐声中练习健身操，充满了朝气；有那么多上了年龄的夫妻闲庭信步，徜徉在树下，驻足于花旁，流连于水畔，那么恬适、安静、从容；还有那么多孩子或脚蹬滑轮或脚踩滑板，在行人的空隙里灵活自由地穿梭，仿佛一只只蝴蝶翩翩飞。妻子看出了我的好奇，笑了，她告诉我，公园里每天都是这样，以前就有这一切，很多时候，比这还要精彩纷呈。想想也是，近在咫尺，我进过几次公园？即使在公园里游走，又有几次注意到了身边或者视线内的景物人物？是的，这些美好景致其实早就存在，只不过我并未有心领略。此时，有一个精神矍铄的老人正倒着行走，步伐熟练，神情淡定。妻子碰碰我："想想，这个老人可是一直这样在公园里走的。"经妻子这一提醒，我倒真的想起来了曾有的朦胧印象。

忽视抑或疏忽，让许许多多令人心动的东西具象呈现并一闪而过于我。譬如，我所居住的城市中一条真正意义上的母亲河，自西向东逶迤穿过城区。三十多公里长，二三百米宽，河水清澈可鉴，碧波荡漾，两岸景色美不胜收。在我每日穿梭于高楼大厦之间和道路街巷之中的同时，殊不知，温软之水正流向远方，而恰恰在夜深的时候，流水的声音却总能在我干涸的胸怀哗哗响起。在不少人眼里，我的内心早已没有了风暴，但真实的情形是，一个常在心中喊我名字的人，正于夜已深邃之时，就在水清草美的河畔伫立，空气中飘散着湿润的味道。很多时候，我常常像尾鱼或潜水或浮游，或鲸食或远思；很多时候，我也能够安静、深入，能够诉说与倾听，能够等待无法复制的幸福。可是，在远离与亲近之间，在孤寂与喧嚣之间，在白昼的现实里，我总是不知不觉将它忽略，无论它是宽舒、清澈，还是逼仄、浑浊。为什么我总是忽略？

那个周六的午后，我站在窗前看着上海西路上来来往往的人流，听着嘈杂的声音，直发呆。窗台上有两盆菊花，一盆黄的，一盆紫的，正怒放着，激情满怀的那种，很骄傲，很自信，仿佛置身于激情燃烧的岁月。站在菊花的旁边，我却什么也没有做，也没想去做什么，也不知怎么去做。沉默是金，并且有着雕塑一般的外在形象。是一阵怪声喇叭和紧随怪声喇叭之后的高声呵斥，把我从不知行走在哪条思路上抑或在哪个状态中的思绪拽了回来。不知为什么，真的不知为什么，我咋就想起了一个故事，一个发生在第二次世界大战时真实的故事。

故事的梗概是这样的：苏联红军攻进柏林，与德军展开了激烈的巷战。突然，在一条街道中间的废墟中传来一个小孩的哭声。危急时刻，苏军士兵奥沙罗夫不顾战友们的劝阻，径直站了起来，朝小孩走去，战友们只好停止射击，没想到的是，街道那边的德军也停止了射击。奥沙罗夫安静地走到小孩身边，把满脸惊骇的小孩抱起来，朝街道边的一个掩体走去。此时，整个街道死寂一片，一位随军记者完整地记录下了这个瞬间。当奥沙罗夫把小孩抱进掩体轻轻放下时，双方的枪声再次爆响，奥沙罗夫随后被一发子弹击中，被送进了战地医院。

第二天，奥沙罗夫解救德国小孩的全套照片被印在传单上，从空中飘落于柏林的大街小巷，传单的标题是《柏林，请停止枪声》。许多柏林市民看到了传单，流下了泪水，许多装扮成平民的纳粹士兵也交出了武器。

奥沙罗夫成了英雄，当记者问奥沙罗夫为什么敢在枪林弹雨中站出来的时候，奥沙罗夫说："爱，会让枪声停止。"

然后，奥沙罗夫讲述了一个不为人知的事：1941年秋冬，德军攻进莫斯科，遭到了苏联军民的拼死抵抗，在一条小巷里，几个德国士兵正警惕地举着枪小心翼翼地向前推进。突然前方传来一串汪汪的叫声，德国士兵循声找过去，一只小狗正在一个受伤的十五六岁少年的身旁，轻轻地舔着他的脸，然后它转过身，看着德国士兵，并没有叫，而是眼里闪着泪光，冲着他们发出急切的呜呜声，然后再转过去舔少年的脸。少年惊恐地看着几个德国士兵，用手指了指小狗，然后又摇了摇。德国士兵明白，这个少年是在乞求他们不要杀小狗，小狗依然不停地重复着刚才的动作，舔几下少年，然后再摇着尾巴向德国士兵发出呜呜声，德国士兵也明白，小狗是在乞求他们救救它的主人。几个德国士兵沉默了许久，最后绕过了少年和小狗，向前方走去……

这个少年正是奥沙罗夫。

冰冷的枪不会对爱下手。有爱就有温暖，有温暖终可以等到幸福的时刻和幸福的日子。站在窗前的我蓦然有种被感动的感觉，此刻，在我的视线里，枝繁叶茂的广玉兰树下，行走的人们没有匆忙与焦虑，这应该是幸福的状态。

我暂居的院子里有一群孩子，每逢节假日总能把院子闹得底朝天。有天午后，楼下总是时不时传来"叭""叭"的清亮声响，我被响声弄烦了，便疾奔楼下而去，就在我准备发火之时，发现是一个八九岁的孩子正举起一个捏制好的泥炮使劲地往水泥地上扣摔，"叭——"清亮的响声，顿时勾起了我的童年记忆和我的老家记忆。我没发火，干脆就在不远处找了个地方坐了下来，专注地看着这个漂亮的小家伙精心细致而又不急不躁地捏制泥炮，然后使劲扣摔，在清亮的响声中露出稚嫩的笑容。我环顾了一下，四周只有这个孩子，不知道这个小家伙是从哪里弄来这么一团熟透的黄泥，是他和的吗？那么，黄泥又从哪儿取的？他怎么又会捏泥炮，又会摔泥炮？那么，谁教他的？谁又有这份闲心，不，乐趣呢？准确地说，是谁将我们少儿时代的自娱自乐的方式保持到今天，并且转交给了这么个小家伙呢？小家伙根本就无视我的存在和我的思想，一门心思捏泥炮摔泥炮，俨然一副"管他春夏与秋冬"的气派。我没再言语，甚至是悄无声响地离开了小家伙。我很欣赏他，准确地说，是很羡慕他。不复杂不麻烦的快乐是本真的自然的快乐，是真快乐。我想，小家伙的快乐是真快乐。如此推理，平时楼下传来的孩子们的喝彩声、讨论声、问答声等我曾一直以为的嘈杂之声均来自本真而自然的快乐，是真快乐。

一阵桂花香从身后袭来，转身望去，四棵伞状的金桂，端庄祥瑞的景象，正释放着沁人心脾的芬芳，小家伙在芬芳中仍忘我地快乐着……

后来，我又遇到一个小家伙，还是在我暂居的院子里，他正蹲着并慢慢移动，在聚精会神地观察地上什么东西，我打旁边经过时才发现，他的小手握着一支小棒，在锲而不舍地追逐着一只惊慌逃窜的蚂蚁。我不禁笑了，我又想起来了我少儿时代如出一辙的一幕。小家伙闻声站起："叔叔，请问你一个问题。"我停下来，笑吟吟地等着他的问题。他说："蚂蚁吃什么？"我没有想到他提这个问题，坦率地说，我还真的答不上来，应付一下吧："吃饭呗。""那蚂蚁吃啥饭呢？"我再也不敢应付了，便支支吾吾地转身逃掉了。

走出小区的院门时，我忽然有了一些惭愧，并且第一次感觉到这个院子其实不错，真的不错。沿着门前翁郁的上海西路，我不觉打量起我生活的这个城市，不远处连绵起伏的青山在秋高气爽里沉稳、灵透，一如仁者宽广而温暖的胸怀；近前这条古老的大爱之水默无声息地饮城而过，滋润着这座城市，滋养着这座城市所有的生命；两岸的垂柳在风中摇曳生姿，掩映着树下垂钓者悠闲淡定的面容。多少人漫步河边迎接日出，多少人徜徉林间目送夕阳，又有多少人沐浴在柔软的月光中呢喃细语……

老城区的世纪影都是个老影院，其实，也只有10年的历史，比起人民影院、立体影院、大众剧院、空中舞台等，要年轻得多。头几年崭新的时候，因影片或许也因更多诸如体制、机制的原因还没有多少观众，刚刚观众似有潮水之势涌入电影院时，更年轻的如奥斯卡影城之类的已横空出世，像貌美的姑娘，总是首先在年龄上占有不可复制不可再生的优势。世纪影都并不甘心，在影片的放映上居然保持了某种程度的矜持，经常放映一些奥斯卡影城不愿放的艺术片。

一个周日的下午，我正在和同事在世纪影都门前机动车道与人行道相接处现场商定自行车、摩托车卡位设置，一扭脸看见影院大橱窗的预告栏上写着《天堂里的孩子》（伊朗故事片），心里一动，匆匆结束了现场办公，一跟斗扎进了世纪影都。

《天堂里的孩子》说的是一个男孩子丢了妹妹的小鞋子，害得妹妹没法上学，于是兄妹俩轮流换穿哥哥的旧球鞋，在水沟边小巷里奔跑。他们发现了自己失掉的小鞋子，却因持有此鞋者的家长是盲人而放弃了追讨。哥哥怀着对新鞋子的向往参加长跑比赛，因为比赛的第三名可以得到一双小鞋子。满心想得第三名的哥哥不慎跑了个冠军，反而失去了获得小鞋子的机会。哥哥为自己得冠军的重大失误哭得一塌糊涂。最后坐在水池边，出现了令人感动的画面：小金鱼去啃白云与蓝天倒影映衬下的孩子的那双红肿的脚丫。这个天堂里的孩子等待着贫穷的父亲给他带来一双新鞋。

这场电影的观众，只有我一人。我花了15元，看了一场名叫《天堂里的孩子》的伊朗电影。影片结束后，我一点儿也看不懂的片尾那些波斯文字幕在不紧不慢地行进，我居然静静地观看着，事实上，影院里的灯光早已点亮，我竟全然不觉。我在想个问题：这个我记不起名字的伊朗导演咋就这么坦然这么耐心呢？一点都不着急，一点都不厌烦，一点都不浮躁。正相反，善良、从容、认同、感恩、信心与对于明天的决不丧失也决不过分的期盼是那般充沛与平静。

从世纪影都出来，秋日里的街头游园正花香四溢，各种菊花灿然开放，一个摄影者在那里捕捉着或雅然或娇媚或张扬或含羞的花儿的神情，老人们坐在长椅上享受着阳光的抚慰，孩子们欢呼雀跃地在草地上玩耍着，引得漫步的情侣不时地驻足回望。我仰起脸，放开视野，天蓝得彻底，我忽然发现，天空下错落有致的建筑物呈现出一道并非那么坚锐的天际轮廓线,那该是现代城市的音符……

  我出差了。这次出了趟远门,在几千公里外。六天里,会议开得好,一些美景看得好,轻松之下玩得好,吃得好,住得也好,只是睡得不够好。睡得不够好不是睡的条件不够好,而是睡眠质量不够好,尤其后两天,老是睡不着,居然想家,想我生活的那座城市,那些淡淡的乡愁,从容而至,敏感、细腻、善良、感恩、敬畏之心在现实与理想的夹缝中不动声色地逡巡着,淹没了我置身其中的房间,淹没了遥远的我……

  我匆匆地赶上了归家的航班。虽然身后是一路风景,虽然此刻窗外天蓝、云白,我却真的无心眷顾与回望,我的心里翻来覆去地在重复三句话,仿佛怕忘记了似的:

  舷翼下充满爱情。

  等我等我,

  我的城市。

关于麻雀问题

麻雀越来越少了。不知人们注意到这个现象没有。这是个事实，这就不能不说是个问题，至少，在我看来，是个问题。

这是个聪明机警的小生灵。褐色身子，黑色圆锥状的嘴，头颈处栗色较深，背部栗色较浅，饰以黑色条纹，脸颊部左右各有一块儿黑色大斑，肩羽有两条白色的带状纹，翅短圆，尾呈小叉状。

麻雀性情活泼，胆大近人。可又始终保持着高度的警惕性。

我与麻雀的关系，是从孩提时候就开始的。被祖母抱在怀里，或是被母亲绑在背上，听见她们为了保卫粮食而轰撵麻雀走开的声音。那种声音虽然洪亮，但不尖锐，更不凄厉，甚至常常因为不坚决，倒略显温柔，若不是成群结队的麻雀土匪一般呼啸而来哄抢，祖母或者母亲总是要睁只眼闭只眼，让麻雀吃上一顿饱饭的。所以，我家门前的晒场，常有鸟儿光临，似乎还不咋显惊慌之态。今天想来，真能算得上一道和谐的风景。

少年时，我与麻雀的关系就更直接了。

打麻雀。我自制弹弓。用一号铁丝或用大拇指粗细的树枝杈做弹弓架，找修理农机具的师傅，死缠硬磨，求其从报废的轮胎呀传动带呀之类的皮子上割下窄窄的两条。确实弄不到皮子的，还有一个办法，就是讨好家住卫生院的同学，用一件他们感兴趣的东西，从他们那里换回两节黄黄的输液管，输液管弹性也很好，一扎，一系，一衬，一托，这样，弹弓成了。别在腰里，随时随地开弓。弹丸多的是，大的，小的，泥的，石的，砖的，圆的，有棱的，到处皆有，随手捡起便用。那时麻雀很多，加之从1958年它就被列为四害之一，大胆地展开行动时，屡有斩获，受此鼓舞，更是经常出击。每每这时，常有一群小于自己的小孩跟在身后，很威风，自然也很风光，更烘托出我所艳羡的少年的神气。

捕麻雀。都在冬季，雪天。按说，用簸箕最好，大，罩得住，沉，落地快。但接下来从中取出麻雀难，常常，机敏的麻雀在手伸进去捉拿它的一刹那挤身而去。索性，多采用筛子。办法与鲁迅先生笔下的捕鸟办法大致相同：一根土灰色小细棍，战战兢兢地撑着即倒的筛子，筛子的斜上方系着一根细却结实的绳子，紧紧地攥在躲在不远处的我的手中，筛子下面躺着一摊黄金般的稻谷，在白雪皑皑的大地上，格外地显眼，对于饥饿难挨的麻雀，格外具有召唤力。就在麻雀轻轻落下，双脚跳跃前进，衔起一粒，再衔起一粒，抬起头看看四周，又低下头衔起一粒时，我攥绳攥出汗的小手猛地一拉，筛子应声倒地，刚才还是快乐的麻雀，此时，只在筛子排山倒海的压迫中惊恐万状，扑棱着，挣扎着，呼唤着……

掏麻雀。这有一定的风险，得爬高。我家乡麻雀的窝，都筑在坡屋顶房檐，或是瓦槽下，或是茅草里，不大，浅，却是软软的、暖暖的，铺的多半是羽毛和一些细柔的草茎。掏麻雀不能在众目睽睽之下，谁家也不会让你踩着梯子直直爬上房檐揭开瓦或掀起草。那么，只有春忙，大人们下地干活时，或是盛夏烈日炎炎的中午，大人们休息时，才轻手轻脚地借助临近房屋的树，或是先上院墙，再上矮房，再上主房。掏麻雀的乐趣就在揭瓦或掀草的那一刻，那时，要么，五六颗灰白色、满布褐色斑点的麻雀蛋相互依偎着，安稳地躺在窝中；要么，四五只精身、光头、黄嘴角、闭着眼睛的小麻雀，听见风吹草动就叫个不停。将成年麻雀堵在窝里的没有，但见麻雀就在对面的不远处，一直聒噪不停，从这个树枝飞向另一个树枝，从这片天空，飞向另一片天空……

吓麻雀。得用草人。主要是为了保护育苗的稻种不被麻雀抢夺去。我照着别人家的样子，比葫芦画瓢，扎草人。质量好的草人，用竹子扎好架，再将稻草用绳子捆上，不仅有人的轮廓，很多人家还在草人的脸部着些色彩，使其狰狞了许多。我选的材料是麻秸秆，省钱省事，先用秸秆扎出个人架子，再用稻草进行填充，使其丰满，我还创造性地将一件缝了又缝的破褂子穿在了草人的身上，并将一顶破草帽也戴在草人头上，这样就平添了许多逼真，吓唬麻雀的效果明显地好于别人的田块，我也因此得到了一些大人的夸奖。等到麻雀终于识破了这些伎俩时，稻芽已嫩绿得逼你的眼睛，麻雀只能一年接着一年地懊恼与悔恨。

少年的曾经，本属天真，甚或美好，但以今天的心理反观，真真切切地常生自责，原本对家人管制的不解与抵触，也早已化为乌有。

我精心制作的弹弓被我的母亲搜去了，因为我不仅用它打了麻雀，还用它偷打过那盏绝对孤独的路灯。

用筛子捕麻雀的行为被我自己中止了，因为只有在冬季的雪天里才能进行，而大雪纷飞的情景，总能让我兴奋不已，进而想出许多比筛子捕麻雀更有兴趣、更能张扬的事情来。

草人还是要扎的，只不过，随着我的年龄渐大和弟弟的渐长，一般性的吓唬麻雀的手段，我不愿再亲自下手了。但望着天空，望着田野，时常会掠过会心的一笑，多少年后，有时甚至感到庆幸，那时麻雀多，我们相互斗争，真是其乐无穷啊。

掏麻雀的事，终因我的得意忘形而被我祖母和母亲发现了，为此，我的屁股上还挨了我母亲重重的两巴掌。那本是一个明媚的春天，一窝小雏雀被我当作战利品押了回来。看着地上或颤抖不止，或奄奄一息，或叫声不停的小雏雀时，祖母的目光很惊恐，连声说："使不得，使不得，使不得……"我还没弄明白，母亲就向我扬起了原本温暖柔软的手。

当时，她说的一句话让我至今记忆犹新，她厉声说："不许你再掏窝了！"

后来，我对祖母、对母亲那个春天的言行渐渐有了理解，当我第一次接触到"劝君莫打三春鸟，子在巢中盼母归"时，心，陡然就被撞痛了。

麻雀的确越来越少了。城市里已经没有了麻雀的踪迹，乡村中也难以再现麻雀自由独立、从容镇定的姿影……

我越来越从我祖母，从我母亲，还有众多家乡亲友不经意的话语中，以及由此而起的颇有些焦虑的目光里，看到了这些普通乡下人对麻雀越来越少现象的担忧的真诚。

在20世纪90年代中期，我曾写过《田野的话题》的组诗，在其中的一首《父亲的田野》中，提到了麻雀：

……
平了一块儿场地，常撒些谷物，也许
他在等着麻雀的到来，他坚持
麻雀，是庄稼的朋友
没有麻雀的日子，庄稼很寂
……

终于，1998年秋天，在市第一届人民代表大会分组讨论时，我颇有些不合时宜地谈了"麻雀问题"。

当时的情形是，几乎组组都在从经济发展、社会进步等方面展望撤地设市后的美好明天，几乎个个代表都在豪迈地深情抒怀。我居然提出了"麻雀问题"，并坚持进行立论、证论、结论，洋洋洒洒数千言，并且，最后还以"麻雀越来越少问题应当引起高度重视"为题，工工整整填写了表格，靠面子，请十几位代表一一签名，试图成为那一届人代会议案，至少成为那届人代会应办建议。

结果，"议案"或者"建议"自然是名落孙山。但我仍然坚持我的看法，当然，这里面确乎有我的个人感受与少年情怀。

就在人们渐渐淡忘"麻雀问题"时，2000年的一天，麻雀被列为国家二类保护动物。这让我又一次短暂地出现在大伙儿的谈资里。其实，纯属巧合。

但是，我的确获得了慰藉，哪怕仅仅是一丝慰藉，不是以此证明我当初如何具有前瞻性、如何睿智什么的，我感到慰藉的是，与人类相伴数万年的麻雀的命运，开始得到了关注。

坦率地说，我依然忧心忡忡，因为麻雀的生存环境在继续恶化。譬如，都建平顶房，都是钢筋混凝土，麻雀将住在哪里？人们住的高楼大厦或别墅庭院考虑到给麻雀预留一个拳头大的空间和一处窄窄的，但能照进阳光的通道了吗？

那次人代会分组讨论时，我发言的最后一句话是："麻雀，是我们人类的邻居，要善待。连麻雀都容忍不下，我们还能容忍下什么呢？"

关于量词"根"字的功能问题

20世纪80年代初,我在老家中学教书,教语文。有个方姓的学生在他的作文中,对其同庄的一位单身汉的介绍使用了极其简洁的语言:"他是一根人。"

当时,我没能认识到简洁,第一反应是错误,随之用早已握在手中的蘸水笔,在"根"字上打了个鲜红的叉,在旁边的眉批栏里,写道:"人咋能用根呢?"星期五下午是作文课,先对上周作文进行点评,我在列出的一长串字词句存在的系列问题中,"根"的问题被突出地提到:"量词'根'字不能用于人。人只能用'个'。单身汉可以用'个',也可以用'位'。"

不料,在接下的一次作文中,这位平时作文不错的学生又一次使用了"根",对其同庄的另一位单身汉的介绍同样使用了极其简洁的语言:"他是一根人。"

当时,我仍然没有认识到这是简洁,第一反应还是错误,绝对的错误,并且十分恼火地随之用早已握在手中的蘸水笔,当即唰唰给了两个大叉。

等到星期五下午作文课点评上一次作文时,我再一次将"根"的问题提了出来,并强调指出:遣词造句要规范,不能胡造,不能乱用。一匹马一只羊一头猪等,都是约定俗成的,这叫规范。根,作为量词,用于细长的东西,像两根筷子、一根蜡烛、一根无缝钢管等等。方姓学生的目光当时是避开我的，但远不是那种孤立无援的茫然，他左手托腮，一直盯着我奋笔疾书留在黑板上的那个雪白硕大的"根"字，像是深入研究，以寻求破解之策。

本想这事就过去了，谁知还没有完。方姓学生第三次在作文中从从容容、冷冷静静、大大方方地使用了"根"，而且重复使用了，没有丝毫躲闪，没有丝毫畏惧，没有丝毫不好意思："我的邻居是一根人，据说，他一直都是一根人。"我陡然而生的恼怒可想而知，早已握在手中的饱满的蘸水笔因手的颤抖，飞扬起星星点点的红，如同花瓣一样飘洒在作文的字里行间。

是可忍，孰不可忍。我没再按部就班等到星期五下午作文课堂上去慢条斯理、抑扬顿挫点评上一次作文，而是瞅准一节自习，脚底生风，一直往前走，不朝两边看，直奔教室。

班里学生对我不同寻常的出现显然不适，尤其从我能拧出水的表情中预感到了山雨欲来，个个惶恐不已，不知发生了什么和将要发生什么。方姓学生倒显得很平静，他居然迎着我拷打的目光，友好地久久地望着我，圆圆的脸蛋，卷卷的头发，大大的眼睛，厚厚的嘴唇。这个小家伙咋恁犟。也真怪，就在我俩目光凝视的那一刻，不知是因为他憨厚惹人疼爱的面容，还是因为他屡错屡用屡败屡战的傻乎乎的味道，还是因为他透明见底的纯真，反正，我突然冷静了下来，目光随之平和了许多，虽不完全情愿，但理智让我还是在说了一句辣不辣酸不酸甜不甜的话后，轻轻走开了。至于那句话，真的过于平淡乏力，原话我事后咋都想不起来，大致意思可能是：不要用口语，用口语很容易使文章庸俗。

后来，在我的办公室，我问方姓学生为什么非这样写不可，这次他倒是很拘谨，埋着头，半晌没吭声。直到最后，他清清嗓子，终于回答了我的问题，虽然声音不大，但不承想这些话，给我留下了深刻的印象，他说："他很穷，无依无靠。我觉得用一根人比用一个人，比用一位单身汉更形象。"

仅仅五年后,我在写作一部中篇小说中的邻居时,竟鬼使神差地写道:"我的邻居是一根人,据说,一直都是一根人。"

雕塑亚非

一

当时，马亚非肯定想不到，两次跟随金财表哥夜行首阳山对自己日后的影响，因为他年龄小，满打满算只有7岁，同时，他既不是天才，也不是奇才，充其量算有喜欢画画的天性。

按说，在此之前，父母每年都要带上他回老家孟县（现孟州市）韩庄过大年的，印象却总是过于平淡，唯一的一件让他日后津津乐道常又忍俊不禁的，是他曾在村头一座韩文公墓上肆无忌惮地撒尿。长大后，当得知那就是唐代大家韩愈之墓时，真是叫苦不迭：完了，今生今世难以作文了。

这个浓眉大眼毛发如钢刷般的小孩在1961年夏天，暑假刚一开始，便缠上在郑州上学的金财表哥蹿上了从郑州发出的车厢里弥漫着浓酽臭味的慢车。他们是后半夜走出首阳山小站的，马亚非斜挎着母亲用蓝底印花布做的书包，屁颠屁颠地跟在默默无语的表哥身后，好奇地走向寂静野外的一条土路，走进银色月光里⋯⋯

40多年后，在风景如画的大别山腹地新县，也是夏夜，他向我描述了当初的情景。这个情景不是回放，因为无法还原了，在一个7岁孩子的眼里，情景肯定是模糊的，至少，能够入画的物件不是很清晰，类似高高的黄土岭沟壑纵横，如老人脸上岁月的皱褶，山影交错，苍茫一片，像一幅黑白的画，似一曲无声的歌……这些都不可能是那一时刻马亚非的感受。那一时刻，马亚非的感受是月光真美，风儿真爽，天地真大，自己像只鸟，一只飞出笼子的小鸟。

这就很不简单了，这就够了。马亚非享受着肢体的放松和心灵的舒展。虽然20世纪60年代初，小学生书包远不及现在的一半沉重，虽然20世纪60年代初，郑州的灯光尚未污染夜空和月色，虽然那个时代，不乏儿童的故事与丰富多彩的儿童教育方式，但毕竟，儿童的马亚非正行走在与郑州街巷与白昼与平时都截然不同的似乎藏着无限神秘的月光下崎岖的山间小路上，正懵懵懂懂听着表哥讲伯夷和叔齐忠于先主，不进周朝之食，饿死于首阳山的故事，正张开稚嫩如小鸟翅膀的双臂吆喝着飞向黄河渡口，正窝在船舱里一边回首张望很高很远若即若离的首阳山，一边打量晨曦中的船夫们在船上大英雄模样地走来走去……

马亚非注定要弄出事来。那个跟随表哥的夏夜是多么不平凡，多么不简单，他不会浪费这一资源，让那夜白白流淌。果然，20多年后，马亚非握刀向木，终于用心灵去把握了那个美丽如鲜花盛开的夜晚和黎明，他的版画《戴露》《夏风》《月光如水》《童年》正丝丝入扣地陈列出那夜、那人、那感觉、那情绪。比如，他作品中的黄河不现人们所熟悉的波涛汹涌，而是那个清丽的早晨，前面出现大片的麦田，再前面是宽阔的河滩，河滩上成片的杨柳、成片的芦苇和一丛丛的野草，还有成群的鸟飞过，黄河像一条白练横在天边，河中淤积的泥沙形成一片片湿地，把河道分割成数条……这些作品没再打上时代烙印，甚至没有一丝暗喻，这也正是马亚非步入艺术家殿堂的一个明证，作品的人性化元素如海水，不知不觉饮上了海滩，人们不会跳开，而一任海水轻轻柔柔地漫过双脚……

马亚非很得意，仿佛捡了个大便宜，他坦言，几十年来对这个表哥情有独钟，与夜行首阳山有绝对的关系。

这一年的秋天，马亚非开始发表作品，当然是少儿作品，就其水准我不敢恭维，也不能恭维。但这是飞跃，一个5岁就从住家附近粉笔厂墙外废品坑捡回若干半截粉笔，在门前地上画画的小孩的画作居然见诸《中国少年报》和《小朋友》，并且，他在回答老师的"你长大后想干什么"问题时，脱口而出"当画家"，而相当多的小朋友选择的是"干革命""当解放军""当工人"等。我在此绝无意比较评价那个时代的儿童，只想再次证明马亚非的确喜欢画画。

他照旧捡回若干半截粉笔，借助发表作品的浩荡东风，更加投入地甚至不知疲倦地画静物画动物，画鸟画猫画马画骡子画驴画蝴蝶画花画草画苹果画他所喜欢的事物，他甚至为了看明白马是怎样走的，在路边一蹲就是半天而忘了回家吃饭。

马亚非这些表现和夜行首阳山看似没有什么直接联系，其实，凡此种种，已无意构成了他成为美术家最基础的原始的条件，没有他画画的喜好，就没有夜行首阳山的无意识的另类视觉，就没有那丰腴而富饶的月亮，倔强地悬挂在高高的树枝上，散发着悠长而强大的气息，穿过久远的年代，映亮马亚非并不宽阔的额头……

马亚非又一次蹿上了从郑州发出的慢车，穿着厚厚的棉衣，戴着棉帽子，安稳地歪在金财表哥的怀里睡着了。这是寒假，父母同意他跟表哥提前回孟县韩庄等着过大年。还是后半夜到的首阳山小站，站外黑暗一片，清冷无边，马亚非一个激灵，醒了，便跟着金财表哥走在了1961年农历腊月的首阳山崎岖而坚硬的冻土小道上。

绝非预谋，再简单平凡不过了，可是从马亚非后来的作品中，无论是版画还是雕塑，都游走着第二次夜行首阳山所特有的心智和情愫。对此，马亚非的看法是机缘和情结，而熟知马亚非的朋友真真感到其中不可言喻的心灵映衬。

因为天黑，马亚非心里总是毛毛的，7岁嘛，再怎么发作品也是小孩。但金财表哥高大的身材和坚实的步伐，使他忘却了恐惧，好奇地浏览着朦胧夜色里千姿百态的山影和那光秃秃的山崖上乱蓬蓬的酸枣树，酸枣树干枯的枝条在寒风中摇晃着，一种悲凄的苍凉，一路迎送着蜿蜒山道上的金财表哥和马亚非。金财的心思不得而知，但马亚非当时不知怎么的，心里突然就沉重和酸涩起来，接下来，脚步发轻，高一下低一下，他颤抖得厉害，愈发有饥寒交迫感，他想哭，并且下意识地在心里一遍又一遍地呼唤着母亲。

马亚非在新县不止一次跟我提到过当时的无助感和幻灭感，特别是走到倚山而建已经破落的庙宇檐下，他想停歇而表哥只顾前走的那一刻，他真想边放声大哭边用最恶毒的语言咒骂金财。过了些年，偶提此事，问及表哥，金财搔搔头，不好意思："当时不知为啥，我有点怕。"

当童年的马亚非满怀恐惧跟在金财表哥身后步入山谷，铺天盖地的黑暗和仿佛无穷无尽的苦难随之笼罩，马亚非绝望得即将崩溃之时，他们几乎是屏住呼吸脚不点地地逃出山谷，紧接着转过一个山坳。就在那一刻，马亚非眼前猛然一亮，一座敞着门的破窑洞里映出了一团黄色的灯光，一位中年妇女正在早起磨面。他想都没想，一头扎了进去……

中年妇女什么模样、怎样衣着，马亚非已经记不清了，但空阔寂寞的黄河岸边，那双温暖的目光和满窑的麦面香让他一辈子都无法忘记。她走了过来，用沾满麦麸的手，把马亚非揽在怀里："孩子冻坏了。天亮了再走，一会儿天就亮了。"马亚非在如梦如幻中泪流满面。

深暗的天空下，黢黑的山野里，那团黄色的灯光足够让马亚非温暖一生了。马亚非说，至今也不知道那是什么地方，但每想到那团灯光，心中仍充满感动。

事实上，马亚非做到了。如果仅限在记忆中保存那份温暖，显然是远远不够的，他删繁就简，把那夜最珍贵的"亮"——黄色的灯光和"暖"——母亲的目光融进了他真实的情感世界和不懈追求的艺术生命之中。

这不，母亲（马亚非雕塑《母亲》）弯着因负重无法挺立的腰，平实地抬起脸来，正用那温暖的目光望着我们的走来，无论细若游丝，抑或落英缤纷……

二

马亚非入伍了，居然昂首与谁都无法躲开的"上山下乡"擦肩而过。于是，在1970年奇冷的隆冬，他一点儿都不觉得冷，倒是热气腾腾阳光灿烂地走进了军营。

这对根本没有任何背景的马亚非来说，"开后门"是不可能的，这主要得益于他会画画。

夜行首阳山之后的4年里，马亚非又在《河南日报》《郑州晚报》等报刊上发表了一些少儿作品，并获得了1964年郑州市优秀文艺作品奖。从上台领奖的那刻起，一个梦想油然而生：当画家。

如果说，7岁时回答老师的问题是下意识的话，那么，10岁时的梦想已是真实而客观的了。父亲不知从什么地方找来一本哈定先生编著的《怎样画铅笔画》。准确地说，马亚非是从这本书上才知道了素描、透视、构图等基本知识，这才是他真正的入门教材。所以，马亚非将这本书带进了军营又带出了军营，直到现在还带在身边。

马亚非确实是幸运的。他的部队在重庆，山入画水入画街巷入画石阶入画整个山城入画，岗位是电影放映员，接触的仍然是画面，这些都让马亚非激动不已。他常常利用出差和上街办事的机会，贪婪地看山看水看人，恨不能把美丽的巴山蜀水和独特的四川风情尽揽怀中。他常在街头看宣传画，琢磨绘画技巧；常以《工农兵画报》《解放军画报》的宣传画为范本研习创作；常在床头对着镜子画自画像练习素描；常在假日以战友为模特学习写生；经常把速写本带在身上，随时随地画速写；机关大院所有的宣传画、板报绘画任务，他都揽了过来，他要给自己制造机会。

机会终于来了，1975年，马亚非被抽到北京进行宣传画的创作。正是这次北京之旅使得马亚非有了全新的感觉和不同以往的视界，无疑，这为他10岁时的梦想赋予了新意，给予了极大的补充和支持。在郑州他的大于卧室的画室里，我见过一张黑白照片，地点在北京紫竹院公园的小桥上，人物是一群军人，领章帽花齐备。这张照片，珍贵就珍贵在当中没有一个人像往常肃穆如塔威严如松，这群20岁左右的小伙子随意随和又随便地望着自己的目标，没拿照相的架势，很轻松，很自由，很真实，很可爱，当然，也很英俊。28年后，在青山绿水蓝天红城的新县，经马亚非介绍，我认识了那幅黑白照片中的四位人物，人是老相了，但个个气宇轩昂，一副谁也不服的样子。他们是驾车从深圳专程来新县，看望挂职于此的战友亚非。

马亚非没被留在北京，他踌躇满志返回了部队。不久，在《基建工程兵纪念画册》上发表了处女作。马亚非将此定为处女作的动因，我们没讨论过，他对此表现得很执意，不容置疑。除了怎样看待过去的因素，我想，至少，他把在北京的那段经历看得很重。

奇怪的是，马亚非在以后的一段时间里，没有了画画的冲动和欲望，他困惑了，几乎找不到感觉了，他第一次因为画画而陷入尖锐的矛盾和深深的痛苦之中。接下来，他病了。检查没啥大病，却整天蔫蔫的，总打不起精神。1975年整个冬季和1976年的整个春季和夏季，他都是在不知所措中度过的。

就在马亚非写好了转业报告，准备择机呈报的时候，部队开拔了，立即，开赴唐山，参加震后重建。

震后的唐山，一切都是灰蒙蒙的，满目废墟和瓦砾，大片遇难者墓地的不远处，是部队的简易房和帐篷，条件异常艰苦，马亚非的病却不治而愈。他在门前一小块空地种下几棵向日葵，在窗台上的瓷碗里栽上一簇大蒜，在指挥所的简易房间挂满了战地速写。马亚非在大地震后的唐山重新找到了感觉。至今，他都一直认定这段经历在他的艺术生涯中意义非凡。在那个忘掉世界唯存自己的时刻，马亚非所用的那间极其普通的小屋里因摆满当年的速写而氤氲着神圣近乎神秘的创作气息。马亚非找到了，不仅找到了感觉，也找到了心情，还找到了艺术，真正的艺术。马亚非情不自禁地流下了热泪，第一次，他被自己感动了。

机会又一次光顾马亚非，他被选中参加部队版画创作学习班。这算不算是一次机会呢？用今天的目光看，马亚非由少儿画到宣传画到版画再到雕塑，若缺了版画这个环节，就断了这根自然的因果关系明显的能谓之粗而牢的艺术链条，当然是机会。可在当时，马亚非是犹豫的，他无法展望未来，也从没想去展望未来。但最终他选择了版画，以前从未见过木刻刀的马亚非，便稀里糊涂地开始了版画创作。

他成功了。马亚非在学习、理解、感受、创作中成功了。

1979年的春天注定是不平凡的，除了有位老人在中国的南海边画了一个圈，对马亚非来说，也意义非凡，他开始了第一次的东北之行，咆哮的呼玛河、浩瀚的黑龙江、茂密的大兴安岭、广阔的霍林河草原，还有奔驰的骏马、美丽的牧民帐房、密林深处的军营。马亚非不虚此行，之后陆续创作出一批作品，《呼玛河上》《暑海小荫》《乌金曲》便是其中的代表。

马亚非再也忍耐不得，便揣着满腔的热情和些许的自得，当然还有一部分素描和版画作品火烧火燎地跨进了河南省美术家协会的大门，拜师求教是真，推销自己也是真。他真走运，第一次去，左春、陈天然、王邦彦三位先生都在，不仅对作品进行了认真的讲评，而且给了马亚非真诚的指导。1980年秋天并没有特别之处，但马亚非从河南省美术家协会大门出来时，感觉这个秋天特别丰富特别丰收，就是不一样，就是好。

1981年，马亚非参加了省美协在郑州市举办的版画学习班，在这里，陈天然、王威、刘铁华先生成了他的老师，同班的张松正（郑州市雕塑壁画院原院长）成了他的好朋友。马亚非的军旅生涯于1982年年底画上了句号，很圆满。他转业到地方，紧接着考上郑州大学中文系。但他不能释怀的是版画，这就有了至1986年中文系毕业，文学作品皆无，版画作品相当丰厚的有意思的景象，连毕业论文都与画有关，叫作《论王维的诗中有画》。

这里不能不提巩义的康店。巩义是杜甫的故里，也是宋陵所在地，还有北魏的石窟造像，康店一带黄土山与首阳山相距不远，距黄河也不远，植被稀疏，沟壑纵横，苍凉雄浑，总使人有一种神秘的感悟、历史的惆怅，还有不尽的遐想。马亚非白天出去写生，晚上就住在康百万庄园里，夜深人静时，他总能闻到历史的气息，总能看到童年的自己与金财表哥疾行于首阳山夜色中的匆匆身影，总能听到低沉的黄河水声……马亚非在这里花费了大学期间的宝贵时间，创作了《黄河之水天上来》《热土》《昔日荒山》《山里人家》《金秋》等一批优秀版画作品。

马亚非从1978年年底到1987年年底，创作版画40多件，因此，他加入了中国美术家协会，成为河南省著名版画家。他始终坚持形式和内容的共生性。在后来的一次"内容决定形式还是形式决定内容"的争论中，马亚非强调，即便是现代主义抑或是后现代主义艺术，也是人类社会和大自然的独特认知和表述。他巧妙地避开了关于形式与内容的"决定性"的纠缠，他说："艺术形式的创新和一定的表现对象是相关联的，艺术语言的独特风格也是和作者特定的生活阅历及生存环境相关联的，是艺术家对生活的某种独特的认知所决定的。所以，艺术创作的过程就是发现美和表现美的过程——生活之美、形式之美、材质之美、工艺之美，这是需要用心灵把握的。"

马亚非又遇到了问题：如何走进前人的世界，学习前人的成就，而又能回到自我？往往是进去很难，出来也很难。他陷入了困惑和苦恼，借鉴了别人，往往失去了自我，下意识地向大师靠拢，向时尚跟进而不自知，很难按本心和性情去做，何况还有生存质量、人际关系、名利得失之类不能回避的问题相扰。

就在马亚非开始失眠，苦思冥想艺术的突围之法时，他调入了省雕塑艺术创作室任副主任，开始了与雕塑的缘分。

这真应了那句话：在梦的岔路口，等待下一个梦的抵达。

三

马亚非个子不高，小平头，皮肤黝黑，两手粗糙，厚厚的镜片后面一双诚实求知的眼睛。时任雕塑艺术创作室主任的王今栋先生一看到马亚非的模样，就笑了：可以雕塑。

马亚非下决心学雕塑了，他既没有从零开始，也没有从头开始，而是在继续前进的艺术道路上，推倒或是穿越这堵厚墙抑或薄纸，他很自信：有环境，有师长，有内动力；不怕脏，不怕累，不怕苦。

出鞘吧，让一柄夏夜的惊悸，挑起平淡的一隅，马亚非需要，虽然他的生活并不平淡，这就是他屡屡得手而从未给人浅尝辄止功亏一篑印象的关键。2004年，一个映山红开遍山野、兰草花清香充盈每个角落的早晨，正在新县鄂豫皖苏区首府革命烈士陵园指导安装《永生》雕塑的马亚非接到领导一个让他立即返回省城的电话。最终，他没有离开安装雕塑的现场，虽然他很犹豫、很矛盾。很多人看他谦和友善，这仅是他的另一面。其实，他很固执，他是不计小而必讲大的那种人，在人生价值取向和艺术生命的承接守望上，他肯定不会含糊，肯定沿着心中的那条河流，义无反顾一路走去。

马亚非初战告捷，他于1990年创作的第一件雕塑作品《母亲》获省美展二等奖。吴树华先生就此点评马亚非："感觉很好。"

于是，他乘着好感觉好心情乘胜追击，这一年，他设计安放了郑州市棉纺路上的浮雕《生命·运动》，又为郑州市工商银行做了雕塑《千古辉煌》。

出乎大家意料的是，他歇了下来，销声匿迹如蒸发一般，直到两年后闪亮登场，人们才得知当初他直奔古城，在西安美院雕塑系从师大家陈启南、马改户先生。从此，真正走上了雕塑创作之路。

有一个时间不能忘怀，那就是1999年金秋十月，由马亚非任设计制作专家组组长设计的庆祝新中国成立50周年河南进京彩车《中原雄风》大出风头，赢得满堂喝彩。同时，由马亚非与张松正合作的雕塑作品《回声》以及新中国成立50周年成就展河南厅的主雕塑《山碑——红旗渠纪念雕塑》，在这个秋高气爽丰收硕果的日子里，分别于北京展览馆、中国美术馆展出。

有一部作品需要重提，因为它记录了历史、写照了精神、填补了遗憾，所以，人民会感谢他们，历史会感谢他们，同时，凝结了马亚非的心血、汗水、挚爱和责任，那就是《山碑——红旗渠纪念雕塑》。

这是一次天赐良机。

马亚非知道红旗渠是无疑的，景仰红旗渠也是无疑的，在部队当放映员时经常放映纪录片《红旗渠》，"劈开太行山，漳水穿山来。林县人民多壮志，誓把山河重安排……"的歌儿还常挂在嘴边。正因为如此，1994年冬季他初接任务时，居然战栗不止。是激动吗？是感动吗？是畏惧吗？还是创作前抑制不住的兴奋？这一年的春节，他停止了所有的走动，大年三十的年夜饭都潦潦草草，原本要戒烟的他，这一期间变本加厉，直抽得他黝黑的肤色平添了一层土黄，他躲进郑州郊区一座民房里，整整6个月，总体设计初稿才小心翼翼战战兢兢地拿了出来。

他找到了张松正。事实证明马亚非做对了，他们的合作从此拉开了序幕，并经受了考验。经过反复推敲，数次往返，多方征询，十易其稿，他们的设计方案终于通过。

那天晚上，马亚非和张松正在烩面馆要了两个小菜，几瓶啤酒下肚，都喝晕了，走在高大的梧桐树下，他们沙哑的声音一浪高过一浪……

红旗渠纪念雕塑的整体设计，充分利用了雕塑选址所提供的自然环境，陡峭山崖的浑雄气势和台地崎岖蜿蜒起伏的空间，以山为"碑"，依山就势，浮雕与圆雕相结合，雕塑与山体相融拥，形成十分丰富的立体视觉空间和宏伟广阔的气氛。同时，配以山石、瀑布、水渠、碑刻的自然构入，形成独立的综合景观。自然环境有机地包容人工雕塑，人工雕塑改变和充实了自然空间，较好处理了环境与雕塑的关系，体现出天地人合一的艺术追求。

这个起名《山碑》的设计构思无法不赢得肯定和欣赏。在马亚非眼里，辗转缠绕太行山崖1500公里的岩石砌筑的红旗渠，本身就是一座壮丽的山碑，红旗渠纪念雕塑当为"山碑"之"碑"。

如果说过去马亚非和张松正对红旗渠只有好奇和赞叹，而此时面对红旗渠更多的是沉思和责任，他们用艺术家的眼光和感触审视红旗渠，感觉红旗渠，品味红旗渠。马亚非在龙凤山断崖下的120多米长的峭壁和4000多平方米的山坡平台上摆下了战场。

马亚非后来总是在我面前不加掩饰地炫耀：我当过导演。

为了艺术地再现当年林县人民惊天地、泣鬼神的英雄壮举，马亚非查阅了大量的有关红旗渠的文字、图片、音像资料及实料，走访了许多当年修建红旗渠的英雄模范，还专程拜访了当年带领林县人民修建红旗渠的老县委书记杨贵。看着当年那一根根被磨秃的钢钎、一盏盏熏黑的小马灯、一幅幅为红旗渠献身者的遗照，马亚非仿佛看到了林县人用双手摇撼太行山的情景，仿佛听见了千军万马鏖战太行山的呐喊，他有了更加强烈的创作冲动，马亚非说："我认识了风暴而激动如大海……"

为了保证雕塑与山体结合的精确定位，马亚非他们攀上峭壁，一个点一个点做标记，测量出大量的数据。在雕塑的放大创作过程中，他们爬上6米高的工作架，对每个细部都精心塑造，力求完美。简陋的工作室没有降温、取暖设施，炎热的夏天，在高温的条件下，马亚非和工人一样光着膀子干活，挥汗如雨；寒冷的冬天，他的双手布满了皴裂的伤口，疼痛钻心，不得不贴满胶布才能工作。由于工程质量要求高，经费预算少，无力邀请更多的艺术家参与工作，马亚非他们的工作量只好成倍地加码，使原本就没有多少健康本钱的他，多次病倒在工作现场……

在新县，常常笑容满面的马亚非一次偶尔谈及使命感，很严肃地向我表白:"新县是烈士鲜血浸透的土地,你无法不神圣;唐山大地震,生灵涂炭,你无法不神圣;林县红旗渠,人类罕见,堪称奇迹,你无法不神圣。"

在总体设计方案通过之后,耗时三年多呕心沥血的雕塑创作和安装施工终于完成。1998年8月,这个叫作《山碑》的红旗渠大型纪念群雕,在龙凤山落成。自《地渴天干》而《千军万马战太行》,到《壮志塑新天》,到《血汗铸天河》,到《甘泉润林州》,依120米长的断崖和50米纵深的山坡展开,202个人物形象,或为圆雕,或为浮雕,或隐现于峭壁之上,或挺拔于山石之间,互为映衬,错落有致,连绵不断,艺术地再现了红旗渠修建的全过程,犹如一幅恢宏的历史长卷……

马亚非全然没有敲锣打鼓的喜庆,他带着满脸的憔悴和浑身的困乏,回到郑州,回到那个虽然狭窄,虽然光线不足却被妻子收拾得井井有条温馨舒适的家,他扬言要大睡5天,要睡个自然醒,他太累了。

马亚非不可能大睡5天,他睡不安稳,虽然他太累了,他还得累下去,肯定比以前还要累。眼下,一边当着河南省美术馆馆长,一边做着新县副县长,他能睡安稳?他能不累?他就是这个命。

老高不容易

老高叫高献周,可能是当老师没当够,便于一个春天的什么日子抑或冬日的某个寒冷之夜,想起自己办学。办什么学呢?不是小学、中学或者大学,那都不是随随便便说办就办的。于是,老高就办起了"新世纪大讲堂"。

"新世纪大讲堂"这个名字,不复杂但有点味道,可谓言简意赅。"新世纪"既有时代感,又大气,又有寄寓之意;"大讲堂"颇具几分古风,类似北京大学的前身"京师大学堂",常常令人不禁生些许敬意。

其实,刚开始时,老高自己也免不了羞涩,确实没名没分,连丑小鸭也算不上,别人压根儿也不知晓,甚或根本就不打算知晓。好在老高在人们并未为之动容为之欣喜的目光里站直了,没趴下,硬硬地将"大讲堂"撑了下来。

本来我跟老高也不熟悉,是真不熟悉的那种。我第一次知道"新世纪"的名字是略有恶感的,不是我天生恶感,也不是谁在我面前说了"新世纪"的坏话,更不是"新世纪"或者老高在哪件事上得罪了我。其实,大家,包括老高都是无辜的。那到底是什么让我顿生恶感呢?

说起来不值一提。可是我这个人呢,偏偏注重细节,我得申明一下,此句于此处没丝毫汪中求先生所说的"细节决定成败"之意。这全是自诩为文化人的人惹的祸。我刚从山水之间进入城市没几天,一副愁眉苦脸的样子,在道路街巷游荡时,我发现了在一些显眼之处的墙上总是出现"新世纪"的字样。当然,"新世纪"三个字肯定不会让我生恶,是"新世纪"那三个字的鹅黄色彩,不仅仅如此,是那块把"新世纪"三个鹅黄色字含在其中的足有 8 米 ×6 米的广告栏,还不仅仅如此,是那片把"新世纪"三个鹅黄色字捏拿在手中的绿,顿堵我心。那三个鹅黄字就够人呛的,那个绿,既不是深碧也不是浅绿,既不是苍翠也不是嫩绿,既不是久违的新鲜更不是远离城市的宁静乡野的那种逼人眼的绿。这咋行?肯定不行啊。

直到这个时候,我还是不知道老高这个人,也不知道高献周这个名字,也没有将老高与"新世纪"联系起来。

不知不觉中,"新世纪"那点小鹅黄与那片大绿从我的视线中销声匿迹,不知不觉中,我也就把"新世纪"淡忘了,本来就无所谓印象不印象的,老高当然也就没有在那个时候出现在我的面前。

谁知,老高,高献周,他在注意我。注意我,并不是带有什么目的,打我什么主意,也不是蓄谋、预谋、阴谋策划什么行动,譬如通过中间人牵线搭桥见面吃个饭喝个酒品个茶唱个歌之类的,都不是。老高注意我,是站在不远处充满友好地注视我,是从不同角度安稳地一点儿都不着急地注视我。

他真有耐心,真自信,似乎他早已料到,终有一天,我会心甘情愿地向"新世纪"走去,向他老高走去。

如果说没一点点联系也是不真实的,事实上,老高一直都在一以贯之、锲而不舍、坚韧不拔地给我发信息,没有别的内容,只有"新世纪大讲堂"请了哪位学者、专家、教授、名人,将于什么时间要在哪儿哪儿进行讲座,恭候前往的消息。由于我不知道老高这个人,手机上自然也就没有储存老高这个人的名字与号码,所以,我总是在翻开信息看后,顺手就将其删除了。坦率地说,刚开始的那段时间,我颇有些烦,甚至把老高的信息划归骚扰类。渐渐渐渐渐渐地,老高的信息像一柄竹笋,在某个春暖花开时刺破冻土从石缝中冲出一样,终于引起了我的注意。

引起不引起我的注意倒不重要，我不是什么风云人物，又不是什么成功人士，谈不上凝聚力、召唤力什么的，更谈不上引领。我想，如果有那么一点点意义的话，可能因为我毕竟也是个文化人，很多时候，还真的具有真正文化人的文化品行与精神风貌。如此一来，在我之前，有多少人通过认识老高而认识"新世纪"，或者是通过认识"新世纪"而认识老高呢？

我得了解一下老高。这个念头的产生是真实的，也是充满真诚的。可是，可是，竟然忘了，这一忘，一两年的光阴又过去了。

正当我全然不觉老高的存在之时，一次朋友的聊天，我竟听到了关于老高的话题。归纳一下，姑且以故事样式出现，大致如下：

老高刚刚举起"新世纪大讲堂"的旗帜之时，随行者并不多，甚至以"寥寥数人"形容更准确些，转身四望，虽不见粉丝，但老高并不气馁。老高不气馁，不是因为老高性子硬，屡败屡战，也不是因为老高物阜年丰、家缠万贯，很有李白气概，"五花马，千金裘，呼儿将出换美酒"，而是老高有个信念：文化的力量是巨大的，文化如水可以淹没一切。

于是，老高"新世纪大讲堂"第一课就开在了阳光宾馆。阳光宾馆是当时信阳市唯一的一家四星级宾馆，阳光嘛，文化是阳光，那么阳光应该普照，所以老高选阳光宾馆开始也是费了心思的。可是事情的结果并非像阳光那般灿烂，远非阳光那般夺目。教授肯定请来了，老高似乎不差钱，一诺千金，真金白银。讲堂肯定得铺排一下了，老高似乎还是不差钱，不打白条，现钱交易。各种类型的广告肯定早已打印分发送刊寄帖至或机关或单位或企业或学校或电视或报纸或大街小巷。少量的请柬肯定被毕恭毕敬地呈到贵宾的案头。大量的虽未写"入场券"但写了"副券"二字且标明了价位的"券"肯定早已整装待售。真可谓万事齐备呀。

只欠东风。诸葛孔明是幸运的，因此东吴与西蜀也幸运了，诸葛孔明借来了东风，成就了三国神话，活该曹操倒霉了，稀里哗啦、稀里糊涂滚回了北方。恰恰相反，这回，万事齐备，老高却没等来东风，也没借来东风。教授是幸运的，阳光也是幸运的，各自揣着鼓鼓的腰包想干啥干啥爱干啥干啥去了。活该老高倒霉了，投资八万元，回收两千元。啥叫血本无归？这就叫血本无归。这与当年曹操亲率80万大军饮马长江、声震赤壁而后败走华容道落荒而逃有异曲同工之巧合。

说老高不在乎这次成败是假的，毕竟是开头哇，是第一讲呀。老高沮丧得简直要死。要死，也不是说真的要寻死再也不想活了那种死，是憋屈得慌。老高想不通，老高咋都想不通，他自己就曾被"券"上那句话一直感动着激励着，"券"上那句话说"学习力是终身竞争力之本，知识改变命运，学习成就未来"，看看，没错吧。可这问题到底出在哪里呢？

说老高不在乎这次赔钱也不属实。老高脸色铁青，回到家中烂泥一般。咋不在乎？钱是大水漂来的吗？老高非官非款，做个广告企业，还老想别出心裁，譬如令我生恶的那种大绿捏小鹅黄的广告栏，能赚什么大钱？送走教授，处理好相关事宜后，在忽加劳累，让他一下子蔫了。

事情的转机常常在人们的意料之外。事情是这样的：老高读大三的儿子小高放假在家，小高像其他好孩子一样，也是个好孩子。老高小高父子俩关系不错，有一天非正式打个赌，打什么赌呢？当时，老高意气风发，斗志昂扬，踌躇满志，说是等"新世经大讲堂"办好了，为儿子提供去欧美留学的费用。小高二话不说，像猫一样"腾"地就蹿到老高面前，用自己的小拇指钩住了老爸的小拇指，父子两个紧紧相连的小拇指在空中荡了三荡。这就算定了下来。本来这是个玩笑，或者说是种激励方法，过去了就算了。谁知，老高的儿子小高在老爸惨遭"新世纪大讲堂"开讲重创，出师未捷身先死之时，像猫一样轻轻来到老高身边，乖乖地拉过老高的手在自己手中抚来摸去，把老高弄得心里热乎乎的，这还不够，小高对老高说了："老爸，我支持你。"小高一本正经的样子，"将你给我留学的钱都拿出来办大讲堂。我考公费的。"

老高一下子把小高的手攥紧了……

老高当真，儿子不是说谎的人，孩子是个好孩子（后来果真考上了公费）。老高似乎从小高那里找到了榜样的力量。说到底，还是老高自己有信念，他坚信他的"新世纪大讲堂"一定会办下去，他的"新世纪大讲堂"一定能够办下去。

老高的话题并不是我朋友聊天的主题，但除老高的内容外，其他的我几乎一个字都没听进去。

我开始有意识地注意老高发来的信息，并且我将老高的手机号码存进了我的手机。不久，老高的又一条信息让我觉得他这个人真的挺逗的。这里，我予以抄录：

行为科学最新研究成果告诉我们，人类的交流55%有价值的信息是靠现场互动、心神、眼神交流实现的（眼睛是心灵的窗口），38%的有价值信息是靠语言传播（含语言、语速、语气、语调等）实现的，当然还有现场所目及的肢体语言成分，只有7%的有价值信息是可以通过文字传递的，这样看来现场传递和感受到的有价值的信息是信息总量的93%，这也正是我们进行现场听课的奥秘所在。

老高有滋有味地不温不火地不急不躁地一期一期将"新世纪大讲堂"办开了。他请来清华大学惠喜军教授讲《赢在中层》，请来北京大学杨忠诚教授讲《组织危机与冲突管理》，请来中央党校刘峰教授讲《管理创新与领导艺术》，请来余世维博士讲《团队执行力》《职业化团队》，请来胡家才教授讲《哲学与人生》，请来王翼成教授讲《论语国学智慧》，请来徐晓春教授讲《易经国学智慧》，请来张大男教授讲《战略制胜》，请来张声雄教授讲《如何创建学习型组织》，请来汪中求教授讲《细节决定成败》，请来于长滨教授讲《孙子兵法与当代运用智慧》，请来乔赢教授讲《企业经营的八大死穴》，请来张利教授讲《孙子兵法与现代营销》，请来褚洪波教授讲《直奔结果》，请来李广伟教授讲《逆境销售的九大法则》，请来张子凡教授讲《如何留住大客户》，请来马克教授讲《狼性营销之虎口夺单》，请来苏源泉教授讲《蓝海战略》，请来中国科学院秘书长刘鸿雁教授讲《突发事件应对与预防》，请来博鳌亚洲论坛秘书长龙永图讲《全球经济宏观形势分析》……

据说，"新世纪大讲堂"至今还没赚钱，但老高兴致一点儿没减，大有将革命进行到底之势。

终于，2010年春天一个平平常常的日子，我走进"新世纪大讲堂"，在迈上二楼的台阶上，我真真地产生了一种迟到的感觉。

出乎我的预料，也让我欣喜不已的是，大厅里、讲堂里、走廊上、阳台上，早已有了许多表情平静的等候者。我竟遇到了一些熟人，相互寒暄中，彼此确乎感到有别于往日有别于他处的寒暄，甚或从目光中得到一丝不易察觉的鼓励。

这时，一个人来到我面前，这个人中等身材，国字脸，目光沉稳，厚嘴唇，宽肩，一副憨厚的模样，微笑着向我伸过手来，我也伸过手去，但因为不认识，我的微笑中明显含有几分询问。只见此人上身微微前倾，谦虚而不失自信地说："早就盼望您的到来。我叫高献周。"

诧异一掠而过，紧接着是我充满真诚充满尊重充满钦佩的笑容。我们又热烈地握起手来，像久别的老朋友，四只手不分你我，我们相互望着，一直笑而不语……

马上要开讲了，我们才松开手，我贴着他的耳旁低声说了一句话："老高不容易。"

老高脸扭向我，只一刹那，我分明看到他的眼红了一下，接着，他端端正正地走上讲台，去给主讲人主持去了。

云霆先生的片段

雷老师云霆先生走了，在2006年入秋后第一场雨中走的，留下一帧笑容和一方日渐浓郁的墨香……

四幅屏

我位于石佛镇南小街的老家堂屋左墙壁一溜排垂直挂下的四幅屏，从我1岁时，也就是1963年过年时挂起，挂过了我整个童年和少年时代。

四幅屏是我在福建当兵已提干的叔父回乡探亲途经县城时购买的。白纸、黑字、红格、镶粗红花边。随着渐长渐学，渐学渐长，我自然也就认识了四幅屏上的字，并学会了从右向左从上往下读；后来，还囫囵吞枣地知道了一点内容的意思；再后来，记得滚瓜烂熟；再后来，夸张地说，倒背如流。

四幅屏的总题目是"恭录毛主席诗词十首附郭沫若的满江红词"，正文开头是"钟山风雨起苍黄……"，结尾是"……待到山花烂漫时，她在丛中笑"。四幅粗红花边的下方分别注着"（一）""（二）""（三）""（四）"，在第四幅的左侧往下有两溜文字，稍大的是"地方国营固始印刷厂翻印"，稍小的是"每套四页定价叁角伍分"。

虽然是印刷品，并且没署名书者。但叔父仍如获至宝，爱不释手，他花费了半天的工夫，亲自将四幅屏做了简单装裱，工工整整地挂上了墙。此后，叔父总是在他的每一封家书里都要嘱咐我的父母让我哥还有很快长大的我一定要照着四幅屏上的字临摹。

17年后的1980年，我终于知道了，固始有个会写字的人叫雷云霆，我家墙上挂的早已褪色的中楷四幅屏就是他写的。因为这一年，雷云霆参加河南首届书法大赛，获得了全省唯一的楷书一等奖。顿时，省内名声鹊起，县内奔走相告。

真　迹

我获得云霆先生的字，是在1996年。

我们两家在县城两次为邻，先在南后街东西向对门，我常在工作之余，挤进先生斗室，目睹先生一丝不苟，笔耕不辍；后在北关新村前后排，无论赴任在乡下，还是就职于县城，我总是抽空溜进先生家中，尽情享受浓郁四溢的墨香和扑面而来的文化气息，聆听先生的教诲。但终因怕给先生找麻烦而缄口，迟迟未得一片先生书法真迹。哪料，当他知道我的要求后，很高兴，很慈祥，很谦和，他合住我的手说："字在求不在送，关键是我不敢送。"

20多天后，我前去讨字时，一下子就被已经装裱挂在书房墙壁上的小楷四幅屏《岳阳楼记》深深吸引住了。该幅作品无臃塞，无轻率，无凌势，无造作，精到、朴茂、严谨、沉敛，真可谓意态缜密，端庄典雅，风骨俊挺，遒健秀逸。

我从字里行间分明感受到了云霆先生的痴情与认真，也感受到了云霆先生的厚爱和用心。果然，只见已80岁高龄的他轻轻清了一下嗓子，便清清朗朗抑扬顿挫地将《岳阳楼记》背诵了一遍，当背诵到"先天下之忧而忧，后天下之乐而乐"时，音量提高了，语气加重了，他温厚慈爱地望着我，目光的背后，分明是无限的叮咛。

这幅精品是云霆先生亲自收卷后递到我手上的。

写春联

云霆先生为亲戚、朋友、同事、邻居写春联早就成了习惯，每年的阳历年一过，他就开始了月余的昼夜不分地写春联。

云霆先生的小女儿桂华曾跟我说过，小时候，父亲给她留下最深的印象就是每天半夜她醒来，父亲都还在给人写春联，昏黄的灯光映出父亲长长的背影。"请他写春联的红纸堆满了家中的书桌与案头，写好拿走了一批，又来了一批，有熟人的，更多的是人托人的，被托的人能拿到父亲给写的春联，便在他的熟人面前有面子。于是，父亲在下了班后写到夜里1点，睡上4个钟头，凌晨又要起来写字。我与小哥每天早晨起来，总要把铺满地的春联高高地托在煤炉上方烘干叠好才能上学，不然，简陋的家中没有了转身之地……"

桂华的叙述是真实的。我在与云霆先生做邻居的时候，只要是元旦至除夕期间去，不论早晚，总是遇到许多上门求写春联的人们。先生写得很苦。一方面，他要根据求字方提供的尺寸裁纸，然后，根据字数多少叠印，春联不同于书法作品创作，春联要板是板、眼是眼，论尺寸，讲吉庆，图个心里想，所以，先生还要根据一批又一批职业不同、家境不同、志向不同、情趣不同的人的特点组织充沛而又不同的内容。另一方面，他还要解决求字人送来的不同的纸张对墨水不同的反应的问题。比如，蜡笺纸，鲜亮好看还防雨水，可是不吃墨，云霆先生专门找来块细软布一遍遍擦拭纸上的蜡油，直到写上字为止。

1993年过大年的那天下午5点多钟，整个蓼城都沉浸在此起彼伏的鞭炮声和浓郁的硝烟中，云霆先生送走最后一个求写春联的人，才开始给自己家里写春联。对于我的不理解，先生说："对于我，两种人不能拒绝，一不能拒绝求字者，二不能拒绝学书者。"

云霆先生不仅是这样说的，更是这样做的。他10岁学书，始以柳公权《玄秘塔碑》为帖，再笔铸欧骨，书入询门，又研颜赵，80年的书艺生涯，精品大都流散于民间，或收藏于展览，自己据有甚少；学生遍华夏，桃李已芬芳，却从未见丝毫矜夸。尤其难能可贵令人肃然起敬的是，先生一生中从未向任何一位求字者、学书者收取分文。他始终坚持不把书法当成商品，他曾经严肃地告诉我："书法走向市场，是社会对书法的一种认可，是件好事，不过要注意，在科技越来越发达、生活越来越富裕的现代社会，万万不能把书法弄丢了，万万不能只把书法当作极少数人家的玩物。"

鹤发童颜的云霆先生走了，很安详，他真的很有理由这样。看看9月8日，农历闰七月十六这天一大早，在淅淅沥沥的秋雨中长长的自发的送行队伍，你就知道了先生情润故里、笔润心田的力量。这正是文化的力量，守望精神家园的力量。再放眼看看固始阵容整齐的书法方阵以及接踵而至的茁壮成长的书法大军，你就会在与先生告别所带来的感念的同时，感受到被授予的"全国书法之乡"的欣慰。这真是固始的欣慰，更是文化的欣慰。

今年的秋天来得早，并且仅在一场雨后。季节变换时，人很容易去怀念。当然，怀念家乡和那片土地上的人们无疑是一种美好的情愫，因为它总能令人在现代繁杂中宁静些许，总能令人在城市仄逼中获得一点儿空间。

雷老师云霆先生值得我永远怀念。

不仅仅因为一本书

一个人说走就走了，算是正常；一个人没说走却突然走了，是无常。所以，当诗人长岛打电话给我，说韩作荣先生去世了，我的心里很不是滋味。当时，我正在高铁上，每小时300公里的速度，让手机信号时有时无，一个不好的消息，让我俩来回三四次才说清，才听清。面对这一无常，我一时无语，不知说什么好。

长岛在他得知这一不幸消息的第一时间给我打电话，缘于《时光的缝隙》，这本书是我当年交由上海文艺出版社8月份才出的，是本散文诗集，特约编辑与装帧设计都是长岛，为这本书作序的正是韩作荣先生。长岛曾为这个序羡慕过我，在初夏的那个晚上与我在电话里谈了很长时间，他说他没想到韩先生在这个序里如此独到而系统地谈起散文诗创作。

对此，我与长岛有同感。韩先生在序文中写道："20世纪世界上所有的大诗人几乎都在做着同一件事，即打破韵律的束缚，还诗歌以自由。他们认为，将人异常丰富的情感与无羁束的心灵感悟，人为地压缩在一个模子里，甚至是一种犯罪。诗人不再'戴着镣铐跳舞'，而是试图创造'一个人的韵律'，诗不再有能返回自身、千篇一律的固有的外部形式，一首诗的生成便是一个人韵律的开始，也是结束。诗人把语句当成乐句看待，乐句是可长可短，可张可弛的，既可以押韵也可以不押韵，而句子的长短错落，绝不呆板，更适宜表达自由无羁的心灵……"

高铁飞驰中我接听长岛第三个电话，他说："韩老师的序该是绝序，也是关于散文诗写作的绝笔。老兄多珍惜。"

乔叶打来电话。乔叶的电话是在长岛电话的第二天，夜晚，她语气很沉："韩作荣老师昨天去世了，你知道吗？"我说我知道了。她接下来一阵沉默，然后一声叹息，便挂了电话。

乔叶跟我说这事，也与《时光的缝隙》有关。计划出这本散文诗集时，我为请谁作序为难，乔叶挺身而出："我找韩作荣老师试试。"很快，乔叶传来消息：韩老师没拒绝，但要看了书稿才定。于是，经乔叶穿针引线，我与韩先生联系上了。韩先生讲了三件事：一是打印稿邮件快递，因为他不会电脑（我一听就笑了，我也不会电脑，并常因受人奚落而苦恼，这下好了）。二是有原则地写序，决定写了，会主动告知。三是眼下正在写个长文，决定写后，也只能在5月末交稿。

散文诗稿寄往北京大约两周，一天中午，我收到一个电话，手机屏上显示的是北京座机号码，开始没接，手机再响，很执着，一接，对方便说："我是韩作荣。稿子我粗看了一下，挺好的。过段时间，我再细看看。正好我也想就散文诗的写作问题谈谈自己的看法。"

我及时将韩先生明确的态度告知了在郑州的乔叶与在苏州的长岛，他们很欣喜，与我一样，对这个序充满了期待，因为我们都相信，韩先生是认真的，这是他一贯的作风，也是他为人所熟知的品行。

果然。在如约而至的序中，韩先生写道："新诗与旧体诗的主要区别，就是白话与文言的区别，当下新诗对浮泛空洞的抒情似已厌倦，更重有意味的述说与智性的沉思以及对细节的关注，在不同的语调与语言方式和节奏中，予以诗质的表达。由此看来，新诗与散文诗的界限日渐模糊，如果不再分行排列，多数的新诗都可称之为散文诗了。新诗即用白话，用散文的语言方式来写诗，当然重在'诗'字，其本质应当是诗而非散文。"韩先生借用"诗酒文饭"说，对诗与文进行比照分析后，进一步阐述了自己对散文诗的理解，他指出，散文诗或许该是米酒，介于米与酒之间，但米酒仍旧是酒。看不同的文字是不是诗，不在于它是否分行排列与押韵，亦不在于语言的美丽，花拳绣腿的文字以及诗化的语言，"而在于诗的内在形式，即人与世界的关系中，对人与人，人与自然、社会的心灵感悟，于司空见惯的俗常事物独有的发现，从而形成一种诗学结构，其灵光闪现，犹豫不决的两难境遇、感觉、情绪，人的想象与背逆的现实遭遇的瞬间，对于事物本质的揭示，对诗而言无疑更为重要"。

9月初的那个晚上，在郑东新区一处茶舍的二楼，乔叶借着茶室昏黄的灯光，翻开了散发着墨香的《时光的缝隙》，细读了韩先生的序，读罢，良久不语，脸上满是轻松的笑容，她说："今晚你一定要买单。"

孙德全的电话，是在他刚参加完韩作荣先生遗体告别仪式后打过来的。德全兄给我打这个电话，还是与《时光的缝隙》有关。前些日刚收到我寄给他的新书，他给了一些褒奖与鼓励，尤其对韩先生的序评价甚高，他对韩先生关于散文诗的形式的阐述印象十分深刻："散文诗的形式，是由声音肌质、词语的组合方式与节奏这三要素而形成。其声音肌质，自然与诗之音乐性、字音的轻重高低等因素有关，但更重要的则是整首诗的语调的把握。而语调，该取决于诗的情绪。""词语的组合方式，与为诗者的艺术观念有关，即什么样的语言方式才是散文诗的表达方式。""对于散文诗而言，诗的节奏并没有分行排列的诗那种鲜明的节奏感。诗之节奏与人的呼吸有关，也与情感状态和事物本身的特征有关。""或许，情感的动态模式所形成的语言运动体，亦是诗鲜活可感的生命意识的体现，不是僵硬的静态描摹，而是柔软的活的体验，是生理和心理、外在事物与心灵智慧融为一体的所独有的语言秩序。"

德全兄让我尽快将韩先生的序发到他的邮箱里，电话里充满了惋惜之情："我让他们发一下。不是为了序，是尊重一个诗歌界义工、一个大家对散文诗的观点。"

就在前几天于开封召开的河南省散文诗年会上，我与诗人箫风邂迩，之前我俩未曾谋面，却一见如故，分外亲切。一聊，竟仍与《时光的缝隙》有联系。原来，不久前在承德全国散文诗创作研讨会上，韩作荣先生的发言，正是念的这个序。

这让我想起韩先生的嘱咐。当时他是以挂号信的方式寄来序稿的，9页绿格拟稿纸，钢笔行书字，8页正文，1页附信，附信中有一段写道："因不会电脑打字，特烦请序打印后，寄一份与我，以备今后参加相关会议或收集之用。"

韩先生对《时光的缝隙》序的写作无疑是重视的。我很清楚，这个重视，是韩先生作为一个著名诗人，一位刚刚上任的中国诗歌学会会长基于对散文诗写作的思考，借着这本书表达他对散文诗的看法、理解与观点。不仅仅因为一本书，而是因为散文诗。正如他在序中所言"与本书有关，或许也无关"。

无论有关与否，就我而言，将受益终身，那是肯定的。同时，与之相伴的，是我对韩先生的感激、敬重与由衷而长久的怀念。

王玉的故事

王玉是个书画家。

认识王玉的人都知道,王玉是个文静的人,不爱言语,近乎木讷,一点儿都不显摆,更不张狂。说王玉不显摆不张狂,不单是那种语言上行为上不显摆不张狂,而是眉宇间目光里都不掺杂丝毫显摆张狂成分的那种真不显摆真不张狂。正因此,初识王玉的人中很多人误读了王玉,以为王玉是个一直以来都过着平常日子的人。

其实,王玉是个很早就有想法的人,并且是那种有想法就去践行,实现之后又有想法,有了想法又去践行的那种。

连环画

我与王玉初识于1979年初秋去潢川师范上学的班车上,还巧为邻位。我们怀里除了揣着入学通知书,还揣着少年的激情。虽然我热情奔放,他静如处子,性格迥异,但又有什么呢,丝毫没影响我俩的沟通与交流。当得知我学中文他学美术后,我们便有了个约定:以后合作创作一本连环画,我负责文字创作,他负责画面创作。

当时,这个意见是我一时脑热提出的。许是心里没准备,王玉似乎被惊了一下,脸扭向我,嘴唇动了动,并未说出什么,过了一会儿,他碰了碰我,说:"可以。"于是,我们学着电影里的样子,相互握了一下手，王玉略显羞涩。

第一次见面，我就有心打量了王玉，黝黑的长圆形脸，鼻子微微往上翘，两片厚厚的嘴唇，因轮廓与线条不够突出，整个相貌似乎缺乏个性。

就是这个不动声色颇具几分老成的王玉，在潢川师范的两年里，常常向我提及连环画之事，也不管在后湖岸边，还是梧桐树下，还是林荫道上，还是教学楼走廊中，还是阅览室里，像是逗我似的，逢见必提。王玉总是面带微笑，不急不躁不温不火的样子。如此这般，次数一多，时间一长，弄得我压力越来越大。之初在车上的约定，很大程度上是少年豪情之行为，虽不应反悔，但也没说迫在眉睫，急不可待呀。可终究，我还是当真了，并从此走上了一条艰辛的文学创作之路。

多少年后，我还真的发现，王玉当年或有意或无意的催促，对我写作之作用还是有着基础性影响的。同窗之谊便于心中温软荡开。

王玉也曾亲口告诉过我，连环画之约的的确确也给他带来了持久的无形的压力。

32年过去了，这本连环画仍未完成，但王玉与我却从未因此感到羞愧。为什么？我想，连环画所触发的兴奋、所引发的冲动、所激发的对愿景的向往，早已融会贯通于王玉的书画创作之中，也融会贯通于我的文学创作之中。我们都没有虚度光阴，我们从当年的连环画出发，各自沿着一条蜿蜒的小径，风雨兼程，至今日依旧须臾不敢懈怠。

连环画，像一盏灯笼，一直悬挂在王玉和我的路上。

步行归乡

毕业离校的那天中午聚餐后，我、王玉和另外两个同学，将各自的行李交给了其他同学带回，我们便顶着炎炎烈日，赤手空拳踏上了归乡之路。

王玉的加入实属意外。之前几个中文班的同学觉得就这么毕业回去了太过于沉闷了，想弄出点响动。那时的响动远非今日校园之非常响动，仅仅不同于平时的方式而已，以表达一下别离时对母校的眷恋。大家出主意想办法你一言我一语，最后难以统一而不了了之。后来，我在后湖边上的树林里碰见王玉正在专心致志地画画。我很佩服王玉的这个能耐，最后的几天里，别的同学早已人心浮动了，他居然于此处取静夺景，这对于一个不到20岁的小青年来说，真是要功夫的。

我不经意地透露了想弄出点响动的想法，没想到王玉眼睛一亮，迅即收回散放于湖面上的目光，他依然微笑地看着我："步行回固始。"

亏得王玉想得出。真是。

王玉不仅出了主意，还身体力行参与始终。这与一批之前信誓旦旦要弄出点响动而当得知步行回固始之后销声匿迹的同学相比，英勇无畏了许多，也比一批举双手赞同步行回固始，后来又找出理由有的干脆就不辞而别的同学威猛高大了许多，尽管王玉体形瘦弱，绝非魁梧伟岸之辈。

潢川距离固始64公里，那时312国道还是沙石路，路不宽，车也不多。我们四个在众多同学复杂的目光里，跨出了学校的东大门，向右一拐，便上了312国道。当时，正是下午2点钟。

我们在耀眼夺目的光线里，在热浪扑面的风中，跨过了潢河桥，穿越了潢川南城，向东钻过了水利渡槽，向东向东，过黄寺岗，过伞陂寺；我们在洁净的月光下，在欢快的歌声里，穿过桃林，跨过春河桥，继续向东向东，过三角店，过胡族铺，过阳关大桥……

固始县城近在咫尺。当月落后的漆黑天幕徐徐拉开，东方天际露出鱼肚白时，我们扑进县城，一头扎进了城南关的桃花坞水库……

今天看来，30年前的这个响动，无论在声量上，还是在数量上，都不足以用"大"来表达，更不足以与现今之行为比肩。但是当年这个小小的响动质量是高的，影响也是大的，收获也是颇丰的。

说它质量高，是因为在40摄氏度的高温下，在缺少一顿晚饭的饥饿中，我们四人没有一个掉队的，没有一个沮丧的，没有一个后悔的，甚至没有一个提出歇歇再走的，一鼓作气啊。只是由于缺乏经验，我们四人中，只有王玉穿的是球鞋，而我们三个因穿的是凉鞋，脚上打满了血泡，脚后跟磨出了很深的血印。

影响大，主要是王玉影响大，同学们都没想到王玉竟想出了这个主意，王玉竟真的参与始终，王玉竟大踏步走完全程，王玉竟不输给任何一个人。同学们真的都没想到王玉如此瘦弱的体形，如此缺乏个性的相貌，如此谦和温顺的性情，骨子里竟有着非同一般的坚毅与不驯。

收获当然是颇丰。仅就当时的行为并没有大书特书的价值，尤其是对别人更没有什么实际意义。但就后来而言，就自己而言，此事的意义真的大于此事本身。此后的多少年里，我经常想起，而每每想起，那人那事那情那景总是历历在目，清晰如昨，心里总会泛起一阵又一阵激情与豪迈。而王玉总会在那穿越记忆的我们的路途上心无旁骛，一意孤行抑或泰然如春、温宁如玉。

雪夜宣言

1994年农历腊月二十八傍晚，大雪纷飞，满世界充盈着喜庆与快乐，我从乡镇回到县城过年，正在大街上采购年货，忽觉眼前晃过一个熟悉的身影：王玉。他身穿深蓝色长呢子大衣，围着格子长围巾。这种20世纪二三十年代中国新青年形象，在当时的固始县城，只有在王玉身上可以找到。果然是他。

我和王玉便站在雪地里聊了起来。话题很多也很杂，我留有印象的内容至今还有两个，一个是他在临摹米芾的行书和龚望的行隶《石门颂》。此前不久，王玉参加了全国第一届山水画展和全国青年国画家作品展，按说，正踌躇满志。另一个是他的广告装潢公司，装潢的质量与品位如何获得城乡好评，如何在被拖欠工程款的情况下仍有相当的回报，并因此在县城的幸福小区自建小别墅的情况。乍一看，王玉喜形于色，似乎沉浸在何止殷实简直就是淘得一大桶金子的物质财富的巨大喜悦之中。

眼见得天色渐晚，飞舞的雪花营造的愈来愈浓的大年氛围从四面八方包抄上来，我便拉上王玉，声称啥也不干了，找个地方老同学叙叙话。王玉欣然应允，他看着我，仍是先前一贯的微笑。

我和王玉深一脚浅一脚在雪地上从中山大街向东，下了东门坎，在东关回民聚居区的良家巷一家清真小店要了四菜一汤。我不喝白酒，给王玉要了大概是二两半的一小扁瓶白酒，我用一瓶啤酒陪他。

窗外，大雪纷纷扬扬，因无风更显从容恬静，小店内并无空调，倒是屋角有盆炭火给屋内平添了许多暖意。多少年后，王玉不止一次旧话重提，我也常提此事，我们都觉得，那是我们一生都难以忘怀的一顿晚饭。

那天晚上，我们话题并不多，不知怎的，开头说广告装潢，说着说着就说到画画上了，既然主要是说画画的事，我当然不能再滔滔不绝了。王玉本来不胜酒力，几杯酒下肚，便扯开了画画的头绪，一讲不可收。今天回想起来，王玉高一句低一句的宏篇大论，大概意思是：画画才是他的本意和追求的终极目标。目前的形势，对王玉很不利，动力不足，视野不宽，功底不济，王玉正处在艺术创作的边缘地带彷徨、徘徊、迷惘。目前的任务，潜心作画，尽快在作画的质量、风格、意境上有所突破。怎么突破？王玉极其少有地一番高谈阔论后，陷入了长久的沉默……

那晚，白酒被王玉不知不觉地喝完了，我搀着王玉走进无风的雪夜里，他执意不肯让我送他，分手时，他一手搂着我的肩膀，一手紧握我的手，贴着我的耳边说："办公司赚钱，我好出去上学。你看好喽。"

真的。半年后的1995年8月，王玉去了南京艺术学院美术系。

所以说，别看王玉一副端端正正的老实样子，王玉可是个很早就有想法的人，并且是个一直都有想法的人。从南京回到固始没几年，他又直奔北京而去，先是去中央美术学院中国画系硕士研究生课程班，之后又去了首都师范大学书法硕士研究生课程班。

这下好了，王玉已书画皆成，硕果累累。譬如：美术作品2003年获联合国科教文卫组织举办的"世界和平"艺术展美术金奖；2004年参加第二届中国人物画展，2007年参加第三届全国中国画展，2009年参加第二届中国画名家艺术邀请展。还譬如：书法作品2000年参加全国第八届中青年书法篆刻家作品展，2001年参加中日书法作品交流展，2005年参加全国第二届扇面书法展，2008年参加全国首届册页书法作品展。王玉既加入了中国美术家协会，又加入了中国书法家协会。

想想，这样一个有想法的人，不成功那才怪咧。

羽毛的重量

整个天空,因为一只鸟的降落,顿时空旷起来、寂静起来。鸟儿降落的身姿却宛如此时此刻李充茂心跳的颤动……

李充茂收回洒向丹霞山久久不肯收回的目光,用轻的只有他自己能够听见的声音向两个侄儿说:"走吧。"两行热泪不禁扑簌簌滚落下来。

清朝顺治八年(1651年)初春那个早晨,一队扶先人灵柩的人马,朝向河南邓州老家,一路向北向北……

扶先人灵柩回邓州安葬一事,是李充茂平生做出的最大的决定。

以往的大事均有兄长李永茂定夺。永茂生而倜傥伟异,读书日积一寸,26岁中河南乡试解元,36岁中进士,并以政绩卓著而获崇祯帝特御书"洁己效忠"匾额,褒奖他为"豫南国土无双,河北循良第一"。正是这一御匾,使得李永茂在崇祯帝城破自缢后的四年日子里,以南明政权越来越大的官职,继续反清复明的伟业,直到顺治五年那个暮春的雨夜,怀揣着"雁阵南飞悲故国,螺川西望恨街亭"的万千感慨,在泪如雨下的弟弟充茂怀里咽下最后一口气。

李充茂深知其兄,更是清兴明亡之际随兄奔波试图挽明苟延残喘的亲历者、见证者。一个视国破家亡而"奔号逾岭,扶榇南徙"之人,怎能回首向北谈什么安葬于故土呢?尽管父亲临终之时尚不忘叶落归根的遗嘱,兄长永茂要的可是王师北定中原日,护扶灵柩归故乡啊。

李充茂陷入深深的矛盾之中。在兄长病逝之后的很长一段时日里，他真的无法选择，无法立即做出任何有悖于兄长永茂的决定。

毕竟，李充茂曾为明朝的礼部主事，他没有一筹莫展。他在与气数已尽的明朝渐行渐远的尾声里，以一腔真情融进了丹霞山。他似乎一下子找到了一个缓解矛盾的切入点。在他看来，治理好丹霞山，既是对兄长遗志的继承，也是对兄长最好的纪念。因为早在五年前的那个重阳节，兄长永茂为将其父暂厝丹霞山，偕众人不畏坡陡崖险，攀藤附木，手足交至以进，或迂回盘折，或萦纡向前，或俯首约躬，或拊石而上，一路乐此不疲。

这天夜晚，兄长永茂带着众人宿于中山的六祖堂中，隐约传来高僧的诵经声，永茂情不自禁，随口吟道："听经此日当重九，采蕨何人更一双。"他与随行的众人商量："这个山，有险足以固守，有岩足以筑屋，有樵可以采用，有泉可以汲取，这不是避乱世的风水宝地吗？"

于是，李家兄弟搜积俸百余金从当地刘姓兄弟手中购得了丹霞山。

兄之所爱，既爱之，则得之；弟之所承，既承之，则治之，则理之。

如此化解了心结，李充茂便开始行动了，他在山顶的云岩、雪岩及虹桥之下，筑墙多堵，以巩固岩沿基围；用丹霞红石砌筑高 6 米的石关门，以关隘扼守；他为通往长老峰顶修凿了近乎垂直，高 20 多米，99 级石阶的天梯，在天梯上端修建了海山门。接着，他开井引泉贮泉，泉水从海螺峰顶，经龙王岩前汩汩而出，清冽甘甜，并于泉上建龙王阁；他还在簪竹岩左侧上方开凿了两个 3 米见方的人工水池，池深 1 米多，大小相似，形若明镜，池植荷花，或荷叶田田，或荷花初韵，池边小憩，常常别有一番滋味上心头。李充茂还买置芳坑洞田租 30 石，施作六祖堂香火……

一切井然有序，经过李充茂的努力，丹霞山粗具规模，原本并不出名的丹霞山日渐兴旺起来。

亲戚幕僚众人的目光充满了钦佩，也充满了另一种期待，李充茂读得懂这种目光：何时扶柩还乡？

自顺治五年（1648年）春兄长永茂别弟而去，李充茂强忍悲伤，在拓建丹霞山的日日夜夜里，他渐渐地冷静下来，渐渐地有了一个心思，这个心思，是他从无边无际的矛盾、冲突、纠结中经历生死挣扎才明晰了的，他知道了他必须要做出选择，他也知道了他将要做出怎样的选择。

当顺治七年（1650年）秋风乍起时，李充茂便开始了他在别人眼里并不经意，而对于他却意义重大的巡山。

他带上了他的两个侄儿，先去了玉台。绝壁之上的玉台晶莹如紫玉，登临其间，俯瞰锦江碧水像一条美丽的飘带，穿行于如林的丹霞群峰之间，蜿蜒前来，抵达丹霞山脚，一路锦江缠绵，滩声隆隆，山水互衬，相生共融……这是李充茂梦中的场景。

他带着侄儿去了片鳞岩。这里正是李充茂陪同兄长永茂第一次仲秋赏月的地方，那夜，只见半弧形的岩口正对着僧帽群峰，明月如水，丹雪盈怀。一种难得的意绪笼罩着李充茂："好一派片鳞秋月！"当时，兄长点头却不语，最后竟是一声轻轻而幽长的叹息。

他带着侄儿去看天柱石，久久不肯离去，反复吟诵兄长永茂的诗句："孤留一柱撑天地，俯视群山尽子孙。"不知不觉中，李充茂热泪盈眶。

李充茂去了锦石岩寺，凝望着北宋僧人法云题写的"梦觉关"，不停地念叨法云当初沉醉于锦石崖一带秀丽风景而发出的感叹："半生都在梦中，今日始觉清虚。"这时，一只千足虫爬上了他的鞋面，侄儿上前欲拨开，李充茂却不慌不忙，弯腰捡起一片树叶，放在千足虫的脚下，待千足虫爬上树叶，李充茂拿起树叶放在一堆落叶之中。

他去看了好几次位于登顶长老峰必经之地的丹霞山门右侧的摩崖石刻，他总是站在"到此生隐心"面前，垂首闭目合掌，纹丝不动，任凭风起云涌。最后一次，李充茂对着峭壁上一大块平整的岩石，仔细端详，半晌不语，末了，像是自言自语，又像是对随行的侄儿说："就是这儿，就是这儿。"

李充茂带着两个侄儿巡山,登上丹霞山主山长老峰已是冬季了。不登长老峰,枉来丹霞山,站立峰顶,近山环绕,远山如花簇拥来朝,尽收眼底,恰逢旭日东升,紫气东来而群山动容。此情此景中,两个侄儿似乎感觉到了叔父的心思。果然,李充茂向两个侄儿说出了扶柩北归的决定:"明年开春即动身,清明前回到邓州。"

　　两侄儿点头称是。大侄儿道出心声:"叔父为家族殚精竭虑,为丹霞日夜操劳,功德服众,可谓山高水长……"

　　李充茂忙伸手止住了侄儿的话头,满目端庄、雅正、慈祥:"你爹学有所成,政绩卓著。大丈夫难得忠孝两全,他才称得上山高水长。"他指着不远处飘飞着的一片羽毛,若有所思,"叔父就是那一片羽毛。"

　　顺治八年的那支扶榇北归的人马,跨江渡河,在南国密林,在湘楚大地,在江汉平原,行古道,顶风雨,踏泥泞,风餐露宿,披星戴月。邓州越来越近,家越来越近……

　　顺治七年的冬天并不漫长,但异常地寒冷,丹霞山树枝上悬挂着冰凌,太阳昏沉,一直缺乏往年的温度,山道上的冻雨冰迟迟不能化解。大家都在持续的阴冷中准备着过年,其实,也在期待着春天能够提前到来,翘望那个让大家怦然心动的时刻。

　　李充茂倒没丝毫焦躁。相反,在他带着两个侄儿结束巡山后,便不再四处游走,不是临崖眺望,便是闲庭信步于房前平地,或是晴朗的正午闭目享受那并不温暖的太阳,或是静静地阅读书籍……事实上,李充茂并不轻松,他正构思着一篇文章,一篇关于丹霞山的文章。这篇文章,既不同于科举时的八股,亦不同于山水游记,更不同于聊记小己之家言。在整个冬日,李充茂都在打着关于丹霞山文章的腹稿。

　　那个冬天真的不很漫长。过了年,李充茂便嗅到了春的气息,他在尚未消尽,仍回荡于丹霞群山中的爆竹声陪伴下,在那个上午研墨提笔,在散发着古香的灰黄色宣纸上,落下了四个沉稳而又灵动的行楷"丹霞山记"。读书破万卷,下笔如有神,李充茂奋笔疾书,一气呵成……

《丹霞山记》全文1344字，记述了兄长永茂偕诸子落拓丹霞而苦心开山的过程，通过对丹霞自然之美的赞赏，寄寓了李充茂山人合一，忘却世间纷争而潜心修身的期许。李充茂的《丹霞山记》，不仅是了解丹霞山开山历史的珍贵文献，更是一篇优秀的文章，它记述的不仅是李氏兄弟在丹霞山的创业史，更是中国古代文人于历史兴替改朝换代之际的心灵史，凝合了多样文化、多种情感的血肉相容、刚柔相济、阴阳碰撞、出隐纠结与进退之道。

　　李充茂誊抄了三份《丹霞山记》，一份留在山上，他嘱咐，将其刻在丹霞山门右侧峭壁那块平整的岩石上；一份做了包裹，交给了大侄儿，并叮嘱要保存在老家邓州大李宅，待以后时日开封；还有一份，被他自己收藏了起来。

　　这下可以动身了吧？李充茂反复问着自己。当他最后确认该做的事已经做了，他便收回了烙在丹霞山上的目光，轻轻地说："走吧。"

　　那支于顺治八年初春动身的人马，出了湖南，一进入湖北，便向西北马不停蹄前行，一路心无旁骛……

　　终于，清明节的前三天，李充茂及家人赶回了邓州大李宅的老家，完成了先人扶榇北归，安葬于故里的夙愿。

　　李充茂又走了。李充茂走时独自一人。李充茂告别了家人，告别了邓州大李宅，向着丹霞山，一路向东南。

　　李充茂临走前对泪流不断的侄儿说："山记中有言，择时日拆封后阅罢便明。"

　　李充茂没再转身回望，他迈开大步，沿着一条哗哗流淌的小河向前走去，在一望无际富庶殷实的田野上，他身着长衫的身影越来越远，越来越小……

　　《丹霞山记》结尾处有这样的文字：

　　兹余小子奉先大夫遗嘱，扶榇北归，倘得修途无阻，就窆先陇，两侄子获有宁宇，可以岁时伏腊。余不肖，期以一瓢一衲，重赋归来，与丹霞相终给。俾野鸟飞花，再识故人杖履……

李充茂隐居于丹霞山。曾往广州海幢寺拜天然和尚为师，削发出家，法名今地。

顺治十八年（1661年），李充茂舍丹霞山与师兄今释澹归作兴建道场之用。当时，澹归非常喜爱长老峰上的舵石景致，便向李充茂乞山，李充茂笑答："吾既舍山，汝便施道。"一个看似笑谈，竟成了一个旷世的约定。

康熙五年（1666年），山寺粗具规模，取"不立文字，教外别传"之意，取名别传禅寺。李充茂为此撰联，澹归亲手书写，"风过竹林犹见寺，云生锦水更藏山"。

李充茂最后归隐于丹霞山簧竹岩，圆寂后塔葬于簧竹坡麓。塔墓位于别传禅寺"别有天"摩崖崖壁下方，洞口向西，洞外古木参天，竹篁遍坡，每当雨后初晴，丝雨彩虹绚丽异常。

此处乃李充茂亲选之地。那日偕侄儿在长老峰，沿着一羽洁净鸣叫的姿势，他目睹自比的那片羽毛，最后从容安静地飞向簧竹岩……

1993年秋写给董晓宇的信

晓宇老师：

你好！

此刻，我的心情很复杂。按说，该为你高兴，你去了你想去的地方，那里至少有大海。可我除了伤感还是伤感。金秋时节，本该五谷丰登的景象，我却备感空空荡荡。

今天午后，我收到了你责编的最后一期《报晓》，轻轻翻开，便茶香散开，墨香淡去，身边盈漾的满是你的气息。我的小说《真实的夜晚》列为首篇，并得到了你这么多年来吝啬的褒奖中慷慨的赞许，我当然高兴，我深知这既是我的进步，哪怕是一点点进步，也凝聚着你的心血和汗水。譬如，你不仅让我多读苏童、余华、格非的小说，还在信中，还在少有的见面时花上很多时间与我探讨他们的写作风格；我们就福克纳写作状态与心路历程进行长篇书信沟通；等等这些。你无不是在试图影响我，以期进入你十年来所期望的我的写作状态和我的写作风格。《真实的夜晚》成为铅字，于你即将离开信阳之时，若说有你的照应，并不属实，但此期发表，无疑是你的宽慰，甚至有不声不响画上句号的感觉。

很多时候，很多事情，往往就这么巧。十年，整整十年。1983年的秋天，我收到你第一封信。那时，我对紧贴着石佛镇那条清澈而轻轻流淌的小河，在黛瓦下白墙上挂着草绿色邮箱的那个四合小院的邮局格外亲切,我风雨无阻,天天都去邮局,去发走稿件与写给别人的信,去等待邮车,等待别人来的信。这一天,真的等来了你的信。硬白纸的信封上是鲜红的"报晓编辑部"字样,还有你隽秀的字迹。我故作镇定,却仍是颤抖着撕开了信封,里面是一张32开上方带"报晓编辑部信笺"的信纸,上面同样是隽秀的字迹:

胡亚才同志:

经研究,你的大作《红点子黑点子》被采用,拟发《报晓》第6期。望多联系。

秋祺!

董晓宇
10.12

就这么简单。可这又有什么呢?十年前,我要的就是这个简单。当时,我揣起你的来信,腾空而起,转眼间消失在沿着流淌的小河铺就的石板路那头,你根本无法想象河水是多么丰满,滋润光滑而富有弹性,被风一抚那个清纯,被芦花一衬那个宁静。十年后的今天,那个从邮局出来疾步穿行于天高云淡下小河岸边,吹着口哨的动感青年模样仍常常出现在我的眼前。

你隽秀整洁的字迹,让我错误而又固执地认为你是个男人。所以,当我于1986年秋天去信阳上学后,有一天午后前往地委大院,终于在那栋陈旧的带廊平房里也就是报晓编辑部见到你时,我是多么惊讶。当时,见到屋内三个女人在不停地言语,我只有在走廊里耐心地等待。在我的想象中,董晓宇英俊而沉稳,内敛而灵动,是个很干净的男人。午后的阳光让地委大院每一个角落都是暖暖的,桂花的芬芳阵阵袭来,我沉浸在马上要见到三年里仅靠书信往来且已发了我六篇小说的董晓宇董老师的激动和幸福之中。那是一个深度羞涩又青涩的大男孩吧。

直到一个多小时后，我雕塑般久久伫立于廊前的身影才终于引起屋内对话的三个女人的注意，其中有一位年龄稍大的招呼我："你是找人吗？"

"是的。"我站在门外，满脸通红地望着屋内围坐在矮藤椅上的三个女人，目光里充满了敬畏与恭谦。

"找谁？"

"找董老师。"我轻轻地说。

"找我？"你站起来时，我真是一时转不过来弯，目光里许多狐疑。你打量了我一下，以十分肯定的口气予以了强调："我就是董晓宇。"

望着你询问的目光，我定定神，小心翼翼地介绍了自己："我叫胡亚才。"

"噢。"你表情一下子活泛起来，笑容顿起如花儿绽开，"与我想象的不一样。"

巧合了。在我们彼此的眼里，我们跟想象的都不一样。你可能没在意，我们第一次见面没有握手，这里有我的责任，我没主动，因为我怯懦；你也有责任，甚至是主要责任，你居高临下，没有握手的意思。当然，这些都丝毫没有影响我们深情厚谊的开始。

我们第一次握手是在两年后的1988年深秋。我怎么都想不到，在偏僻的淮河岸边三河尖乡政府的大院里，每天下午仅有的一班客车下完了所有的旅客，最后下车的那位竟是你。当浑身灰尘的你走到我面前时，我大吃一惊，喜出望外，其情景多年来你还总是常常提及并且每次皆忍俊不禁。我向你伸出手去，你也连忙将手伸向我，我们第一次握手，我真切感受到了温暖和一种力量，虽然你依然苗条，依然透着清新淡雅的气质。

就在那个"鸡鸣一声闻三县，船筏相接泊数里"的民国老镇，在那个"芦絮漫天扬，群鹭枝头歇"的淮河滩涂，在那个三河汇集的险恶之地，在那个蚌山楚汉古战场旧址前，在那棵"苍劲俊逸神自若"的千年古银杏树下，我们认识着自然，感受着乡土，体味着民俗，领略着风情，品味着传说。你快乐着我的快乐，我收获着你的收获。三河尖，从此便成了你许多文章中的字眼。

离开三河尖前的那天夜晚，就在乡政府招待所简陋的房间那支蜡烛昏暗的光里，你收起了两天来的从容与轻松，很严肃地批评了我，你从文学的热闹的熙攘景象谈起，你说，在文学的桥上一时神仙云集，往来穿梭，人气颇旺，天空变得风起云动，多姿多彩。面对这一派繁丰、兴旺、拥挤的现象，我们怎么看？我们怎么办？

我被你的气势震住了，不知不觉中我心虚起来，你对文学之认真以及对我之认真出乎我的意料。我坦言，在此之前，我于文学，是种兴趣而非情趣更非钟情，文学于我，初始于感觉，正徘徊于有无，这些飘荡之意绪只仅仅游走于眉宇间，一掠而过目光里，你竟发现了并且捕捉到了，所以，你的语气充满了考问与批判。你说，真写作是对你锐气和才情的检阅，是对你实力、功底的考验，更重要的是对你情感传达方式的测试。你越说越激动，越说声音越大："胡亚才，你需要营造更大的自由空间和更为沉实的内涵。时代精神、历史沧桑、生命体验等等，没有深厚的积淀和资源储备，何以喷发？"

你最后很动情很真诚地对我提出了要求，你说，关注社会，关注生活，关注生命状态，探寻人生态势，这是文学创作的价值取向。一定要从容，要自信，要有责任感，要有心灵的沟通，要有永远的相互牵挂和永远真诚的共同前往……

夜已很深了，远处的几声狗叫衬托着夜的静谧。你的目光渐渐柔和起来，充满了关怀与期待。说心里话，在你汩汩滔滔意犹未尽的文学批判中，我不仅对你真正成为我的老师予以了确认，而且由此开始了我新的文学定位。可以肯定地说，三河尖那夜烛光下，你给我的点拨抑或疗伤，足以让我享用一生。

晓宇老师，你给予我的，又何止这些呢？

1991年夏天，我在鸡公山上参加《报晓》组织的文学创作笔会，正值兴致盎然之时，你匆匆找到我，让我立即下山，并反复叮嘱那个北京吉普的师傅一定要把我送到汽车站送上班车。你是那样迫不及待，你急切地告诉我："三河尖发洪水了，你得立即赶回去。"你看出我的迟疑，便拍了拍我的肩膀，"来参加笔会不容易，可你是那里的领导，那里更需要你。"

此类的事情又何止一两件呢？所以，我只是因写作走进你视线中的人，而你，不仅是走进我写作中的人，更是走进我生活乃至我生命中的人。

十年，从收到你的第一封信到1993年秋我写给你寄往广西北海的信，已是十年了。时光如水，那水正与远方一起流向远方。我相信，至少我宁愿相信，你并没真的走远。真的。

一月前，我去信阳为你送行，捎去的我的那本小说集，你当然高兴，没有想到那两个罐头瓶里装的五香萝卜干也让你喜形于色。临去前，杨洁说："书是你的劳动成果，这两个罐头瓶是我的劳动成果。说不定董老师夸的是我。"果然，你夸我有个好妻子，并说杨洁心细，还一直记着你当年在三河尖有滋有味品尝五香萝卜干，并虚心讨教制作方法。你居然又借机教育我，要做有心人，作者就得有心细的一面。

你送我的钢笔，此时正被我用于给你写信，枣红色的笔杆如一束旺盛的火，把我青春的激情连同对你的想念燃烧得嗤嗤作响。当然，我不仅仅要用它写信，更要用它写作。我不会放下这支写作的笔，如同我无法停歇我行走的脚步。

那天你执意将我送到楼下，谁知竟不知不觉送出师范学校大门，说着说着竟又走上民权大街，我们说好了在路边的白果树下分别，可是我们踩过一地金黄的树叶，径直朝前走去，走啊走啊，一直走到东风路口。在秋天的季候里，在人流与车流所组成的动感景象中，我们的右手不约而同地伸向对方，这是我们的第二次握手，我们满腔满腹都该是桂花的气味，我们看着对方，并不怎么交流，可是生着动人的光的脸上已写满了祝福的内容……

晓宇老师，我穿过车水马龙的大街，回首望去，见你仍站在那里向我招手，我不觉眼睛发湿。但我再没有停下来，我甚至加快了脚步。在去车站的路上，我想，也好，这样省得我一直躲在你文学的阴影中，走不出来就意味着见不到更充沛的阳光，更经不着风霜雪雨。我也快31岁了，我得在文学之路上踩出我自己的路径，这样也不枉你对我的发现与引领。

  谢谢你，我的老师。

  顺祝

  秋祺！

胡亚才

1993年10月22日

一次失聪

2007年7月初的一天。清晨。与往常没有什么不同。

我也与往常没什么不同，闹钟响、起床、解手、洗漱，一身运动打扮从楼洞里走出来时，我还真切地听见喜鹊在笔直挺拔高耸入云的水杉枝头上叫个不停，我还仰脸看了看。出了家属院，穿过解放路，从正门进入浉河公园及随后在公园内小跑的路径也与往常无异。小跑过程中所见所闻诸如一群中年妇女练长穗剑，又一群中年妇女演扇子舞，还有一群中年妇女习柔力球，一群中年以上的男女混合的队伍正在学习太极拳，一旁还放着恣意闲暇的慢板音乐，还有一个类似广播电台里特别清朗嘹亮的声音在解说着一招一式。一片竹林深处，一个中年男人，甩着长鞭，"啪——啪——啪——"，声震云天，好一派气势贯长虹；还有两个打陀螺的，也有响动，但低调得多，属于不急不躁的那种，有而无之抽上一鞭子，那陀螺就飞速地旋转着，快得让人分辨不出它是动着还是停着；还有两位老人分别于两处正蘸着清水挥着如椽大笔在青灰色石板上练着唐诗宋词的书法……

一切照旧。包括天气，天空干干净净的，空气清清爽爽的，既没有黑云压城城欲摧的极端天气之征兆，也无雾霾突袭之表象。不远处的一位吊着嗓子，抑扬顿挫，却也丝毫不影响树上鸟儿自由颇有几分矜夸的鸣唱，眼前的青年湖里成群结队的鱼并无形色匆匆之态，个个悠然从容，形单影只的鱼也是优哉游哉。

按照习惯，在公园里小跑几圈，相当于热身后，我从基本功十路弹腿不厌其烦地重复练起，之后一招一式一丝不苟练习十二路查拳套路，再后在法国梧桐粗壮的主干上练掌，左右手各拍击100下，最后在法国梧桐粗壮的主干上练拍打，就是以肩背为着力点，左右后肩背各用力靠击树干100下。

还是平时我面对击掌与背靠拍打的那棵法国梧桐，似乎别人已经认同了我的站位，这就近乎确认了我对这棵一抱合拢不过来的枝繁叶茂的梧桐的拥有。自从我来到申城第一次晨练中结识了这棵梧桐后，此后的每个春夏秋冬的清晨，一眼瞥见它静静地候在青年湖畔等我，一种亲切感舒适感就会随之到来，一股习武所需的精气神也就油然而生。

拍打开始了。像往常一样，背对着树干，扎着马步，先左后右，用肩背逐渐加力一次次向后靠击，1，2，3，4，5……

我12岁时，师傅教导我，弹腿不练身子不稳，它是练查拳的基础。我18岁时，师傅让我加练击掌，先在绿豆袋上击打，后在大树干上击打，师傅说掌不练不重，如犁铧无力开犁。我20岁那年春天，师傅叮嘱我照他的样子练排打，平素随时随地得空可靠大树靠厚墙靠土堆等坚实牢固之物，长此以往，可抗击来自背后的偷袭，添底气，增厚力，紧急时就势施用能重创对手而自己化险为夷。

意导气，气导力，力导寸劲于肩背拍打，胸腔的共鸣声越来越大，"咚，咚，咚……"51，52，53，54，55……

就在20岁那年秋天，我随师傅参加了信阳地区第一届武术表演赛并获得了较好成绩。临上场前，师傅又厚又硬的手掌按在我的肩头，目光里充满了信任，他对我说了一句话："眼里有人，心中无人。"那次表演赛上自然表现不了练拍打，但练拍打与武术表演的相互作用还是很明显的。有一个教练，还有一个裁判，跟我师傅点评我表演时，说我气足厚实。可能也因了这个原因，自此以后，我一直把练拍打坚持了下来。1991年深秋时节，在史灌河与淮河交汇处追逃罪犯时，多亏了肩背拍打这一功力，将另一个从背后袭来的家伙重重地过肩摔，半天起不了身。如此一来，我更是体会到师傅传授之要的苦心。在接下来的日子里，每每于清晨还是于夜晚，于淮河岸边还是于大别山中，于乡野还是于城市，我都把这种坚硬的东西像揳楔子一样揳进了我的身体。长期练拍打，让我的后肩背变成了青紫色。

95，96，97，98……

2007年7月初的那天清晨，当我在心里默记到99时，突然，一声巨大的轰鸣从心底响起，那声轰鸣显然不是中提琴般的胸腔共鸣，而是霓虹闪烁的音乐量贩里的那种超强低音炮同频共振，突然之间响起而又持续野蛮地撞击。大地震似的一道蓝光闪过，瞬间，天旋地转，天塌地陷，那一刻，头重脚轻，身体如同被什么掏空一般，我眼冒金花，晃了几晃终没有摔倒，我急忙转身扶住了法国梧桐，那一刻，巨大的恐惧感一阵阵向我袭来……

清晨，虽有几分凉爽，但毕竟正值炎热的夏日，早已大汗淋漓，一时间冷却，像是置身于深秋时节被冷雨浇了个透身湿。我打着寒战，无论怎么定神，不远处的申伯楼都在像变魔术般地变换着，一会儿是一个，一会儿变成了两个，一会儿又变成了四个。我闭上眼睛，顿时，视野中的申伯楼、梧桐、水杉、玉兰，还有那一片在春天里惊艳世人的樱花林、歇枝的鸟儿、晨练的人们、青年湖的鱼等等刚刚还清晰无比的具象之物随同我飞速坠入一个极小而无尽头令人窒息的黑洞之中，那是一个吞噬一切时光与生存细节的黑洞，在这个隧道似的黑洞里，我只能听见一种有空压节奏的巨大声响"咚——咚——咚——"，那是我的心跳，其他，什么也听不见了。

这是怎么了？这是走向黑暗走向死亡吗？怎么之前没有一丝征兆呢？

不知又过了多长时间，我慢慢睁开眼睛，有空压节奏的巨大声响渐渐减弱了一些，我掐了掐大腿，有疼痛感，两只手攥成两个拳头对击了一下，也有疼痛感，再伸开五指放在眼前，能看得真切。我便试着挪了两步，没有东倒西歪，又离开梧桐树多走了几步，也没有什么异样，接下来，我又试着跳了两下，跃起，落下，再跃起，再落下，现实中试验的感受，我弹跳能力没有受到什么影响。受此鼓舞，我轻缓跑动起来，之后又比画了几个查拳套路中的动作，觉得无碍，便又连着打了好几个二起脚和旋风腿。

一颗高悬的心缓慢地往下放。

阳光早已升起，许是因为没有周遭万物动静的应衬与烘托，阳光格外尖锐、冷漠与刺目。还未收场的人们依然专注地练习着一招一式，但不知为什么，与我之前目力之中所看到的不同，他们的动作无一不生硬别扭。在从公园回去的路上，我渐渐有了些镇定，我安慰自己，不就是听力出现点问题吗？先观察一下情况，如无缓解再去中心医院看医生，拿点药吃。怕什么怕呢？虽做不到神色自若处之泰然，但也用不着惊慌失措自乱阵脚。于是，我打算与平常一样该上班上班，给人以正常的印象。

几年后，步入中年了，我才意识到，当时对病情的遮掩，与其说是工作的因素，倒不如说是心理的原因：怕影响形象而决不示弱。这种想法及这种想法支配下的行为差一点酿成日后想起便后怕的错误。

我是失聪一周后才挂汪教授的专家号，十天后挂上专家号才去武汉协和医院。自于浉河公园梧桐树下发病至坐在汪教授面前就诊中间这十天里，发生了许多事情，其实平时也会发生许多事情，只是这个十天里发生的事情几乎都与我失聪有关。这里，随便举几个例子。

其一，发生在办公室里的事。有人来找我，敲门，我听不见，便没反应，再敲，仍无反应。可能敲门人认为要么有人正在我的办公室内说事，要么我不便开门，就在办公室外的走廊里等候。又有人来找我，见有人在门外等候，也就随之门外等候，过了一会儿，见无动静，想敲门提示，便敲门，我听不见，没反应，再敲，还是没反应，渐渐，办公室外聚集了一堆人。这在往常是不会出现的，往常是这边人走，那边人来，有出有进，如同长流水，怎么也不会在办公室外人群扎堆。

但这几天偏偏就扎堆了。所以，当我无意之间打开办公室门看见一堆人齐刷刷地看着我时，我着实被吓了一跳，场面也令我十分尴尬。

门打开了，不论是谁均可进入，但交流成了问题。我什么也听不见，那几天，我使用最多的语句抑或最快捷的工作方式便是："你回去形成个文字送来，官凭文约私凭字嘛。"事实上，现实生活中大半之事无须文约与字的，有许多的问题，提出就是一两句话，回答也就是一两句话，哪有恁复杂呢？所以，几乎所有的到办公室办事和交流的人无不或困惑或茫然不知所措或欲言又止或颇抱歉意或不可思议等等，我听不见他们所说的一切，但能从他们各自不同的表情中感受到他们的感受。

办公室里发生的这些事，很快在办公室外有了反应。许是当面不宜戳破的缘故，我收到好几个好朋友的信息，语气不同文字不同，但意思相近：兄弟，凡事官凭文约能凭得过来吗？

领导也于一个夜深人静之时发来一个短信："要从实际出发，实事求是。"

其二，发生在现场的事。失聪后第三天，随一领导去春晓路现场办公，当时有众多部门与辖区的同志与越来越多围观的群众，领导认真听取了一些同志的现场汇报，还神情专注地倾听了一些群众的意见，然后，现场讲话，讲着讲着转过身来，用目光把我从人群里挑了出来，他对我一五一十地说着什么，开始状态是饱满的状态，目光是信任的目光，表情是充满信心的表情。我点着头，不停地点头，我只能点头，领导说的话，我一句也听不见，不仅听不见领导说的什么，周遭眼前的一切声响都与我擦肩而过，根本就没有发生任何关系。言者口张口合也好，众人开怀大笑也好，群众受到鼓动之下的众口一词也好，我并不知晓是因为谁妙语连珠、诙谐幽默，还是因为谁机智灵活扭转了本该凝重严肃的现场交办督办气氛。反正我就一个表情，这个表情是和悦偏平静的，没层次感，更缺纵深，猛一看倒还是比较好的，慢些看也不觉得有啥不妥。但是，领导说着说着，面对着我原本充满信任的目光里渐渐地添了点不满，说着说着，渐渐地又添了点责备。最后他涨红了脸，肯定提高了声量，讲着什么，表情已是十分严肃了。

后来，我了解到，那天现场，领导让我当着大伙儿，尤其当着群众的面表个态，保证什么时间把春晓路修好。我点头也没错，但一直点头就有问题了，领导说："光点头也不行啊，今天得给大伙儿一个准头。"结果，我还是点头，并且还是那个表情，怪不得领导生气。

其三，发生在社会上的事。失聪后，我面临最多的一个问题就是无法接听电话。本来，我一直以来就把手机设置在振动状态，盲人能听声辨位，聋者靠什么呢？看来，聋者只能靠贴身振动了。能感觉振动也不能接听电话呀，我被迫采用了一个千篇一律的以不变应万变的招儿，我迅即挂掉电话，又迅即用信息回复对方："抱歉，我正在开会。"半天过后，减去了"抱歉"与一个句号；傍晚时分，干脆只剩下了"开会"与一个句号。这下问题又来了，一些可接可不接的电话也就算了，而一些朋友甚至是多年的好朋友也被无缘无故地生硬地阻挡在外，实在不该不妥不道德。如此一想，顿时愧疚，我即刻于夜色渐浓之时调整了方略，手机振动后，迅即挂掉电话，又迅即用信息回复过去："请信息。"

后来我粗略地统计了一下，在我尚未得到武汉协和医院的汪教授救治前的十天，也就是我尚未对外公开承认我失聪的十天里，我以"请信息"应对接电话的手段，成效并不理想，属朋友类的，老老实实按我要求用信息回过来的只有5条，而属朋友类的此期间共有69人次电话打进。我有些蒙了，心里开始发虚。

终于，就在我去武汉寻求汪教授救治的高速公路上，省城的何先生的电话打了进来，我们是忘年交，有着几十年如一日的友情与亲情，作为文学前辈，何先生对我的厚爱与帮助是无微不至的。可是我接不了他的电话，我只好用也只能用此前的办法仓促应对。

"请信息。"那一刻，我羞愧难当。

他的信息很快回过来了："发生什么事了吗？"

"耳朵什么也听不见了。"

"失聪？中度还是重度？"何先生刚回过来一个信息。还没等我回应，又一个信息过来："有病得治。把手头上的事都放下，先把身体弄好。"

我心头一热："好的。"

"到郑州来，我给你找专家。"

"我正在去武汉治病的路上。"

何先生那天最后一个信息是："无论情况怎样，得告知朋友们一声，免得大家挂念。"

幸好，这些朋友经过多年热情洋溢的真诚交流而关系融洽、自然甚或密切，倘若相处寡淡，于现世里，经此一招，说不定会分道扬镳的。

其四，发生在家庭中的事。那天晨练回到家，我没跟妻子说，甚至在回家的路上想到先跟妻子轻描淡写地说耳朵似乎有点小毛病的想法也在念头闪现与张嘴间被打消了。妻子前些日子骑自行车上班的路上被摩托车挂倒，摔到路边的人行道上，左手受了点轻伤，没大碍，却受了惊吓，连着好几个夜晚做噩梦，梦醒时常常是通身大汗。想想也是，当时，如果人摔向左边而非右边，那一定不是无大碍和手受轻伤的问题。所以我就想暂不刺激她，免得她刚刚两个晚上没做噩梦，因为我失聪又做起噩梦。

不料，我弄巧成拙。因为我根本就听不见她说什么，或者说我根本就不知道她在说话，而看都没看她，忽视了对她最起码的尊重。刚开始，她以为我可能因为工作上遇到了烦心的事不想说话，过去也有这种情形，每遇我沉默寡言或脸色凝重或唉声叹气时，妻子总是能理解，不声不响地做着不影响我情绪的事情。但这次写在我脸上的表情清清白白地告诉她，我没有受到来自工作上任何方面的干扰、压力、委屈、痛苦、诋毁或羞辱等，也不像有什么其他的难言之隐。于是，她有些生气了，保持缄默。这似乎是她唯一的表示生气或抗议的方式，以往两口子偶有不愉快，冷处理一下，三两天就不知不觉地搭上了话，就像电灯接上了电"啪"地就亮了。这一次却迟迟接不上火,她不说话,我也不希望她说话,她一旦说话,我接不上话或接错了话更不好,我不能说话,一说话就露了馅。

我失聪后的第五天夜晚,正在书房里看书,手机振动了一下,一看是早已在卧室里的妻子的信息:"我们说说话吧。我快被憋死了。"

我并未深究妻子半夜三更还未入眠的原因,也未起身过去,竟然如法炮制,飞速回了三个字和一个句号:"请信息。"

妻子回来信息:"已经到这种地步了吗?"

我被问糊涂了:"什么地步?"

"总得给我一个理由吧。"

"什么理由?"我更糊涂了。

妻子穿着睡衣什么时候推开门进到书房里的,我一点儿都不知道,她来到我身后,我也丝毫没感觉到。直到我睡意来袭,合上书,起座转身时,才发现妻子就站在我的身后。

弄清了缘由,妻子当机立断,第二天,也就是我失聪后的第六天,她以不容置疑的态度陪我到中心医院进行了程序复杂的检查,结论是:突发性耳聋。鉴于是重度耳聋,医生建议我,事不宜迟,速去武汉协和医院,挂汪教授专家号,请她出手相救。

从京港澳高速公路向东拐向武汉的时候,我接到大哥的电话,大哥远在广东工作,因兄弟工作都很忙所以平时电话联系都放在晚上,在上午10点钟打电话很少见,想必有什么事情。我让妻子接了电话。后来大哥回来,我已恢复了听力,兄弟见面又讲起这事,大哥感慨万千,我又一次眼睛发湿。大哥说,父亲打电话给他,是母亲催父亲打的,说是我好多天没给家里打电话了,平日里基本都是每个星期两次电话打给家里,这次不正常,让他问问我是不是病了,要是有病了就抓紧医治。

妻子在电话里向大哥介绍了一下我失聪的情况,并让大哥放心,我们正赶去武汉求医。当时,妻子找出随身带的纸笔,飞速写道:"妈知道你病了。让你抓紧治。"我的泪水夺眶而出，打在纸上，模糊了妻子刚刚写的文字。

行驶在通往武汉市区的路上，我还在琢磨中心医院医生对我从基础知识开始的普及。什么是失聪？就是丧失听力。人的听力阈提高或为听阈上移或为听力损失，俗称耳聋。医生说，失聪有年老引起的，有噪声导致的，有疾病引发的，也有外伤造成的。我问医生："我失聪的原因是什么呢？"

其实，我在问我自己。无论如何，我都没能想到，在我 45 岁时遭遇了失聪，那么，我有足够的理由弄清我失聪的原因，无论以后我是否能够恢复听力，因为弄清这个原因，对我意义重大，甚至重大到在恢复听力以上。如果弄不清导致我失聪的原因，即使医生治好了我的病，使我恢复了听力，可能还会在另一个清晨或某个夜晚再一次失聪。

在武汉协和医院，80 多岁的汪教授听了我对自己的发问后，微笑着看着我，慈祥得如同老母亲。她在为我诊断后出药方前，用笔在纸上问了我两个问题。

第一个问题：能否住院？如否，为什么？

我语言回答："不能在武汉住院，我需要兼顾工作。"

汪教授望我，半晌不语。我见她在纸上这个问题的下面打了个半对符号。

第二个问题：有无剧烈运动？如有，可否放弃？

我回答："有。是技击性的武术运动。不愿放弃。"

我便从 12 岁开始，一五一十地向汪教授讲述了 33 年来我与武术抑或武术与我的关系及其相互关系的意义。汪教授一直在听，听得很耐心很细致，听完我的讲述，末了，汪教授没有一丝犹豫地在第二个问题的下面打了个大大的叉符号。

汪教授在纸的空白处，写道："1. 不强迫在武汉住院，也不提倡兼顾工作。2. 必须放弃技击性武术运动。必须！"她抬起脸看着我，一直看着我，终于，我冲她点了点头。汪教授笑了。

那一刻，我想，我还是不能失聪，毕竟十聋九傻呀。

我在工区路上的卫校附属医院办理了入院手续，药品是从武汉带回来的，相关注意事项，是经手机由汪教授向这边的医务人员亲自交代的。我每天晚上下班后，9点准时在病房里输液，两小瓶，却因滴得过慢而耗时6个小时。汪教授在武汉时曾再三叮嘱我，这个药滴得很慢，不能急。我终究没有急，不能急，也急不了，针扎进去不久，便陷入昏昏沉沉的状态，连思想的空间都没剩下，只有坐在床前的妻子，把我的手捏在她的手里，任凭夜越来越长越来越深……

我连续输液26个夜晚。从第13个夜晚开始，感觉中的那个极小而无尽头的隧道似的黑洞不再那么逼仄，已有了些许疏松。

其间，我又去了三次武汉复检，汪教授坚持了她的治疗方案。并且，第一次复检后，她拍了拍我的肩头。第二次复检后，她握着我的手，一如此前的慈祥，微笑中信心彰显。第三次复检后，她送我一张纸，只见上面写道：

宋代陆九渊说：
古人不求名声，不较胜负，不恃才智，不矜功能，故通体皆是道义。

这个汪教授。这个老太太啊。这该是她为我开的另一张药方吧。

多年后，我在手机报上无意看到一种治疗失聪的方法，叫基因治疗法：将可以刺激人耳听觉感受器再生的基因插入无害的病毒中，通过注射这种经过基因改造的病毒，失聪者可以恢复听力。我不知道当年汪教授对我是否施用了这种法力。

输液后的第19天是个周六，我回固始老家看望父母。大哥、妻子已先后将我失聪的情况在电话里向父母进行了报告，我知道这还远不够，我得回去一趟，站在他们面前，能够让父亲于不远处看似不经意实则用意地观察，能够让母亲真切地抚摸我，像往常那样不由自主地捋捋我的领口，正正我的裤角，让我站在母亲的面前，听她絮叨，如同耳语，真切、温暖而又忧伤。倘若听力永远不恢复，那该以何为寄？

那天，父母早早地就站在了固始北关淮河路西侧那个老旧的家属院大门口候着。临近中午，明亮的盛夏阳光里，远远地，我一眼就看见了他们，神奇的事情就在这个时候发生了，几乎就在我看见父母身影的同时，一个微弱的声音竟一步一步地从远处走来，渐渐清晰起来、敞亮起来……

然后，在接踵而至的日子里，我逐渐恢复了听力，进而也就逐渐恢复了工作、生活乃至思想的正常状态。

但是，经历了一次失聪，我已经不再练习武术。

作为一个平凡之人，我压根儿就不具备丰富的生活经验，难免贫瘠与荒凉，我曾顾虑，如此去除习武之本身及衍生、延展的身上那股气与目光里那道神，就难免会溃不成军、狼狈不堪，也很有可能会失散江湖或销声匿迹于茫茫人海中。后来，我想，我失聪那刻的惊慌失措与随之而来的所谓的镇定，除了本能的反应，与其说是对曾给我带来诸多益处的这一技能类的功夫难割难舍，倒不如说是我对曾经拥有过的名声与胜负中的成功喜悦的迷恋。

好在我并未因此而丧失生活的原则与立场，这不，我又选择了另一种运动方式：大步行走。

树上长了一只猫

原本很多人相互间是不相识的,而最终能够相识,往往是通过有别于一般意义上的方式。譬如,通过阅读著作、欣赏画册、品评书帖、吟唱歌曲等方式实现了相识。并且,似乎如此一旦相识,是人与人相识的最好方式,因为它纯粹,它也简单,根本无须经过烦琐的礼节或隔着俗世的面罩,而直接进入人的内心世界,很容易分清喜欢还是不喜欢,以便于做取舍,利于找知己。

我认识马蒂斯,就是通过读他的画认识的。

1999年秋天的一个周日,我在汉口图书大世界乱逛时,无意间,随手翻了一本画册,翻着翻着,朦胧中觉得有许多与我脑中积存的美术作品大不一样的地方,即便与我看过的为数不多的西方美术作品也不相同,一翻介绍,"野兽派"三个字从一群文字中倏地蹦跳至眼帘,当时没细想,只觉得有点儿意思,就买了。

买了就买了,其实呢,并没有真正去看。我不是画家,甚至连绘画艺术爱好者也算不上,我平素里欣赏画作,除了画面中景物与事物的呈现角度与色彩的搭配,我更多的是对隐藏在画面背后的画家的表达愿望乃至创作状态的关注,所以,我远未具备欣赏画作的应有热情与水平。如此一来,马蒂斯在我大别山深处逼仄书房的一角一下子就孤寂落寞了8年。

8年后,当书房里的书籍随我一同进入城市,再一次鱼贯而入书柜时，马蒂斯，这个远在万里之外的早已作古的法国老人，又一次出现在我的面前：旺斯小镇上那栋叫"梦之别墅"的房子前，马蒂斯坐在轮椅上，一身柔软质地的黑色休闲服与他洁白的发丝和胡须形成了鲜明的对比，他安宁地看着他熟悉的景象，镜片后的目光纯洁平静，不远处，是他设计的旺斯教堂，远处是蔚蓝的地中海……

1859年最后的一天，马蒂斯出生在法国北部索姆河畔的圣康坦市。冬季的圣康坦并未万物凋敝，而是丰富又深厚，不是光泽，更像浓雾，将马蒂斯包裹起来，空气因过分稠密而激情碰撞着，发出悲怆的交响，仿佛马赛曲的旋律在空中飘荡，那里有圆号的雄浑、长笛的深情，还有单簧管的忧伤，弥散在四周，轻轻抚摸着小马蒂斯……

马蒂斯的父亲是一个小商人，母亲做过陶瓷厂的画工。小马蒂斯的身体状况不是很好，为了免于日后做生意东奔西跑，父亲便把马蒂斯送去巴黎学习法律。那一时段里，马蒂斯似乎没有什么其他想法，毕业后也就顺理成章地回到圣康坦做了一个小办事员，顺理成章地日复一日地干着再普通不过的抄写存档资料的事情。

对于一个普通人来说，时光中的许多机缘悄藏于众多的偶遇里而不得识别，更不得掌握，纵使命运之神一次又一次光顾青睐，最终因无知无觉而擦肩而过。对于非凡的人，却常常在转瞬即逝中抓住机会，进而抓住命运的关键。马蒂斯就是这样。

如果不是因为1890年夏秋时节那场盲肠手术，或许，马蒂斯会永远地与绘画艺术绝缘，因为那年马蒂斯已经21岁了。21岁，对于一个儿童时代、少年时代对绘画艺术并未产生什么兴趣的人来说，天赋与基础的缺失，似乎判定了马蒂斯难以成为大师。

令人难以置信的事情发生了。

住院疗养期间的马蒂斯非常无聊，有一位病友整天用油画临摹法国南部的风光画片，画片中那些天空晴朗、阳光灿烂的景象引起了他的兴趣，或许因为常年居于湿润而多雨、多雾的法国北部，马蒂斯对南方的温暖而明亮的阳光心驰神往。母亲为了打发马蒂斯的无聊，送了他一套画笔、一盒颜料，还有一本绘画技法书籍。

1890年夏秋时节的那个午后，圣康坦那家医院，马蒂斯拿起了画笔，平生第一次用不同于往日的目光观察着院落里的一景一物：院子几乎被高高的向日葵与不知名的花草淹没，深碧、嫩绿、嫩黄、深黄、鲜红、朱红、嫣红、粉红、浅紫、黑紫、粉蓝、湛蓝……常青藤从墙根爬到三楼，以至于房子本身的乳黄色墙壁已经不复存在，花木在此得到了最大的自由，不修枝，不剪叶，不扭曲，不雕琢，所有的空间自然形成了曲径通幽，或豁然开朗。马蒂斯感受到了众多相生在一起的色彩与形姿带来的强烈的视觉冲击——它们诉说着解放的自由……

就这样，马蒂斯从圣康坦那家医院出发，踏上了一条远非平坦且不断受到质疑的艺术之路。他决定放弃办事员的工作。

父亲很惊讶："孩子，你会饿死的！"

马蒂斯说："相信我，我一定能够成功。"

马蒂斯去了巴黎，在象征主义画家莫罗"在艺术上，你的方法越简单，你的感觉就越明显"观点的影响下，开始了简洁的线条和鲜明色彩的追求。走进巴黎城仅仅5年，马蒂斯就受到人们的关注，1896年，马蒂斯第一次参加国家美术联盟沙龙展，他以学院派手法创作的传统风格的室内油画《读书的女人》被时任法兰西第三共和国第六任总统的弗朗索瓦·菲利·福尔买走并挂在别墅里。马蒂斯由此获得了荣誉，被选为法国两大沙龙之一——国际艺术协会沙龙的预选会员。

26岁，年轻的马蒂斯已踏上了成功之路。按说，马蒂斯沿着这条成功之路继续着典型的新古典主义风格绘画，依照传统的标准，创作出符合公众审美情趣的作品，已经不是难题。人们完全有理由相信，朝气蓬勃的马蒂斯，意气风发的马蒂斯，一定会在塞纳河畔从容镇定地进行学院派绘画的创作。

事实正相反。就在马蒂斯的《读书的女人》获得荣誉的第二年秋天，莫罗建议马蒂斯画一些大尺寸的画作，用于争取著名的"罗马奖"，进而获得由法国政府付费在罗马学习几年的机会。马蒂斯便着手《餐桌》的创作。《餐桌》是当时法国绘画中经常出现的题材，马蒂斯却没有循规蹈矩，而是把自己的《餐桌》作为探索的试验，马蒂斯把场景选在富贵人家，桌子旁有一个正在整理鲜花的侍女，银器擦拭得闪闪发光，精心挑选的水果高高地堆在桌子中央，桌子上有充足的红葡萄酒、白葡萄酒，整个场景弥漫着整齐、安宁、讲究和富裕的情调。马蒂斯使用厚重的颜料，使画面表现出一种独特的质感，尤其红色的光影透露出象征主义的痕迹，所选取客观场景的当代日常生活的片段入画，也非常符合印象主义的创作内容。

一石激起千层浪。1898年4月，《餐桌》在沙龙展出时，掀起了轩然大波，此画被当作马蒂斯对印象主义的致敬之作而受到了猛烈的攻击。一时间，画商与评论家纷纷离他而去。

在一片质疑、诋毁、攻击声中，马蒂斯不仅在创作上进入严寒期，生活上也出现了前所未有的艰难。一方面，画卖不出去；另一方面，三个孩子连续出世，孩子不得不被寄养在亲戚家，马蒂斯还一度做过给栏杆涂金粉的工作。

磨难，让马蒂斯经受了身心痛苦的同时，也锻炼了意志。他没有迷惘，更没有退却，而是更加发奋，更加擅长学习，将先后受到的印象主义、新印象主义、后印象主义的影响，同一时期吸收的凡·高在配色方面的运用，修拉、西涅克在点彩方面的运用，以及从日本浮世绘和非洲黑人雕刻中吸取的养分，相融合相贯通，在包容中加以吸收加以消化加以创新，从而形成了独具个人特色的绘画风格。

在《画室中的裸女》中，马蒂斯舍弃了人体形态的塑造，描绘出扭曲化的形态，以便于色彩的表现，与此同时，结合点彩效果来表现色彩的绚丽感，画面干净整洁，人物与环境中各要素的轮廓也十分清晰，运用明暗的对比来塑造女性粗壮的体态。

创作灵感同样来自波德莱尔的诗句"啊！旅行中唯有秩序与美，有奢华、宁静和快乐"的同名画作《奢华》，表现了海边的沙滩上，几位裸女悠闲地度过某个下午时光，前景的几个人物仅用简单的线条造型，其间填充了大量色点，简单的几何造型，表现出马蒂斯高超的构思能力。马蒂斯说："色彩是铺张和广告，使最平凡的题材变得珍贵和高尚。"

如果说马蒂斯向以点描为重要表征的新印象主义靠拢，并且在《奢华》中大获成功，那么，那只不过是马蒂斯通向更加大胆、更加紧密的色彩和形体所使用的垫脚石。

在《开着的窗户》中，马蒂斯在继续深入探索新印象主义表现方式的同时，他的笔触从绿色的小点扩展到笔触更宽一些的淡红色、白色，还有海和天空的蓝色，将色彩进行了一定的抽象化处理。画中是一扇完全打开的窗户，阳台上摆放的花盆隐约可见，似乎还可以看出一些蜿蜒匍匐的藤蔓，仔细看，这个敞开的窗户正面对大海，海上有许多船，仿佛正朝窗户这边驶来。天上云朵在徜徉，海面上一派风平浪静。两扇窗户展开分在两边，每扇窗户上皆有三块玻璃，上方有固定的窗棂。这幅画色彩绚丽单纯，构图新颖，颜色的陈设厚薄相间，完全摆脱了学院派规范的束缚。在深抹手法上，画面上墙壁和窗户是大面积的薄涂，像水彩画一样；窗外的景物和阳台上的花草则是由轻快的笔触点出来的，而且用从小到大的笔触来涂绘户外风景，从而形成一种视觉上的张力。事实上，从此伴随着马蒂斯的已是一种实际的瞬间景色的强烈色彩感觉，而不是对客观物象的真实描绘。

在一次沙龙上，一位读者在翻阅画册时，看到马蒂斯的《戴帽子的女人》和《马蒂斯夫人》，很不以为然："这画得人不像人，鬼不像鬼，简直就是一个怪物。"正巧马蒂斯就在旁边，他并没有生气，而是平静地说："假如我遇到的是这样的女人，我也会吓得飞奔而逃的。可是，我不是在创作一个女人，我是在画一幅画。"马蒂斯要表达的，正是他绘画的艺术宗旨，那就是色彩的解放和造型的自由。《戴帽子的女人》，画的是他的夫人，穿着打扮为传统绘画中常见的贵妇人形象，然而，马蒂斯却采用了突破传统的手法，他用色极其大胆，朱红、橙黄、紫色、绿色，几乎全部是未经调和的，刚刚从颜料管中挤出来的颜色，这些颜色色彩对比鲜明强烈，笔触奔放。在《带绿色条纹的马蒂斯夫人像》中，画面结构更加单纯，色彩更加强烈，在脸部的正中，从额头直到鼻梁，画了一道醒目的绿色的线，脸颊的一面是黄绿色，另一面是粉红色，这道绿色的线不仅是脸部的中间线，还成了全画的核心。不仅人物整个脸部的造型结构紧紧依附着这道绿线，而且，画中诸多要素都是靠这道绿线而得到统一和平衡。这幅画较《戴帽子的女人》又前进了一步，突出了造型的轮廓线，有一种抽象化的几何形感觉，接近了平面装饰。这里的色彩完全是马蒂斯主观感受的产物，而绝非记录看到的事物。这种表现方式是现代艺术的新发现，不仅发现了色彩，而且发现了视觉的宽容性。

1905年，对于巴黎，对于法国，乃至对于整个西方现代艺术史来说，注定都是一个极其重要的年份。因为这年秋天发生了一个重要的极富戏剧性的历史事件。

让我们把镜头推向110年前，巴黎的那个秋天。蓝天白云，阳光明亮，色彩斑斓，高挺的大树，随意伸展的枝叶，没有风，太阳照着，花儿自由地开放在草地、庭院，并不规整，一片片，白色、黄色，有的已经不那么绚丽，快要凋谢的样子，塞纳河水金光闪闪，流淌得缓慢，河水清澈，小船静静地泊在岸边。巴黎城一片洁净、空阔、安静……

巴黎八区，浓密梧桐树掩映的香榭丽舍大街，1905年巴黎秋季沙龙如期开始，一个颇具对抗学院派意味的沙龙展览会上，主办方特意为几位前卫艺术家开辟了一个单独的展厅——第七号展厅，这个展厅墙上挂的都是马蒂斯、弗拉芒克、德朗、卢奥、杜菲、马尔凯、弗里兹和勃拉克等人的作品，展厅的正中央摆放着一件意大利早期文艺复兴时期雕塑家罗纳泰罗风格的小雕像。马蒂斯等人的油画大多色彩强烈，用笔奔放，造型简洁，背离传统的程度大大超越了1874年一群年轻的画家在巴黎卡皮西纳大道一所公寓里举办的旨在向官方沙龙挑战的第一届印象派画展中的画作。用传统的标准来衡量，画中那种"为色彩而色彩"的画法具有挑战性，甚至是在"撒野"，尤其是观众对马蒂斯的《戴帽子的女人》和《带绿色条纹的马蒂斯夫人像》极其反感，认为这种画是一种蓄意的侮辱，不仅玷污了模特的容貌，更违反了观众对于女性的审美概念。所以，一些观众在第七号展厅见到这类作品就大呼小叫，法国著名的美术批评家路易·沃赛尔来到展厅参观，他环视四壁那些大胆狂放的作品后，目光落到摆在展厅中央的那尊小雕像上，体会到画作与雕像的强烈反差，不禁义愤填膺，大声叫道："看哪，罗纳泰罗被一群野兽包围了。"

第二天，巴黎的各大报纸便出现了"野兽群"一词，这个绰号进而成为这个画派的名称——"野兽派"。

显然，"野兽派"这个称谓，既不是马蒂斯等人自己定夺的，也不是他们想要的。不承想，这个来自评论家带有贬义的辱骂，从此，给了这群挣脱学院派规范束缚，甚或最终走出印象主义的前卫艺术家们一个鲜明的标签，多少年后，竟成了一个闪闪发光的亮点。

这让我自然想到当下城市规划建设过程中常常不期而遇的两个词，一个是"哥特式"，另一个是"巴洛克式"。有意思的是，这两个词当初都是贬义的。哥特，原意是"野蛮"，指代哥特人，他们在3—5世纪曾侵略并瓦解了罗马帝国。由于意大利人对哥特族瓦解罗马帝国这段历史情仇始终难以释怀，因此，为了与文艺复兴运动有所区分，他们便将中世纪时期的艺术风格贬义称为哥特式艺术。巴洛克，在意大利语中有奇异、古怪、变形的解释，在法语中为"俗丽凌乱"之义，欧洲人最初用这个词指"缺乏古典主义均衡性的作品"，原是18世纪崇尚古典艺术的人们，对17世纪不同于文艺复兴风格的一个带贬义的称谓。殊不知，哥特式、巴洛克式早已成为世界各地建筑、雕塑、绘画乃至文学、音乐、服装等广泛运用的艺术形式。

即便是"野兽"，还是各不相同的。弗拉芒克崇尚自由，蔑视传统，他的画一直在燃烧，面对他的画面，就仿佛耳边响起了震耳欲聋的音乐。德朗一直有把传统与现代结合在一起的愿望，画中色彩具有爆炸的耀眼光芒，令观众振奋。卢奥关心社会，怜悯罪犯，画作富有强烈的宗教神秘感。杜菲主要运用蓝色、白色、红色和黑色，又以蓝色为主导色彩，表现自己的快乐精神。

作为野兽派领军人物的马蒂斯呢？马蒂斯则是一头安静的野兽。他的绘画语言非但没有洪水猛兽般凶狂，反倒具有一种优雅、温和的品质。他一直坚持自己的心愿，一生都在梦想并实践一种平衡、纯洁、静穆的艺术，他说："我所向往的艺术，是一种平衡、宁静、纯粹的化身，不含有使人不安或令人沮丧的成分。对于身心疲乏的人们，它好像一种抚慰，像一种镇定剂，或者像一把舒适的安乐椅，可以消除疲劳，享受宁静、纯洁、惬意、安憩的乐趣。"事实也正是如此，即使在他所经历的两次残酷的世界大战期间，很多画家大多选用了一种方式来表现战争的残酷，以揭露战争的悲痛凄惨，马蒂斯还是选择了另一种方式，他用美丽的色彩、休闲的女士所呈现的宁静舒适的画面来表现。马蒂斯认为画家应该怀揣一种能给人们带来乐观情绪的责任，要让深陷在战争痛苦中的人们相信，这种坐在阳光下舒适的生活仍然是可能的。所以，马蒂斯用画笔描绘了人世间的喜悦与欢乐，为遭受战乱之苦的法国人带来精神的救助与心灵的安慰。

客观地讲，1905年秋天的巴黎沙龙展上所获得的"野兽派"的头衔只是在较长时间之后用于西方现代美术史研究时其意义才会大放光芒，而在当时，不仅远不意味着马蒂斯的继1896年第一次成功之后的又一次成功，相反，他依旧忍受着评论家和艺术家们的批评与嘲讽。马蒂斯的又一次成功，且他成为真正意义上的成功画家是1906年3月，一位画商为马蒂斯举办了个人画展，55幅画被全部买走。更重要的是，他认准了自己的创作之路，坚守了自己的创作信念，接下来创作出一批如《生命的欢愉》《红色的和谐》《红色的画室》《舞蹈》《音乐》《交谈》等野兽派代表性杰作。

马蒂斯对田园牧歌似的风光向往已久，从《生命的欢愉》画面的色调中似乎可以看出法国南部明媚的阳光带给画家的影响，然而，一切似乎又和光线无关，马蒂斯的色彩运用是富于想象性的，显得新颖而又自由自在，在类似舞台布景的场景中，无忧无虑的人们在跳舞，在吹奏风琴，在谈情说爱。前景中有一对正在拥抱的情侣，他们之间看上去仿佛只有一个脑袋，人物的造型多半源自古典绘画中的样式，这些意象的存在，让人们有一种熟悉的陌生感。画面中的线条在大块面的色彩衬托下显得韵味绵绵，颇有音乐的旋律感。这幅画作让人们想到伊甸园，明亮温暖的色彩，装饰性的构图，人们或像植物一样生长，或像动物一样亲昵依偎，完全沉浸在爱、舞蹈、音乐和自然里……

正当马蒂斯持续饱受批评与嘲笑之时，在遥远的俄罗斯，有着美术收藏爱好的实业家谢尔杰·伊诺维奇·史舒金却慧眼独具，他坚信马蒂斯的绘画才能，便委托马蒂斯为其餐厅装饰油画。马蒂斯满怀信心创作了《红色的和谐》。这是一幅鲜红夺目的名画作品。其实，这幅作品第一次交到史舒金手中的时候，红色的部分全都是蓝的。史舒金一眼就爱上了这幅题为《蓝色的和谐》的作品，于是，一幅蓝色的油画悬挂在史舒金的餐厅中。但是，马蒂斯在将作品交付后，并未一交了之，左思右想，总觉得不够满意，他便写信给史舒金，请求其允许重新创作此画，他向史舒金表示，重新创作后的作品色彩一定会更加和谐。对原作品已感到满意的史舒金，基于对画家的信任，只好同意这一请求。马蒂斯抛弃了传统的透视法则，用色彩关系以及蔓藤花纹的暗示来建立新的空间幻觉，创造了一种充满异国情调的、神秘的新境界，同时通过线条、色彩的组合，把色彩从具体物象中抽离出来并赋予了新的含义，使其更加自由地为画面结构服务，进而创造出有独立价值的空间世界。油画杰作《红色的和谐》终于诞生了，史舒金看到这幅作品，认为其较前者更为鲜艳、绚丽、和谐、生动，分外喜欢，惊叹马蒂斯对色彩的苛求和不断超越自我的强烈愿望。

于是，史舒金又请马蒂斯在他莫斯科宅邸的阶梯壁面上画了《舞蹈》与《音乐》。《舞蹈》中绿色和蓝色分别代表天空和草地，土红色的人体既醒目又和谐，人物的姿态或扭或跳，舒展奔放，这是马蒂斯记忆中的法国南方伽太兰的一种圆圈舞，动态优美。现实中的圆圈舞节奏较为庄重，而经过马蒂斯加工的舞蹈则更为夸张，画面中，粗狂、富于表现力的线条强化了人物的力度，简化、示意的形体唤起了红色、蓝色和绿色三种明亮色彩的共鸣。它极简朴、极单纯，但却仍然使人感到它具有了强烈的空气感和旋动感，蕴含着使舞蹈活跃的无穷之力，这，恰恰正是被一片虚华掩盖的文明社会所最需要的。

《音乐》正好与《舞蹈》形成一种对比，反衬了《舞蹈》的狂热，极度平面的单纯画面上的五个少年，两个在演奏芦笛和简陋的提琴，三个坐在草地上静静地聆听，一派世外桃源的宁静气氛和愉悦情调。马蒂斯用现代绘画的手法把欧洲历代画家所追求的牧歌情调充分表现了出来。人物似乎被一种几乎凝固的、浑厚的、缓慢的音乐所包围，连山丘的那条线也似乎在震颤着，回响着，呼应着。但这幅画展出时，也受到了公众的无情抨击，人们讥笑马蒂斯无能、粗俗，只能画出这样简单、幼稚的作品。其实，如此形式恰恰是马蒂斯有意为之。

马蒂斯于1909年创作的《交谈》，是他开始转向"创造实验"风格的代表作，蕴含着恢宏的心智力量，无疑，是对野兽派绘画极大的丰富。画面中是一对男女在谈话，人们无法听到他们的对话，却能感受到他们之间永远无法改变的对立。画中的女人向后靠在椅子上，被禁锢在椅子的扶手中，没有退路。仔细观察就会发现椅子几乎与背景融为一体，无法清晰辨认。她被卡在整个环境构成的监牢里，唯一的出路就是敞开的窗子，而窗子也被栏杆挡住。画中的男人笔直站立，不苟言笑而又精力充沛，他的头部似乎已经不够画面容纳了，条纹睡衣的每一根条纹都是笔直的，脖子也被画家特意加粗以维持轮廓的挺直稳重。男人蓄势待发的样子与女人的郁郁寡欢形成了鲜明的对比。这种相对无语的场面意味深长。坐在椅子里的女人只有领子的绿色点化了她与外界的心灵联系，一种渴望从封闭之中走出去的强烈愿望，但是介于两者之间的铁栏杆却隐含了一个否定的意义。这种谈话，是男人对女人要求的回绝，还是女人对自己现状的否定呢？

　　隐含与暗喻，是马蒂斯赋予野兽派更为深刻的表现手法，马蒂斯代表作《红色的画室》中的物体似乎是浮动的，不被束缚于空间的，像是在某种液体之中，透视已经被变形和毁坏了。室内的画作与物体主要由浅色轮廓线勾勒出来，一方面突出了几何形的构成，另一方面也体现了线条的运动与变化。画面中间有一个落地大摆钟，关键的是这个摆钟上面却没有一根指针。马蒂斯将时间停止了，所以，人们在某种程度上陷入了这种深深的红色……

　　马蒂斯表现在现代绘画中的大胆作风及华丽浪漫的艺术成就，如同熊熊燃烧的火焰照亮了现代艺术的殿堂。

　　2007年整个春季，马蒂斯的画册都放在我的书桌上，我几乎每天都在阳光较为充足的午间坐在封闭了的阳台上，一边饮着信阳毛尖，一边读着马蒂斯，或在夜深人静之时，于灯光下品味着马蒂斯画中能够言说与只能意会的色彩、线条、人物、场景、造型以及自由度和冲击力。有人说，马蒂斯的画是"有形的音乐，无声的诗歌"，对此，我颇有同感。他用色彩的语言，炉火纯青地驾驭着各个不同时期的画作，他用极其简单的线条，精准恰当地勾勒出画作的需要，他总是把那些互不相干的元素纳入一种有机的构图和秩序之中，并分明主次，使之传达出某种特定的情感内容。在这里，题材的意义显然已无关紧要了。

　　我曾就马蒂斯问过四个人。

　　一位是我的同学，他是个画家，主攻中国山水画，多年前去了北京，发展得顺风顺水的。听我提到马蒂斯，他一怔："你不是也要画画吧。"接着，他笑了，"倒也是，马蒂斯在中国美术界不怎么样，在文学界倒还可以啊。史上就有'二徐之争'。"后来，我一了解，还真是。1929年第一届全国美展时，徐悲鸿与徐志摩就马蒂斯等之类的"形式主义绘画"展开了激烈的争辩。当时，徐悲鸿拒绝受西方现代派艺术影响的西画作品参展，并在徐志摩负责编辑的《美展》第五期上发表了一篇题为《惑》的文章，直截了当以"庸""俗""浮""劣"等字眼否定了马奈、雷诺阿、塞尚、马蒂斯等人，并声言，如果政府购入他们的作品，他即"披发入山"，决不与此类人为伍。徐志摩在同一期《美展》上发表《我也惑》，文中为塞尚、马蒂斯的艺术辩护，他直言不讳地指出徐悲鸿对塞尚、马蒂斯的谩骂过于严重，认为马蒂斯用十二分的率真、坦诚去表现绚丽的色彩与极为简单的线条没有什么错误，更没有什么罪过。徐悲鸿坚持学院派写实风格，坚持寓言历史画宏大历史叙事的描述，而作为新月派诗人的徐志摩恰恰相反，具有鲜明的艺术个性，想象丰富，无拘无束。客观地看，二徐直率而针锋相对的论争，结果早已分晓，重在意义深远。

一位是长年旅居海外，专职油画的申城人，那天一见面，我在人群中没认出来这位画家，我以为画家尤其油画家多半长发披肩，衣着随意，并布满了不小心沾染的颜料斑点，散发着轻淡的松节油的味儿。谁知他一身小立领中山装，一条纯色中国红围巾两边垂搭，加之年轻，又是小平头，简直就是个五四青年。会面的间隙，他对我的问题不是特别意外，很快便说："在西方，是个很重要的画家，更是个很特别的画家。"随即，他往前靠近探了身子，压低了声音，"他的画越来越值钱。"

一位是那年去美国斯坦福大学进行城市群规划建设培训时，遇到的一位华裔教授黄先生，他在讲课时讲到马蒂斯："他把一些烦琐的东西去掉了，留下了简单的、反映本质的东西。"课间休息时，我再提马蒂斯，他说，马蒂斯是个伟大的画家，他不仅对美国一些画家、建筑师、设计师影响很大，而且，至今他还存在于现实世界中，我们能看见他在商标、儿童卡通中的影响，许多人撷取了马蒂斯作品中著名的色彩运用及装饰风格，将它们转化为攫取注意以及与当下的想象沟通的概念。

再有一位是我的妻子。我没有跟她说过马蒂斯，可能她不知道马蒂斯是谁，就像我当初也不知道马蒂斯是谁一样，但她见过马蒂斯的画册，从1999年秋天的那个周日带回家门时，她就见过，当时她还说了一句"不务正业"，我随口回了一句："多认识一个人，比少认识一个人强。"在申城的春天里，我宁静地饶有兴趣地翻来翻去看马蒂斯的画册。一日，我不经意又看着马蒂斯的画册，见妻子过来，便让她看一看，她居然说看过，我很惊讶，随口问道："怎样？"她半天没有应答，末了，说了一句似乎不着边际的话，她说："树上长了一只猫。"我一下子笑了，很会心会意的那种。原来，就在此前不久，我妻子对我们居住的浉河畔置身闹市而取幽静的院落里一棵枝繁叶茂的大金桂上那只以树为家的大白猫无意发出感慨。当时，我只觉得有点儿意思，并没深究。此话再讲，我便追问，妻子的话让我若有所思，她说："树活跃了猫，猫生动了树；猫衬出树的静，树衬出猫的亮。"是啊，不同事物间的相互选择确有其必然性。

　　申城读画的两年后，春夏之交，我在法国。正好，我去了一趟与马蒂斯后半生密切相关的两个小镇——尼斯与旺斯。

　　尼斯是地中海沿岸法国南部港口小镇，全年气候温和。马蒂斯于1917年首次造访尼斯，在1918到1921年，他在尼斯度过三个冬季。他无法忘怀当年在圣康坦那家医院里那位病友临摹的法国南部的风光正是尼斯天空晴朗、阳光灿烂的景象，马蒂斯认为自己的绘画得益于尼斯透明而纯净的阳光，他曾经感叹道："当我惊觉每日都会再看到这样的光线时，我简直无法相信有这等好运。"1939年德军攻入法国，他在辗转数地后，最终去了尼斯。1941年1月，71岁的马蒂斯在里昂经历了肠癌手术，他向医生请求："再给我三四年画画的时间吧！"5月，马蒂斯回到尼斯，重拾画笔。1954年11月，马蒂斯逝世于尼斯。

　　眼前的尼斯小镇，被田园牧歌似的风光重重包围着，街上铺着18或19世纪的石块，街两旁一幢幢尖顶房屋或者别墅，各式各样，墙多由石垒而成，屋顶上大半为红色瓦片，只不过颜色有轻重的层次，也有的竟还保留了发黑的茅草。房屋或面街而立，或藏在深院，花草围栏的装饰无不表现出主人类同艺术的口味：简朴别致的个性，回归自然与内心。爬满常青藤的高墙围成一个个窄巷，隐约可见阶梯、宅院，诱人深入……尼斯18家著名博物馆，就这样静静地轻轻地被放在尼斯小镇里，马蒂斯博物馆也在其中，并且是最出名的。

遥想当年，每当凌晨到来，马蒂斯就立即起床，骑着自行车去海边，看阳光怎样唤醒海水、礁石、海岸、田野、小镇，他仔细地观察着光线变化中的景物与事物，他沉迷于光线和色彩中，他发现着这个世界无法言说的美，从而得到莫大的幸福，受到莫大的鼓舞。

1943年，因手术在尼斯只能卧于床榻或在轮椅上从事创作的马蒂斯，为躲避飞机轰炸，搬到了距尼斯10英里的旺斯小镇的小山上那栋"梦之别墅"。从"梦之别墅"向下望，是弓形的宽广蔚蓝的海岸，两岸是高大的椰子树，古罗马帝国时代所遗留的古老街道，让小镇散发出怀古的幽思。在这栋房子里，马蒂斯感觉获得了新生，并开始了新的创作方式——剪贴画，不再描线，也不再为阴影部分填充颜色，简单的剪纸并直接把颜料涂在上面，强烈的颜色，简单而意味深长的形状，尽可能少的细节，更强大的冲击力，一生探索的马蒂斯开启了人们对于现代世界的看法。

直到生命的最后时刻，马蒂斯仍然是以自己的秩序观建构着自己脑海中的景象，赋予了众多色彩更加绚烂与更完满丰富的生命，它们也成了马蒂斯一生中最重要的部分，马蒂斯的生活也因此始终充满期待。

从旺斯小镇朝上看，"梦之别墅"前，分明是马蒂斯坐在轮椅上，安静地放眼望去，地中海海面笔直舒缓地横陈在马蒂斯面前，像万花筒样，马蒂斯的目光被目标牵引，伸向远方……

这是天使湾最妩媚的时刻，只有收获的季节、成熟的季节，海水才如此丰盈多情……

不远处，就是马蒂斯设计的教堂，这是他最后的作品，他把光线、色彩、线条、雕塑和剪纸等诸多因素融为一体，创造了一个辉煌、和谐、灿烂的视觉世界。

　　这时,教堂的钟声响起,神圣、纯净、清亮、悠长地飘荡在旺斯小镇的上空,飘向尼斯,飘向天使湾,飘向每一条人与人相识之路……

归家小记

我退休的那天,正赶上立春。

新春的申城,天空晴朗无云,阳光普照大地,我耳边似乎萦绕着从谁家窗子飘出的萨克斯吹奏的音乐,是那首《归家》,正好衬托着我接下来的场景与情景。

归家得有思想,更得有行为。这不,有了,并小记之。

早市买鲜

我居住小区后面的马路上不知啥时候形成了一个每天一大早卖菜的市场,此前是猫捉老鼠的那种,见其便民,予以了一定的规范,加以每天时间不长,便成了居民的选择,也成了我的选择。

我早上起来去小区后面早市挑上一些新鲜蔬菜,有时会碰上野生鲫鱼或并未分类的大小不等的小杂花鱼之类的水鲜,有时会遇见真正的土鸡蛋,常有意外收获,便有意无意徜徉于相对静态的卖方与动态的买方人群之中。听口音,出早摊卖菜的,有平桥的,有罗山的,也有浉河、羊山的,多半是电三轮和油三轮,也有稍小点的脚蹬三轮。车停放在台阶上的人行道上,台阶下,菜有序排放在几片塑料布上,人站在或坐在菜摊后面自带的小凳子上。

葱的种类较为齐全,有分葱、香葱、火葱,也有大葱、洋葱,申城地处要冲，来自四面八方在此落脚的人多，各取所需，不同的葱满足不同地方的人。蒜也不止一种，有青皮蒜、白皮蒜、红皮蒜，有多瓣蒜、独蒜，不能说这好那不好，各有各爱。萝卜被洗得干干净净、青青白白，头并头码放在一起，一个个青多白少，水灵鲜亮，精气神十足。此类萝卜，多半来自两个地方，一个是平桥甘岸平昌一带，一个是罗山高店一带，都是淮河岸边的沙土地，萝卜个大皮薄脆嫩水多，生吃起来带有几丝甜爽。藕有塘藕与田藕，塘藕生长在水下松散的塘泥里，雪白细腻甘甜，常用于凉拌生吃，给人入口即化的感觉；田藕长在田里，许是黄土里生长更加吃力的缘由，虽产量高，但粗糙丝多。不过，田藕有它的用处，信阳诸多炖菜里，田藕与肉食一炖，酥松可口，又是不可多得的菜品。带叶蔬菜或扎齐，或散放，或堆积，经过清水洗涤，无不新鲜欲滴。光青菜就有黑叶青菜、黄心青菜、小青菜、上海青、紫根菠菜、白根菠菜。韭菜多半是大棚的，所以长得额外饱满，偶尔也有土韭菜，远没有大棚菜茁壮，但是香，炒菜、蒸馍、包饺子都香得很。芹菜也有几个品类，我就碰上了小时候常有现在不常有的药芹菜，味道重，可正是这个直冲鼻孔的药味，炒出来或烫出来凉拌，才满屋盈漾着少年记忆中的香气。每每这时，才觉得露水早市真是各类分布于城市里东西南北的大小超市之有益补充。有时间上的，有价格上的，有新鲜度上的，有口味上的，有心理上的，有认知上的，总之，大清早那不长一会儿的人头攒动，颇有几分乡下老家集市的味道。

几天下来，心里便有了些认知。平桥、罗山来的，可以看得出多为自家种的，规模不大，进不了商场超市，自己卖价格划算些。羊山的，一部分是贩鲜的，也就是从彼处购到此处倒卖个差价；一部分是寻觅到城区里某处尚未开发或未基建到位的空场地，哪怕是巴掌那么大一块儿，快刀斩乱麻，用镰刀砍砍，用刨锄刨刨，用铁锹挖挖，用狼耙整整，便有那么小小几畦，栽上小葱，埋上蒜瓣，撒上菠菜、芹菜、芫荽等菜籽，隔不了几日，便深碧浅绿起来，拿到露水地摊上一放，新鲜，好卖，大价钱没有，劳动所获补贴点儿家用还是一举几得的。

所以，有的卖菜的眼熟，妻子说，就住在同一个小区，跟来市里上班的孩子进了城，先照看孙子辈，等小孙子进了幼儿园，这一整天白白没事干。农村大嫂大哥闲不住，袖子一撸就干起来了。想想也是，如此，与孩子在一起，可能会减弱一点儿心虚的程度。

天气尚未转暖，我戴着帽子戴着口罩，在早市买鲜中，自觉不自觉地比较、选择、购买。由于我一开始未开通微信支付，仍用现金，便遇到了两类反应。一类人不解，这类人偏年轻一些，常常念念叨叨："不嫌麻烦吗？找来找去的。"另一类年龄偏大的，不仅接受，有一位大嫂甚至很高兴，深入一问，弄得人家欲言又止，经不住我问，她很不好意思，到底还是透露了秘密："支付用的二维码，是孩子弄的，与孩子的手机捆绑在一起。"听罢，我忍不住笑了，笑着笑着，一股酸楚袭来，望着阵阵寒风中的大嫂，我不知说什么，不知什么表情，尽管脸大部分被遮掩得严严实实，大嫂不得窥见，但我未被遮掩的目光里真切地闪现出我自认为是烟火气的光泽，并且，我相信，大嫂看见了。随后，她长叹了一声。

没想到，早市买鲜捎带回了这么多东西。

初试烹饪

之前，从未想过要在烹饪上一试身手，尽管许多人，甚至一些名人常常曝光自己的烹饪心得，乐在其中，乐于分享。尽管妻子常常真真假假、假假真真激将我鼓动我，但我终究没"上当受骗"，因为我真的既无烹饪之心也无烹饪之胆。不是有那句老话嘛：没有金刚钻，别揽瓷器活。

正月十八，妻子送小孙女回北京上学，我只好赶鸭子上架。之前有过类似情况，可那时可以在机关小食堂就餐，现在退休了再出现在那个场合肯定不合适。妻子出发前两天，一连几遍教我怎样使用柴米油盐酱醋，直到我记住大概为止。

早餐，我做的是蛋炒饭。我剥了两根小分葱，洗后切成葱花，打两个鸡蛋，搅拌一番，待锅中油热后，将鸡蛋和葱花倒进锅里，撒上少许细盐，快速翻炒，盛起。将昨晚剩的米饭倒进锅里压散翻炒，不一会儿，再将盛在碗中的鸡蛋与葱花倒进锅里，和米饭混合在一起，前后左右上下来回炒。在一片噼里啪啦声中，我顺着锅边溜了一圈水，没等水雾升起，我将锅盖罩了上去，待米粒在锅里不断炸响，才揭开锅盖，再翻炒数下，关上燃气，将饭盛起。我怎么都没能想到，我竟然炒出这么好的蛋炒饭，油不多不少，盐不咸不淡，黄的是鸡蛋，绿的是葱花，白的是米饭，香气扑鼻，沁人肺腑，直抵灵魂。我差一点儿就说出了，这是我60年里吃到的最好吃的蛋炒饭。我按捺不住激动的心情，忍不住给妻子打了电话，她一阵笑声从电话里传来，她说："无师自通。祝贺祝贺！"

晚餐，我做了一次雪里蕻挂面。这是一次创新，挂面来自老家固始的人祖挂面，这是固始人家家春节必备的年货，用固始老母鸡汤下挂面更是上品，但初试烹饪我得有所尝试。平时妻子炝锅，多半用葱、蒜、姜、辣椒，这次除了葱、姜、辣椒，我用常年坛装备用的腌制的雪里蕻，量并不大，在炝锅时，在葱、姜、辣椒共同作用下，勾人食欲的雪里蕻酸香被逼了出来，用时短暂，赶忙盛起暂放。倒水入锅，响水打蛋，一枚荷包蛋即可，水滚下面，水与面匀称适中，翻上几滚后，这才将炝锅的雪里蕻撒放锅中，顺势搅拌一下，便可以食用了。这无疑又是我初试烹饪的成功之举，因为改用炝锅材料，具有一定的探索性，勇气可嘉。重要的是结果，它一改过去多年不变的口味，哪怕就多出几丝丝酸来，已足够我侃侃而谈、久久回味了。当妻子听到我烹饪心得及喜悦后，仍是一阵又一阵笑声响起："无师自通。祝贺祝贺！"

午餐，对于退休之后的饮食至关重要。这天，我从饭店买回来一份成品菜：百叶炖千张。我知道，牛旺的百叶是从小南门清真食品店采购的，质量有保证。牛旺的千张来自鸡公山脚下地锅千张豆腐，这千张薄厚适中，紧软劲道，有一种似有似无的烟火味儿，用来炖的汤，是何首乌、枸杞和香菇、花菇、草菇、羊肚菌、竹荪等食用菌熬制出来的菌汤。如此，不油腻不淡寡，若换个吃法，给个说法，弄出点儿新意，不也意趣横生吗？于是，我决定用汤而不喝汤，一番琢磨后，便拿起碗筷，边取不同佐料，边念念有词道："葱花少许，香菜若干，从滚烫处捞起一批百叶炖千张，适量辣椒油，上下翻拌后，趁热大口吃下。"如此掺入文辞表述的吃法，我又被自己惊着了："爽！"不久后的一日，在饭店朋友小聚，我如此操作演示了一遍，竟引来了各位兴趣，依照此法一品尝，顿时异口同声，加以褒奖，纷纷效仿，一时百叶炖千张告罄。我又将此情报告了妻子，这回她没笑，而是沉吟了下，说："有做法，有说法，有意思。"

很快，妻子就从北京回来了，我也就结束了烹饪的实践活动，但经历了这么一出，我真就对烹饪有了不同以往的认知，除日常生活必需之外，有许多人将烹饪作为减压的方式，自有其道理；有一些人将烹饪作为增进夫妻感情的办法，也自有其已被验证的理由；还有些人生来就喜欢烹饪，并不断强化烹饪是膳食的艺术，而沉醉于这种复杂而有规律地将食材转化为食物的加工过程之中。当然，我短暂的初试烹饪经历还不足以给自己定下做一手色香意形养俱佳的美味佳肴的目标，但我已向妻子郑重地提出了申请：从今往后，多给我点儿机会，我也好一显身手。

学用手机

确切地说，以往，手机在我这里主要是接打电话，加微信还是近三年的事，面对着手机的强大功能所带来的现代化便捷程度，我似乎并没为之所动；归家之后，我认识到并切身感受到我在现代洪流中落伍到什么程度。

那天下午，我去顺丰快递寄两本书给广东的大哥，这是我第一次自己寄东西，结算费用18元，我掏出20元现金给服务员，她夸张地吃了一惊："我没有现金，找不了你两元。"我说不用找零了，她斩钉截铁地说："那不行，我们不能占客户的。"她问我有没有手机，我说有；她又问手机里有没有钱，我说我不知道；她又问有没有支付宝，我说没有；她又问我平时用啥买东西，我说用钱。她一下子被我说笑了，一副不知如何对我说的无奈表情："这位叔，你得赶紧学，不然你会非常麻烦非常麻烦。"

回到家找零钱时，妻子像是早预料到似的，笑得前仰后合，眼泪都笑出来，完全是一副幸灾乐祸的嘴脸。对此，我倒没生气，甚至有几分认了的意味。几年来，她常常提醒我，要通过学习，掌握与生活息息相关的技能，比如网上购票、网上预订、打网约车、给自己定位、户外导航、移动支付、手机转账等等。恰恰，我都不会，因为都没学。为什么没有学？肯定是自己的问题。说"忙"，这不是个理由，谁不忙？都忙，都忙得披星戴月、风雨兼程、只争朝夕，都不知道时间跑到哪里去了。那为什么别人都能将手机玩得团团转，一机在手，运筹帷幄之中，决胜千里之外，或一机随身，仰天大笑出门去而独步江湖？连摆地摊、卖烤串等流动着的小商小贩各类三轮车把上都挂着一个硬质两面二维码（一面是支付宝，一面是微信）的牌子，我还有什么理由可找呢？其实，妻子知道我内心里残留的那点儿矛盾，她干脆挖根刨底，她说："老家话，会怨怨自己，不会怨才怨别人。你们这些人，都是被惯出来的，啥事都由别人干，啥事都由别人干好，你想到的，别人已想好啦，你想干的，别人已经干啦。退休之后，这也不会那也不会，又想怨别人啦，没道理。"妻子的一番话话糙理不糙，说得我既无招架之功更无还手之力。

大哥收到书电话告知我时，我将此遭遇原原本本叙述了一遍，他也笑个不止。末了，他说了一句类似警句的话："退休之后，很多事情得重新开始。"大哥这话不是大话空话，这是他的感悟更是他的践行，手机的各项功能，他运用自如，不仅给他带来诸多生活上的便利，还为他退休之后选择小小说创作提供了顺畅的书写方式。难怪，从他爽朗的笑声中和从容自信的语气里，不难看出他是智慧大叔。

千说不如一干。我去银行开通了手机银行，在手机上安装了各种软件。

很快，我在网上买了上海周佩红的散文集《风雨水火》，第一次难免紧张，按照学习程序，一步一步走，临近输入银行卡密码时，大脑竟一时短路，一片漆黑，慌乱中推倒重来，第二次顺利实现网购。趁热打铁，我又分别网购了邵丽的长篇小说《金枝》和乔叶的长篇小说《宝水》，这两次再没出现卡壳问题。我窃喜，我也会在网上购买东西了。

我第一次使用了高铁管家，为妻子购买了信阳东至北京西、北京西至信阳东的高铁票。

我第一次在信阳市区用手机打车。

我在西亚和美政和花园店里买来小六子大蒸馍等食品、生活日用物品后，第一次用手机支付。

我驾车从信阳新区站上高速时，第一次电子栏杆自动抬起，心里有种爽的感觉。

我听起了司马南、卢克文、李牧、王小东等人或长或短或大或小的评说。

总之，手机开始了全方位使用并发挥其作用，这才真正算是个好东西，如同屋子有人住才是好东西一样。还得继续学继续用啊！真正做到知行合一、学以致用。

续爬格子

写作之于我，不是可有可无的，虽然并没有取得多么大的成绩，虽然在每每完成一篇小说、一篇散文、一篇评论、一章散文诗、一组诗甚或一首诗时，我常有与笔下所熟悉的语言文字一次别离的企图，但真的让自己所钟情的写作渐行渐远，我是无法容忍的。自9年前那个夏日，在鲁迅文学院 305 室结集《水的血脉》，写完最后一个字，我捕捉到了前所未有的快意，因为我知道，对于一个将写作作为终身爱好的作者而言，这种快意转瞬即逝，随着合集的出版，也就完成了那个时段的使命。不承想，接下来的工作俘虏了这种快意并如影随形，渐渐，我坐不下来了，心，静不下来了，文学之笔拿不起来了。与 9 年前数量较为充沛的写作相比，这个八九年数量锐减，究其原因，有主观的，有客观的，每次或轻或重或纠结或明了的心理矛盾斗争后，总会给自己一个清晰的答案：退休之后接续写作。

退休之后，惴惴不安之感日渐强烈起来，我知道这种感受来自文学，来自原来的承诺。

早春的那个午后，短暂休息，神清气定，泡上一杯毛尖茶，没人催促，我便走进了书房，坐到了我久违而并未生疏的写字桌前……

我想，归家之后我仍坚持写作，早已不再是为了得到同一时代人们的尊重或喜爱，也不是志存高远去为了对文学创作显现个体或整体的贡献，也不是要给社会、给文友、给自己一个什么说法抑或一个什么交代。我真实的想法是，以自己本真的专注与投入，沉稳、朴素而真诚地在堵塞的生活中一小口一小口地呼吸，并将在有别于其他的这种有滋有味的劳作中找寻一条路径，朝前走，一直走下去。

至于写得怎样，符不符合别人的口味，有多少人阅读，我的压力真的没有之前大了。譬如下面这首小诗：

浉　河

在申城里看船，感情就丰富了
桃花开了
至少又多了一些心中没有怨恨的人

听着视野外的风吹草动
渐渐品出淡然的由来

过去我曾有出走的冲动
到郑州，到武汉，甚至北京广州
更远的方向。现在
我已经光和影的过滤与投射
申城有浉河
我已无法挪动半步

一个顺理成章的理由，浉河
疗治相思与孤独的诊所
五六月间无暑气
二三更里有渔歌
就像毛尖茶荡漾在微风中的一生
足够我站在申伯楼上欣赏完
浉河落日

耳顺之年，听什么话都觉得有道理，至少有一定的道理。

四十年前的一次课改

四十年前，我在石佛高中教书。

我教的是语文，还兼着高一三班的班主任。班主任辛苦是辛苦点儿，但权力总是与责任相伴共生的。一些自主性的安排，能在一些青春时节充满激情的想法中得以实现，相比之下，班主任那点儿辛苦又能算什么呢？比如有一次晚自习，我私自将三班全体学生带着去电影院看了场叫《高山下的花环》的电影。从电影院里出来，同学们还沉浸在故事的情节中，一路交流着，讨论着，甚或争论着，我这才一边高兴，一边开始担心起来：领导这关怎么过？接下来的一周，我几乎是在担惊受怕中度过的。结果，像是没有发生这件事，书记、校长、教务主任的目光，仍然是信任的，与往日并无二样。事后过了一段时间得知，就在我与三班的同学坐在电影院的时候，领导们就及时发现了三班教室漆黑一片，当探得实情后，几位领导不约而同地没有反应。后怕后的惊喜是真惊喜。正是基于这个心理，当然，也许还有此次领导们没有反应的这个客观上的鼓励，这就有了接下来的一次课改。

究竟算上算不上课改呢？用四十年后今天的眼光眼界看，真的未必。但在当时，还是需要点儿勇气的。

我选择作为课改的课文叫《威尼斯商人》，是人民教育出版社出版的高中一年级下学期语文教材第13课，节选自英国戏剧家莎士比亚的戏剧《威尼斯商人》。

我之所以选择这篇课文，起初的原因有三：

其一，能够激发学生们的兴趣。不同于教材中的议论文、记叙文、说明文，也不同于诗歌，更不同于文言文，教材节选的《威尼斯商人》部分主要围绕"割一磅肉"的契约纠纷，反映资本主义早期商业资产阶级与高利贷者之间的矛盾，小小的法庭之上，惊心动魄的较量、激烈的矛盾冲突本身就扣人心弦。

其二，容易激活学生的个性化品评，变被动接受为主动分析。不长的节选内容，人物众多且形象栩栩如生：夏洛克是一个唯利是图、贪婪成性、冷酷无情的高利贷者的形象；鲍西娅崇尚正义、活泼开朗、充满智慧，她女扮男装，机智勇敢，随机应变，展示了新时代女性形象；安东尼奥珍重友情，宽宏大量；葛莱西安诺疾恶如仇，敢于斗争；巴萨尼奥见义勇为，重情重义；公爵稳重慈祥。

其三，可以节省两个课时。《教参》有明确意见，教授《威尼斯商人》这篇课文时应为三个课时，我认为过长，能节省两个课时是很宝贵的，至少还可以多接触两篇课外好文。

当我在心里选定了《威尼斯商人》这篇课文时，怎么改，事实上已想好了，其实很简单：在一个课时内，由师生分角色朗读《威尼斯商人》，或者说分角色对台词，换言之，也就是，没有化装没有舞台的"演出"。

但是顾虑还是有的。石佛高中当时是信阳地区四所农村重点高中（固始县石佛高中、商城县观庙高中、罗山县涩港高中、信阳县平昌高中）之一，教学非常规范，有语文教研组，还有年级语文教研组，一个年级四个班，课程同步，教研共商，以便统一课程、统一复习、统一考试、统一排名成绩。按照《教参》的意见，《威尼斯商人》的中心思想、段落大意是重点解决的问题，而人物的形象、艺术结构、语言风格以及文学成就则未作重点强调。我的想法及实际中的做法是，一个课时内，除了"演出"，剩余的时间，有提示地提出几个问题，比如，用自己的语言给夏洛克、鲍西娅、安东尼奥、巴萨尼奥、葛莱西安诺、公爵等人物"画像"。比如，故事情节的转折点是什么？比如，《威尼斯商人》是喜剧，是悲剧，还是悲喜剧？为什么？……这些问题留给学生，独自思考后或三五成群讨论后，留作星期日的晚自习自由发言，再掀一次波澜。可如此一来，能对付或应对接踵而至的各类考试吗？我真的不敢保证。但话又说回来了，此时若不试改一下，越临近高考越没机会，临近高考还能去试去改吗？还敢去试去改吗？

还是年轻好。多年后，我一直在想，放在四十岁，放在五十岁，我即便有课改的想法，最后能否下得了决心？最后的最后能否付诸实施？四十年后的今天，我又一次想及这个问题，一点点儿犹豫都未残存了，结论是，我肯定不会。因为高考关系着孩子们的命运呀！一切围绕高考，尽管离高考尚有两年之遥，可绝大多数人仍感觉高考近在咫尺。

箭在弦上，已不得不发。豁出去了，那时我就二十一岁，心里有团正在燃烧着的火，顾不了那么多了。

我找来《威尼斯商人》所需要的主要角色台词承担者。从全班六十四名学生中找出他们几位并不容易，我是在多人多次比较后才确定的。叫许志红的同学演鲍西娅，关键点在于，许志红从小在信阳市长大，活泼开朗，落落大方，气质与鲍西娅相符，加之她说着一口流利标准的普通话，我认为，鲍西亚非她莫属。果然，许志红颇为激动，一口应允。我向她讲解了鲍西娅的人物形象，特别当她面对咄咄逼人的夏洛克时从容不迫，机智幽默，一步步让对手落入自己的圈套中。我向许志红强调："鲍西娅是莎士比亚极力歌颂的人文主义者的形象，她的形象在课堂上被你塑造出来了，这堂课就成功了大半。"当时，许志红全身洋溢着朝气蓬勃的光芒，她信心满满地表示："老师放心，我一定尽全力。"

我确定祁传贵演安东尼奥，我提示祁传贵，安东尼奥身上的正派、重情、温文尔雅是莎士比亚等人文主义者所讴歌的品质，要品味作者美化的用意。因为祁传贵那时对诗歌的热爱到了痴迷的程度，文学的作用使之内外呈现的温文尔雅，更接近安东尼奥一些。祁传贵欣然接受角色："谢谢老师的信任。"

肖道远演葛莱西安诺，我告诉他："抓住葛莱西安诺的易于激动、嬉笑怒骂，就抓住了关键，这个人物就活过来了，声音要亮。"一开始，肖道远似乎有些顾虑，老是用手挠头，默不作声，我鼓励他："难度是有的，正是因为有难度，才交给你的。我相信你。"肖道远答应了。

让马向阳演巴萨尼奥，是我看中了马向阳眼里在有时违反课堂纪律后常常掩遮不住的接近胆怯的软弱。《威尼斯商人》中的巴萨尼奥虽见义勇为，重情重义，但不懂得斗争策略而表现得较为软弱，所以，在筛选巴萨尼奥这个角色时，我脑海里就浮现出一个人选，自然就想到了马向阳。许是没有心理准备，从他被叫来开始就有些发抖，好久也没有完全镇定："老师，我弄啥？"这句话被他问了好几遍。我对他说："记住，巴萨尼奥的软弱不是根本上的软弱。这就得把握好语气。"

祝强是公爵的不二人选。他形体高大，国字脸，表情沉稳，加之声音浑厚，让他饰演公爵再合适不过。让我没想到的是，祝强以他沉稳的表情保持持久的沉默而不作回答，我这一说那一讲忙乎了半天，才弄清楚他不回答的原因，他以为是真演《威尼斯商人》，而他从没演过节目，普通话都说不好，更演不好公爵。我笑了，说明了情况，并答应见空插针教他练习公爵的普通话台词，祝强这才认真地点了点头。

只剩下夏洛克了。在《威尼斯商人》中，夏洛克的戏份儿很重，莎士比亚这部剧作的一个重要文学成就，就是塑造了夏洛克这一唯利是图、冷酷无情的高利贷者的典型形象。安东尼奥与夏洛克的对抗是商业资本与高利贷资本的对抗，是新兴资产阶级人文主义道德原则和高利贷者极端利己主义信条的对抗，从另一个角度看也是道德冲突，即对善与恶不同的理解：如何做人，如何待人。安东尼奥的胜利是"人"的胜利，是人文主义的胜利；夏洛克的败诉，是"非人"的失败，是反人文主义者的失败。因此选作课文在法庭上发生的对话台词，尤其是鲍西娅与夏洛克之间的对话应是关键之关键，虽为全剧的最后一幕，却是一波三折，高潮迭起，冲突不断。可想而知，夏洛克这个人物塑造的难度是非常大的。只有老师当仁不让，来当这个"坏家伙"了。并且，我想好了，夏洛克的台词，我模仿上海电影译制片厂配音演员尚华的声音。那是一副与众不同的嗓子，发出略带拖腔、尾音、鼻音，却依旧洪亮、结实、清晰，能体现角色性格弹性的声音，那样可以更好地表达出夏洛克虚伪、奸诈、狠毒、冷酷无情、贪得无厌，心如铁石，"没有一点儿慈悲心的不近人情的恶汉"的形象。

四月，是多么美好的季节。四十年前的四月，至今还在以它特有的青春气息芬芳着三班同学关于那个时代、关于蓼东平原上那个美丽的小镇、关于石佛高中、关于《威尼斯商人》的记忆……

公爵的声音浑厚中正，在三班教室里回荡共鸣，居然是从座位上站起来的祝强的口里传出，同学们大吃一惊，不由得交头接耳起来……

祁传贵没等祝强将公爵的话讲完，便从自己的座位上站起，接过公爵的话，发出安东尼奥的声音，同学们又将目光唰唰投向祁传贵……

马向阳也出场了，他站了起来……

马向阳的目光里没有了平时常有的软弱，他平视着站在讲台上演着夏洛克的我。这时，教室里由一度接近沸腾渐渐趋于平静，同学们不由自主地支棱起耳朵，边阅看着面前的课文，边听着老师与同学的演绎……

肖道远出场了，他站了起来……

巴萨尼奥：你这样使劲儿磨着刀干吗？

夏洛克：从那破产的家伙身上割下那磅肉来。

葛莱西安诺：狠心的犹太人，你不是在鞋口上磨刀，你这把刀是放在你的心口上磨；无论哪种铁器，就连刽子手的钢刀，都赶不上你这刻毒的心肠一半的锋利。难道什么恳求都不能打动你吗？

夏洛克：不能，无论你说得多么婉转动听，都没有用。

葛莱西安诺：万恶不赦的狗，看你死后不下地狱！让你这种东西活在世上，真是公道不生眼睛……

夏洛克：除非你能够把我这一张契约上的印章骂掉，否则像你这样拉开了喉咙直嚷，不过白白伤了你的肺，何苦来呢？……

…………

肖道远的音质很亮，且干净，有穿透力，他激动的表情与愤怒的手势，将葛莱西安诺表现得活灵活现。同学们脸上一开始的一丝丝顾虑、担心的成分此时已荡然无存了，呈现的是满满的欣赏与入戏的认真……

该看许志红的了。看看我是怎么败在她手里的。

鲍西娅：那商人身上的一磅肉是你的；法庭判给你，法律许可你。

夏洛克：公平公正的法官！

鲍西娅：你必须从他的胸前割下这磅肉来；法律许可你，法庭判给你。

夏洛克：博学多才的法官！判得好！来，预备！

鲍西娅：且慢，还有别的话哩。这约上并没有允许你取他的一滴血，只是写明着"一磅肉"；所以你可以照约拿一磅肉去，可是在割肉的时候，要是流下一滴基督徒的血，你的土地财产，按照威尼斯的法律，就要全部充公。

葛莱西安诺：啊，公平正直的法官！听着，犹太人；啊，博学多才的法官!

夏洛克：法律上是这样说吗？

鲍西娅：你自己可以去查查明白。既然你要求公道，我就给你公道，而且比你所要求的更公道。

葛莱西安诺：啊，博学多才的法官！听着，犹太人；好一个博学多才的法官！

夏洛克：那么我愿意接受还款；照约上的数目三倍还我，放了那基督徒。

巴萨尼奥：钱在这儿。

鲍西娅：别忙！这犹太人必须得到绝对的公道。别忙！他除了照约处罚以外，不能接受其他的赔偿。

葛莱西安诺：啊，犹太人！一个公平正直的法官，一个博学多才的法官！

鲍西娅：所以你准备着动手割肉吧。不准流一滴血，也不准割得超过或是不足一磅的重量；要是你割下来的肉，比一磅略微轻一点儿或是重一点儿，即使相差只有一丝一毫，或者仅仅一根汗毛之微，就要把你抵命，你的财产全部充公。

…………

许志红气势如虹，我压扁了的沙哑声音越来越暗弱，一直扬扬得意而高昂的头不得不耷拉下来……

用时34分钟，《威尼斯商人》终于落下了帷幕，三班教室寂静无声，一根针掉地都能听见，好一会儿，一阵暴风骤雨似的掌声欢呼声哄然爆响，久久停不下来……

四十年后的耳畔仍响着那次从教室内响起的掌声欢呼声。后来，我一直在想一个问题：作为一个老师，在一堂课里，究竟该给予学生什么？后来，无论我在学校任教，还是两年后离开学校，还是离开小镇，还是后来从这个乡镇到那个乡镇，从这个县到那个县，从淮河岸边到大别山深处，我都一直还在想这个问题。四十年过去了，我也经历了一些讨论，参加了一些座谈，目睹了各式各样的争吵，听闻了一些尝试的做法与结果，到头来，要么不了了之，草草收场，要么虎头蛇尾，雷声大雨点小，要么我行我素，"涛声依旧"。

坦率地讲，四十年前的那次行为，称之为课改都有些牵强，充其量也只能是一次课改，远远挨不上教改的边。但就是《威尼斯商人》中几个人物仅仅站起来晃动了一下，说了几句还不怎么标准的剧中人物的普通话台词，就引起轩然大波，这说明什么呢？显而易见，学生多么喜欢多么欢迎多么期盼这种这类不拘一格的方式啊！学生们的要求高吗？

四十年前的那次课改，给三班的同学留下了深刻印象。许志红从此多了一个名字：鲍西娅。许志红并没有生气，有叫就有应。她高考后去了警校，毕业即当上了警察，这多少也与鲍西娅从事的工作相近。

祝强一夜之间成了公爵，开始不情愿接受，架不住人多叫，架不住长时间叫，也就认了。大学毕业，留在了郑州，在大院里工作。有一年，我去郑州出差，师生们小聚，等候之时，忽听房间外有人高声提示："公爵驾到。"就在我没回过神之际，祝强迈进房门，师生们便哄堂大笑。

肖道远在西北一所知名大学当副校长。每年回乡探亲，我们总是相叙甚欢，聊现实聊当下，也聊过去，自然就聊到石佛高中，会心一笑，也就聊到了《威尼斯商人》，聊到葛莱西安诺。这一聊，引发了肖道远如泉涌的文思，汩汩滔滔，现在的肖道远早已是文才口才俱佳了。

马向阳从西南政法大学毕业后留在了大西南，做了法官。多年未见，但四十年前那次课改时他演的巴萨尼奥平视我演的夏洛克的目光里没有丝毫的软弱，在我记忆里刻下了挥之不去的印迹。

祁传贵上了军校，后转业在豫北一座城市里，始终丢不下写作，已出了几本诗集。在石佛高中时，他形容高考的诗句，我还记忆犹新：

七月 / 汗熏的鞭子 / 响彻在我的天空。前些年，他有次给我写信的结尾让我心头一热，他写道："老师，我怀念三班《威尼斯商人》的时光。"

至于我，怎么能忘掉夏洛克这个家伙呢？我想，石佛高中三班的学生也许也不会忘掉莎士比亚剧作《威尼斯商人》里那个叫夏洛克的家伙。

劝学记

许多年以后，我依然能清晰地记得20世纪80年代前几年发生在石佛高中我任教时劝学的事情。

在近四十年后的今天的人们看来，上学还用劝吗？其实，当时还没硬性规定，更没与老师工资挂钩，但在我看来，作为教师，我既与他或她构成了师生关系，我就有了这份天职与责任，我给自己下了死命令：对中途退学的，不论男女，得把他们找回来。于是，便有了这些故事。

我去找章国成时，想都没想，起身出门，骑上那辆哗哗响的破自行车，箭一样射向地处石佛镇东南五六里的一个叫章营子的村庄。

那是半晌，1984年春夏之交的阳光火烧火燎，我早已汗流浃背了，可我顾不了这些。上午第二堂课结束后，我任班主任的三班班长到办公室找我，递给我一张小纸条，抻开一看，只有一行字"对不起老师，我不上了"和章国成的落款。当时，我头嗡地一响："人呢？"班长说："下了早自习就走了。"接着又补充道："只把被子、脸盆、缸子带走了，他说书、本子不要了。""如果有同学问，就说他家里有事，请了一天假。"说罢我便行色匆匆赶往乡下。

出了校园大门右转，是一条巷道，分布着一些日杂百货商店、小吃店，都比较简陋，但能聚人气。特别是理发店，让一批年轻人理不理发都愿往返其中。理发店有台四喇叭录音机，常播放李谷一的歌，还有程琳、朱晓琳、张行的歌，还有港台的歌曲。出了巷道，进入西街，头一家单位是税务所，门楼不大，却很威严，院内有高大的树木和鲜艳的花朵。相比之下，紧挨着的食品经营处因为屠宰场贴着西街，猪、狗最后的哀嚎与挣扎让人心惊肉跳，每每经过，我总是屏着呼吸，一路疾走。乡政府也在西街上，老院子居东，新大院居西，人们来来往往，脸上多半是严肃的表情。供销社的两处仓库也都在西街上，时常有汽车、架子车进进出出，装卸一些让那个时代的人们津津乐道或心驰神往的物品。卫生院大门正对着西街，这里始终都是人们最不愿去而又不得不去的地方，自然人头攒动。出了西街，便上了312国道。

搁往常，工作之余，我总爱在巷道内、西街上走走停停，停停走走，倒不是景色多么优美或每次都会遇上什么故事，但不知为什么，总觉得有一些值得咀嚼，至少应当留些印迹的东西。但这天出了校门，一路疾驶，有几个人打招呼都忘了回应，等出了镇区，上了当时还是沙石路的312国道，仍气得呼呼直喘粗气。我怎么都想不通更弄不明白章国成不上学的理由，我梳理了一下，就我所能掌握的情况看，都构不成诱因。接着，我查找反思起自己的原因，翻来覆去没有找到答案。汗水淌进眼里，用手抹一下，也没停下车，当时我就一门心思想知道章国成中途退学究竟是因为啥。

本来，每一次走在国道上，心情都难以平复，312国道是从古代官道而来的，自明朝永乐年间，从南京修往北京的，后来修312国道时借用了这段官道，成了东到上海西至新疆乌鲁木齐的大路。正是这条大路上来来往往的景象，自古至今无不传递着一波又一波挥之不去的气息，直搅得乡人们再也无法平静，注定心潮逐浪高的远行旅程。我不止一次在班上谈到大路上的景象，讲到追逐渐行渐远的车辆的人的背影，打量、好奇、联想、思忖、期待、努力、奋斗，接踵而至的是沿着大路奋勇前行。如此说教，常走在大路上，目睹令人眼花缭乱的景象的章国成，难道就没有触动没有心动吗？压根儿就没有想过远行吗？

　　之前利用假期开展家访的作用发挥出来了，我下了国道，在并不宽敞的起伏不平的乡村泥土路上仍不减速，沿途两边的田地里有很多人正在忙碌，有的在割油菜，有的在整水田，有的动手快已开始栽插春秧了，对一个骑着自行车疾驶过来的人还是投来关注的目光。有些路段为了方便淌水，被临时挖出缺口，我只好下车，跨过缺口将自行车挪过去。在乡村，这种现象普遍存在，又能算什么问题呢？到底还是走了神，加之麻痹大意，车速又太快，在一缺口处，自行车前轮掉进了缺口，我被抛向车前，重重摔在地上，人仰马翻，狼狈不堪，我的白色的确良衬衫和蓝色裤子上沾满了泥土，两只手都蹭破了皮，血流了出来。好在伤不重，车也没损坏，只是车把扭偏了，我把人、车简单收拾了一下，逃也似的骑上自行车向前疾驶而去。

　　我还是很快就到了章营子到了章国成家。章家院门虚掩着，我刚一推开，一只大公鹅趾高气昂扑了过来，试图用嘴来夹我，我赶忙又将门掩上。我叫了几声章国成，没有人应答，只有鹅愤怒地回应。那时，村庄里狗很多，不能不防，我攥着一根棍，小心翼翼到左邻右舍，想打听章国成家人的下落，不料均未见到人的影子。我又前排后排转了几转，也没见到人。我心急火燎，将自行车放在章国成家院前，步行走出了村庄，放眼四望，只见远远近近的田地里，有人收割有人栽插有人担挑，人们正在自顾自地干活，我这才意识到，村庄里的人正在抢收抢种。那时，土地刚刚分包到户不久，耕作方式也不像现在机械化，那时主要靠人工，靠亲戚间这家干完帮那家干，农事不等人，得快，不然误时误事。好不容易自干自活，交够国家的，完成集体的，剩下全是自己的，谁还好吃懒做呢？

　　如此一想，我动了回去的念头，打算找时间再来，最好将章国成一家堵在屋里，以便问题的解决。我便回章国成家推自行车，正在这时，一只黑狗突然从一角落飞速冲向我，悄无声息却凶猛无比，等我发现时下意识地用手中的棍挡了一下，才避免了狗对我的撕咬。黑狗不甘就此罢手,边低沉吼叫,边一步一步逼进我,就在千钧一发之际,章国成他爹从外边回来了,他大声呵斥赶走了黑狗。可接下来的情形并不令人乐观。章国成他爹没让我进屋里坐,自始至终不说一句话,他那天始终都是满脸堆着笑容,还不时地点着头,没有解释,没有回应,更没有辩驳,仿佛他只是我的听众。时间一点儿一点儿过去了,他两手相搓,一副不好意思的样子。就这样,我自问自答、自言自语、自说自话,我从开始的语气舒缓慢慢慷慨激昂起来,从知冷知热地理解到义愤填膺,到举例应证,到后来长吁短叹地惋惜,说着说着,就说得更开了,扯得更远了,一副自导自演的气势,似乎渐入佳境。我由表及里,深入浅出,理论的实践的,物质的意识的,古代的现代的当今的,中国的外国的,城市的农村的,石佛的石佛以外的。我没喝上一口水,也没有顾得上在意有没有其他人,更没有考虑村庄里的人怎么看怎么想怎么讲,硬是站在章国成家院外,面对面,跟章国成他爹生生讲到太阳正中天,树荫早就随着太阳的光照挪开了,可我没注意,也没感觉,额头上被大太阳蒸得汗珠滚滚,头顶上热气升腾。多年后,我偶尔想及此事,自己也笑了,这不是活脱脱的一个丑角嘛,搞这么一出,怎么当时就没有一丝畏惧,就没有一点儿不好意思呢?唉,别说,当时,真的就没有一丝一毫的不好意思,当时,我理直气壮得很!在我的记忆里,一开始,章国成他爹毕恭毕敬地站着,渐渐,弯下了腰,后来,干脆顺势蹲了下去。如此,两人一高一低,更让我居高临下,无端地激发我又提高了音量,气势更是汹涌澎湃不可阻挡,语言表达滔滔不绝一泻千里。那天好像村庄里没有回来更多的人,事实上,正相反,随着午饭的来临,越来越多回来的人被我口若悬河的高声大语吸引过来,只不过,我没顾上别人,我只盯住了章国成他爹,我也根本不知道章国成他爹此时回家来有什么要紧的事要干,我也根本就没想着去问,他若口干难耐,就让他忍着,他若被屎尿憋急了,就让他憋回去憋没了。

　　不知被章国成他爹的笑容迷惑了,还是被他自始至终沉默不语一言不发弄懵了，反正，涉世不深的我，终究没见过这样的学生家长，一恼之下，上下拍了拍身上的泥土，在扬起的灰尘中，推起自行车，翻身上车，扬长而去，任凭章国成他爹仍缩成一团，手抱着头，蹲在那儿。

后来，我还一直不解，我对自己突然中途退场近乎落荒而逃十分鄙视，既然大道理大讲特讲侃侃而谈，小道理语重心长春风化雨，那为什么来个一百八十度大转弯，这不是闹剧吗？事实上，等我气冲冲上了国道回到镇上还没有回到学校时就意识到了，此行我一无所获，连个最基本的结果都没有：章国成为什么不上学了？

当时我的心情是羞愧难当，恼羞成怒：还去！晚上去堵！非得要个说法！说心里话，作为老师，对每一个学生丢弃学业都非常不舍是主因，舍不得章国成就这样丢了本该大好的前程也是我真实的内因。他是个班干部，年龄比同学大两岁，学习成绩本来就不错，平时在班上处处带头，发挥着很好的作用，眼见这样的好苗子被白白地耽搁了，老师怎能忍心睁只眼闭只眼，一副事不关己高高挂起的样子？按规定，班主任应当在学生退学后就立即向教务处报告，不知为什么，"报告"的念头一冒出来就被我掐了。我决定还是要再去章国成家一趟。

那夜无月，好在春夏之交的夜黑得不那么深沉，朦朦胧胧的，那辆破自行车虽经我整理了一番，还在一些地方点涂了一些机油，润滑了些，但在凸凹不平的路上颠簸所发出的声响仍传出很远。蚊虫很多，一路上相伴随行，我不时地拍打着趴在胳膊上腿肚上吸血的蚊虫，那本是个哼小曲吹口哨唱《迟到》《告诉我》的年代，我心里沉沉的，也就没了兴趣，一个劲儿地闷着头直奔章国成家去了。

这回他的家人全在，一个不少，一盏昏暗的煤油灯下，章国成正和父母还有弟弟妹妹们围着一张矮桌吃饭。那时，农村吃饭是需要把当天的农活干完，晚饭一般都是稀饭，所以，我刚到门口就听到喝稀饭所发出的声响。我的到来引起一小阵忙乱，其实，刚到院子时，大公鹅就已报了信，章国成没有上前，远远地站着不知所措。末了，还是章国成他爹一副赔着小心的样子，说出了我怎么想都想不到的话，他语气平静地说："章国成不上了，啥子不为，只为他回来结婚，年龄不小了，日子也都定好了。"他趁我没反应过来，抬高了一下声音，但很真诚地说："老师，感谢你对俺孩子好，你尽心尽意了。"与白天相见相反，这次轮到我无语了，我不知道如何应答，不知怎么接住这个话。自古以来，中国，特别在农村，娶妻生子都是大事，平日里我也知道班上有不少男生女生都被父母按照传统订了亲事，虽然对此我多有微词，但毕竟没有面对章国成此时此刻因婚而退学这么具体这么真实。

我像木桩一般呆呆愣着，屋里死一般沉寂，院里的大公鹅也停止了喧嚣，只有村庄里的狗叫和远处的蛙鸣。不知道过了多长时间，我才醒过来似的，走出屋子，临出院门时，我才转过身来，望着只比我小两岁，个头却比我还高的章国成，一股心酸陡地涌上来，我抓着他的肩头，我的眼里满是滚烫的泪水，不知为什么，忍都忍不住。又是半晌沉默后，我对着跟出来的章国成说："章国成，你对不起你自己，你会后悔一辈子的！"

那夜回来的路上，我是推着自行车回来的，因为不知啥时自行车的链子掉了，我不愿在章国成家门前去拾掇它，便推着本就稀里哗啦的自行车狼狈不堪地出了村庄，上了土路。上土路那一刻，我还是转过身来，望着夜色里愈加孤独的几声狗叫烘托出沉寂而又黑压压一片的村庄，望着村庄深深浅浅浓浓淡淡已模糊的林木，望着围绕着村庄黑黢黢的田野，静静地望着不知从谁家门窗里漏透出的微弱的光亮。我知道，章国成一定站在黑暗里一直朝这边张望，一直张望，直到我的身影消失在夜色里。风吹过来了，我鼻子又一酸。

第二天大清早，我例行公事检查三班早自习时，竟发现章国成正坐在他自己的座位上。

二十年后的 2004 年秋天，当年的三班同学相约，从天南海北四面八方汇聚申城。大家自然是欢天喜地，无边无际地谈人生谈理想谈变化谈感悟谈收获。那夜已很深了，抽身于繁忙的公务而专程从京城赶过来的章国成甩开兴致高涨的同学，执意陪着我，沿着浉河北岸，一路说着当年的事情，也就揭开了为我所不知的谜底。

有人要问了，那些事那些个问题，难道当时就一次也没问？一个也没问过？为什么非要放到二十年后才能去碰它？

章国成在 1984 年那个春夏之交的早自习回到教室，没有激荡起一丝涟漪，班上大部分同学并不知道有这么个事，班长按照我交代过的已经回答了个别同学的问题。最重要的是，我真的不愿再击起这个水花，免得打湿衣裳，或者不去揭这个疮疤，免得学生再次受伤，哪个班主任希望自己班上退学的学生多呢？更何况，每个退学的学生背后总有不同的事由，作为老师，也总该为学生保守这份秘密。所以，我压根儿就不问，从来就不去打听学生的隐私，我认为这是我对每一个学生应有的尊重。每次劝学，他或者她能回到教室，才是我最大的欣慰最大的成功。至于说重返校园的他们是否能考上大学，之后怎样成为栋梁之材，我是真的没想那么复杂，真的没看那么辽远，更没想到十年、二十年或者更长久每个逢十时机节点总有那么一次师生相聚同庆，或直奔主题或婉转迂回旧话重提，以表不能忘怀之情。

当时，我一眼看到章国成坐在教室里，一股暖流涌上心头，一天一夜笼罩在我前后左右的挫败、懊恼、沮丧顿时烟飞云散，我的心又安安稳稳地放在了心的位置。以至于多年以来，每每遇到学生常常提及的当年如何如何惹得老师生气，今天想来觉得如何对不起老师等等，我都真的记不那么清晰了。我只记得 20 世纪 80 年代前几年，我与我的学生在石佛高中的那段难忘的时光，我只记得校园的热闹与美好，记得我们共同的青春脚印与欢笑。

沿着浉河北岸一路走去的那个秋夜，章国成复述了一个留存于他脑海中的当年的场景：我第一次赶到章国成家时章家人并不知晓，等章家一家老小从田里回来，正遇见大黑狗扑向我的危急情形，章国成他爹赶忙过来解围。慌乱中,章国成被他母亲拉进了院门,章国成却执意非出院门不可。当时,我全然不顾浑身沾满的泥土,一直追问着章国成他爹章国成退学的原因,章国成他爹却一直缄默无语、闭口不应。眼见着我怒火中烧,越说越激动,越说越愤怒,越说声调越高,早已穿越了房舍树木,在村庄的上空及周围回荡。人们不知发生了什么事情,加快了步伐,纷纷向章国成家围拢过来。只见我一个年轻人一副老大人的样子,慷慨激昂,陈述着章国成他爹让章国成退学一千种一万种的不是与极端错误性。我直直盯着章国成他爹,心无旁骛,围上来的人们更多了,我似乎受到了前所未有的鼓舞。我再接再厉,趁热打铁乘势而上,从国际形势讲到国内形势,从经济发展讲到社会进步,从中华传统讲到现实意义,从家国情怀讲到责任义务。用今天的话归纳起来,1984年春夏之交正午,我在章国成家院门外毫无怯色毫无顾忌对他爹,事实上也是对章营子群众的言说抑或宣讲:其一,从国家层面,迫在眉睫地应当为中华之崛起而读书;其二,从社会层面,文化如薪火,薪火需要传承;其三,从个人层面,知识改变命运。我没给章国成他爹一点儿机会,直到他低下头弯下腰最后蹲下去。

是章国成母亲叫吃饭的声音惊醒了我,终于,我在围观的众人起哄声中,戛然而止慷慨陈词的状态,推车奔跑中跨上自行车,出了村庄上了那条土路,直至从章家人从章营子人视野里消失……

章国成说,我如风而走以后,他爹仍蹲在原地,半天未动,末了,用抱头的两手使劲儿拍打脑袋。他站起来,来到章国成面前,一直盯着儿子打量,长长叹了口气,说:"你老师真是个大先生。"章国成跟他爹说:"老师还会来的。"他爹被儿子的话惊了一下:"你咋知道?"儿子回答:"他一定会再来,他舍不得学生,他不达目的不罢休。"他爹似乎若有所思,最后也未言语,只是又长长叹了一口气。

真被章国成说中了,那夜,我又去了他家。他爹这回没兜圈子,开宗明义,说了章国成不上学的原因是回来结婚,他说:"亲家催婚,因为亲家儿子要结婚,姐姐先嫁是规矩,又正好得了彩礼作聘礼。这婚不结吧，已经花出去的上万块怎么说也收不回来了呀。"末了，他唉声叹气起来。我大吃一惊后，陷入深深的不解、痛苦之中，久久不语，手指头在相互掰弄中发出清晰的声响。沉默，最终还是被章国成他爹打破的，这也可能正是章国成刻骨铭心不能忘怀之处，不然，章国成讲及此处怎么忍不住而泪流满面呢？当时，他爹朝我跟前挪了两步，声音压小了点儿说："老师，你给我个准信，章国成这孩子能考上大学吗？"不知为什么，我竟半点儿迟疑都没有，脱口应道："能！"没想到，章国成他爹又抛出了第二个问题："老师，章国成结婚的日子都择过了呀。悔了咋办？"我不知如何回答是好，深重的沉默气氛又重新笼罩在每个人的心头，很久很久，我才醒过来似的，像梦魇人样起身向门外走去，并说出让章国成一辈子都忘不了的那句话："章国成，你对不起你自己，你会后悔一辈子的！"

如果说中午铺天盖地的宣讲给章国成他爹巨大压力的话，那么夜晚我说的"能"与临出门的那句"会后悔一辈子"的话成了压倒他爹的最关键重物。望着我推着哗哗作响的自行车出了村庄上了土路，在春夏之交的夜里晃动着的模糊身影，章国成再也忍不住，泪水夺眶而出，哽咽不止。站在不远处的爹，又是一声长长的叹息，半晌，还是说出了那句注定要温暖章国成一生的话："爹不能让你后悔一辈子。"

2004年秋天的那个深夜，在申城浉河北岸，我与章国成不断地相互感染着，沿着浉河，步履舒缓，仿佛什么事都没有发生，就像我们离开故乡后，仍在原地，而时光早已流逝。他紧握住我的手，舍不得松开，他说："老师，不做后悔一辈子的事，一路走来，你知道该有多好。"

我的心被触碰了一下，我所看重的是章国成不经意的话语中流露的日常的神性，那种对于过程的体味，对于人生路上的知觉，高于功利与目的，这才是人生旅途者应有的在人生中都向往抵达的目标。

受1984年春夏之交劝学成功的鼓舞，我劝学不倦，大多如意，且后来多如章国成心想事成；也有没成功的，直到1986年暑假后我离开石佛高中。

例如：秦凭，英语成绩突出，忽一日中断了学业，竟接了母亲的班，去信用社当了信贷员。经不住我纠缠不休，秦父与我达成了一个口头协议：白天上班，夜晚上学。秦父哪料女儿以头悬梁锥刺股的精神，解决了"脚踩两只船"的问题，完成大学学业，去了美国，后与一华人工程师成婚生子，事业风生水起。

例如：牛得力，生性好动，常仗义出手相助而惹下事端。一天，同班同学在球场上吃亏，他又冲上前去揍得那人鼻孔流血，这次学校再也不能容忍他了，意欲做"劝其退学"处理。得悉此情，我缠上了校长，五次三番，三番五次，我第一次也是唯一的一次，以我自己的名义写了一份保证书：如牛得力同学再违反学校规定，一经查实，我愿辞去石佛高中教师公职。牛得力后考取西南政法大学。1999年，他带着新婚妻子——一个娇美川妹子到大别山腹地新县看我，师生见面，既无问候也无寒暄，又无握手拥抱，而是一直在笑，牛得力笑着笑着，笑出了眼泪。2008年5月12日汶川大地震后的那个傍晚，我接到牛得力的电话："老师，学生向您报平安。"

例如：王玉贵，在家受溺爱，偏科，据称自小便读遍四大名著及三侠五义之类的故事，上数学、英语课头就疼，一不做二不休，干脆就回到家里写起了小说。我闻讯前往其家中，不料被王玉贵家的大黄狗咬住了腿肚，直咬得鲜血染红了裤脚，惊恐中的王家人不知如何是好。我让王玉贵把我送到镇卫生院进行处理，在交谈后，他接受了我的观点与意见：先上学再写作。王玉贵最终以刚跨线的分数被一专科录取，毕业后，边工作边创作，笔耕不辍，已有5本文学作品集了。

例如：于喆，个性彰显，常常于不动声色中泪流满面。那夜，晚自习上，没有任何迹象征兆，她收拾起东西，在同学们一片惊愕的目光里，扬长而去，出了校门，穿过巷道，穿过西街，就上了312国道，沿着国道一直向北。她家距石佛镇20里，在漆黑的夜晚，独自一人，让人很难想象其结果。我得知情况追过去，原来是从保护一个女生安全角度考虑的，未曾料到，东方露出鱼肚白，已到她家门前时，她转过身来："老师，我跟你回去，我还接着上。"她后来读了师范，居于南京。2004年秋天申城聚会时，于喆来到我的面前，满目的真诚，她告诉我：当年，她停下脚步，让我别再跟着她，别一条道走到黑。我却说，这哪是一条道走到黑，马上天就亮了，这只是向明而暗。于喆笑了："老师，我不止一次跟别人说，哪有这样劝学的。"

例如：朱涛，终究劝学未果。那天早晨预备铃响过后，同学们唱完国歌，接着唱了《妈妈的吻》："在那遥远的小山村，小呀小山村，我那亲爱的妈妈已白发鬓鬓，过去的日子难忘怀难忘怀，妈妈曾给过我多少吻多少吻，吻干我那脸上的泪花，温暖我那幼小的心，妈妈的吻甜蜜的吻，叫我思念到如今……"朱涛走出校门回望教学楼上的三班教室，男女同学正站在走廊上向他挥手相送。我将他送到候车点，握住他的手，叹了口气，说："等你孩子上学了，一定要让他上到底，别再让他辍学。"朱涛顿时抽泣哽咽不止。2004年秋天申城聚会时，朱涛现场献唱《妈妈的吻》，此时的他已是成功的企业家了，是天津一家教育集团的老总。

光阴似箭，日月如梭。1984年石佛高中教师应有之行为距今已近四十年了，谁能将当年之举后延展远寄以无限期许，谁又能想到近四十年后的今天，这个终于结束了疫情的春暖花开之时节，我坐在午后的阳台上，品着信阳毛尖茶，不经意打捞着微风拂过有波纹的往事，竟能附和上王羲之在《兰亭集序》中的心绪，"仰观宇宙之大，俯察品类之盛，所以游目骋怀，足以极视听之娱，信可乐也"。

劝学，正是那种足够来极尽视听之欢娱的事，让人实在很快乐，一辈子都快乐。

南湾读湖

湖水的三种说法

湖水总是与一些令人心平气和的感觉联系在一起，空旷，舒缓，近乎无边无际，像孩童时代常常趴在母亲的膝上听到的传说。这是因为湖水是真正的乳汁。劳作的人们，肥沃的田地，牛和羊，城市，乡镇，都趴在这丰腴饱满的乳房之上，尽情地吮吸。无穷的乳汁进入我们的身体，进入我们的血液，和血液混杂着流淌……

当湖畔山峦被早春的阳光染成一芽芽信阳毛尖，湖水便是水之细软。怎一个软字了得？甘洌，有清凉；鲜活，能溯源；轻洁，质地轻；澄澈，水之良。好水泡好茶，好茶好味道。精茗蕴香，借水而发，无水不可与论茶也。信阳人的日子是南湾湖水冲沏的青茗。

一向平静的湖水，本质上，我更愿意说它是这座城市深处的轻。那些阳光才是阳光，透明的阳光，荡漾在每条道路街巷，照耀我及我亲朋好友的生活，每一扇窗口都感到舒畅与自由。那些月光才是月光，轻轻透过来的月光，熟悉而又陌生，清白无邪，每个人都得到抚慰。那些风才是风，或激扬，或温婉，或清芬。深处之轻，是在这座城市的耳边喃喃絮语：尽情地滋润和幸福你的百姓吧！

摇啊摇

唐诗中最坚硬的那句，被拆作了船身，宋词中最温软的那句，被直接拿来做了桨。南湾湖的女子轻吟歌谣，暗香泅透内心和她鲜为人知的爱情，正在船上，守候一湖的思念。

南湾湖，氤氲着爱情的香味。

大水统一了视野。船，是水的笑靥。船在水里，才有位置，才是自己。形而上，阅历世故，幸福的情愫将船身拍打，时时响起。海枯石烂，天荒地老。

此岸，彼岸；彼岸，此岸。烟波苍茫，苍茫深处，佳人已泪水横流，一如南湖风月之水源远流长。

这样的时刻，无须放歌，也无须潺潺而来的水声，在湖中摇动那叶写意的轻舟，便像一朵盛放的栀子。

这匹亮色是谁家的绸缎？这抹婉约又是谁家的柔纱？

用心回应清澈的目光和干净的呼唤，用船回应那些水，那些清扬着春之梦和欲说还羞的笑声。

青山绿水，渡谁而去？从它的意境出发，谁，都可能成为自己的异乡人。

水把所有的水都交给了船。

在船上，撩起的湖水，一经思想，就无法收回。在船上，你得紧紧抓住情感的栏杆。

抒情的鱼

多少年了，鱼只把许多温暖的纪念留在湖中，忘记了天空与大地，超世的安宁像水，静静流入鱼的心中，与鱼的日子融为一体。

有些鱼从来都是在水里一丝不苟地游着，悄无声响地游着，认真地吐泡泡，摇尾巴。如此寂静，就像一切都刚刚开始，而且显得从容而优雅。

有些鱼成群结队，守护着，奔走着，追逐着，传颂着，敲响湖水，弄出动静，以一腔深情与另一腔深情的关系，将南湾湖的生活过得风生水起。

有些鱼按捺不住激动的心情，常常跃出水面，一个漂亮的转身，在空中完成造型后，又自由地扎入水中。转瞬即逝，却刻骨铭心，如花朵开满湖上，开满时间。

岛

一座岛始终清净，透彻！

不见轻舟剪水面，平了心绪，定了山影，静了碧空蓝天云。

古老的茶园，拙朴的草庐，收容一个孤独的身影，熨慰一颗茫然的醉心。

枕一方孤岛，看年代不详的新月与落日，没落的时令将远走他乡。

岛是南湾湖真实的纹理，是一种事物的形态，抑或独立不二的意象。

哪里有狭窄，这里就有宽敞；哪里有枯燥，这里就有繁茂；哪里有喧嚣逼仄，这里就有淡定从容。

所以，岛是南湾湖集中的才华。

倘若湖中无岛，南湾湖终是一摊水，无论是绽开春天的笑容，还是吐纳芬芳的呼吸，都将索然寡淡。

最好是，走上南湾湖中的一座岛，走到最高处，站在一棵大树下，环顾四周：浩渺湖水，葱郁山林，另一些树，更多的山峦与更丰富的远景……

深深呼吸，深深感受，深深凝望。

有多少安宁归于安宁，有多么辽阔归于辽阔。只留下自己，想象自己的情景：让内心的波浪推搡着，借着湖水的浮力，从水边石头上站起。

接　近

沿着缓慢的湖水，路径在那里会合，人与鸟，全都通往丰饶植物的始端。

湖中岛异常肥沃，种满鸟的许多种声音。

很多地方的许多情景消失了,这里的鸟仍然飞着,并且鸟越来越多，常常人与鸟，或鸟与人，一步又一步，一步比一步，更接近更接近。

树拥抱着鸟，幻异飞翔的身影。白色的，白色之上表达白色，绿色的，绿色混淆着绿色，黑色的，黑色重复着黑色，灰色的，黄色的，还有红色的，还有色彩间杂的。述说与吟诵，翘盼与聆听，在天地之间，安详而灵性的目光，蓄满一尘不染的湖水。

翅膀又打开了，延展着，南湾湖上空顿时瘦小了许多。

至于暂时空出的树的枝头，就先让它空着，空着往往就是守着，守着家和即将随鸟而到来的果实。

鸟，构成南湾湖四处游走的图景。

一袭羽衣，一束展翅的光亮，一支射入梦中的银翎，一幕期待的场面……

闲庭信步，听鸟语花香。

第二辑

且听下回分解

那天，我印象深刻。

那天是2005年9月11日，我从新县到市里开会。傍晚，入住信阳宾馆，闲来无事，绕着宾馆在街道上东瞧瞧西瞅瞅，这便绕到了礼节路上。没想到的是，礼节路上竟有一家书店。这家书店很小，没有门匾，也没有店名，只在门西边灰砖墙上挂了一块看似从纸箱上裁下来的纸板，上面用毛笔写着四个字"买卖旧书"。纸板褪色了，上面的字也褪色了，颇有几分饱经风霜的味道。店面估摸有十平方米左右，屋子油腻的地上东倒西歪堆放着未经整理的书，一片狼藉。紧贴污黑的墙壁，垛着一摞一摞似乎曾经码过的大小不一的书或杂志，逼仄的空间里弥散着呛人的尘烟味而非书香。我不禁蹙了一下眉。店主立刻捕捉到了："要怨，你怨城管，地上那些书本来在屋外，城管不让放，差点被收走了，这是抢进来的。"他叹了口气，"这小本生意难做呀。"说是旧书，也不全是，靠墙垛着的书中就有不少显然不是旧书，我一翻找，还真有一些文学书籍，还是古今中外的文学名著，《复活》就在其中，《浮士德》就在其中，《红楼梦》就在其中，《子夜》也在其中，《平凡的世界》也在其中，竟还有鲁迅的。好像是与谁赌气，当我把见到的这些有的齐全、有的不齐全的书摞在一起，双手托底，下巴抵扣，搂在怀中，从小书店里飞也似的逃回信阳宾馆房间的一路上，我根本就没去想我是个什么形象，又将会给别人留下一个什么印象。

　　后来，每当想起那天傍晚礼节路小书店的经历，总会泛起心碎感。结账的时候，我问多少钱，店主让我把书放在公平秤上，他啪啪点了两下："5块钱一斤，33斤，165块，给160块。"

　　我打小就喜欢作文，也喜欢阅读文学作品，17岁时开始写作，当时并不知道什么大道理，离文学渐行渐近，才真正明白自己为什么选择文学，因为文学关系着世道人心的见证与改善，乃经国之大业，不朽之盛事，所以，文学的魅力最强烈、最深刻、最隽永。文学，让我魂牵梦绕，无法割舍，源于内心召唤的写作便无论怎么都无法阻挡了。另一方面，阅读，使我认识了许多文学大师，打开了一条又一条心灵的通道，他们的好书给这个世界留下了宝贵的精神财富，曾激励包括我在内的很多很多人知敬畏知冷暖知善恶知进退。曹雪芹不顾潦倒，倾注一生于《红楼梦》，托尔斯泰十年潜心《复活》，鲁迅为了唤醒麻木中的国人而弃医从文，等等。我怎么都无法想象，文学竟能被如此贱卖。将文学等同一般商品，让她流落市场的各个角落，这无疑是对文学的轻慢；让她流浪街头，无疑是对文学的亵渎。

　　就文学而言，这是个令人担心的时代，视听艺术更快捷，更能随心所欲，替代了文字阅读，再具体点儿，是替代了纸质的文字阅读。据统计，人均每年读书不到5本。一次有人问我还有没有时间读书，我说一年至少读20部以上长篇小说和七八十篇中篇小说。问者一副惊讶的样子。我想这有什么可惊讶的呢？这算多吗？我们不该如此吗？

　　很多人在问：文学是否已死。当年，大学生以及社会各阶层里的文学青年，置长身体长形象的营养于不顾，竟克扣自己的生活费，从牙缝里省下钱去书店里买文学作品或到邮局订阅文学刊物。如今他们面对文学也是一脸茫然，仿佛已经是久远的年代久远的事物，有的还似曾相似，有的已然陌生了，还有的诡异一笑："谁谁还在写吗？"

　　与此同时，与此同地，与之正相反的，淮上人家、豫风楚韵之地的信阳，一批平凡又普通的有着不同工种，呈现不同生活状态的写作者不以物喜，不以己悲，没有粉饰，没有逼迫，无须声讨，无须激励，完全是自觉自愿地、真心真意地、老老实实地进行文学体裁之一散文写作，实乃难能可贵！

在全面物化的时代，文学被边缘化是一个无可奈何甚或"理所当然"的事实，作为个体的写作者，改变不了这种现实，也逆转不了这个潮流。但这并不意味着文学已经没落和正在消亡，或者已经死了。信阳散文写作者们清醒地认识到：文学不是用来卖钱的，不是给所有的人每天消费的，也不是像斧子、铁锹、锄头、手机、轿车等用作工具使用的。如今文学在冷清和寂寞中，也许正是悄然回归于文学应有的位置上，回归于本真的文脉中，成为审美的文学、人性的文学、个性与创造性的文学。既然如此，信阳散文的写作者们干脆就安下心来写，静下心来写，耐着性子写，写着写着，写出了散文的样子来，写出了文学的样子来，写出了自己的品质来，《信阳散文十年精选》就是例证，就是支撑，就是最好的说明。这些散文写作者们在孤独和寂寞中体验着人生磨砺、人性挣扎并由此找寻到一条精神获救和灵魂上岸的道路。纵观信阳散文十年之路，散文写作者对自己写下的每一个字都负责，从未去考虑每个字会给自己带来多少钱、带来多少利益或是多少好处，如此，使自己写下的每一个字都拥有了尊严；如此，文学所具有的特殊的气场在不知不觉中、在不经意间、在绝非事先安排的时间与地点倏然呈现了出来。信阳散文获得了敬意，哪怕这种敬意是陌生的、神秘的甚至是无解的。

当我们说起 2010 年至 2019 年这十年信阳散文的时候，其实，终究要落到这样一些问题上：这些人的散文写作，为信阳乃至全省更乃至全国的当代散文，进而为当代文化和当代精神提供了什么样的新的因素？这些受制于自己生活的地域，又得益于自己所生活的地域的独特眼光、思想力和审美力在哪里？对一个写作者来说，无论是小说创作，还是诗歌创作，还是散文创作，他所生活的地域、所生长的时代制约着、影响着他的视野和认知世界的宽广度。

千年中国的德性文化、情性文化是赵主明散文叙事的起源与落点，水一般清雅，土一样朴厚，菩萨心、烟火气、小人物、熟面孔、老物件、常用品，随手可触的意象，成为他散文作品中亲切的存在，具有扎实的生存、人性和文化的依据。此刻，我想起奥地利作家里尔克说的话："我只要一个房间，一个靠山墙光线明亮的房间就够了。这样我就可以和我的旧物、和家族肖像、和书生活在一起了，几条狗和一根走石子路用的粗手杖。再不需要其他什么了，除了一本用淡黄的象牙色皮面装订的、衬页上面有古老花纹的本子：我要在这本子上写作，写很多很多，因为我有很多想法和记忆。"赵主明就这样，有许多想法和记忆。

就陈峻峰而言，散文写作者也是掌镜者，对角线式场面调度比平面式场面更具有纵深感，也比纵深式场面所展现的视野空间更开阔。不知有意还是无意，陈峻峰将此观念扩展到散文跨地域或跨时空写作，从东到西，从南到北，从城市到乡村，或从乡村到城市，这种往返式的凝望、观察、理解和融入，事实上都是陈峻峰借助城市与乡村两者相互观看与融入，狂飙突进的年代，人们身不由己向着未来生活快速穿越，陈峻峰格外守护一种文学意绪、情感意象、精神向度。因为回望来时之路，快与慢，进或退，其判断标准并非社会表象，而在于作者内心。

吕东亮不仅在文学评论及学术领域成就颇多，他还是一位散文作家。且不说他文学随笔样式的《信阳年度散文综述》篇篇让人读来不忍放下，令人非得一口气读完，掩卷还得长思，单就吕东亮曾收入不同年度"信阳散文"中的《过年回家》《归园田居的调子》《先生之风》《怀念一个不熟悉的人》等散文篇章看，他眼高手也高。本来嘛，他博览群书，眼界开阔，选材与切入点又异于别人，使得其文平实而深邃，精练而大气，冷静而真挚，从语言、从叙述、从艺术真实乃至思想性，从各个层面抵达散文的内部。吕东亮写出另一种面貌的文字，抵达了一个理想的高度。

熊西平的叙述一般是柔和的、宽容的，但并不缺乏批判的犀利性，有时甚至更具有刺痛感。与此同时，向本源回归，带给熊西平的是永不停歇的沉思与自我的散文创作要求，那就是：感情的质量和理性的质量。熊西平有一手驾驭文字的好本领，文字出色又出彩，精练隽永，雅俗共赏，增强了散文的可读性和耐读性。

在中国乡村经历剧烈转型的当下，文学乡村正好有用武之地，我们所有破碎的经验、我们感受到的痛苦和难度都是写作者的战场。王新华没有把乡村写成一曲田园牧歌，而是写出了生活的复杂性、丰富性，直面农民社会不为人知的一面，表达自己对国民文化根性的反思。王新华对乡村的叙述充满了批判性眼光和人文主义关怀。他着重写"人心"，用具有王新华特色的叙述方式，描写人微妙的心态和人与人之间的关系。他对生活的体悟非常出色，文字充满了生命力，常常一个漂亮的句子，一段生动的对话，一处含意深长的细节，都闪现着这种力量的光辉。

丁威来自淮河岸边，1989年生人，艰辛的生活与时刻悸动的文学之心，始终让他处于写作与精神的动荡状态之中，也许正是这种看似矛盾的状态，使他年轻的生命体验和认知力、情感力，有效地完成了写作"技术"上的深刻精神加载。他对笔下的人物事物有一种深深的悲悯，表现出一种"深刻地理解他人的真理"的沉静与宽厚。更令人欣慰的是，丁威的散文中没有青春期容易伤感的小腔调；不仅如此，对外在世界和内在心灵的直面和探究，对文本技巧的尝试，使得丁威在信阳散文写作群体中脱颖而出。

当时，付炜还是信阳六高二年级的一名学生。不知是对写作痴迷进而在形式实践上已踏上行程，还是文学禀赋使然，反正，羞涩少年付炜所展示的写作才华是多方面多层次的，特别是叙事的自觉与用心，他不单单着笔于同龄人津津乐道的校园生活，更把写作的焦点指向青年人的迷惘、困惑、人生境遇。

当下永远是历史的延续，历史的意义也始终在当下。所以，马军写历史文化问题总是观照现实,不仅关注创造历史的人,更着重去关注承受历史的人。他将过去时代不陈旧的和现代的结合起来,为文化散文的写作提供了基于现实的多种表达可能。马军从肥沃而深厚的历史土壤中,挖出一口自己的深井。

胡光明痴心不改,以朴雅的文本,借景抒情,借史说事,表人生感悟,示人生趣味,篇幅一般都很短小,行文也不复杂,结构也比较简单,却能从容道来,质朴真诚动人。

陈晓玲关于故乡的散文篇章是对记忆的忠诚,而非回忆的简单产物,她从时光之水中掬起了曾经的真实的一捧,使一个时代的记忆在一些人心中得以复活。此乃善事,它不仅让作者叙事背景中的庄严感生发鲜活的生命成长的信息,更使读者在阅读中与生命来路上的温柔和幸福相遇。

从杨帮立作品的字里行间不难看出,他在散文创作中从三个方面下了力气:思想上触及了生活中的真相与矛盾,内容上抓住了生动的人物与细节,文本上讲究了方法与技术。很老实,很传统,没有鬼点子,真有点"老本儿"。

对于自己的过去,如果不注意收捡,有很多就失落了。对此,张弘深有心得,他把许多过去的东西收捡起来,归好类,码好,放在心室里,时不时打开看看,照个面,寒暄两句。张弘不紧不慢、不温不火向生活出发,进行着地域性"自我"之根的书写。

乐祥涛尊重乡土文化的约束力量,尊重传统民俗文化的建筑地标,这种心怀敬畏,表现在乐祥涛散文作品里,是大别山自然与人文的自信,是守望相助的传统理念与集体乡愁。

旭珊对散文有着独到的理解,因而表现方式很自由,角度、眼光和感受力都与较大的自由尺度有关,尤其是她把生活中一些有灵性的东西都糅进了自己的散文里,顺笔所及,自由地发挥,富有活力。

对生活底层的关注一直是乔克清散文的视点,普通人群、平凡个体、弱势群体被遗忘在现代化进程的角落里,乔克清通过冷静的笔触,实现了对他们孤独、穷困乃至尊严缺失的近在咫尺的打量。

赵曾友的散文没有"快餐""速冻"的味道，支撑力与延展力都比较强，大别山下，将豫南民情风俗、文化底蕴、人生百态融为一体，实现了历史性、文化性、地域性与写实性的有机结合，具有敏捷、通透、友善的特点。

谢秀霞以一颗澄澈之心来体认生命中幽微辽远的感动与牵挂，用温润入心的文字与絮语如微风的节奏，讲述时光长河里绵长的亲情与哀愁、现实生活里的辗转与彷徨、与亲人与自己灵魂相契的交流。谢秀霞让你、我、他与时间握手言和。

中学时代就与众不同的胡钺带着浉河的味道、贤山的颜色和春意盎然的勃勃生机，于豫风楚韵之地，不断探试着外面世界的陌生与精彩。

詹丽的散文底蕴厚重，语言绵密，特定的信阳地理特征、风俗文化给詹丽散文写作以有力的支撑。在她的散文篇章中可以感受到人与自然的和谐、心灵与自然的和谐、内心与自己行为的和谐。

李梅对散文布局具有较强的掌控能力，文字情景交融，绮丽轻妙，善于从俗世生活中抓取素材和意象，对外界事物和自己的内心变化有着很好的捕捉和理解能力。

夏吉玲坚持以"个人史"写作散文，她把"个人"作为历史江河里的一棵水草，她在"个人史"中，着力写的是在历史江河波涛汹涌中的水草的晃动，所以具有深度与厚度。

于吉娟写散文重"境"，这就决定了她在一些问题上有着独到的体认和感悟，总有不同于他人的眼光和从容心境，其慧眼也因此总能让她把握到事物的核心。

易荣荣常常以某个人或某件事为中心，娓娓道来，虽没有将叙事组织到一个完整的故事或情节上，但总能以散点的方式贴近生活本身，呈现出其内在的纹路与肌理。

杨暖爱读书，喜笔记，如此，一些随笔文字如泉水汩汩流淌。她常用一种形象化、具体化、鲜活化的方式,对一些文学、文化、艺术书籍进行深邃的凝视,并赋予各种人物、事物、风物、植物以独特的认识方式,脉搏跃动,婀娜多姿。

在刘淮玉的散文篇章里,乡土随着人物与风物汹涌而来,但刘淮玉没有沉浸于自己的乡土津津乐道,喋喋不休,而是以承受时代变迁之悲喜的载体,进而成为心灵升华需要的载体。

杨彦萍从源头出发,涓涓细流流淌成波翻浪涌的江河湖海,这是杨彦萍散文写作的自觉之处。无论是亲情类写作、故乡类写作,还是文艺类写作,在她的笔下都有一种回归本源的真知表现。

老英的散文总是以独特的视角、精巧的结构、较高的思想与哲学含量,以及文本探索的多向度的可能性,为读者提供较为宽阔的文学性表现空间。

十年树木,百年树人。十年虽然不长,但树苗在阳光、雨露中得以茁壮成长,足以枝繁叶茂。信阳散文之树在十年里,向上生长,向下扎根,向周遭延展,虽远未成为参天大树,但已然呈现朝气蓬勃、郁郁葱葱之气之场之势。尤为重要的是,这种散文之气之场之势的顺时传播扩散,定为信阳文学、信阳文化乃至更大范围增添新的生动而深刻的因素,在文化总体特征的坐标上,信阳的位置和特色亦将清晰可见。

我不知道文学会把我带到哪里,但我知道文学一切的动机都是向上向善向美的,我还知道,很多人永远都不会从自己的灵魂想往中退场,因为无法想象在一种没有创造的生活中人们会变成什么样子。

不管怎么说,在文学被边缘化这一公认的处境下,还有如此众多的人加入到文学创作的队伍当中来,还有那么多各行各业生活状态不同的人默默无闻地从事着散文的写作,并且,那么真诚耐心负责任、有品质地写着,的确令人欣慰。我想,这也正是因为文学江山代有才人出,是文学魅力之所在,这种魅力是一种无法被世俗所理解的复杂魅力。

说到这里，我得说说去年春天我在高铁上的一次经历。

当时在郑州出差，接到通知去杭州开会。办完事，连忙去郑州东站坐高铁，站内信阳毛尖销售点的服务员把我与另一位同事送上车，原本是想上车补票的，结果车厢里满满当当，一个空位都没有，我们补了站票，只好站在两车厢的连接处。我出差有个习惯，随身带着文学书籍，高铁行驶平稳，每次在座位上，可以安静地阅读，这次，我还是习惯性地拿出书来。没过一会儿，一位乘务员路过，她在我面前停了下来，有些好奇地打量我手中的书。我将书递给她，她有点儿意外，微笑了一下，笑得有点羞涩，她看着书，一字一字念："瓦、尔、登、湖。"这几个字本来好认，但我听出了陌生感。她将《瓦尔登湖》合于两手间轻轻抚摸着："书还可以做得这么漂亮。好多年都没看过书了。"我说："你们忙，也很辛苦，顾不上。"她刚点点头紧接着又摇头："也不是。"她将《瓦尔登湖》还给我时，一声轻得不容易听见的叹息还是被我听见了。看着她远去的背影，一股暖意泛起，本来，这就是个漂亮姑娘。

《瓦尔登湖》封底上印有一段书中的文字，乘务员当时没在意，若在意了，即使一扫而过，也会有感触的。"让我们如大自然般悠然自在地生活一天吧，别因为有坚果外壳或者蚊子翅膀落在铁轨上而翻了车。让我们该起床时就赶紧起床，该休息时就安心休息，保持安定而没有烦扰的心态，身边的人要来就让他来，要去就让他去，让钟声回荡，让孩子哭喊——下定决心好好地过一天。"

火车行至兰考时，她来找我："先生，您随我来。"她把我带到了1车厢的另一头，指着乘务员的位置说："您先坐这里。老站着看书晃眼。"火车行至徐州时，她在1车厢为我找了个座位。在杭州站下车时，她在门旁向我招手："先生，您慢走。"

我之所以在这里说这个事，并不单单想说明文学让我受到了礼遇，我还想说明，文学的存在及其意义从来就没有改变过。

《信阳散文十年精选》是否就是对从2010年到2019年信阳散文

创作的一次检阅呢？不能这样说。是否是对信阳十年散文创作一个总结呢？也不能这样说，因为《信阳散文十年精选》仅仅是个文本。不可否认，这个文本有一定篇幅，更有一定质量，有一定的代表性，有一定的公认度与公信度；但不能因此就被视为权威，就套用行政做法弄个红头盖上大印，给这段散文创作历史，哪怕短暂时光戴上一顶帽子。没有这个必要。《信阳散文十年精选》能够客观见证 2010 年至 2019 年这十年信阳散文创作水平的提升就足以令人欣慰了。因为，它既要放在历史的案头接受阅读与品评，还要站在往来的后人面前经受指点与批判。

过去未去，未来已来。要知后事如何，且听下回分解。

几百年来，"且听下回分解"已经被人嚼烂了，人们对此早已不再感兴趣了，但我一直以来却对"且听下回分解"的语言表达效果钦羡不已，认为它是伟大的文学效果。这可能与我打小开始偷读我祖父床头墙洞里藏着的《水浒全传》《西游记》《红楼梦》《儒林外史》等有关。譬如，《水浒全传》第七回结尾写道，"毕竟看林冲性命如何，且听下回分解"，施耐庵给年幼的我制造了一个强烈的悬念。《红楼梦》何尝不是呢，譬如第十二回："要知端的，且听下回分解。"《儒林外史》第二回说："未知周进性命如何，且听下回分解。"譬如《西游记》第二十七回《尸魔三戏唐三藏，圣僧恨逐美猴王》结尾写道："毕竟不知此去反复何如，且听下回分解。"没有例外，这种在最热闹处、最紧张的地方分回屡试不爽，就连我老家石佛镇说书人刘傻子等也常常在英雄豪杰生死攸关之时突然刹住："要知生死如何，且听下回分解。"

此时，此处，就套用这句老话吧：要知信阳散文如何，且听下回分解。

（《信阳散文十年精选》序）

正在嗞嗞生长的响动

下雪了。

当2010年入冬后的第一场雪以优美的舞姿自由飘落于这片干渴已久的土地时,信阳市第一本散文年选已编选完毕。

豫风楚韵的信阳,历来是滋养文学的沃土,一代又一代信阳人点燃着文化薪火,在历史的时空里交相辉映绵延不绝。进入新世纪后,信阳散文创作更是千帆竞发,百舸争流,一派生机盎然。2010年10月10日,信阳市散文学会在广大散文作家与散文爱好者的热切期盼中成立,顺时顺势担当起引领与促进全市散文创作的重任。更多的时候,它像辛勤的园丁,对稚嫩的幼苗进行培育,对干涸的土壤进行浸润,对芜杂的枝蔓进行修剪,通过开展各种活动为散文创作提供展示的平台与交流的空间,让散文园地阳光灿烂、风生水起。出版散文年选正基于此。

此次在对全市散文稿件进行收集筛选整理的过程中,我们始终充满着真诚的欣喜和真挚的期待,每发现一篇好的作品,就像在沙土地里淘洗到泛着温润光泽的珍珠,十分珍爱地将它们穿起来,把美丽的色彩呈现给大家。

50余位作者共百余篇的文字散发着缕缕墨香,内容形式的多样性从不同的角度折射出意气风发的时代以及绚烂丰富的生活。对亲情、爱情、友情的眷恋、追求与赞美,对故乡、自然、本真的感恩、热爱与敬畏，共同融进了爱的主题。爱，是散文的底色，只有爱才能烘干情感的潮湿，驱散生命的阴霾，使柔弱变得坚强，让幸福美丽花开。

让人感到欣喜的同时，我们更加欣喜地看到信阳散文队伍里诗人、小说作家以及评论家的加入，这些不同于散文固有思维的创作，让散文充满了自由张扬的诗性与哲思透悟的智性。女性作者也占了较大的比重，她们是沉静婉约的，神清气爽。静静地、淡淡地、没有过多的感慨和议论地记录着铭刻于她们生命里的欢爱与伤痛、幸福与失落，于是，温婉的、坚忍的、热烈的、谨慎的、细微的感情与思想透出纸背来，传递出女性的悯爱与歌唱。

散文是时代的一面镜子，散文本该透过琐碎的生活现象和表层的人物事件，通过散文作者内心世界情感意绪，实现对历史、对社会、对时代的责任担当，进而成为读者感悟时代体味心灵的最简捷的文学形式。值得欣慰的是，信阳的散文作者们不约而同地做到了这一点。因此说，2010年的散文年选质量与分量出人意料又在情理之中了。我相信，散文年选的出版，将会让更多的人关注信阳散文，将会吸引更多的文学爱好者加入到信阳散文创作队伍中来。

窗外，雪依然无声地下着，竟积起厚厚的一层，白了城市，白了村庄，白了田野，满世界安静了许多。在这份难得的安静中，我分明又听到了雪下的万物正嗞嗞生长的响动……

（《2010年度信阳散文》卷首语）

伸进时光的缝隙

小雪之夜，我于乡村般宁谧中，阅读着散文，一篇又一篇，从容不迫地读，一本又一本，严肃认真地读。读着，读着，我的感觉如同一把镐头，渐渐地伸进时光的缝隙，在深入中，碰到了时光的风景。于是，欣慰之水便漫溢过来，并伴有惊喜之浪追逐相奔……

浉河，就在我窗外100米处悄无声响地流淌着，这个时节，它该是这副景象，这是规律。所不同的是，我临河的窗口一直灯火通明。倘若小雪之夜能够飘舞些许雪花，当然更好，既然没有，也罢，谁也没说非得有不可。其实，有这些我熟悉我不熟悉，目前生活在信阳，目前奔波在他乡，此刻居于海外，此刻行于路上的信阳人的或长或短的文字，以其不同的芳香盈漾在我的周围，就足够了，就好得不得了了，这几乎就是幸福。

就在前一天的晚上，我被叫到北京大街体彩广场对面一个叫"我家菜园"的地方，在二楼"苗圃厅"，我见到了温青、夏吉玲、张弘、于吉娟、詹丽、易荣荣，还有陈宏伟和王鑫。原本是有扶桑、吕东亮的，说是吕东亮女人要生孩子，他一定要在跟前，没法来；扶桑在值夜班，她是医生，这是职业操守，肯定不能违背。这几人刚刚进行了一顿小餐，桌面上早已收拾干净，随手遗弃于窗台上的一个"金谷春"的酒瓶空空荡荡却仍散发着一丝一缕的残香。这是参与《2011年度信阳散文》初审的几位，本身都有工作，本身都有家眷，本身都得奔日子，或打的，或步行，或搭顺风车，王鑫运动中摔伤了膝盖，到后，是被背进苗圃厅的，温青和于吉娟共骑一辆摩托车来的。

我是在家吃过饭后步行来的，途经北京南路两棵银杏树下，我还停歇了片刻，因为这两棵银杏树跟我有关系，确切地说，那是我保下来的两棵树。当时，在修路的现场，我满目折射着树的无助，这两棵银杏，一雄一雌，都百十岁了。留着，不碍谁事，就留着了。现在有个鸟巢，正筑在其中的一棵银杏树上，很丰满很坚实，鸟围绕两棵树飞来飞去，的确是城市中心的景致。许是银杏树下的心情被我带进了"我家菜园"，顿时，苗圃厅便氤氲起信阳散文应有的气息……

针对《2011年度信阳散文》编选，大家畅所欲言，我也讲了我的看法。中国的事，历来是之前讲好些，对事不对人嘛，以免引起误解，以免造成伤害。所以，我哗哗哗哗讲了不止一二三点。譬如，严肃问题，不是个人的严肃，也不是编辑的严肃，而是文学的严肃，因此，应该认真对待每一篇文章，做到好的作品不遗漏，从而保证散文年选的质量。譬如文本问题，散文具有自己的属性与特质，魅力才生生不息。散文需要纯粹，需要过程，需要结构的完整，需要作者对写作节奏自主而从容的把握。譬如包容问题，题材的多样性，表达的多角度是散文写作的应有之义，"大"与"小"是相对的，去讨论"大"与"小"，于散文有百害而无一利。因而它是个芝麻的问题，意绪、视野、思想、胸襟、境界，对生活的感觉感知，对事物的自我研判，对散文审美的价值取向以及用于散文写作的文字的张力与穿透力，才是根本，无须讨论，即便讨论起来，相对"大"与"小"问题，至少也是西瓜问题。因此，不能排斥个性化写作。还譬如，地域性问题，信阳自古就是殷实丰厚之地，殷实丰厚之下，念想与渴求就成了必然。于是，精致而具丰韵、精练而具魅力理当使这片明媚而湿润的土地上，山川河流应蕴丰沛文化含量，举手投足应有大家闺秀风范，无论宽舒，还是逼仄，无论快乐，还是痛苦，无论灵魂回归，还是暂时逃离。如此，在编选《2011年度信阳散文》时，就得有意识朝这个方向做些努力，不懈地努力。还譬如，趋同性问题，网络化写作问题……

时间不知不觉地就溜走了，一路之隔的体彩广场上那些心潮逐浪高的男男女女们舞动的身姿以及浓酽的悠扬的欢快的歌声不知道啥时候销声匿迹了。0点30分，我们不得不散开，消失在迷离的夜色里……

在"我家菜园"的这个晚上，温青要求我务于2011年11月23日前读完已收集来的3本共200多篇散文，千叮咛万嘱咐。

于是，就在这么无声流淌的浉河北岸的温暖一角，我自觉、自信也自尊地阅读着我的乡人冷静的激情抑或激情的冷静……

作为读者，我有幸读到即将收入和已经初审却未能收入《2011年度信阳散文》中的全部作品，这些与时代、与信阳、与命运共呼吸的文字，都是精彩的文字，都有温度，让我受益匪浅。作为编辑，尤其是主编，似乎手握"生杀予夺大权"，面对这些亦如同伸进时光缝隙的镐头的笔触，面对这些至今散发着墨香的文字，真真地不由自主地陷入左右为难的境地，陷入艰难取舍的矛盾之中。一方面，宽慰与欣喜，你想想，一个地方，这么多写散文的，这么多把散文写这么好的，谁不高兴呢？这是信阳散文乃至文学繁荣的前兆，同时，就编选《2011年度信阳散文》而言，底气因此足了，腰杆子硬了。另一方面，很多作品，没能如作者心愿入编，让我惴惴不安。想想他们于长夜灯下伏案笔耕不辍的情景，想想他们于逼仄的工作生活之余文学之心之情依然，真是别有一番滋味上心头，我的确有好几分歉意。作为作者，去年的年选收了我的《等我等我，我的城市》，今年的年选收了我的《信者》，我当然高兴，高兴之时我也在提醒自己：坚持写下去，以保留我对故事的痴迷，葆有我满怀温软的情愫，保持我生动、昂扬甚至无拘无束的天性。

窗外早已有了诸多响动。四点多了，我真得睡一会儿。明天，想必又是马不停蹄。

《2011年度信阳散文》序

犁透漫长的时光

下班回家,"砰"地将烦躁关在门外。与妻子边吃饭边看电视,之后拾掇,之后安稳些许,之后更衣,之后"砰"地将安静寄托于家中。在浉河公园里转圈大步走,一个小时,体温升腾得恰到好处,回,又是"砰"的一声关上门,流光溢彩的喧嚣戛然而止。

寒风乍起。又是一年小雪时令,又该是一个不眠之夜,《2012年度信阳散文》书稿带着墨香与作者的体温,也带着我留在字里行间温热的目光如同犁耕土地的痕迹,在我的案头,很安宁很耐心也很执着。我知道,就在今晚,我要有所言说。

我的阅读与写作基本上都在晚上。我居于浉河北岸一个老式而破旧的院落里,没有相映成辉的楼群,也缺乏现代城市小区的品相,但这个不大的院子绿量足够,尤其是房前屋后都是高高低低大大小小的树,很自由很率性地长着,鸟儿也喜欢来来往往,这便为我提供了春夏秋冬白天里于窗前静静地观察鸟的机会,绿树成荫、枝繁叶茂又为我夜晚的阅读与写作遮挡了许多嘈杂的干扰和噪声的侵袭。每每这时,脑子里干干净净,特别透明,一幅幅人物或事物的画面从记忆的深处,从梦的深处来到大脑的天空,有时站在那儿,有时坐在那儿,有时在行走,有时在沉默,有时在微笑,像我的亲人,像我的朋友,非常亲切,等待着我们的相互交谈。

许是我喜欢铁,常写到铁,常写到犁铧与土地的关系,并且不止一次试图借助一副犁,进入大地深处,同时抵达时间隐秘的内部的缘故,前几日无法平静的散文阅读中与今晚的静谧里,我似乎又听到了铁的声音,看到了犁在土地深处移动的身影。

《2012年度信阳散文》总体上是宽阔的。这种文学视觉上的宽阔,是气沉丹田而登高望远的那种,是胸襟开阔而风物尽览的那种,是天南地北而落英缤纷的那种。一个人视野宽阔,势必生活与情感就不会逼仄,散文视觉宽阔了,写作的天地一下子就亮堂了,路径就打开了,绵长了。就一篇好的散文而言,当你在欣赏它的时候,实际上不是你在读它,而是它在读你,它在慢慢开启你的心智,打开你情感或记忆的闸门,因为它的味道总是藏在未尽言出的意境之外,总是最大限度地为你创造出可供想象的空间。不仅如此,它还在慢慢咀嚼你,有时甚或在吞噬你的记忆与想象的空间,在守望式、寻根式、救赎式、忏悔式、拷问式的人本追求中,那些灵魂深处的动荡、梦幻似的波澜与意识的惊醒,为我们打开了一扇独特的心灵之窗,让你不经意地触摸到生命的真实。《2012年度信阳散文》中好一些篇章里都长了一双眼睛,它安静地微笑、从容地面对、真诚地悲悯与沉默地思考,注视着现实如何成为过往,注视着浮生如何成为一缕云烟。为此,在好几天见空插针的阅读中,我总能收获到我意料之外的感动与欣慰。在以往的交流中,我谈及过散文需要真诚中正的创作情怀,需要严肃朴素的敬畏之心。作为一个作家要关注强者的灵魂与弱者的生存,散文要面对自然,面对历史,面对当下社会,能包容,敢批评,有担当,有责任感,有心灵的沟通,有永远的相互牵挂和永远真诚的共同前往。如此,方能谓之宽阔。

《2012年度信阳散文》总体上也是沉稳的。很多人在散文写作过程中能够从容不迫,闲庭信步听鸟语花香,实在不易。我以为,散文创作的成熟度就在于是否沉稳。除自然完整的文本结构、宽舒自由的散文语境、富有特色的地域特征这些基础支撑力外,或坚定或灵动之理性的气韵始终氤氲在文字的缝隙里。较之2010年度、2011年度两个散文选本，2012年度的散文选本因沉稳而平添了几分散文的重量与自信。于我，无疑是个惊喜。平心而论，一位散文作者的演变真的不是一件轻而易举的事，更不可能是一次无缘无故的新生。就像蛇在春天蜕去旧皮，凤凰在火中涅槃，难道能轻易地成为一个人脱胎换骨的隐喻？一方面生活的变迁，譬如爱情、疾病、亲人的死亡、自我放逐、旅行等才会给作者带来新的灵感、冲动与兴奋点；另一方面，寻找文学气息相通的参照，可以通过一种传统或一个现实，重塑灵魂，获得新生。而所有这些，都无一例外地需要战胜自我并开始新的不懈的努力。

《2012年度信阳散文》保留了此前抒情的特点。米兰·昆德拉曾说："抒情性是一种痴醉，人之所以痴醉是为了跟世界更容易混为一体。"抒情是散文作者生命的属性，对于散文作者而言，抒情性犹如赖以生存的空气，岁月的侵蚀、时代的久远，都无法使它们的光芒黯淡。在今年散文年选中众多的篇章，出色地运用了乡野事物，并以散文所应有的想象力呈现出一个强烈的个性但带有普遍性历史的记忆，在浓厚的感伤、温暖、迟疑、怀念、隐痛的光阴景象里，让时光在不动声色的叙说和平常的细节中妥帖地停了下来。无论母亲还是父亲，尤其是父亲的形象，叙事中的强度都超过了以往，但角度与方式都有了不容忽视的转换。当下，乡村以及我们以乡村为背景的精神源地，迫切需要一种强大的力量来支撑，这种力量显然已不仅仅是母性的包容与宽大，而必须富有父性的力量与抵抗。对于一个正在到来的时代和一种正在消失的文明状态，作为写作者，应该比谁都清楚地认识到力量对于力量的作用。因此，我始终认为，热爱与痛苦是驱动作者抒情的两种原动力，它们对立而统一，如热流与冷气同时涌动在作者的内心，激荡起他们心中汹涌的表达欲望，两种力争执得越激烈，作品的丰富性便越得以展现。"故乡"与"亲情"是述说热爱与痛苦的最强大的两种物语，有着无法被忽略的魅力，同时，对故乡、对亲情的主题如何表达也正可展示一个作家的内心诚挚丰厚与否。所以，写晚风起了，下雪了，下雨了，天晴了，桃花开了，星星出来了诸如此类是抒情；写村庄空了，鸟儿飞了，河里没水了，坟茔消失了等对故乡众多所熟知事物日渐减少的担忧牵挂也是抒情。抒情的外延自然伸展与内涵丰富强大，使得2012年的散文年选增添了张力与引力。

坦率地说，对于《2012年度信阳散文》的编辑，我今年早些时日是有些顾虑的，尤其对较长时间以来所存在的狭窄、单一、浮躁以及模式化的倾向保持着足够的警惕，因而对个性或群体性的为写作而写作，为发表而发表，为情绪而情绪，见什么写什么，遇什么想什么，哪儿都没自己家乡美，谁也没有自己家人好如此等等很敏感。因为这些问题都是散文创作而不是中学时代作文的基础性的早该解决了的问题。同时，对行色匆匆的、一泻千里的或拥堵不堪的、杂乱无章的文本形态总是下意识地长长叹息。散文是有规律的，散文是有节制的，散文是有血有肉亦有骨感甚或铁质的。从一定程度上讲，散文不是慢，也不是散，更不是零碎的意绪，是讲究。

读罢近60万字的散文稿件，信心不邀自到，之前的顾虑烟消云散。就在几天前的那个寒意四伏的夜晚，我与一帮成分复杂的兄弟在一家小茶馆里喝起茶来，不仅喝起茶，重要的是信马由缰。本无主题，我情不自禁地聊叙起《2012年度信阳散文》的信心。话匣一打开，大伙儿居然都步入文学的轨道。尽管没有谈人生、谈理想，也没谈烦恼、谈郁闷，更没有谈家长里短大事小情，仅就散文你一言我一语，你一枪我一剑，所有人彼此感染着，都很兴奋，像麻雀叽叽喳喳叫个不停，似乎重新拾捡起文学彩石，大有颗粒归仓、书归正传之感。热火朝天的文学情绪竟使那夜漫长的时间悄然淹过我们，淹过夜色，淹过季节，与远方一起流向远方。那夜直到夜深人静甚至KTV的人早已蒸发，大伙儿方依依不舍散去。站在空寂的三岔路口，我陷入了感动的重重包围之中：感谢小茶馆，感谢狮河滋润的申城，感谢豫风楚韵的信阳大地，感谢文学。

阅读这些温热的文字时，我自感目光如犁，在丰腴的土地上翻卷起劳作的欣喜。此刻,在稿纸上,我自觉手中的笔似犁,犁过土起,波浪阵阵。当然,文学之路漫长,自然,散文的时光一定也漫长,但我愿与我的文友们一起,犁透这漫长的时光。

(《2012年度信阳散文》序)

触摸果实的力量与温情

初冬，上午阳光很明丽。谁说只有春天才有这般阳光呢？天空朗阔，蓝得无拘无束，窗外百花园里的菊花还在怒放，当然，也有一些渐近枯萎的花失去了鲜艳的光泽。落叶也是有的，道路上既有梧桐的大叶子，焦黄枯灰，也有银杏的小扇叶，金黄金黄的，细致精美柔软，栾树下总是落满五彩缤纷的叶子。这就对了，本来就该有落叶，倘若都是常青树，一定不怎么好看。并且，无论斑斓的视觉、季节的状态，还是萌发新生的欣喜都没有办法真实而亲切地触摸与体验。

初冬这个上午真的很好，阳光、天空、花朵、落叶及其相互之间的宁静长久盘踞在我精神的大厅。这样的场景与心境，似乎比较有利于谈论感受，正好，我得梳理一下近来在阅读2013年度信阳散文稿件时所思考的几个问题。

第一个问题，情感世界的张弛。我一直以为散文写作需要真性情，而以情感世界为时空的亲情写作是真性情写作的主场地，小而言之，亲人和友人往往又是这块主场地上的主要人物，他们经历的前世今生、来龙去脉及其与作者的相互关系就自然地构成了散文写作的骨架，若处理得当，便有了血有了肉，人物形象不仅真实可信、可亲，而且栩栩如生，立得起，站得住，从而，曾经抑或进行时之倾诉、叙述与描写总会给人们以情感的震撼、真情的互动和种种隐秘涟漪的分享，因此，我不反对徜徉在情感世界里的亲情写作。但是，坦率地说，在过去的三年信阳散文年选编辑过程中，我们遭遇了麻烦："亲情"泛滥成灾。如果说2010年的信阳散文年选因信阳散文学会于当年10月成立，各方面都还缺乏经验，使得广泛性、多样性不够而谈不上丰富，那么，接下来的两年，一般意义上的亲情写作仍然铺天盖地的现象就不能不让我们有所反思。于是，在随后一些类似的沙龙、茶叙的文学小聚中，我们提出了"情感世界的张弛"问题，尤其就亲情写作中如何将"我的经历"转化为"我们的体验"，如何使"我的父母"延展为"我们的父母"等进行了深入的不懈的，也是真诚的讨论。这个看似不大的问题，却是个基础性的问题，从某种程度上讲，它甚至是个槛，不能回避，得面对，迈过去了，散文创作的视界会更宽阔，胸怀更博大，精神向度更高远，可谓轻舟已过万重山。

读罢2013年纷至沓来的散文篇章，心绪妥帖了许多，这种心绪完全缘于和以往阅读时那种焦躁不安的比对，本年度从260多篇来稿中筛选了62篇，属于亲情写作的篇章数量大大下降，而这一类型文章的质量，整体上有较大提升。

此时此刻我在想，我们原本就不缺生活，也不缺经验，甚至不缺思想，缺的，可能是方法，抑或观念。

第二个问题，故乡风物的感念与抒情。故乡，对于每一个人都具有从始而终如影随形的意义；对于作家，故乡更非名词，亦非概念，亦非方位指向，在作家眼里，它清丽而黏稠，在作家心里，它遥远空寂而近在咫尺。正因此，故乡，一直以来都是古今中外作家写作，尤其是散文写作时的对象。自然，信阳作家写故乡，进而带你去故乡就无可厚非了。但怎样写倒是一个绝不能忽视的问题。信手拈来，看到什么写什么，逮住什么写什么，想到什么写什么，这绝非一个创作的行为，因而是不可取的。创作需要敬畏，散文写作亦然。写故乡怀有近乎宗教情怀与敬畏之心更是应有之义。所以，不可随意而为，要在敬畏中有所为，有所不为，在坚执内心体验与生活本真的同时，注重风物内涵的挖掘、地域文化的个性展示以及文化传统与现世人文的承接。针对这个问题，几年来，我们穷追不舍地拷问与批判，已有了显见的效果，让人有欣慰之感，因为，敬畏已成为一批信阳作家在故乡风物的感念与抒情中油然而生的首要的不可或缺的情愫。通过比较，不难看出，《2010年度信阳散文》中尚有诸多信阳山水游记，字里行间虽跃动着豫风楚韵、灵山秀水、大美天地中的和谐众生，读后却没有留下什么印象。究其原因，思之少，悟之即少，自然得之就更少。而今又读众多故乡之章，整体上发生了根本性变化：追求心灵自由，体现人文关怀，承担应有责任，培植审美情趣等成为故乡风物感念与抒情的主题。山不再沉默，水不再喧哗，石头能开花，大树能行走，老屋能说话，村庄在凝望，古街在诉求……这些作者，勤奋笔耕，坚守本土，或为教师，或为机关工作人员，或为农民，或为商人，或为离退休人员，他们立足于不同的生活根基与生命趣味，自由而深情地陈述着，表达着，感念着故乡记忆、孩童稚趣、异物奇观、风俗民情、逸闻趣事、家长里短、婚丧嫁娶等等，质朴、真切、细腻、冷静，倾诉着各自的文学情怀，不经意间，绘就了一幅豫南地域精神图谱与生活长卷，使得《2013年度信阳散文》拥有了更为丰富和愈发斑驳的精神与文化承载，以及由此而衍生的社会价值。

感念与抒情是需要宁静的，一如我此时的心境与此时房内房外的景象。我曾不止一次地想，让宁静随时牵着每个人生活的手，如此，我们更容易轻松自主地或仰起，或躬身，或伏下，去触摸付出所获得的果实。

第三个问题，历史文化的哲思。文化散文历来有之，余秋雨文化散文的写作使文化散文跃上了一个新的台阶，一种无论是容量、视觉，还是知识性、思想性都新异四射的个性言说吸引着越来越多读者的眼球。在生态环境持续恶化，人际关系日益淡漠，市场经济残酷无情的大背景下，相对于诸如亲情怀旧、乡俗风物之类的叙事性散文，难免让人产生审美疲劳，人们似乎更愿意看一些颇显厚重的历史文化散文（随笔）。这可以理解，多样性本来就是散文的基本属性。题材的大与小，字数的多与少，写作的虚与实，主题的深与浅等构成了"散文是大众阅读的第一情人"的形姿。因此，我对有质文化散文盼望的同时，也在内心里充满了对文化散文量的期许。之前三年的三个文本里，文化散文篇章也有，但很少，在如森林一般的其他样式的文章中，它显得格外孤单与气弱。今年这个形势得以较大改变，有一些作者，像考古队员那样走进历史，进入历史人物，进入历史事件，进入历史遗存，去找寻答案，去哲学思考，去感知那些活在心灵之上、存在于现实世界之中的文化，去进行断续的、跳跃的、跟随人的心灵意态的、文学的历史文化性灵抒写，去表达时空的感觉、抽象出来的象征符号与消失了的生命的现场。这些个人视觉和独特笔触的篇章，写出了事物的本质特征和自己的思索，无疑为《2013年度信阳散文》平添了分量价值。

当然，在文化散文的写作中，我们还需要自觉地理解和把握，既不能机械，更不要歪曲，以至于动辄宏大叙事，云山雾罩而洋洋洒洒数万言。

我一直以为，一个成熟的能够走得远的作家应该三五年有一次较大的变化，但一个作家的演变真的不是一件轻而易举的事，真的不存在一种无缘无故的新生。我对信阳散文的想法也正是这样。可我从2013年秋冬大量的散文阅读中，除此获得了欣喜，还获得了信心。由此，我感觉到今年的文本，不仅语言风格在变，抒情方式在变，思想方式也在变，很多作者放弃了单一的观察事物的方式，走向多角度的侦察，从而穿透事物的表象达到本质，发现了一个多义的、隐秘的新视界。

第四个问题，当下社会生存状态的关注。秘鲁作家德尼塞·维加·法尔凡曾谈道：倘若作家懂得把锚抛在人的心坎上，便永远不会与人性脱离，这样，作品就能像迅捷的向导一样，毫不费力地穿越人类所有的边界。散文是岁月的天然朋友，这种奇异力量，能使散文坚硬的薄片具有韧性，从而严肃介入和从容应对现实生活。我们常常讲到文学的责任，事实上，在具体的散文创作中，往往又呈现出过于个性写作而忽视散文社会性的现象。其实，散文的个性写作和散文的社会性本来就是一个问题的两个方面，唤醒散文与生俱来的社会性，不仅仅是来自外界的呼声，更是来自散文文本自身的诉求，只有这样，作者才能写出有血有肉体现心灵自由充满善良与热爱的散文作品。2013年的文稿中有众多关注当下社会生存状态的篇章，阅读之让我顿生几分惊喜，它们关注民生、底层和社会问题，没有冷眼旁观，没有紧盯生活的表象，而是置身其中，描写小人物的生活，记叙弱势群体的命运，探微普通人的内心世界，直面当前社会矛盾，聚焦现实生活中的重大事件，真实记录现阶段经济社会发展过程中的众多利益冲突。这些篇章，有温暖，有幸福，有爱情，但更多的是警惕、顾虑、忧伤，甚或痛苦，对现实生存状态关注的背后，是作者的关怀，是作者的良知与爱心。尤其值得欣慰的是，真诚的散文写作，并未止于所涉及的题材，而是从介入生活的深度与广度来考量，从而使得散文的社会性避免了可能的被任意拔高而故作姿态的庸俗化。

以上是我在阅读2013年度信阳散文稿件时产生的感想，这个初冬的上午很完整，窗外，阳光一直明丽，天空的蓝在持续稳定发酵，蓝得彻底，蓝得矜持，蓝得让人心生羡慕嫉妒，花朵与落叶，该开的开，该谢的谢，该长的长，该落的落，花和树都是有个性的，并且个性很鲜明，尽管许多种类同属一科，如同猫科动物，谁又能将老虎、狮子、豹子不分青红皂白模糊其威严、其凶猛、其敏捷的个性而皆定为猫呢？多样才能丰富，丰富才能更好地分享，分享往往正是我们的社会属性，也是我们再普通不过的向往。

生活在这座城在山中、水在城中、楼在绿中、人在画中的宜居城市里，我的感觉好。不仅如此，在这座目前尚未受到致命污染的城市及至所延伸的豫南大地，有众多笔耕不辍、洞悉生活的创作者。

与前三年写序的时间皆为夜晚不同，这次在光大的白昼，此刻，我正在我曾有过很多次想象的敞亮的窗前，在宁静中书写，在书写中愉悦，在愉悦中期待下一次的阅读。

当然，交流与碰撞是万万省不得的。文学面前的坦诚相待，对于作者，比什么都重要。这些年的集体不经意行为与有意识的共同努力，已形成了信阳散文批评的好习惯，坚持，时日就长，再坚持，时日更长，就成了传统，一定意义不凡。

所以，一想起浉河北岸那个小茶社，尽管它内外都极其普通，我心里还是暖流阵阵，因为它见证了众多信阳文学的事情，譬如学会的成立，譬如散文年选，譬如很多次的文学作品的讨论、争论、辩论，甚至高声大语的斗争与批判。每次的相聚总是久久不肯散去，窗外交叉路口车水马龙的景象，不远处霓虹灯的激情闪烁以及从KTV里传出的不论准误的歌声，早已在不知不觉中被氤氲而起的柔软湿润的文学之气淹没。

还得去，那个地方不仅离浉河近，能够听见水声，而且那个逼仄的空间里至今还保留着我们很多人的气息与温度。

最好还是夜晚，便于大伙一起，静静走进作品，去静静触摸果实的力量与温情。

（《2013年度信阳散文》序）

时光不锈

又到了收官之时。

那天是周日。午后,气势汹汹的霾南下至信阳已成强弩之末,窗外,依然天空明亮,百花园的上空氤氲着瑞气与祥和,本是二十四节气之小雪,却不见严峻的影子,更未闻得阴晦寒冷的气息,一身金黄的银杏树高高的枝头上,三只鸟亭亭玉立。室内,温青、夏吉玲、于吉娟、詹丽、易荣荣、张弘、吕东亮、李梅,还有我,围桌而坐,姿态轻松闲适,目光里散发着民主平等的光芒,叙述、阐释、交流、互动。感受往往是起点,理由才是中心。九个人娓娓道来⋯⋯

周日午后的时光,在文学的气动中,形散而神不散⋯⋯

多年以后,人们会淡忘掉《2014年度信阳散文》,或许会连同《2010年度信阳散文》,还有2011、2012、2013年度信阳散文一起淡忘掉。但是,参加编审的九个人是一定无法忘怀的,因为,不仅众多的参选作品侵入这九个人的私密空间,以无法拒绝的力量与温情,剥夺了大量的私我时间,更重要的是,九个人每年在与二三百篇的散文相看两不厌的阅读中,或欣赏,或品评,或安静,或兴奋,或欣慰,或纠结,或受益,或得启,总能在日益泛起的个人文学自觉与信阳散文自信温软之水中荡起双桨,或闲庭信步。

我一直以为,文字对于一个写作者来说,是一种缘分。像一对夫妻,两个人走到一起,组建家庭,生儿育女,白头偕老,这不是缘分是啥呢？有的夫妻中途相分而去，就是缘分已尽。所以，文字青睐谁，或者说谁钟情文字，那一定是缘分。文字是写作的工具，是基本条件。识字的人不一定都写作，再进一步说，识字的人大部分肯定不去进行文学写作。如此，文学写作者，得与文字结缘，无须弄清其前世今生，那是一种深入骨髓融进血脉的缘分。这样，我们就可以从一个便捷的通道找到我们为什么要写作的最初始的答案。至于"写什么""怎么写"，那是其后的问题。新疆有个李娟，普通又朴实的一个人，当一些文学评论家与一些文学理论研究者探寻其脱颖而出的缘由时，她坚持认为，她与文字有缘。仿佛她若不热爱这些文字，冷落了怠慢了这些文字，每个夜晚，她的家里都会有狼拍打门窗声。

文字是神圣的。对文字的敬畏，可以使一个人内心安详宁静，可以使一个写作者写出抵达心灵和充满爱善的作品。我一位朋友曾讲到他父亲对他后来创作影响的一件事："文革"时，他父亲用刚卖完一挑子萝卜准备去买急需的盐与煤油的钱，买下了一本在地摊上与老鼠药放在一起的书，这本书是范文澜先生的《中国通史简编》。在与母亲的争辩中，父亲说，这上头写的都是祖祖辈辈上的事，咋能跟老鼠药放在一起？

只有认识到体会到文字的神圣，才能敬畏文字，文学写作者在文学写作中才不会，也不愿随意随便，才能沿着文学的路径一直走下去，不停地探寻，即便有时快些有时慢些，有时平坦有时崎岖，有时阳光有时风雨，但在浓厚广大的真诚中，一定能够前往心灵的家园，引入自己对社会、对人生、对生命的思考，甚或渐渐廓清浮世的表面，直逼社会和人性的真实与真相。

让人们困惑的是，当下社会凡事皆热闹，太功利、太浮躁、欲望太多，因缺少敬畏，很多人失去了思考的耐心，进而没有了思考所带给我们所作所为、所追所求的过程的享受。现在，究竟还有多少人还在享受生命的过程？难道生活真的只剩下结果，人们都无暇顾及过程？

的确，单看公路，逐级向上，就有乡村公路、县乡公路、省道、国道，等级更是名目繁多：三级公路、二级公路、一级公路、高等级公路、高速公路。再看铁路：慢车、普快、快车、特快、动车，此时风头正旺的是高速铁路，"快"，似乎已经成为现代化唯一标识，成为大众生活唯一追求目标。

想想李白那年，坚拒玄宗的百般挽留，迎着初起的朝阳，走向长安城外……不久，便与自东向西，执意要入长安城的杜甫相遇，在李白仰天大笑中，杜甫收敛起进城为官的念想，随李白踏上了徒步慢行的旅程。李杜结伴而行，游山玩水，不仅传为佳话，更是一路歌唱，沿途撒播下众多旷世绝句……

今天，我们又何尝不想如李杜那样游行？人常说，不登山，不知山高，不涉水，不知水深，不赏奇景，不知其绝妙。所以，美好、喜悦、刺激、艰苦、挫折、彷徨、成功、失败，凡是人生孤途上可能遇到的，在如此的行走中应有尽有。除了能够体验别人的生活，更重要的是能在短暂的逃离中清晰地认识自己，继而更好地回归自我。可是，我们又怎能做到，又怎能如此惬意？

公路铁路求快，一晃而过，一切重在结果；李白杜甫仰天大笑出门去，缘在其中，乐在过程。现如今，二者欲兼得，实难遂心如愿。一方面，我们出门如履平地，车船劳顿之苦早已似云如烟销匿得无影无踪，从信阳去武汉40分钟，去郑州1个小时10分钟，去北京也就是4个小时，去广州4个小时40分钟，简直让人不可思议，始发加停靠信阳东站的高铁，多达130多趟。无疑，物质使我们享受顺畅，享受结果。另一方面，无论是北上之路，还是南下之途，山峰、河流、奇花、异草、树林、村庄、炊烟、田野、飞禽、走兽、蛙叫、鸟鸣、南腔、北调、风俗、民情、逸闻、趣事、奇谈、怪论、遭遇、历险……各类人等风物齐刷刷地向我们身后躲去，根本就来不及借景抒情，来不及睹物思情，也来不及直抒胸臆，甚至来不及下意识条件反射，来不及做出本能的自我保护，也就是说，我们常常无法经历，即便我们千万次地问，千万次地试图去经历，即使事后吾将上下而求索，人物与事物皆零碎而不完整，思考、意绪、想象等亦多呈片断，不连贯，总是重合，虽似曾相识，在脑子里却储存不起来，更谈不上积累。

长此以往的快捷的生活方式，就给写作者带来了伤害，甚至是致命伤。虽然文学只能写印象和记忆，不能生搬硬套经历，但一个写作者对现场的话语权是万万不能丢弃的，是不可或缺的。否则，"过程"将无法呈现。因此，写作者一定要有自己思考的立足之地，退一万步讲，至少要有一种姿态。

十年前，在北京，一个朋友把我领去了延庆，在一个山窝子里，我见到了朋友之前称为"富婆"的人，绰约朴雅。这个女人做生意，一下子就发了财，钱多得无聊，没有像别人炒房子，而是悄然潜行至延庆山里，买了100亩土地的30年经营权，种起了玉米，雇了四个人，养了四只狼狗，点种、锄草、间苗、施肥、掰棒、收贮、碎秸一系列生产环节，女人全程参与，只是不参与销售。

我问她：到延庆干啥？

她说：种玉米。

我问：种玉米干啥？

她说：种玉米喂狗。

我问：喂狗干啥？

她说：喂狗看玉米。

当时，我和我朋友都笑了，那女人也笑了。

就写作者而言，经历或者过程，具有毋庸置疑的意义与价值，但仅有经历或者过程是不够的，能不能将自己的经历抑或别人的经历变成写作者个人的体验，才是尤为珍贵的。起初，在所有人眼里，看山是山，这是对的，因为它是物质的，是客观存在的。接下来，芸芸众生中，就有一部分人看山不是山，这就上了层次，因为这是思考的结果，充满了个性体验。再接下来，一旦在此基础上，看山还是山，那就达到了一种境界。需要强调的是，我所说的个人体验，是具个性特征而非一人之私的，是对某种观念、某种意义，对人物或事件的某种诠释，最终指向的是某种人人皆认同的人生体验，最终指向人生价值和人的行为价值。

一晃，五年就过去了。五年前那个秋天的上午，在男女老少皆青春的掌声中，信阳散文学会成立了，在成立会上，主明兄提出了每年结集一本散文年选的主张。当时，我未完全应允下来，因为心里没谱，更没底，但还是在大伙儿滚烫的目光中，答应先试试，末了，又补充了一句：照着五年努力。

于是，便有了接踵而至的文学行为。

《2010年度信阳散文》从220篇散文中挑选了50位作者的105篇散文，共22万字。我在序文《正在嗞嗞生长的响动》中写道：

当2010年入冬后的第一场雪以优美的舞姿自由飘落于这片干渴已久的土地时，信阳市第一本散文年选已编选完毕。

……

窗外，雪依然无声地下着，竟积起厚厚的一层，白了城市，白了村庄，白了田野，满世界安静了许多。在这份难得的安静中，我分明又听到了雪下的万物正嗞嗞生长的响动……

《2011年度信阳散文》从近300篇散文中挑选了80位作者的80篇散文，共25万字。针对年选的编选，大家畅所欲言，我也讲了我的看法，譬如散文的严肃性问题、散文的文本问题、散文的包容问题、散文的地域性问题。我在序文《伸进时光的缝隙》中写道：

小雪之夜，我于乡村般宁谧中，阅读着散文，一篇又一篇，从容不迫地读，一本又一本，严肃认真地读。读着，读着，我的感觉如同一把镐头，渐渐地伸进时光的缝隙，在深入中，碰到了时光的风景。于是，欣慰之水便漫溢过来，并伴有惊喜之浪追逐相奔……

《2012年度信阳散文》从270多篇散文中挑选了77位作者的77篇散文，共25万字。年选之文总体是宽阔的，也是沉稳的，保留过去抒情的特点。我在序文《犁透漫长的时光》中写道：

阅读这些温热的文字时，我自感目光如犁，在丰腴的土地上翻卷起劳作的欣喜。此刻，在稿纸上，我自觉手中的笔似犁，犁过土起，波浪阵阵。当然，文学之路漫长，自然，散文的时光一定也漫长，但我愿与我的文友们一起，犁透这漫长的时光。

《2013年度信阳散文》从260多篇散文中挑选了62位作者的62篇散文，共26万字。这次，我梳理了一下在阅读来稿时的所思考的几个问题：第一个问题，情感世界的张弛。第二个问题，故乡风物的感念与抒情。第三个问题，历史文化的哲思。第四个问题，当下社会生存状态的关注。我在序文《触摸果实的力量与温情》中写道：

与前三年写序的时间皆为夜晚不同，这次在光大的白昼，此刻，我正在我曾有过很多次想象的敞亮的窗前，在宁静中书写，在书写中愉悦，在愉悦中期待下一次的阅读。

如约而至，在2014年中秋之后的日子里，我于许多个夜深人静之时，于百花园邻近的温暖一角，阅读着我的乡人冷静的激情抑或激情的冷静，并随手记下了今年我欲言说的与文字、与文学、与散文相关的关键词，譬如缘分、敬畏、过程、体验、路径等。

五年，1825天，说长不长，但要说坚持去做某一件事还真的需要韧劲与耐力。人都是有惰性的，而任何事都是要由人去做的。信阳散文创作正经历着一个整体提升的时段，而散文年选无疑起到了推波助澜的作用。如果，我们继续如镐头伸进时光的缝隙，如犁铧深入土地，犁透漫长的时光，那么，信阳散文一定会永不生锈。

说心里话，一个人真正爱好文学是幸福的。当下许多人的时间乃至生命渐显苍白，客观地讲，有很多时候还真的身不由己，你不想苍白还真的不行，你不想苍白还真的做不到。但是，一个文学写作者却有至高无上的"权力"，那就是，可以用自己的作品构建一个自由而绚丽的王国，从而使自己拥有几种不同的人生路径。

始于周日午后的《2014年度信阳散文》的集中编审，一直持续到第二天凌晨，大家毫无倦意，连最后没入薄雾泛起的夜色里都颇具几分文学的形姿。谁说，往哪走？另谁说，穿过百花园。

笑声乍起，这些有别于白日的笑声，在即将到来的黎明前一波一波地荡漾开去……

（《2014年度信阳散文》序）

打开

在有些时候，甚至在很多时候，信心比黄金还金贵。就我而言，阳光往往比信心更金贵。2015年的秋冬时节，乌云笼罩兼淫雨霏霏时而间杂疑似雾霾之日绵延几近一个月，这于信阳是极其罕见的。就在相当一批人包括我心烦意乱之时，一场雪，2015年的第一场雪，虽无鹅毛大雪的形姿与诗意，但以稀有的锋利击穿了盘踞不离的厚重的云层，三下五去二，驱散了悬挂着的死皮赖脸的雾霾，将天地洗刷一番，打理得干干净净。接着，硕大的太阳冉冉升起，霞光万道，阳光普照大地，每个角落因久别阳光而产生的阴晦之气很快消散开去。人们的心里自然敞亮起来，我心里自然也敞亮起来，久蹙的眉头也在不知不觉中舒展开了。

于是，信心与兴致从正前方结伴而来，我自觉地迎上前去。

问题是，就在这个时刻，年度信阳散文阅读与评说的任务像个尾巴，尾随破门而入的阳光，与信心兴致携手同行。原本我是打了退堂鼓的，按照2010年秋天主明兄、峻峰兄的说法，每年结集一本散文年选，照着五年努力。这个说法落实了，这个目标也实现了，为了给这个初始的说法画上个句号，或者说在画上句号时画得更为圆满，还有意并有幸地以一种多少年后仍会被许多人记起的绚烂方式进行了文学渲染：2015年春暖花开时节，在信阳郝堂（中国美丽乡村），举办了"中国2014年度华文最佳散文奖、2013—2014年度新经验散文奖颁奖典礼暨

《2014年度信阳散文》首发式"。

李敬泽、吴长忠、李佩甫、何向阳、彭学明、邵丽、何弘、乔叶、葛一敏、甘以雯、穆涛、汪惠仁、贾兴安、刘洁悉数出席。

这是一件对于信阳文学具有重要意义的大事。信阳郝堂让大家刮目相看，信阳散文让大家刮目相看。

或许，正是李敬泽们对信阳文学由衷的厚望，正是一大批信阳本土散文写作者孜孜不倦的文学努力，正是众多身居大江南北的信阳籍写作者的文学响应，令我捂了去年一冬今年一春一夏一秋的心事反反复复复复反反地纠结。

打开，是唯一的选择。

打开绝不仅仅是解开个人心结的方式，更为重要更具价值更有意义的，是打开，是信阳散文写作经历了一个由个体呈现到群体显现的阶段后，应当认真面对深刻思考的问题。因为，能否打开，涉及散文写作的精神向度，涉及一个散文写作者究竟能够走多远。

在散文写作某种格局里自由地打开，并且在写作者个人的视角之下，能够在自身的写作中获得一种分泌力量，不仅分泌出新的写作的可能性并成为新的现实，而且带来散文写作技巧的更新与观念的更新。在与以往年度信阳散文作品的比较中，不难看出，我们在防止或克服惰性心理上有了突破。坦率地说，在一个时期以来的散文创作中，一些散文写作者在形成了一种观念，以及在这种观念统摄下的语言与技巧后，总会有一种似乎一劳永逸的感觉，而泰然处之地停留在原来的阶段。我们应当关注，甚至不停地持续长久地关注，怎样找到一些新的动力点促使自己一直往前走，现实的、历史的、生活的、精神的，是真正进入状态的纵深开掘，具有充分的从容、稳定、沉淀与延展的成分，而非昙花一现的新和虚假表面的活。这就需要从体验出发。这几年，我一直在说这个问题，一个散文写作者的自我体验是十分重要的，2015年度信阳散文字里行间所流动着的独特意蕴是对本土气质的确认，它通过个人体验的趋进，突破"我"，进入"我们"，写新"我"，构建"我们",具有了"打开"的精神面貌与文学品相。

打开,对内可以透视,对外可以尽收辽阔于眼底。

以宽容情怀,进行包容性写作是"打开"的应有之义。每个人都有不同的背景,都在不同的地方、不同的事件中,以不同的身份、不同的姿态活着,呈现着各自鲜活独特的性格,他们一个个面目模糊地走来,这就要求写作者在受制于自己的心性、兴趣和接受能力的同时,还必须对现实生活、历史进程中大量相似的人物、事物、风物做出甄别与筛选。选什么写,从哪个角度写,写作者有着无限的充分的选择理由,经写作者妙笔点睛后获得魂魄,继而鲜活生动于现实生活里,如同我们的左邻右舍、兄弟姐妹,如同我们的前世今生。

宽容是一种道义的情怀,包容性写作,毋庸置疑地需要宽容。不同于多种多样媒体大量贬恶扬善的报道,亦有别于宏大叙事中那种以点带面、先入为主的模糊人物处理,当今散文写作所要描写的并非必须是自己的亲身经历,相反,从一定程度上讲,一个散文写作者所要发现的,往往正是一段自己未曾经历的过去,它蛰伏于错综复杂的生活之中,把一个生命与另一个生命连接起来,把个体与社会连接起来,把不幸与快乐连接起来。散文写作者所要找寻的,往往正是我们在日常生活中视而不见或容易被忽略的事物,正是被我们理智、情感、目光所光顾的角落,以及潜藏在里面的那些散发着微光或一息尚存的东西。同时,散文写作者在散文写作中得传递一种如一壶烫好的老酒渗进血管里的温暖,对那些现实生活中的芸芸众生,特别是那些生活在底层的普通之人乃至一切生命寄予温情,抱以深刻的悲悯情感与真诚关怀,这既是对生活对生命最朴素的尊重,也是对社会现实和生活现场最直接的反思。在很多散文作品已经沦落为私己生活记录的当下,谁愿为此努力,谁的作品就能够获得大地般深厚的品质与深刻的现代性品质。

毫无疑问,打开,使散文写作步入一个新的层级。

虽然,以往年度信阳散文众多篇章力图着眼信阳,写出属于这块土地的具有独特品质的东西，但还是在今年的阅读比较中，我发现2015年度信阳散文才真正呈现了部分作品在信阳的精神想象与叙述上有别于以往的探寻。一些散文作品具有信阳地域文化的倾向，把信阳的历史进程与文化的根脉进行主体的描写，具有一定的历史穿透力，同时，注重文字的流动色彩，并且把地域语言与现代意识有机嫁接，凸显出求新意识，也为读者留下了较为广阔的想象空间。信阳地域特殊，悠久的历史，厚重的文化，兵家必争之地的纷乱，你来我往的形态，使得东西南北文化在这里交汇碰撞，这就天然地建构了信阳社会的文化想象空间。打开并铺展这个空间，通过对生活场景的透视与再构建，通过文本开放的流畅自然的叙事策略与结构意识，让人物、事物、风物在形形色色的事态里、场景中讲述着描写着时代变迁与变迁中的内心冲突与复杂体验，呈现纷繁而朴实的欲望与情感，在浓郁的区域文化色彩与令人魂牵梦绕的叙事中，从异质文化碰撞和精神救赎的角度，将多视角的叙事与多重的文化语言特征相结合，尽最大可能来解读信阳文化所特有的豫风楚韵的品质。

需要注意的是，散文写作者不要轻易下结论，亦不轻言幸福美好、忧伤悲戚或虚无，以避免坠入早熟的陷阱和某种类似于精神早衰的黯淡。同样值得注意的还有即便超越，或者试图超越当代视域中的历史、穿越现实回归文化历史空间具有无限想象与可能性，作为文本中的个体，在历史巨大的背影中是卑微、细小与无奈的，动荡的历史和无法预知的命运遮蔽了个体生命中的很多内容与迹象，而散文写作者的使命与责任应当一定程度上还原历史中的碎片，并在碎片化的历史拼贴中寻找历史与历史的真相，寻找文化与文化的根本；另一方面，通过对个性记忆的打捞与书写，散文写作者在试图还原历史的同时，一定要更加深切地体味到书写历史的不可靠性与人生命运的虚妄。如此，方知敬畏。

故乡，一直都是文学作品的话题，以故乡为主题的散文作品更是层出不穷。与以往一般意义上的赞美故乡怀念故乡有较大不同的是，

2015年度信阳散文的故乡书写,更多地表现出故乡的难归之痛,我认为这也正是"打开"的印证。

中国的乡村世界正在加快萎缩乃至消亡,乡土建筑、口头遗产、传统技艺、民间表演、老街、老桥、老塘、老树、老井、老邻居、老物件、老作坊、老把式等乡村文化实物、文化符号、文化身份、文化环境、文化建造以及之前一直被传承与守望的乡村价值理念,正以前所未有的速度与方式烟消云散,而城市丛林正在蓬勃兴起甚或膨胀至日新月异。许多当下之人尤其文学写作者们,虽然对城市生活习以为常,享受着城市丰富的物质文明,但依然对乡村有着天然的偏爱,能记住老家门前的每棵树连同树上的鸟巢,能记住张三李四墙上的大小蜂窝,却记不住城里每天经过的高楼的名字。这样的方式其实给散文写作带来了很多好处,至少,能让写作者在这两种经验之中来去自如,进行深入的观察与对比,通过遥望、追忆、想象,有的写人,有的写事,有的实写,有的虚写,人物虽小,事情虽琐,生物虽微,但秉承着"归乡是作家的天职",重构着一个乡村世界乃至乡村文明。其实,一些写作者笔触中无论大别山里外、淮河两岸,还是平原大地、城市周边的乡村,只是童年记忆抑或历史言说中的乡村世界。它的确曾是现实的客观存在,自然也有写作者的想象,反正今天已经不复存在了,或者说,本意中的故乡在凛冽的肆虐中褪尽了颜色,在城镇化的潦草和慌乱中正呈现出尴尬苍白的命运。

总之,人们难以真正回归了。

于是,那些正在消逝的事物,那些渐行渐远面容模糊的乡村文明,被一批写作者以自己的方式定格,如此重构,不过是找到一种可以回望、追怀的适宜之所或精神家园,找到弥合那种身心撕裂的无奈方式,以作品的微弱之光持久地照耀黯淡逼仄的人生里那些柔软的缝隙,那些存放于记忆深处的眷恋和热爱、放弃和疼痛。

有没有,需要不需要这样的精神家园是截然不同的,有了它,人们似乎能在一定程度上一定限度内,抵御一下眼前社会的一部分诱惑与异化，使现代社会物质的建造、精神的构建以及情感的涵养多一些自然、多一些和谐、多一些人性的东西，而非在这个被修饰了的时代，通过所谓个性的修饰，以掩饰那早已丧失了的信仰与生活。

当然，我们也要警惕深陷其中而不能自拔，不能也没必要一味悲悼昔日的文化传统，既不把农村城镇化视为洪水猛兽，也不盲目加入高声赞美的行列，更不以救世主的姿态兜售贩卖廉价的悲怜。冷静、笃定，既有深刻的城市生活体验来真正触摸城市的筋骨与脉络，又能摆脱世故、狭隘、尖刻、怀疑、自恋的纠缠，从容释放本真的故乡难归之痛。

随着散文写作经验积累后的适时打开，另一种形式的文本也有了一定的呈现，使得2015年度信阳散文写作多元多彩。这类篇章多以平和淡定之心、纯善朴雅之情、锋敏练达之感，以灵动而沉稳、蹈空而踏实、简约而细腻、精巧而富有诗意的默契引领，为我们打开了一扇通往炽热而单纯的内心深处的大门，细微如丝，丝丝入扣，挥开盘旋在心灵上空的欲望迷雾，呈现立体的多维空间，不慌不忙，不徐不疾，不温不火，有耐心，很从容地传递出对人和世界的理解，对生活以及情感诸多问题的多重解构，让人读来或感到对逝去岁月的尊重与暖意，或对现实的疑虑与犹豫，平添了散文作品的张力与韧性，并因此拥有了丰硕饱满的感性、哲理和悠长深厚的文化意绪。在文本具体的表现中，这类作品现场感强烈，颇有大画家凡·高的语境："在炽热的阳光下，没有一丝阴影，就一个人，像一只蝉在阳光里狂欢。"作品中的场面如一幅幅图画，唯美、唯情、唯趣，作品中的"我"如原野上思想的流放者、孤独者，朦胧而又清晰。比较此类篇章，显然，今年整体高于往年。

我这半年里几乎没有写作，对文字的感觉有些迟钝，加之工作琐碎，便有了心思不在写作上的理由。事实上，我真的有一种江郎才尽之虑，这是一种前所未有的感觉。按说，我原本就不是什么大才，远够不上"天将降大任于斯人"那类才。以往岁月的有些年头，持续的异常尖锐的工作之下，于夜半，单纯与复杂交织，在冷静的激情与激情的冷静中，我写了一些文学作品，渐渐，有了一种与工作生活截然不同却又如影随形的写作方式。我从未对现实生活冷漠，更没有对幸福日子抵触，相反，我总处在一种与生活搏斗与工作较量中，我常常将写作意识带入工作与生活，将工作与生活又搛进写作，如此方式，竟平衡了异常尖锐的工作给我身体带来的伤害与随时随地可能爆发的焦虑。如今，因为对文字感觉的迟钝而没有写作，幸许，是件好事，是件可以用来期许的好事。至少，它明白无误地表现出我对文学的敬畏，同时，它也许让我看到了人对自身认知的困难与坚持。谁说过，有反省能力的作家才能不断地刷新目光。我想反省。

秋去冬来，忽然就对着300余篇100多万字的信阳年度散文的来稿，指手画脚，圈圈点点，仿佛局外人，仿佛遥望山水，既恍惚又陌生，全然不像往年那种中毒已深赖以活命似的倾情与喧哗。

我的一位浙江诗人朋友说诗人爱登高。我由此妄加推及，在日益膨胀的都市里和日益异化的乡村里，哪类文体的作者更多地应该在酒桌上听嘈杂的世相我不好判断，但散文写作者确乎要去真正理解散文、体味散文，进而充满对散文的尊重和对散文写作的尊重，以便更多地在古塔上听角铃絮语，看苍原脉络，辨风月走向，向内打开心灵，向外拥抱自然，向下抚慰苍生，向上仰望星空。

（《2015年度信阳散文》序）

一头雪白

我得先怀念一下天一阁。

我所说的这个天一阁不是浙江宁波的那个天一阁，那个天一阁是中国最早最大也是最有名气的私家藏书楼。我说的这个天一阁是申城的一处茶舍，临着浉河。往南，推开窗子可观得河水的动静；向北，即便关上窗子，紧邻的解放路与统一街相咬成丁字路口上的喧嚣与哗然仍如滔滔洪水，呼啸着从窗子的一丝一隙中汹涌而入。

许是借了宁波天一阁的名韵且日后注重了内涵的不断累积，天一阁茶舍竟也沾染上了几丝墨色文香。于是，申城里的一些文友总会在春夏秋冬的一个华灯初上时分进入天一阁，三三两两，或孤身一人，上了二楼，在一个叫"青云直上"的茶室里找到一个随心安稳的位置。一杯毛尖，两盘水果，几盏干果，绿的绿，红的红，白的白，黄的黄，紫的紫，不烟不酒，免了混浊，很清丽。没有仪式，没有开场白，没有主持人，没有文学之外的身份，有男有女，有老有少，性格各异，天南地北地聊，聊天上飞的，聊地上跑的，聊远的聊近的，聊死的聊活的聊死去活来的，聊荤的聊素的聊不荤不素的……总之，啥都聊，那些栩栩如生的人物，那些魂牵梦绕的风物，那些新鲜欲滴的事物，那些扣人心弦的情节，那些令人牵肠挂肚的矛盾，那些耐人寻味的结果，那些天然生态的语言，那些不加伪饰的表情，今日想来，仍清晰如昨。

我想，多少年后，曾常出没于天一阁，于"青云直上"中漫无边际地聊而风生水起充满形姿、声响、温度、光线等的现场画面，乃至每次结束后大伙儿向不同方向散去，转眼间消失在城市夜色里的情景定会与文学情结紧紧粘黏在一起，被深刻牢固地锚在我们的内心深处……

终于，有一天，我被告知：天一阁在整修。

又一天，我在天一阁斜对面的理发店理发，透过宽大的玻璃窗，远远地，我看见天一阁那两扇厚重而富有沧桑感文化感的雕花镂空实木门上吊着一块牌子，当时，我没向人打听，也没上前对着牌子探个究竟。

后来，据说，天一阁仍在整修。

只能另寻他处了。2016年早早到来的冬季的一天，十分夸张而诡异地寒冷，黄昏时分，有人通知我，当晚茶叙，在羊山政和花园小街深处有一茶舍，名曰"瓷茶记"。一听，先不明了，当问清是"瓷茶"而非"吃茶"后，便觉得有些味道，当即应允了下来。放下电话，心里还是泛起一层失落来，虽是短暂的，但还是能真切地感觉到，信阳散文天一阁之页的篇章，或许从此就这么掀过去了。

于是，我走进了瓷茶记，时隔数月，又见到了这么多熟悉而又亲切的面孔，在他们对我经久不息的打量中，我从他们手里又接过了2016年信阳散文稿件，13本，厚厚的，沉沉的。

于是，我又开始了一年一度的于夜深人静之时对信阳散文的凝望与欣赏，于万籁俱寂之中对信阳散文的阅读与评说。

综观2016年信阳散文稿件，总体上的印象是：一个标志，两个特点，两点不足。

关于一个标志。

经过这几年持续不断的散文文本摸索与建设，毋庸置疑，信阳散文正朝着"家"的方向前行，而篇目占较高比例的乡土散文写作便是明显例证。2016年信阳散文诸多此类篇章，其风格已从诗意的乡土散文写作趋向思辨性散文创作，这些篇章从个体生命的内在感受出发，聚焦"疼痛"，却又没有大喊大叫，更没有尖叫，而是以微小但深切独特的事物或事件，简单、朴素地书写安静而深刻的生命体验与人世沧桑，明丽、俊洁，大大降低了以往信阳散文中常见的无法掩饰的小我之中的自哀自怜，从而悄然而又简单地抵达生命的内里。

这种通过散文之笔，不留痕迹却能丝丝入扣的表达，让人能够顺着写作者的思路进入具有逻辑关系的思考。但是，一个又一个问题又终不能单以文字之散文的方式去解决或去面对，譬如乡村的价值认知、乡村的治理方式、传统村落的发展模式、乡村旅游与民宿建设、乡村传统精神与村落保护、乡土景观与传统村落关系等诸多问题，除了短暂的义愤填膺，便是长久的无可奈何与一声软弱无力的叹息。然而，作为文学，能够哪怕对一种精神、一种情感的坚持也是十分难得十分重要，对乡土优秀传统的回望与致敬，更具有意义具有价值。特别是在揭示人的精神境遇方面，既揭示现实背后的深层次矛盾的问题，对个人以外的阶层、历史都很在意，也对某一种独特的人生情境、一种个体化的内心感受和精神世界同样在意，甚至格外地关注与透视。

乡愁是乡土散文写作的重要元素，随着现代性的开启，乡愁更是成为乡土散文写作的母题。童年，母亲、父亲及其他亲人，故乡、村庄的老屋、老井、老树、狗、猫、大地、河流、水稻、小麦、玉米、油菜、紫云英……总是让人产生一种永恒的感觉，使写作者不由自主心甘情愿地将自己最初的遥远的爱寄寓其中。我们中的大部分人从乡村走进城市，但灵魂都留在了乡村，不断回望乡村的炊烟，却又更向往城里的灯火。我们一代代人就这么生活在这不断回望和无限向往的纠结之中，当下尤甚。

2016年信阳散文之乡土散文诸多城乡叙事的融合正契合了这个进程和这种感情，道出了城乡背景下的命运际遇和情感纠结。令人欣慰的是，这些表现城乡现实变化的乡土散文篇章，在注重文人趣味和唯美气质的同时，没有以此为借口，形成模式化、符号化甚至虚假的表达。

尤其在篇目比例较高的"望乡型"乡土散文写作中，面对旧有的乡土社会结构改变，伦理关系改变，没有消极避让，而是试图跟上这种变化，试图使重塑能够到位。很有可能，乡村、乡村世界会随着老人们的逝去和年轻人们的集体出走且渐行渐远而日益贫瘠衰败蜕变乃至消亡，但文学特别是散文的乡土书写一定会一直存在下去的，而且会在无数的回望与凭吊、虚构与想象中得以存留与延伸。况且，与世界众多国家的城市不同，中国的城市不但脱胎于乡村，本身就是乡村的不断升级版，其人际关系的维系大体还是建立在血缘（含同乡）基础上，是以核心家庭不断向外扩散的熟人社会。所以，就信阳这个传统农区而言，后现代的焦虑症还未蔓延，以本地原住民为主体的城市，其人际关系还是传统的模式。这既是信阳的客观现实，也是信阳乡土散文写作的文学背景。

终于，在历经较长一段时期的迷惘、摸索与选择后，信阳散文乡土篇章基本结束了在乡村表象上的停留，并且动了起来，有意识地向乡村地域文化的延续与变迁、乡村伦理的重建等纵深领域拓展，既有对传统的追溯、自我的发掘，也在重估历史、构建新的乡村现实，以表达质朴生活中悠然生出的韧性与诗性。乡土散文写作风格这一并非刻意的思辨性转向，是2016年信阳散文实现新跃升的一个标志。

关于两个特点。

特点之一：地方性历史文化与当下事件成了事实上源远流长、历史背景和社会土壤更加宏阔丰富的散文写作的来路与出处。在2016年信阳散文中，一些散文篇章让人耳目一新、刮目相看，虽然这种情形在近三年的信阳散文稿件阅读与欣赏中不乏其例，但这些有充沛底气与蓬勃生气的作品还是着实让人欣喜的。

有的洒脱的行踪与心迹相映成趣，谱就别样人生情态的笔墨神采；有的铺陈往事、缅怀故旧，诉尽文学人生万般悲欢的厚重；有的一路追寻，打破砂锅问到底，道明家族身世或事物的缘由与因果；有的安定沉稳，耐心细致娓娓道来，尽显文字的温度与耐力；有的低回绵密，顾影徘徊，清冷孤傲溢于言表的况味……浓郁的人文气息、雅驯的属辞方式，使形之于文的那层个性光彩夺人心目。如此一个关键的成因，并不在于这些作者本人的某种有意识、主观强求的努力，或许正相反，是主要托靠了客观生存环境，即在人性的基础层面或日常生活的总体姿态上没有刻板要求与机械塑造的环境，而能够享有人格自然发展的必要宽松空间的环境，不受羁绊，既以遥远概貌所得片断印象或间接辗转而来资料为依据，又能心之所想目之所及、心之所向行之所为地纵横驰骋的文化处境。惟此，写作者，尤其散文写作者才可能有底气，才可以保持足够的心理优势，才有直接向现实问难的精神形象和文化资格，写作者才能葆有文人情怀，才能保证文人与文学的联系不被切断，散文写作才能避免硬化与格式化。

这一散文真正意义上的回归或者说一如其旧，用在温软和坚实、至柔和至刚之间往复振荡，用济世与出世、极功利与超逸、极公与极私、极宏大而又极自我等多变的面相，继续风生水起，继续生龙活虎，继续千姿百态地存在着，这该是信阳散文中最动人也最有活气的那缕豫风楚韵。

信阳散文如此风起云涌，不仅仅是有一批作家一直以来老实诚实扎实地进行散文写作，更难能可贵的是有数量可观的人已成为自觉的散文写作者、有着各自职业的业余作者。我们需要正视的恰恰是这些业余的无名的地方性写作者之于某个人的精神建构、之于信阳的文化建设、之于信阳乃至更大范围的文学格局的意义。

与一些地方基层的文学氛围、文化多样性和文学主体视野的深度、宽度和广度都在呈现一种不可遏制的衰微态势以及地方性写作的危机正在清除文学地域主义理念不同，信阳的散文创作就地方性而言，有着鲜明的可生长性与可重塑性，在散文写作以其特有的形姿与功用跳出成见、真实地发挥其特性的同时，值得鼓励的是，有些散文写作者已经开始尝试着将地方性陈旧的固定化的语言外观、美学外观撕碎，并试图将其重塑为瞬时的碎片式的、弹孔式的、棱镜式的、镶嵌式的地方性。这种生长着的景象甚或可能的方向，也许正是我们对信阳散文更加充满期待的信心所在。

信阳散文有其地域性文化渊源，如果想保持其自身长久不衰的活力和避免同质化给散文写作带来的灾难性后果，那就必须关注散文表现的时代性因素，捕捉当下问题，向时代发问，向社会的角角落落及人的内心深处进军，并努力探寻其要义，就是要突出信阳的现实感：譬如，微不足道的生活；譬如，普通之人关注的事情；譬如乡村、市井、小镇、县城、城市；譬如，自然古朴醇厚的豫风楚韵与城镇化进程中产生的新的融合与冲突；等等。

特点之二，一些作者文本单纯、正直、奔放。通过散文笔触，在字里行间表现出一种社会良知及自觉的社会责任感，流露出一种弥足珍贵的平民意识和悲悯情怀，不媚上，不卑下，不为了取悦什么去写作。即便讴歌赞美，也是以深邃而敏锐的目光探寻事物的本质，挖掘更深层的思想内涵；即便批评鞭挞，也是从众生人性诸如人与人、人与自然（人与水土、人与树木花草、人与动物的关系）的角度出发，充满情感而不是发泄个人情绪，充满反检、警醒与救赎。由此触碰到更为深刻的社会问题，从而表达得更为果敢、单纯、直接、平等。这些最柔软也最坚定的部分，或许就是历史乃至人生揉搓的皱褶中的复杂之处、动人之处、启发之处、亮点之处。

关于两点不足。

尽管 2016 信阳年度散文在整体上继续呈现上升势头，但一些问题真的再也不能也不应忽视，因为这些问题拦在信阳散文生长并向成熟迈进的路途中央，怎么绕都绕不开。如果不能正视并加以解决，信阳散文便难以走远。

不足之一，把握乡土写作中的"度"变得异常困难。此类写作中，回望相对容易一些，写作者感觉更得心应手一些，因而篇章数目仍较多。这些年信阳散文中，写乡村多半是面向过去的，那么，写城镇多半该是属于现在与未来，随着乡村的远去和城镇生活越来越强大的现实覆盖力,以城镇为内容的写作一定会具有无限的生命力和可期待性。

不足之二,散文的内在束缚欠缺的问题。如果有人将诗歌比喻为文字的舞蹈,那么,散文就是文字的行走。行走,是一个人的日常状态,不需要扭捏作态。但现实生活中我们不难发现,大多数人的行走并不足观,而那些经过训练的人,行走起来自然有一种或挺拔或俊朗或绰约的风姿,那是一种束缚之后的自由,这就涉及散文的内在束缚问题。散文那种内在的束缚是什么呢?答案没有确切性,换言之,即不同的人有不同的答案。但是英国哲学家波兰尼为其"默会理论"所举的例子能给我们一些启发。他说,我们认识一个人的脸,可以在成千上万张脸中把他或她辨认出来,但通常我们却说不出我们是如何认出的。所以,散文内在的束缚来自散文的品质,这种品质既可能是我们常常讲到的自由、真实性、悲悯、救赎等等,也可能正是散文写作者的写作所遭遇的困境和对困境的反思。

自2010年以来,我对信阳年度散文的阅读欣赏的态度与方式基本上是一致的,但我今年的评说与以往六年的评说有所不同,不同就在于分了个一、二、三,乍一看有点公文的意味。之所以如此,主要基于让我们的一些散文写作者与阅读者更能一目了然地对信阳散文当前的状态有个较为客观的了解、较为清醒的认识和较为准确的把握。

现在若要说信阳散文超越地方性区域性文学的范畴的确为时过早,但完全可以以此作为目标加以期许加以导引。人总是要有目标的,做事,自然也是要有目标的。信阳雨水充沛,物丰景美,人情复杂,文化精细,这块土地对于人的滋养是充满宽度与高度的,可以培育这一方水土中的人所特有的包容度量,理当使其创作更为高远广阔。虽然,信阳散文写出已然的世界已实属不易,但是,对于应然世界的向往与想象,才更加意味深长,这也正是文学的旨归和宿命。

说起来很有意思,原本我不打算再去写《2016年度信阳散文》的序了,而一直写着《信阳年度散文综述》的吕东亮也打了退堂鼓不再写《2016年度信阳散文》的综述。我理解他,他也理解我,每年除与近10位编审一样一篇不落认真阅读信阳散文年度稿件外，我俩还要在归纳、分类的基础上进行评说，还要有好几次的对接沟通。我们与其他编审一样，都没有埋怨过，这本来就是志愿行为，能埋怨谁呢？谁让我们如此这般地钟情与热爱文学呢？谁让我们又如此这般地钟情与热爱信阳散文呢？

事实的确如此，在去北京参加中国作协第九次全国代表大会前夜收拾行李时，我就将2016年信阳散文13本稿件中的6本放进了行李箱，不料被妻子看见了，默然相视一会儿，末了，她撇了下嘴，还嘟嘟囔囔说："我就知道你放不下这活儿。"

于瓷茶记的又一次茶叙，是京城归来的周末。浓重的夜幕下，小街深处的"瓷茶记"幌子在趋紧的寒风中摇曳。我步入、穿堂、拾级而上，一阵清朗有度的笑声从楼上的哪间屋里传来，暖暖的，与往日散落在天一阁的笑声多么相似……

事物总是变化着的。哲学有如此含义，现实生活也是这个理儿。以前在车水马龙人流如织的丁字街口的天一阁上闹中取静是一种样式，而今在温文雅静如处子的小街深处的瓷茶记里静中求闹也是一种样式。我得不断地适应这样的变化。其实，我本身也在变化。比如我的头发从2016年5月份开始不再染了，数月未与文友相见后的那次初入瓷茶记，大家愕然，继而不停地打量，就不难理解了，也难怪，确乎"忽如一夜春风来，千树万树梨花开"。

前些日子，孙荪先生见了，也是一阵恍惚，颇有些惊诧："怎么？"

我说："不染了。"他瞅着我的头发，微微点了点头，说："也好。大白于天下。"

"这才是真相。"我说，"一头雪白，自然，朴素。"

孙荪先生补了一句："还有自信。"

那晚，在瓷茶记，我与信阳散文的编审们在如何编选2016年度信阳散文方面进行了深入的讨论，还分享了京城之行的收获，还有一些花絮及体悟，其中就有"一头雪白"，说着说着一头雪白的"自然"，却不知不觉讲到了散文写作中的"自然"。譬如写当下农民,就当力避将农民写成活在知识分子焦虑眼神中黯然弯曲的木刻,要将各种时代象征的道德寓意从他们本已相当沉重的肩上卸下来,真正将农民还原成喜怒哀乐毫无二致的有血有肉的"人"。说着说着一头雪白的"朴素",却不知不觉讲到散文写作中的"朴素"问题,譬如一个人一天没吃饭,有人问他啥感受,他不会拐弯抹角,文绉绉地比喻来比喻去进行如此这般那般的形容,而一定是异常简单朴素回答:"饿了。"同理儿,艺术的最高境界就是朴素。还是这个理儿,自然朴素,也是人性的最高境界。

也说到了一头雪白的"自信"。能够一头雪白,之前我是有充分的思想准备的,也正是这个"思想准备",就把简单的问题复杂化了。十年来,头发是一根一根由黑变白的,起先让妻子拔掉白发,渐渐白发多了,就用上了"一梳黑",一次电视上《中国质量万里行》说"一梳黑"有毒,我就停用了"一梳黑",由着白发蔓延,后来有人推荐"八宝洗发膏",说是从贵州大山里的植物中提取的,既洗头又染发,好是怪好的,终抵不住每次洗头时间过长的消耗与掉色对衣领的污染。这两年,让理发店的理发师焗油,其声称所用材料是进口的,效果也果真不错,最明显的标志就是别人看不出任何破绽而认为我是本真的光鲜,我自己在很多时候甚至也忘了岁月留给我的印记而以为我还是当年那个英俊潇洒的家伙。

那天,我回固始老家看望父亲。接到电话,他早早地就站在了固始北关淮河路西侧那个老旧的家属院大门口候着,临近中午,明亮的暮春阳光里,远远地,我一眼就看见了他那一头白发,不知怎么,就在那一刻,我做出了不再染发的决定。就这么简单,再也没有多想,也没有再去想。

末了,关于一头雪白的"自信"终没能扯上散文写作,大家七嘴八舌没容我再跑题是其主因;再则,我也的确不知如何就事物总是普遍联系着的将两者牵扯,我总不至于吞吞吐吐中冒出一句"青春作伴好还乡",再冒出一句"腹有诗书气自华"吧。

不过,那夜在瓷茶记,始终矜持不语的那位,在别离之时,居然冲着我的一头雪白,给出了这样的评价:"真的挺特。"

顿时,瓷茶记一片另类的喧哗……

(《2016年度信阳散文》序)

雪的气息多么温馨

大雪排山倒海，一口气下了一天一夜，铺天盖地。在白昼与黑夜，透过窗口，将泛着寒冷之光投射到室内，如此，里外照应，极大地渲染了这个冬季数九寒天的主题。2018年的大门刚刚打开一线缝隙，一场暴雪就于新年的第3天从天而降破门而入，仿佛它不是从遥远的西伯利亚或蒙古高原长途奔袭而来，而是就埋伏在城外，早已做好了攻城拔寨的准备，只待一颗信号弹腾空而起就杀声震天浩浩荡荡入城。

据气象台报，这场大雪的降雪量达到1951年以来单日降雪极值。显然，形成了雪灾。于是，各类信息迅速汇集，各项应急迅速启动，各级指令迅速下达，各种措施迅速实施，各个地方救援迅速展开……

此时此刻，大雪的身影仍被信阳历史上罕见的低温固定在道路街巷庭院的角落里，一些之前临时堆积之处因体积过大一时无法化掉的雪堆早已形态各异、面目狰狞。夜晚步行锻炼的人少多了，偶有一两个，小心翼翼地行走，像是表演刀尖上的舞蹈，脚下坚硬的破碎声被夸张着传递。谁咳嗽一声，清亮无比，顿时荡漾开去，在楼宇间拐弯抹角，迟迟不肯消逝。

我无法想象1951年相同规模的那场大雪之夜，想必更是静谧、悠远、寂寥，乡村里一声狗叫看似孤独，却传送着兴奋的气息；另一声狗叫，与接下来此起彼伏的犬吠，定是回应，只是夜被衬得更是漫漫又长长。那个雪夜，人们面对满天满地的雪花该用一种什么样的方式来呈现出应有的呼应呢？是围炉夜话，是踏雪访友，还是群体性销声匿迹抑或独自挑灯夜读？

如今，依仗着物质与科技的人们，少了与大雪之夜寒冷的正面交锋。如此，该更有理由把大雪之夜过出几分暖心温情的味道。

譬如眼前，窗外，雪正燃烧着黑夜，在室内温暖而又明亮的灯光下，我想起爱尔兰诗人威廉·叶芝《当你老了》里的句子：当你老了，头发花白，睡意沉沉，倦坐在炉边，取下这本书来，慢慢读着，追梦当年的眼神……

其实，雪的气息是温馨的。在我们的记忆深处，无论鹅毛大雪铺满大地，还是细小的雪花洒满一地，人们都充满了对雪的敬重，因为雪带来的意境、内涵及其中的感知、愉悦、欣喜、承诺、倾听乃至厮守，都凝聚成多年后挥之不去的梦想中的甜蜜，甚或一如我们每个人曾经历的爱情的滋味。因为雪的温馨，我们不能绕过雪，正如我们永远不能绕过我们自己。

我终究没有取来威廉·叶芝的《当你老了》，但在这个久违的大雪之夜，真真切切地取来了 10 本 2017 年度信阳散文的来稿，又一次梳理起在此前若干个夜晚阅读来稿时于空白处随即记下的心得体会。把散落在不同角落的感觉、感受、言说、意见收捡在一起，汇总成五个问题。这的确不是件容易的事，单单读 300 多篇散文稿件不要紧不碍事，关键是接踵而至的言之有物的言说。但我得完成这个任务，既然之前已答应了主明兄、峻峰兄，我就得言而有信，虽然繁忙无暇且常常疲惫不堪，可当下谁又能不忙呢？

言归正传吧。

当下，多元价值观普遍流行，其实就是没有价值，这种价值的游移和不确定性，无疑是对中心主体价值体系的消解和颠覆。但《2017年度信阳散文》众多篇章，却能以此构成散文文本的内在张力，于平心静气的叙事中描述中，对人的存在本质拷问，这种思考，最终指向的则是一个颇具生活、情感、文化、精神，乃至哲学意味的命题。以此前年度信阳散文为参照，本年度众多篇章，直指当代生活中人的精神状态，具有对时代人心的准确而尖锐的穿透力，有的甚或以执拗的方式逼视我们内心尴尬与精神的重负，在对当下生活剖析中洞穿生存的本相。

关于此岸彼岸

《2017年度信阳散文》中一些散文篇章所截取的丰富多彩的乡村记忆，并不是忆苦思甜或歌功颂德，而是将历史的沉重让位于心灵的沉重。

譬如，我们遇到的一个家常便饭的问题。大多数人向往城市、沉迷于城市。其实都只不过是城市的一个匆匆过客或看客，城市与许多普通人之间有着很深的隔阂。多数城市人并未明白自己与所在城市的关系，尤其作为一个城市人的权利与义务，也未必了解其所在的城市是如何运转，在什么样的机制和动力之下营运着美丽的梦幻。但不了解这些和漠视这些就意味着你还不是城市人，不管你在这座城市里生活了多长时间，仍意味着"市民"这个身份离你还很远，意味着"市民社会"离大家还很远。因为城市是建立在市民社会基础之上的，没有成熟市民阶层的城市可以叫小城镇或大市场。所以，人的精神和心理状态对于一个城市的支撑至关重要。

那么，委身于此岸，是否就真的失去了对彼岸的追寻？实然的世界既然使人遗憾，何不另求可然的世界？实然的世界就是此岸，可然的世界就是彼岸。一个有思想的人不会完全地坠入此岸世界，彼岸世界时时闪烁的光亮永远充满诱惑。安逸的生活并不能使一个有思想之人的思想得到安顿。一些人便选择了——写作，来维系对彼岸的遐想，来实现长期从此岸向彼岸的奔突。

如此甚好，彼岸的诱惑仅仅在于思想的自由可以使其徜徉在无边的想象，精神的给养可以使其获得灵魂的一次又一次安息，从而不至于完全被此岸所掳掠。

关于家园

家，自古至今在中国人潜意识中有着浓烈的色彩。浓郁的故乡情感和信阳独有的南北气候过渡带南北文化交汇处的生活体验成为许多散文写作者创作的灵感源泉，并最终成为其对人性之本来意义思考的载体。而这种看似有时间和空间距离的回望让其把乡村平凡的生活看得更加通透明澈，因此也就更加韵味绵长。

一组数据让人惊心忧心：近15年来，中国传统村落锐减近92万个，并正以每天1.6个的速度持续递减。中国人往上数三代，多数来自农村，来自泥土，即使人在城市，也常常会遐想"暖暖远人村，依依墟里烟"的恬淡意境。从《汉书》所言"或久无害，稍筑室宅，遂成聚落"的自然萌生，到"别忘了把种子埋进土里"的朴素信仰，村落，承载着家园乃至中华文明的物质基础与文化属性。

对于许多远离故土的人来说，村落早已不单是原来意义上的某个村庄，而是生命的根系、思想的源流，是乡情的寄托和精神的家园。村落是一座取之不尽用之不竭的富矿，写作者则像一个勤劳的农夫，风里来雨里去，不停耕耘，不断收获，坐在屋檐下，就着粗茶淡饭，看那人那山那水那田那庄稼那树林那鸟巢，感知并描写着乡村那温和、轻微、朴实、润畅、契合的景物。

大别山下起伏的土地，淮河两岸坦荡的平原，正好是安放身体与心灵最美好的家园。在这里，忘掉该忘的，记下该记的。

作为一个冷静的生活观察者，即便是生活中的某个细节，看似无关紧要，但对于散文写作者常常犹如灯绳，可以烛亮幽深的记忆，于是叙述的欲望便会一发而不可收。在此类作品的叙述中，作者并没有停留在单纯的故事讲述上，而是在叙述中渗透了自己的情趣和想象，以及对生活的思考，因此赋予了作品较为深厚的伦理情感。强烈的乡土意识和寻根式的母题贯穿于作品的始终。与其说一批信阳散文叙事和乡村地理学立场使其成为地域文学的一个表征，倒不如说信阳散文正以地域为叙事策略，连贯地不间断地锲而不舍地拼起信阳文学的散文版图。

《2017年度信阳散文》写作中，一些写作者更注重了对于土地和农民生活的深度思考和深入体味，节制了个人的情感与记忆的书写，而把目光投向困苦与欢欣、美丽与贫瘠、希望与忧伤的自然，以及自然与土地上的生命，以及这些生命的生活与生存方式。尤其对乡土人物存在感问题的涉及是个令人欣慰的突破。一方面，自然环境和地理交通闭塞，人和自然的完整性没遭到破坏，当人和自然融为一体时，人对存在感的追求并不多么强烈，人可以较为自由地发挥自己的性情。另一方面，传统乡土社会是严格的宗法社会，宗法社会结构的稳定造就了人的地位和人际关系的稳定，所以人没有存在的焦虑感。但当进入现代社会，工业文明侵入乡土社会，一个当代农民，如何证明自己的存在感，如何证明自己存在的价值，就成了一个很迫切的现实问题。

关于打工群体的写作

农民工，一个跨越两个阶段，又联结城乡广袤国土的概念；一个被广泛关注，又绵延了几十年的话语对象；一个在当代经济生活中已不可或缺，又主体性丧失，依然与城市人疏离着的"熟悉的陌生人"。迷失，找回，重新陷落，再度奋起，这是众多农民工与城市，也是所谓现代社会的象征之间的一种持续的胶着与斗争、和解与互融。

信阳是劳务大市，目前有230多万之众，自20世纪80年代起，外出打工就成为信阳众多家庭摆脱贫困进而过上幸福生活的主要手段和方式。近年来，越来越多的外出打工者加入到散文写作的队伍中来，作为真实历史境遇中坚决站在受苦者一边的参与者和见证者，一些来自打工群体的散文写作者敢于直面惨淡的人生，能够深入一些最噬心的悲剧主题，自觉地拿起批判的武器，呈示了现实世界给打工者肉体与精神上造成的双重伤害。另一方面，对城市寻梦的描摹，对务工生活细节的描述，对艰难打拼经历的书写，特别对其精神世界的窥探，显示出对农民工生活、情感、命运的深切感知和真切理解。没有刻意渲染苦难、暴露黑暗，而是以人文情怀赋予农民工更为善良挚朴的人性内涵。

此类散文篇章语言远离浮躁，以素朴和平实，书写真实的生存体验和生命感悟，在一个充满喧哗与骚动的时代，这种散文体现的无疑是散文的良心，传达着作者的社会良知、承担意识和人性的悲悯与关怀。这与以他者的眼光观照乡村与城市之间的关系的启蒙视角和意识形态视野不同，这些散文作品不是抽象的形而上的，而是充满着对中国这一特殊群体情感的关切以及自身的痛苦和喜悦。

关于苦难的写作

《2017年度信阳散文》中有不少篇章是叙述"我"或"我"的家人所经历的苦难的，如何把握关于"苦难"的散文写作，我觉得有必要将其挑出来单独说一下。

人生在世，应由昨天、今天与明天所构成。昨天的经历更因为联结着作者的青春记忆和痛苦体验，所以更具有灵魂的深度和精神的重量，直至蚌病成珠般地幻化为一种生命底色和涉世支点，反映到写作者敞开襟怀、直呈内心的散文创作上，便形成了一种以苦难为前提、为背景的审美态度和意旨辐射。

但值得注意的是，其一，磨砺、坎坷与艰辛，决定了苦难会像盘踞于头顶的那片阴影如影随形，长久徘徊在脑海、笔尖，但作者在表现或触及这一主题时，不能做无节制的宣泄，而应让笔墨穿过苦难的境遇和体验，去捕捉它背后依然存在的那份美好，去挖掘它于深处悄然蛰伏的那种馈赠，换言之，要对得起自己的苦难经历，最终将苦难变成精神财富与创作源泉。

其二，苦难的力量是巨大的，有时足以摧毁人的精神支柱，使其沿着矮化、俗化与物化的向度，最终落入虚无主义与情绪主义的窠臼。要警惕并防止所经历的苦难销蚀掉写作者干预生活的热情和直面现实的勇气，应沿着越挫越勇的规律，成就善于独立思考、敏于发现问题、敢于直抒胸襟的精神。

其三，苦难往往也会带给人世故、乖巧与圆滑，这种情况在现实生活中并不少见，苦难过后应当拥有一种"曾经沧海难为水"的从容淡定与达观，并将此精神色调渗入作品，化为一种穿行于字里行间的人生况味，由读者来体会与验证。

关于回望与打捞

《2017年度信阳散文》的众多篇章，其情景与话题缤纷摇曳，但贯穿始终的基本线索及其表达所在，正是散文写作者立足当下与脚踏信阳大地的那种豁达、坦诚、深情、执着的来路回望和往事打捞，以及其中呈现的特定的历史光影与生活重量生命质量。这该是打开一扇又一扇生命之门情感之门思想之门的钥匙。

作品的调子是喧腾的，眼光是软柔的，故事是哀婉之中不肯多一步的缱绻，人物是柴米油盐之侧时相顾盼的悯恤。

一个人无论出生何处，祖居哪里，唯有青少年时代的阅历与心境，最能沉淀为其永久的记忆。尤其是散文写作者，那种种身世的感怀、俗世的臧否、人世的衡定和世事的企盼，都能从各人各自那一段"鎏金"岁月找到隐喻，找到滥觞，找到千言万语欲说还休的耽恋与缠绵，以书写以呈现更为丰富的人性肌理和社会变迁。

一些信阳的散文写作者在努力做有心人，以善于发现细节、善于通过细节写出人物的性格，以能够体现人的本质意义的生活，这一生活与其心灵、与最广阔的现实越来越近。无论变化让人多么目不暇接，都能以自己所熟悉或者擅长的方式准确表达。一种惊喜、一种心跳、一种向往、一种急切、一种幸福、一种骄傲，使其抛开虚构和写作技巧的羁绊，以一种张开臂膀和胸襟扑向大地、拥抱天空的方式完成写作。

在《2017年度信阳散文》中有较多篇章怀念那些从记忆深处泛起的事情，怀念那些无论如何都无法走开的人物。这些人生中某个时段独特生活的回忆，沉迷而动情，对于一些年龄大些的散文写作者而言，时光的淘洗与阅历的支撑，使其隔着岁月沧桑，带着命运悲喜的蓦然回首与低吟浅唱，滋生出一种感人肺腑和启人心智的力量。

对《2017年度信阳散文》的阅读与纵横观察，文学的、社会学的、个性的、共性的，可以从不同意义、不同路径上去解读它的发展，不难看出"信阳散文"独立散文群体的意义。"信阳散文"已呈现出向上向下向内向外（在本文中不再赘述）四个向度，具有明晰的整体性和共融性，正是生活或出生于此的散文写作者们对这座江南北国北国江南之城，对大别山对淮河水对这片肥沃的土地血脉的指认。但作为散文写作技巧、审美价值及精神取向又没有绝对的相同。如此的散文创作已形成"信阳散文"鲜明的特色，成为"信阳散文"而非别的散文，由此而区别其他的独特的标志。

无疑，"信阳散文"，是一个值得期待的散文群体。

当然，仍需努力，像燕子衔泥垒筑巢窝一般，方能不负期待。

说到这里，还真的借用了妻子无意之中的暗示。

前些时日，妻子退休了，每天总在户外转来转去，我形容她如同挣脱了束缚的鸟儿，一扑棱翅膀，便飞向广阔天地。渐渐我又发现她不知从哪儿找回了四个大小基本相同的泡沫箱，上面或红或蓝或黄的宽胶带还牢固地粘在上面，她把四个泡沫箱一字排开放在阳台上，利用每次外出的机会，用大小不同材料不同款式不同的袋子捎带些泥土回来，放进泡沫箱里。一日不觉，二日还不觉，三日仍不觉，似乎多日也未觉，直到暴雪将至，草莓鲜叶支棱，小小淡绿果已探头探脑了，才忽然想起妻子每次带回的泥土和后来一次我下楼替她取回网购的草莓苗。她说:"你不是把我比作鸟儿了吗?"

如今,妻子"衔泥筑窝"的草莓已是大大小小,呈现出争先恐后、你追我赶地生长的热闹场面。有的很兴奋,有的很腼腆,有的还很青涩,但总能不时地把妻子吸引过去,仿佛妻子能听见它们的呼唤。她来到这些草莓身边,或站着或蹲着或坐着,目光里充满了暖意,在雪的气息里,那一时刻,怎么看都很经看的。

妻子说,小孙女放假了从外地回来,正好赶上第一批草莓的采摘。

噢,对了,草莓的名字叫"温馨奶油"。

(《2017年度信阳散文》序)

雪还在下

大雪将至

因正月初四值班，我只好于初三下午从固始赶回信阳。随着车辘轳的飞速转动，老家温暖而生动的春节气氛越来越远。午饭时，父亲就提醒：预报有雪，午后走早些。果然，此时浓云聚拢，重重的湿气垂直而下，路边的枝头在渐起的风中如惊弓之鸟。上了固淮，再转沪陕，高速公路像犁铧在厚实的大地上犁出一道深深的垄沟，大雪将至，倒是映衬着天空、田野、村庄、树上的鸟巢、道路及一反常态的空寂，似乎也契合了返程途中我的心绪。

就在上午，小夏发来微信，内容全是新春祝福的，看似平平，有意思的是，落款为"年选编辑部"。我当时就笑了，我明白，小夏这是以不经意的方式提醒抑或催工：给《2018年度信阳散文》说点什么了没有？并且，我晓得小夏明白我的明白。

我理解他们。所谓他们，是有具体指向的，就是年选编辑部的温青、吕东亮、夏吉玲、张弘、于吉娟、詹丽、易荣荣、李梅。所谓年选编辑部，仅是个叫法，没谁明文过，从2010年散文学会成立后沿袭而来的，难得的是这群文学志愿者不温不火，有耐心地坚守着。

当然，他们的坚守不是孤立的，一如文学从来不孤立。譬如赵主明先生。主明先生70岁了，还在坚持写散文，收放自主，能长能短，长则洋洋洒洒上万言，短则寥寥千把字，总能从平素日子里抽出个东西触动人心，暖暖的。这本身就是个支持。主明先生口碑甚好，源于长者风范，与他们的交往中却从不以长者自居，文学真情铺底，文学友情着色。这帮文学志愿者干起文学之事自然平添了许多底气。

譬如陈峻峰先生。峻峰先生本色性情中人，男女老少皆宜，当年为文联主席之时，他们中大多数者就从陈老师而陈主席而老陈而陈老，仅为作协主席后，仍不见有丝毫更改，依旧是春夏秋冬之时呼来唤去，和得是五起六合。为啥？还是散文惹的祸。纵使他们用再好的酒也休想堵住峻峰先生的嘴，他要讲，他要批评，他要熊他们，其实，他们需要他熊他们。

还譬如殷丽女士，本为画家，寄情于山水花草鸟虫，一椽木两片草就能在苍白的纸上活脱生出河岸小庐及其意趣，殷丽女士却不止于画，对文学的支持不遗余力，其谓履职尽责是官腔，文画殊途同归，生出这般情感自觉与行为自觉才是正解。

我理解年选编辑部的他们，还有着自身的感受，略举一二三事例吧。

例一。1981年秋天，固始县文化馆的李海华戴着一副啤酒瓶底子般厚的眼镜，骑着一辆哗哗哗哗响的破自行车，到石佛高中找我，说是作家祝凯回来了，点名想见见。当时只听说过祝凯、李海华的名字，并不认识两位先生。正在发蒙，李海华却向校长替我请了假，拽我上了他的自行车。当年已经40多岁的海华先生像个青年人一口气从石佛骑到县城，38里路，如一阵风刮过。38年过去了，海华先生早已故去，他当时说的那句话，我至今还记得，他说："文学的春天来了。真的，真来了。"

例二。1996年，在郑州一次文学聚会上初识南丁先生后的每年河南省散文创作研讨会或笔会之类的场合，他都会让会务组织者通知我。他跟王剑冰先生说过："亚才真爱文学。"一次南阳笔会，忙得无法抽身，我正犹豫是否参加时，南丁先生电话来了，我赶到南阳时已是夜里11点了。南丁先生没睡，他见到我，上下打量了一番，半晌说了一句话："我就是看看你的状态。"南丁先生在为我的散文集《另一种存在》作的序《为一种写作姿态祝福》中,对自觉的、真诚的、自然的、人性的、追求精神向度的写作作了强调。先生已逝,我更当铭记在心。

例三。10年前吧,回固始陈淋子镇参加《史河风》举办的文学活动。且不论活动如何,仅陈淋子镇上诗人赵家利与朋友创办《史河风》之举就令人肃然起敬。午间在史河东岸安徽叶集镇北一清真小店里就餐,我向时任县委主管的林中原先生提出了将《史河风》办到县城里,办成固始县的文学刊物的建议。当时,中原先生认真地点了点头。我知道,这类事本来就难办,牵扯到内部刊号批复、资金的保证、内容的审核把关等等,加之文学常被人看作是个虚东西,办成就更不容易。不料,没过几天,中原先生竟打来电话,说已办妥。这个事说起来跟我没多大关系,但感激之情仍是油然而生。几天前,在一个场合遇见中原先生夫人,我又旧话重提,她有几分不解,我说:"这件事,我会记一辈子。"

从沪陕高速信阳新区站出来时,已暮色苍茫,放在平时,天气断不会如此之沉重,因为大雪将至,即便是城市,呈现几分笼罩的寒意也是自然的事。倘若今晚大雪如约而至岂不甚好?在已往"年度散文"的评说时,不是刻意却能每每巧合地不是在有雪之夜便是于小雪大雪时令之时进行。2018年度散文的来稿早已阅读,并像去年一样在一个叫"瓷茶记"的茶舍三楼,与年选编辑部的他们已作过深入交流。换种方式,那就不同于已往的评说,我随便聊聊,想到哪儿说到哪儿。

大雪纷飞

夜晚10点。

见我执意要出去,妻子便找来年前买的从头罩到脚的大袄子。至于穿什么鞋,我犹豫了一下,我有一双军用大头鞋,20多年前,从固始穿到新县,平时用得少,当年新县那夜出门沿着小潢河踏雪,回来趁热写《雪的眼睛》穿的就是那双大头鞋。妻子不同意,说大头鞋太重,就穿从网上买的翻毛棉鞋,防水防滑还轻便。

仿佛捂了一冬的心事,终于有了一个通道一个对象,汩汩滔滔倾吐,天空中大雪纷飞,雪花又大又稠又密,很快,便白了房顶,白了路面,白了车身,白了树枝。

出门前我就想好了,去老城看看。从小区出门右转,沿新五大道直行,在新六大街左转,沿新六大街直行,穿过京广铁路桥,进老城区,接四一路,直行至新华路,左转沿新华路直行至民权路,右转沿民权路直行,向南向南向南……

接下来的踏雪正是按此行进路线,三个小时后,当我从临近浉河的白果树下打的返回羊山小区时,已是凌晨1点。毫不困倦,毫无睡意,镜头不断被回放,回放中,一些地方、一些场景及其相关的事情重新被定格。

镜头之一

百花园,这处占地400亩、种类400多种、数量达50多万株的以花卉为主题的城市公共开放空间,春夏秋冬的每一个白天与夜晚都承载着很多人对美好生活的向往。园中有园,花中有花,月月有花,四季成景。山茶增色、迎春送福、木槿俊朗、杜鹃可人、牡丹高贵、月季绚烂、紫薇映月、红枫赛霞、桂花飘香、菊花丰盈、芙蓉娇美、蜡梅冰洁。真可谓"不随千种尽,独放一年艳"。随着花朵就在身边灿然开放,触手可及的美丽与幸福氤氲而起。

11年前那个早晨,在一片废弃窑厂临时搭建的简陋台子上,谁谁宣布百花园建设项目开工时,很多人是不相信的,至少是将信将疑的。

10年前的那个春暖花开的上午,随着市民代表80多岁的李定洲先生在百花园中大型景观雕塑《窗》下的台阶上宣布百花园开园,人们的掌声、欢呼声如潮水奔涌而来……置身其中,我真切地感受到,一座城市之地标之窗口固然重要,但最重要的该是老百姓的获得感,眼前人们在百花园里消去了匆匆行色而一路徜徉，便是一种真切而公平的获得。

10年后，大雪纷飞中的此时此刻，我站在百花园北入口处向南放眼望去，感慨万千，想起自己几年前曾写的一首题为《百花园》的诗：

> 春天的上午，把自己呈现出去
> 便可在百花园收集到
> 事物的肌理与风物的纹路
> 花儿敏感
> 春风一碰便开
> 在干脆的阳光下
> 站立着几百种花的喧闹
> 一朵花芬芳的重量
> 让我联想到最黑的黑夜
> 在爱人的怀中永不醒来
>
> 一些花铺天盖地接踵而至
> 一些花蠢蠢欲动
> 为一种花我会停留下来
> 为一朵花我也会停留下来
> 走近，凝望，倾听
> 动作轻些，想象远些
> 别的，似乎都不那么重要了

镜头之二

隐去现实中所有的高楼大厦与通衢大道，一条连接老城区与新区的交通要道谓之新六大街的路基之上渐渐浮现出一栋二层半小楼。2007年春天，不远处的油菜花正盈漾着沁人心脾的芬芳。这栋楼的男主人外出打工未归，女主人专门返回谈判，因与意愿相差太大拒拆。相持之下强拆。那天已近午时，现场指挥者下达了指令，一件件物品被清理出屋，抓钩机器轰鸣，用力挥向楼顶……

突然，女主人挣脱人群冲向屋内，几人眼疾手快，抢先一步架回了女主人……她来到现场指挥者面前，低声哭诉着什么，指挥者让机器停了下来，自己带了另外两个人，进了摇摇欲坠的屋子，在二楼卧室床头上方墙壁一处安放电力保险盒的凹空内，指挥者找到一小块红布包裹着的东西，刚才女主人告诉他，她母亲在她出嫁时送她的三块银元，用一小块红布包着放在卧室的某个地方，他打开红布一看，正是三块银元。

不知怎的，一股热泪夺眶而出……

镜头之三

我在民权路与人民路交叉口东北角久久伫立。在光怪陆离的夜景中，鹅毛片似的雪花欢天喜地纷飞，将我笼罩其中。

30多年前，这里是一家国营回民饭店，我每个星期从南湾过来吃一顿牛肉煎饺，算是改善，时间一长，师傅熟悉了，便主动问候，我也就有问有答。临近毕业的那一次，我照例过去，师傅在煎饺之外，还盛了一碗红豆粥，附上一小碟咸菜，看我有些诧异，他忙摆摆手："不碍事，这是员工自己用的。"他在我旁边坐了下来，注视了我好一会儿，笑着说，"像你这样年轻回民，饮食恁讲究的是少之又少啦。坚持不容易啊。"我不知怎么回答他。那天，他最后一句话是："说不定你哪天到信阳来工作了，到时你还来啊。"

此时，我来了并正站在当年吃牛肉煎饺的地方，可饭店及慈善的师傅却早已没有了一丝一毫的踪迹。老师傅，你在哪里？

我朝西南角观望，穿过密密麻麻纷飞中的大雪，穿过仍显熙攘的车流，依稀看见了原来人民商场旁一处白底红字匾额为"曹师傅"的清真小吃店，那是我在大别山深处来信阳开会时就经常光顾的地方，虽说是个小店，却很干净，价格也合理，两口儿没雇工，全是自己做，女主男助，井井有条。后来我调到信阳后更是常在"曹师傅"吃小吃。

2007年片区改造时，女的问我什么时候能返迁，我不假思索就说两年。谁知三个两年也没能返迁，并且那女的永远也没能回来。她于2013年夏天走了，患的是乳腺癌。我去中心医院病房探视她时，她已说不出话了，已显浑浊的目光闪亮了一下，一颗泪珠从眼角滚落下来。她与曹师傅都是信阳市1968年那批上山下乡的知识青年，当年去了罗山，是最后返城的两个，颇有相依为命的味儿。他们一直与当年下乡知青点的老队长家人保持着联系，曾多年资助老队长孙子上学。

"曹师傅"曾在新华西路营业过，后来关了门，从此再无下落。

镜头之四

阳光宾馆，地处交通要道，与信阳火车站隔路相望，车流人流如织，这就注定了阳光宾馆喧闹不息。我站在火车站一侧的马路边上上下下打量着霓虹灯依然在闪烁的阳光宾馆。

2010年10月10日的上午，就在阳光宾馆的三楼，信阳市散文学会成立了。会后，大伙下楼在楼前的台阶上合影留念。合影的工农商学兵教党政共计46人，当年的照片至今还散发着文学的激情。岁月不饶人啊，好在这46人至今都还在写作，不单单写散文，还写诗写小说写评论，有一些，而不是一个，在创作上颇有斩获了。相信，这是文学的必然，也是信阳的必然。

就像"信阳年度散文"，那天上午散文学会成立之时也仅有个五年的主张，谁承想到如今已是九年了，"信阳年度散文"自然也是第九本了。谁又承想，连我自己也没想到，继《2010年度信阳散文》卷首语《正在嗞嗞生长的响动》后，又在每年全部阅读来稿的基础上与编审们共同研讨而写下了"信阳年度散文"的序呢？你看，《伸进时光的缝隙》《犁透漫长的时光》《触摸果实的力量与温情》《时光不锈》《打开》《一头雪白》《雪的气息多么温馨》。还就散文创作中的若干问题提出了自己的一些看法,譬如,散文的文本问题、包容问题、地域性问题。譬如,情感世界的张弛、故乡风物的感念与抒情、历史文化的哲思、当下社会生存状态的关注。譬如,与文字与文学与散文相关的关键词:缘分、敬畏、过程、体验、路径等。还譬如,关于此岸彼岸、关于家园、关于打工群体的写作,关于苦难的写作、关于回望与打捞。还譬如信阳散文的一个标志(占较高比例的乡土散文写作,从个体生命的内在感受出发,聚焦"疼痛",却又没有大喊大叫,更没有尖叫,而是以微小但深切独特的事物或事件,简单、朴素地书写安静而深刻的生命体验与人世沧桑,明丽、俊洁,大大降低了以往信阳散文中常见的无法掩饰的小我之中的自哀自怜,从而悄然而又简单地抵达生命的内里)、两个特点(特点之一:地方性历史文化与当下事件成了事实上源远流长、历史背景和社会土壤更加宏阔丰富的散文写作的来路与出处;特点之二:一些作者文本单纯、正直、奔放)、两点不足(不足之一:乡土写作中的"度"变得异常困难;不足之二:散文的内在束缚欠缺的问题)。还譬如……信阳散文一直在总结在反思在批判,或正因此,才有了散文不尽的话题,才有了我此前所希望所相信的那样,信阳散文的时光一定会明光绣霞,永不生锈。

时光不锈,阳光不锈。我走开时,向阳光宾馆挥了挥手。我往前走,马上将右转至民权路上。反正,在这个冬夜踏雪中,我与文学的关系,尤其与信阳散文的关系,与这座城市的关系是无法回避的,就让它继续意识流吧。

雪还在下

与 2017 年不同,2018 年一冬无雪,仿佛文章没有结尾。虽然 2017 年春节前那两场大雪是 1951 年以来 24 小时当日降雪极值而令人不寒而栗,但作为年份,它该是完整的,甚或是因了那两场轰轰烈烈的雪而得以浓墨重彩地收官。好在 2019 年春节刚刚过去的正月初三之夜，还没能完全走出2018年的冬季，模糊一点儿说，这个冬天还是有雪的。

的确，雪还在下。雪是干雪，雪片很大，路上已积攒起厚厚的一层，即使车轮在不停地来回辗轧，雪却没像人们想象的那样不堪一击而迅速化成污水四处逃窜。这才是雪的质量。

妻子买的大袄子把我罩得严实，不单保暖，还有防水的功能，反正从单元楼出来一直步行至白果树下，身上无一湿处。

今夜踏雪入老城，似乎与白果树有关。这座城市与我的关系是深厚的，其实，与谁的关系不深厚呢？年少时，有谁不把进城作为宏伟目标甚至终极目标呢？我认为从有了这个目标开始，就已确立了这个人与这座城市或这座城市与这个人的关系。而我与这座城市的关系深厚而且不是抽象的客观的，是具象的物质的，同时是精神的文化的。

就说眼前这棵白果树吧。

我此时站立的这块地方所属的区域就叫白果树，据初步考证，从明清民国一直叫过来的，原因不复杂，因为有棵唐朝时栽下的白果树，地因树得名。树呢？1985年吧，死了，不是患疾而终，不是雷击而亡，致死的原因不难排查，又是盖房又是修路，又是布地下管网，肯定是动了白果树的气脉，只是人们没下功夫探究，也没腾出时间去关心，眼见着，眼见着，眼见着就这么死了，真死了。大白果树活着时，大家习以为常，还真没觉得咋的，两个春天过去了，路上正中央干巴巴的像是杵了个粗糙的木桩，先是刺眼，后是扎心。大家心里越来越觉得空落落的。那时没舆情，可那时也有民情啊。岁数最大的开始抱怨了，岁数比较大的开始嘴里不干不净地骂了。那时起哄的也有，还不太多，那时车少，绝大多数的干部上下班多为骑自行车或步行，很容易遇见听见群众反映，这就从不同途径把这个问题带了上来。据说，主管部门曾专题开过一次会，研究还留不留这棵唐朝栽下的已经死了的白果树，结论是不留了。想想也是，睹物思想，会让历史见证者伤心，让城市建设者尴尬，让文化传承人愤怒。

机会往往是抢来的，当然，干啥活儿才能说啥话儿，才能想啥法儿，你的工作倘若跟城市没什么直接关系，或者你干的事情跟城市建设城市管理没有什么关联，恐怕也是不能去抢什么机会的。说白了，在白果树这片区域，最好在原来唐朝人栽下的白果树原地方，若原地方盖上了楼房或已被水泥柏油大马路占领，至少在原地方不远处可以栽下的地方栽上一棵学名银杏树俗名白果树的树，这个念头，在2006年5月我刚一跨进城市就顿然萌生了。

2006年11月，晚秋的风已颇有几分凉意了。那是个夕阳西下的时候，一辆加长大平板汽车驮着一棵大白果树从大别山腹地的新县陡山河乡一路小心翼翼地来到了信阳市区民权路上一个叫白果树的地方，在原来唐朝人栽下的白果树西23米处，这棵大山里的树做梦也没想到，自己在一天之中被栽进了城市。

不知道这棵白果树会怎么想，反正，不管它听懂听不懂，在2006年11月那个傍晚华灯初上直至清扫干净最后一撮土，我一直都在心里对它讲：请您理解，与其他城市其他地方大树进城不同，信阳城这个叫白果树的地方真的需要您。需要您来承续文脉、需要您来证明身世，需要您来契合人文。您刚进城，肯定有些不适应，过过，就会好了。

那天傍晚，一位白发苍苍的老奶奶一直在不远处望着我们，末了，她从人群中找到我，把我的手合在她的手中，她说："你们做了一个善事，我是在白果树下长大的。我想它都想哭过。"说着说着眼睛湿了。我跟老奶奶说，这是谁谁让我们做的。

在原来唐朝人栽下的白果树不远处栽下的这棵白果树，进城的那个秋天是110多岁，现如今已是120多岁了。

大雪中，我绕着白果树转了好几圈，然后长久伫立，后来，我脱掉袄帽，仰脸向空中望去，只见黑黝黝的白果树主干挺拔，支干茁壮，枝丫匀称地向四周从容伸展，整个身姿活泛、蓬勃，充满了持续的力量和令人望而顿生敬意的端庄与安详。我向白果树深深鞠了一躬……

坐上出租车。窗外，白果树它还能想起山中大雪纷飞的景象吗？

或许，它压根儿就没忘记过。

雪还在下，老城的夜愈发浓重，穿过四一路立交桥，我已在通往新区的路上。

（《2018年度信阳散文》序）

第十年

就我而言，今年之"年"与往年之"年"至少有三个不同。

其一，没有拜年。自从我太祖父太祖母当年从南京出逃，终了落脚官道上的石佛镇进而随着岁月扎根石佛镇，我家就有一个不成文的规矩，每逢大年初一，由家中一长辈带着一群晚辈给石佛镇上回汉两族的人家拜年。我醒事后，总能听到我祖母每一次对缘由及意义的强调：当年是石佛镇上的人接纳了老祖上。我们家不能忘了这份恩情。如此，一代传一代，至20世纪90年代，我们兄弟还在我四爹带领下去石佛镇上很多家拜年。后来，离开了家乡，回去一趟也不容易，过年回去刨去值班时间也就那么三四天，也就没有时间专去石佛镇上拜年了。但是，到已从石佛镇搬进固始县城的老亲旧眷家拜年还是要坚持的。过去是我祖母催促与督问，祖母去世后，我母亲接过了接力棒，我母亲走后，我父亲接续了这个事。在他们眼里，似乎这是件很重要的事，事实上，也的确不一般。因为这个事看似平常，至多是个惯例，但它一旦与一个家族的前世今生联系起来了，显然意义就不同了，就很重要了。尽管如此，今年没有拜年。我父亲大年三十在吃年夜饭时说："大年初一不上门拜年了。电话拜年。都能理解。啥病毒，怎厉害，非常时期，别给人家找麻烦，别给自己找麻烦，别给政府添乱。"

其二，没有叙话。父亲86岁了，前年大病一场，去年又做了一个不小的手术，在老家固始县城北关一个老旧的家属院拥挤的小院落里，有小弟一家悉心照料，知足地安享晚年。每每想起，在外地的几个兄弟都充满了愧意。大哥退休后，一年当中总要回来三两次，待个十天半个月每天陪父亲叙话。我呢，就连陪父亲叙话的机会都不多，平时回老家看望父亲，也是匆匆去匆匆走，一年之中，也就是回家过年时时间相对集中与父亲叙话。叙话就是交流，父亲没有其他嗜好，就是爱看书，爱看电视。据他说，他看进去了我的散文与"信阳年度散文"等，尤其是《水的血脉》中的人呀事呀，他都了解或熟悉，常常能从石佛镇的乡人中找到影子。于是我们常常就《水的血脉》中的谁谁谁、啥事啥事叙得天昏地暗，竟不觉得疲劳。看电视他爱看中央、省、市、县新闻，还有就是"海峡两岸"和"戏曲频道"中的京剧。所以，我与他叙话的另一半是他关心的国际国内大事，比如：中美贸易战、台海局势、南海问题等等，偶尔也有脱贫攻坚、乡村振兴中的一些具体而非名词概念的问题，三农中的细节问题也常常揪着不松，耐心地与我一遍遍谈他的感受与看法。今年却没有叙话，即使疫情之事也没有展开，只用寥寥几句表达对钟南山的钦佩。父亲没给叙话的时间，他初一上午对我们说："年夜饭吃过了，你们赶紧走吧，于公于私都得走。"那天，我们走时，他没像往常一样坚持送到大门口，他拄着手杖站在堂屋门前，冲我点点头："这阵子不说了，等疫情过去了，再回来叙叙。"

其三，匆匆别离。四弟一家于初一午饭后带上我的孩子，卸下所有新年里必须的"武器装备"，一路狂奔信阳东站，在沪陕高速上改了两次高铁票。已往，临出家门返程时，我五弟五弟媳早早就将固始特色的好吃的食物分门别类地收拾好包装好，每小家一份，足够在正月里大快朵颐，尽情品味亲情与乡愁，拉长浓浓的不断不散的年味。而此次，根本来不及收拾。我和大哥两家是初二一大早离开固始的，车小，原本坐不下，硬挤的，后备箱也小，行李一放，其他东西放不进去，只有忍痛割爱，到嘴的一批美食也只能放弃了。大哥一家在信阳匆匆吃了午饭，放下碗筷，马不停蹄，直奔高铁站，我一直目送他们进站，望着行色匆匆的背影，一股复杂的滋味泛起。我大哥过了年已64岁了。二妈家的四妹一家年三十深夜返程，九弟于初一午后即赶往信阳。四妈家的十弟原打算从新疆回来过年，年二十九临行前取消假期。

父亲是对的。四弟初一晚就收到了单位的通知：提前结束假期返岗待命。我是初二下午接到通知：结束假期，立即返岗。三弟根本就没有放假，三十年夜饭扒了几口便匆匆上岗。

农历年如此不同寻常。

2019年阳历的年也有诸多的出人意料又不在情理之中的事。就我而言，莫过于天气。3月份，我在北京参加一个为期一周关于减灾方面的培训班，其间，当一位专家知道我是来自信阳的时候，很慎重很认真很权威预测2019年淮河流域的雨水较往年多出三成，并且他加重语气让我们务必高度重视，切实做好相关准备工作。当然，最后也舒缓了一下语气："宁可信其有，不可信其无；宁可信其大，不可信其小；宁可信其早，不可信其迟。"我真被他吓着了，真的，我回来没喘口气就传递了这个信息，并且逢会必讲"宁可信其有，不可信其无""宁可备而不用，不可用而不备"之类的话，说着说着说着，汛期来了，主汛期也来了，主汛期过去了，汛期也过去了。这2019年也就过去了。结果呢？2019年信阳的降水不仅没比往年多出三成，相反，2019年信阳的降水比往年还少了四成，创1955年以来的新低。这不能怨专家，真不能怨他，有好几次，眼见得厚厚的浓浓的重重的乌云翻滚，竟被一个炸雷活生生地给炸散了。有时候，有些事就这么怪，就这么匪夷所思。

如果不是2018年风调雨顺，库塘堰坝十分丰满，解了2019年之渴，真不知该如何是好。辞旧迎新之际，缺雨少水的问题还没有解决，这个新冠病毒像鬼一样忽地就冒了出来。

于是，在接下来的这些天里，无论我在去县乡的路上，还是在办公室里，总是不知不觉地思考着一些常在身边而又被忽略的问题。当然，这些问题不是孤立的，而是普遍联系的，也跟文学有关，自然跟作家有关，跟写作有关。譬如，时间与生命的关系如此诡异：最初，它是一种恩赐，随后是一种默契，再后来则是一种"劫持"，到最后，便是抛弃。这分别对应着童年、青年、中年、老年。投射到季节上，便成了生命中的春、夏、秋、冬。

如果说这是规律，那么，很显然，仍在肆虐的新型冠状病毒感染的肺炎疫情就是无常。因为文学，应当让我们这些写作者对生活敏锐，因为写作者，应当以最大的诚意去关注当下中国所经历的每一天，这就有了许许多多的牵挂、许许多多的担心。咋能不牵挂不担心呢？一方面，信阳紧临武汉，高铁40分钟就到了，信阳的新县、商城、罗山、浉河、平桥与湖北的黄冈、孝感、随州田连埂地连边，接壤好几百公里，平日里，婚丧嫁娶得子升学两边来来往往，毫无生疏。信阳超过10万人常年在武汉，楚文化的浸润早就将武汉与信阳等一些地方紧密地连在一起。另一方面，向上向善向美是文学的根本属性，"世界上任何一个人的死亡，对我都是一种损失，因为它意味着从我这里一些东西的丧失"。面对苦难，是旁观书写还是感同身受？是哀悼、忏悔，还是反省？在这场灾难中，如何保障人的尊严，如何保障人之为人的根本，理应成为每一位写作者必须面对的问题，每一位写作者都应有自觉的对生死的理解与敬畏以及在战胜灾难中的成长。

灾难面前，人性无法遁形。无论善恶，哪怕大善大恶都将呈现出来，但无论怎样，所幸的是，大恶肆虐的同时，大善被激发得更多，我们才得以看见。

此刻，逆行武汉的人们已从四面八方源源不断地奔赴前往……

疫情要阻击，疫情要防控。中国在行动，湖北在行动，武汉在行动，信阳也在行动……

与此同时，生活还得继续，工作还得继续，发展还得继续，改革还得继续，稳定还得继续，爱情也得继续……

明天，太阳照常升起。

那么，结合近300篇散文来稿的阅读，我就2019年度信阳散文言说一下吧。

这本年选是信阳散文第十本年选，从众多篇章阅读中，我归拢了一下我想表达的几个问题，因为这几个问题过去都讲过，还不止一次讲过。为什么还要讲呢？我觉得有这个重复的必要，老生常谈也好，旧话重提也罢，我还是挑了诸如"生活""感悟""乡情""亲情"这些个我以为信阳散文写作中常常遇到的问题，再讲一讲，也不多余，当然，也不一定对。妄言之，姑且听之。

再言"生活"

散文应该生长在大地上。散文是最能体现生活的文体，所以，散文的阅读者之多之广，一个关键的因素，正是大地上的生活是散文表现的主题，而大地上的生活又恰是我们人生的主题。

大地生长万物，大地上生存的事物千姿百态，大地上生长的文化作品理应多姿多彩。生活在大地上的人们大多平凡，散文写作者们同样平凡，无一例外，也站在大地上生活。但有没有文学之心就不一样了，有文学之心的人就能从众多文学视点并不高的日常琐事中找寻出文学的亮点与精神向度。因此，无论散文以什么样的生态出现，它都该是根植大地、源于生活、鲜活灵动、风貌各异的，这是散文具有旺盛的生命根本之所在。譬如：生活是清澈的。这种生活的清澈，往往并不能让我们拥有一种对全局的把握感，恰恰相反，在与生活的博弈中我们时常感到不由自主的不自在，其实，这种痛感正为我们提供了另一种观察生活和人生的角度。能从这个角度观察生活、观察人生的信阳散文篇章，数量不多，质量还有很大的提升空间。又譬如：生活是瞬息万变的。不可知的风把我们带到不同时间与地点，离别与相逢已经分不出区别，安顿与奔波也彼此相连，常常看似对立而实际上纠缠不清，相互依存的事物，它们的并立使人对确定与不确定产生怀疑，谁又能说我们在当下带有虚幻性的回忆，不是对过往真实性的肯定呢？生活的辩证法由此确立，生活呈现给散文表现的丰富性也由此彰显。这种充满生活的辩证而又恰为散文支撑其丰富性的信阳散文文本呈现，更是偏少，由此给人一种信阳散文还缺那么一点儿东西的感觉。还譬如：生活是细小的。因此，当散文创作挣脱光环时应回归凡尘，没有了宏大的叙事风格，转而向细小进发，在微弱之间确立自我，散文写作者面对这个充分挤压的社会，本着生命自在的自觉意识，化为一粒看不见的"尘埃"飞扬于世间，轻盈却又独立地存在，一如细小的幸福和锋芒，就像春天到过不易察觉的风。在这个方面，信阳散文这几年不仅有突破，而且是整体有起色，这也正是信阳散文能引起全省乃至全国散文界关注的支点之一。

关于生活，我说过的话，永远都没有我想说的多。

再言"感悟"

感悟是散文文本的应有之义，这既是个简单的问题，又是个很难的问题，说它简单，是因为谁都可以说上两句，且有几分道理；说它很难，是因为感悟是渗透于字里行间的东西，是往往隐于文字背后的东西。信阳散文至今日，在此方面仍有好长的路要走，并且在行走的过程中要充满对生命、对自然、对规律的敬畏与理解，充满对现实生活的清醒认知与理性思考，充满对历史、对文化的深刻反省。如此，信阳散文才会更有分量。

人们在经历黑夜，等待日出的时刻总是会带有一份期待的清醒。在从现实通向理想的历程中，人们不断思索人生，一次次从迷惘中看到希望，一次次从伤痛中自我抚慰，然后又继续朝向人生的彼岸走去。面对昼夜交替，我们总有一番对于时间的感慨，这是一份追忆，也是一份反思。时光在生活中流逝，众生在生活中体味人生的喜怒哀乐、酸甜苦辣，面对下一步前往何处的迷茫，正是许多人面临的困惑与无奈。因此，以非常现实的态度，关注社会、关注现实、关注底层，并以坚硬的力度与直陈的犀利抵达，是散文一种使命感。同时，散文需要底蕴深厚的历史感与深刻的历史意识，这种历史感与历史意识的重要意义在于批判意味和文化反省，而非悲悯同情和伤感气息的简单流露，否则，以历史为题材的散文中的历史很难被复述出新的意义，只有每一个思考与感悟都缘于对历史和现实的认识，才是此类散文所需要的洞彻性的感受和领悟。知今不知古，如同盲聋；知古不知今，如不知路程。周国平先生曾说过："历史不是一切，在历史之外，阳光下还绵亘着存在的广阔领域，有着人生简朴的幸福。"每个诗性心灵都渴望伸入历史的时光，如果可以，如飞鸟返归过去，并在历史之外作文，在文中感受历史、感悟人生。另外，重大的事件，或曰突如其来的变故面前，人不会无动于衷，自然会有不尽的感慨感悟。21世纪以来，2003年的"非典"、2008年的汶川大地震等，无论亲历者还是感受者，都有诸多感悟，人是脆弱的，人更是坚强的，人在感叹生命无常的同时，更多的感悟是要活下去，顽强地活下去，好好地活下去，这是每个生命的本能，更是人的本能。由此，重大事件上，从来不缺失文学的介入，来自散文的关注、关怀、温暖、悲悯、赞美、歌颂是必然的，来自散文的反省、思考、剖析、拷问、批判也是自然的。不论怎样，它应当体现出人类坚实地穿越苦难和历史事实的意志。

人生的感悟总是说不完道不尽。清醒地认识这个世界，清醒地认识自我，向着彼岸进发，自然途中会有很多的感慨。正因为如此，才让我们有足够的理由珍视这些会给心灵以温暖以抚慰以启迪甚或以拷问的书写。

生命对每个人来讲都是不一样的，写作者对人生的感悟也一定不尽相同。散文写作者尤其是。

再言"乡情"

乡情是一条没有止境的精神之路。在2019年度信阳散文篇章中，记叙来来往往于这条路上的文字仍不少，这是回避不了的，也是可以理解的，谁让乡土境遇早已渗入人的心灵深处，成为其灵魂永远不可割舍的一部分呢？

这些篇章的作者，满怀浓郁的乡情，以朴素之笔，对乡土作了别致的勾勒，对乡村人物、事物、风物等生养之恩充满了用真情与生命书写的怀念与守望。如果选材与剪裁止于此，信阳散文众多篇章之故乡之乡情，从外表上看似乎是丰腴的饱满的；但是，散文的文学内在要求绝不可能仅仅停留在一种线性的思维或单向阐发上，它需要更多层次多角度多向度地去表现故乡表达乡情。譬如，乡土在精神上无论具有怎样的归宿性，客观地辩证地看，它正在老去，尤其一些乡土已老态龙钟步履蹒跚。有些篇章正是瞄准此点，把目光放在年轻人抛弃乡土外出打工，把寂寞沉闷留给老人和孩子们长年累月承受的同时，更着笔于传统乡土在走向没落时的忧郁、感伤、舍之必然的无奈、必然舍之的决然。从传统到现代，家园意识赋予写作者丰富的情感，无论时空存在多大差异，唯一不变的是对文化之根的寻觅和对故土的形而上思考。那么，经历乡土和城市两种生活的人，必然带着矛盾的两栖性：一方面，城市意味着现代与发达，乡土被抛弃是必然的；另一方面，"望得见山，看得见水，记得住乡愁"的乡村就成了精神的慰藉，在现代复杂人事环境下，乡土再单调落寞，也是美好的。矛盾即冲突，复杂性即多样性，文本思想与表现的深度、广度、高度就有了呈现的机会。还譬如，生于斯长于斯的村庄无论怎样凋敝，农民的辛酸苦辣怎样绵延沉重，它都是在中国传统文化与伦理中被浸润与滋养着，对此，以写意法，描绘出一幅幅复杂的乡村风俗画，也该是有别于其他表达乡情的选择。而有些篇章仅表达出在现代文明的纷扰下，对纯朴的乡土生活的追慕，表现出不曾远离的乡土田园忠实守望者的责任与情怀，不免就显得单薄与肤浅。

总之，乡情在回家的路上，没有止境。

再言"亲情"

以亲人为对象的亲情写作是散文写作永远的主题。但是不是非得千篇一律，按部就班进行亲情写作呢？这是信阳散文写作者们需要认真面对且要加以深入思考的问题。我想，能否从新的角度来表现习以为常的事物与我们每个人都有的亲人，从而使人们阅读时产生陌生之感？如此，或许才可能避免审美疲劳。其实，我从来就没反对过亲情写作，亲情是感情的基础，是爱的底色，亲情紧紧贴着我们的心，又引领我们飞升，我怎么能够去反对亲情写作呢？那为什么九年以来我一直就这个问题咬住不松，今年我仍然耿耿于怀呢？坦率地说，随着对2019年度散文阅读的深入，一幅幅亲情的画面、一个个亲人从不同的作品深处来到我大脑的天空，他们有时一堆堆站在那儿，有时一个人站在那儿，也像我的久别的亲人，非常亲切地站在那里，似乎等待着与我交谈。我不想也不能伤了他们的心，可我真的没有与久别亲人相见的冲动与喜悦。为什么呢？无外乎千人一面，重叠度太高，自然就模糊，不清晰，生动不起来，如此，自然就亲切不起来。于是，我还是要就此问题说上两句似乎不沾边的话。

说到底，散文的境界与生命的境界是一致的，散文之所以是一种"写作"，就是说它是一个过程、一种实践，它不是终结在文本之中，而是从文本出发，与生命的过程（包括亲人与亲情）、与人生的体味（包括亲人与亲情）、与存在和失去的彻悟过程（包括亲人与亲情）并肩前行。如此一来，阅读散文即阅读生命，这是揭开一个灵魂、一个生命内部景观的机遇，打开了它也便是打开了自己。共鸣由此产生。散文不只是经受时光，也是穿梭和超越空间，无论是散文的彻底，还是对生命的阐释、对亲情的深邃表达，都是一种精神的穿梭和灵魂的往返，而远不是一个完成和结局。

我们不缺亲情，我们也不缺生活和经验，我们甚至不缺思想，我们缺的是方法与观念，可能还有一种完全陌生的东西与传统碰撞后的火花。

作为年度文本，一直耗时耗力、劳心劳神从事着编辑的温青、吕东亮、夏吉玲、张弘、于吉娟、詹丽、易荣荣、李梅等文学义工，承续着十年来认真的风格、辛苦的作风与对文学的执着，应予感谢。当然，最应当感谢的是来自信阳各地各行业的散文写作者们，是他们的真诚散文写作支撑起"信阳年度散文"的文本，由衷地向他们致敬。并且，还要向他们祝愿，因为一批作者已经从"信阳年度散文"出发，带着鲜明的信阳形姿，向着诗和远方，迈出了更加坚实的步伐。

怀念"信阳年度散文"缤纷的时光。

（《2019年度信阳散文》序）

第三辑

风，在花枝上行走

七年前的那个冬日，固始乡人赵家利约了几个人去了趟新县，说是看我，我当然很高兴。

我与家利原本就熟识，又居于同一条河流之畔，这就平添了几分自然之亲，我居史河东岸的石佛，他处史河西岸的陈淋子，两地虽有流程之距，却并无风土人情之别。史河两岸的人们都习惯择水圩而居，房前屋后植树种竹兴花，水中养鹅鸭栽菱藕育鸡头籽，有史河水浇灌，土地自然肥沃，庄稼不愁茁壮生长，春长菜花夏长稻谷秋长杂粮，殷实之地，日子过得顺风顺水，村庄、集镇与百姓无不充满生机活力，自然，民风淳朴，自古崇文尚贤。男女喜欢对山歌、扭秧歌，每逢嫁娶生子建筑房屋，总爱请唱大鼓书、玩皮影戏、演咳子戏，传统节日里喜好跑旱船、跑驴、走高跷、舞河蚌，真可谓又是龙灯又是会啊。

那天，与家利同行的几个人，我都不认识，但乡情与大别山深处的晴天丽日，显然为本是寒冷季节的时刻营造了热情温暖的氛围。当时，家利并未忙着一一介绍来人，而是拿出随身带着的叫《史河风》的刊物，鲁彦周题的字，一共三本，是1、2、3期，第3期是刚刚出的。同行的几个人与家利正是《史河风》的发起者、合作者、编辑者，除家利外，那几个都是叶集人。这多少让我不禁联想到同是陈淋子人的蒋光慈1930年主编的左联刊物《拓荒者》，同是叶集人的韦素园、台静农、韦丛芜、李霁野与鲁迅、曹靖华共同创建的"未名社"。

就这样，没等进屋，赵家利站在 2005 年冬天新县小潢河的岸边，不紧不慢地一五一十地向我介绍着，抑或叙述着《史河风》一路风尘仆仆却初显峥嵘的经历，那一刻，他的眼里满是鸽子般的目光……

我被感动了，一股来自我们共同拥有的史河之水顿时泛滥而来。后来，我常常为 2005 年冬天的那次感动而感动着，因为它是真诚的、挚朴的、纯粹的，它是文学的、文化的。七年后的今天，在无边无际的喧嚣中，面对着更大气、更朴雅、更本真的《史河风》，我更坚信了我当年的文学的感动。现世里，每每于申城沸河畔逼仄的陋室，阅读着来自我家乡或黄花遍地的场景，或史河风物的叙说，或乡人逸事的描写，或人文历史的交代，或闲情雅致的记录，或心路历程的坦白，总会有温软的意绪轻轻飘来，总会有渐行渐近难能可贵的安宁与淡定。嘈杂凌乱远去，只剩寂静风吹草动。

就我这个喝着史河水长大的文学爱好者而言，对故土的眷恋、对未来的向往、对生活的反思、对社会的审视、对人性的拷问等个人经验与感受，再也没有比通过文学的样式得到最拙朴的表达更适宜更恰当的方式与途径了。其实，换作别人，又何尝不是如此？文学即是人学嘛。

水的质量决定着生命的质量。史河，以丰沛之水，滋养着两岸的土地和土地上的万事万物；以鲜活之水，滋润着两岸的精神情愫和合乎情理的心理需求。面对风光旖旎人丁兴旺的生活常态，固始人心里应当有个事物，应当有个寄情达意的载体。《史河风》应运而生，并经林中原先生，将之从陈淋子接进了古蓼城，由镇而县，变民办为官办，价值与意义已昭然，实在令人欣慰。

于是，《史河风》已不再是当年的《史河风》，留住本色而添秀美，葆有风骨而增丰腴，徐徐而行，款款而来，一如十八岁羞涩的秧苗，激荡着一蓬蓬欲望的火，从初恋的叶片燃起，从丰收的记忆燃起……

风，在花枝上行走，放飞史河曾经的情节，描绘着固始大地的景象……

2012 年 10 月于申城

怀念那片花朵

山顶上有花，山坡上有花，山崖上有花，山沟里有花，山谷里有花，山林里有花，山前有花，山后有花，山路边也有花。花挨着花，花挤着花，花挽着花，花撑着花……

震撼了！走进大别山中的新县，第一眼，我就被怒放的映山红震撼了，大红的、深红的、浅红的、粉红的、褐红的、朱红的映山红迎风招展，花如海，红似火，浩大的场景与连绵的景象，使原本就对大别山对新县心生敬畏的我，顿时淹没在16年前那个阳春三月明媚的阳光里和绚烂的景象中……

我在新县生活了8年，离开新县又是8年。当年，我毫不犹豫地将家搬去了新县，如今，我的家仍然没有搬离新县。理由很简单：我真的热爱新县。我爱那里的一山一水一草一木一砖一瓦一羽一鸣一人物一故事。时至今日，对于新县之曾经，每每想起，我总是怀念不已，感念不已。

所以，当利华兄让我为其主编的一套收入新县16位作者作品的《映山红文丛》写上几段文字时，我一口应允。

新县的红色背景厚。建县历史短，并非文化就浅薄，就新县而言，民国政府1932年为围剿鄂豫皖革命根据地而从两省六县划出的地方取河南省主席刘峙字"经扶"为县名，就注定了这块革命志士热血浸透的土地腥风血雨的故事性。而1947年，刘邓大军千里跃进大别山，与坚持革命斗争红旗不倒的游击队会合，解放经扶县，成立新的人民政权，经刘伯承提议，邓小平签批，改经扶县为新县，就更使得这块万山红遍的土地风生水起。新县有7处国家级文物保护单位，有12处省级文物保护单位，有126处市级文物保护单位，有365处革命历史遗址。山山埋忠骨，岭岭有雄魂，家家有红军，户户有烈士，处处皆战场，村村有故事。由点到面，由线成片，整个新县，就是一部厚厚的关于生命的书，理想是目录，寻求是内容。那些蓬勃的生命是崇高的，他们一直固守信念；他们是艰难的，死亡如影随行；他们是永远的，生命只有在不断地寻求并经过淬砺才能熠熠生辉。取之不尽，用之不竭，无论大别山的精神，还是新县人物故事，都将如山泉汩汩滔滔，就这么源远流长。新县人当守望，亦当用各类不同的文字以记录以抒怀以传承。无疑，《映山红文丛》是一次真诚的努力。取"映山红"为文丛名，既是契合，又是借喻，睹物思人，借景抒情，"映山红"确为不二的选择。

　　新县的自然山水美。七山一水一分田，一分道路与庄园，这是新县的自然国土特征。丰沛的降水，滋润催发着无限生机与活力，国家级的自然保护区、风景区、森林公园等涵养优美，吐纳新鲜，包容万物，在新县人的眼里，如天尊如地神如家亲，神圣不可侵犯。真可谓大美天地，和谐众生。新县，青山、绿水、蓝天、红城，城在山中，水在城中，楼在绿中，人在画中。那种宁静，能让思维继续在内心深处坚韧地荡漾；那种空灵，能使受伤的思想像复活的小溪执着流淌；那种清新，能使遭遇风暴的情感像鸟从刚刚苏醒的巢里射向天空。走进那片森林，一身的尘埃都会落定；走近那片花朵，灵魂再也不会流浪。新县作者笔下有花香有树立有泉响有草鲜有鸟翔有兽走都是应有之义。放眼望去，尽收眼底，《映山红文丛》真实地记下了该记下的事，描写了该描写的物。从"映山红"一点伸发延展开去，是姹紫嫣红的无限风光与美好愿景。

　　新县的风土人情纯。"四塞之崮，车舟不行，山货不出，外货不入。"

这是新县旧县志上的记述。也许正是因为这里地理闭塞，使得纯朴中正在新县城乡得以很好地保存。譬如那些沧桑古老的祠堂依然完好，闵家祠堂、熊家祠堂、程家祠堂、吴家祠堂、曾家祠堂、刘家祠堂等，举不胜举。譬如豫南风情显著的明清建筑群落，像丁李湾、毛铺等至今仍从容淡定，安居于山水之间。譬如新县有上千棵古银杏树，或于村头，或于塘边，或于祠旁，或于校园，或于场中，浓荫下，围坐闲聊，情意融融。还譬如，新县人恪守着祖上从江西九江带来的话语，浓稠的腔调，纯正的方言，让外边人如同听歌唱一般。新县人重情厚义而不爱表白，像《映山红文丛》中的多半作者，甚或他们的家人，我都认识。在新县的时光里，我曾得到了他们的关照与帮助，撇开工作不说，单就新县的历史、人文、风貌、民俗等文化知识，我从他们那里就获得许多教益，至今仍受用。而他们却从不因此矜夸，只当没有过此类助人之事的发生。因此，《映山红文丛》的字里行间氤氲着纯正的富有新县特色的风土人情，就是再自然不过的事了。

居于城市，身不由己地总是行色匆匆，只有夜深人静之时，常常透过南向的窗口，穿越光怪陆离的城市灯火，穿越乡野沉沉夜色，探望，一往情深地探望在新县那些温软的时光……

呵，映山红开了，此刻，花朵围过来了，花朵压过来了，激动的花朵，微笑的花朵，歌唱的花朵，奔走相告的花朵，像少女数不清，像鸟群赶不走。满满的枝头，满满的心，在风中筑起誓言：年年叶绿，春春花开，时时枝长……

我怀念那片花朵，我怀念那方水土，我怀念那些依然本色的人们。

（《映山红文丛》序）

2012年8月于申城

流来往去

往流镇出了一批作家，是个挺有意思的事情，也是个挺有意义的事情。虽然这些人中，有的作者籍贯在往流，人已不在那里工作了；有的老家不在往流，只在那里工作或曾在那里工作生活过。但这又有什么呢？往流既如一块铁，被悬挂在各自情感高地那棵老槐树上；又像一片水，至今还在不声不响地饮着环水四周的人物、事物及风物。

写作，与地域是有关联的。当我们走进往流，走向其沧桑岁月深处时，我们不难发现，往流作家群汇聚而成，是有其道理的，并且具有必然性。因为，往流有着不同于其他地方的文化特点。

其一，兴衰荣枯的文化积淀。处于淮河中流的往流镇，自古就因为航运而声名大噪，漫长的光阴里，商贾云集，常常白天岸上人头攒动，热闹非凡，夜晚船筏相接数里，灯红酒绿，既是商贸大市，又是交通重镇。如此，多样性与包容性就成了这一区域文化的基调，来来往往人流，五花八门人事，南腔北调人语在往流的大街、小巷、商铺、酒店、河岸、码头、船上，这些繁华的元素连同具象的各式各样的招牌随处可见。在那遥远的古色古香的岁月里，将往流烘托得舒舒坦坦、妥妥帖帖，即便大宋南迁，一时与金以淮为界，划河而治，居于南岸的往流，在兵荒马乱中，似乎还照样过着舒坦的日子。至今日，时光仍未抹尽当年繁华驻足、江湖游走的印迹。哪日夜深人静谁独自徜徉于窄窄的直通当年码头的巷子，透过鞋底，脚心能感受到当年辙印的余温与响动。哪日黄昏谁伫立高高的岗岸，凝望近在咫尺的淮河故道，或眺望已经苍茫一片的淮河，似乎依稀看见长帆近影如林，染满夕阳归来……

因为交通方式的转变、运输方式的转变，淮河航运千年昂首的势头一落千丈，商业经济的欣欣向荣不在，交通要道的地位也渐渐丢失，往流的繁华无可挽回地走向凋敝。这种兴衰荣枯的巨大反差给往流这个区域的人们带来了长久的失落，这种失落寒气袭人，是深入骨髓的，让人困顿、惘惑、郁闷、纠结，甚或在许多个时日，莫名其妙地涌出惶然而不知所措的无助与忧伤。人们似乎与生俱来就知道，抑或就会打探往流历史进程中的这一转换及这一转换的意义。长此以往，这一打探意识的积累、养成与葆有，打探心理的日臻成熟、日渐强大，无疑为文化积淀的挖掘与利用打开了一条宽舒而明亮的通道；同时，也为不同时代、不同年龄、不同性别的人的文化认知乃至文学抒情有意无意地予以情感照应，提供了心理契机。

其二，水土交融的文化品格。往流岗滩各半，这一特殊的地形地貌，使得往流滩地怕水，岗地喜水，原本矛盾的生存形势，在决定着这一区域固有的生存状态的同时，以"水"与"土"为内核的一种刚柔并济的文化品格竟贯穿其中，绵延至今。"水"的品格呈现的是自由、细腻、温软、灵动的精神姿态，"土"的品格绽放的是朴实、顽强、执着与刚毅的生命风姿。一方面，水孕育了往流的文化。千百年来，在人们的生产、生活与交往中，共同形成了与水怎么都无法分开的柔的文化品格，虽然十年九淹，滔滔洪水冲出河槽，滩地上苗壮的庄稼在淮河泛滥的情绪中被淹没，但一年中多半的时间里淮河是平静的、温婉的、节制的，也是美丽的，尤其是船行淮河之上，或运或渡或网，都会给坦荡的滩地以鲜明的流动的点缀，也给人们带来充沛的生机和无限的希冀。所以，在人们经历大水淹没的苦难后，除了苦难砥砺出的不屈，难能可贵地泛生出水的审美属性：柔软与自由。另一方面，往流的岗地土质异常，遇水松软，遇风干裂，遇晒坚硬。在鲇鱼山水库未建之前，只能广种薄收，五谷丰登与物阜年丰只能是人们的期许；

即使水库建成后，因往流远处水尾而受制于人，抢水造成伤亡的事情屡见不鲜，缺水、干旱、歉收以致绝收的现象屡屡发生。但是，面对这片土地的种种艰难，以及饱受折磨的心灵，人们并没有默不作声地认同接受而安于现状，而是尽自己最大的努力，主动地反检与挑战。在这块一边连着淮河，一边连着岗地的土地上，人们抗争中的平实，不满中的淡然，矛盾中的希望，延展出让人眼花瞭乱的现世里尚存温度的文化元素甚或文化形姿，在贫瘠的物质生活状态下，不仅保留了文化传统，而且保留了往流土生土长的，在苦难面前刚的文化品格：朴实与执着。

特殊的人文地理环境是往流水土交融的文化品格形成的重要原因。而这一形成的文化品格之文学意义重要且深远，往流作家的激烈或柔和、率真或冷静、任性或节制，对生活哲学的坚守，对文化品格的传承，都具有很多相似的审美属性。

其三，雅俗共生的文化言说。古镇文化、码头文化与农耕文化的雅俗共生兼容并蓄，使往流的文化种类与文化形态丰富而又多样，无论是文本、表演、展示，还是言说，都表现出较为深厚、较为独特的生活底蕴。作为一个古镇，往流有崇文尚雅的风气，先前除了官办教育，私塾在往流也很有地位而颇为盛行。人们对戏剧民乐民曲的热衷，对民间艺人的尊重，特别是对诗文书画的推崇，这种长久的文化熏陶使得往流很多人表现出一种自然而然的崇文尚雅的文化气质。杨松柏、张汇九、杨纤如便是崇文尚雅的杰出代表。在崇文尚雅的同时，率真、俗善、质朴的平民风貌是往流文化言说中的一个亮点与暖色。兴衰荣枯后的往流，虽然失意，但未失态，更未失志，自然而然地进入农耕生活，有滋有味地过起农民的日子，面对大水淹没的苦难，面对缺水干旱的艰辛，没有浮躁、焦虑，而是平稳、从容、朴实、顽强地生活。在这一过程中，不仅没有放弃或减弱对不同种类文化的兴趣，相反，以更加平实的心态和更加亲近的情感对丰富多彩的文化艺术形式诸如大鼓书、灶戏、四句推子、嗨子剧等推波助澜，因而民间叙事艺术在往流更加广泛流传，如种子在淮河岸边生根发芽。

如果说，既继承传统的静雅，又融合乡俗的谐趣，是往流作家在创作中应当不弃不离的意味，那么，这种意味的自觉程度还略显不够，自信程度也还不够。因此雅俗共生的文化言说还得在自觉遵循的过程中持之以恒地坚守、发展与创新。

以上所说是我的一点浅见。作为曾在往流工作生活过的一员，我对往流的关注是自然的，所以，当继杨纤如、赵主明、王散木之后，熊西平等一批作家络绎不绝地从淮河岸边走来，风景独好，我为他们感到欣喜。

于是，去年在固始召开的往流作家群作品研讨会上，我就往流作家群出现的合理性与必然性，从文化积淀、文化品格、文化言说三个方面谈了看法。

在这个会上，我也由衷地提醒，在分析研讨往流这个群体时，更不能忽视固始文化这个大背景，倘若脱离了固始文化的母体从而断了丰富营养的乳汁，那就会使我们的写作陷入枯竭的境地。

离开往流十五六年了，一提及往流，就打不住话头，这说明啥？说明真有感情，无论是对那里的水、土地，还是人。

（《淮水》序）

2014年冬夜

天空明亮

那天傍晚天气很有意思，没有任何征兆，申城的天空竟飘起雪花，也许是因为我在会场里没有过于关注窗外的缘故，不知从哪一刻起，天空开始坠落大片鹅毛，没风，一派安详和谐从容的图景……

那天，人似乎也很有意思，同样没有任何征兆，就在漫长的时间里听一批领导的讲话与重要讲话，手腕因记录大量领导讲话与重要讲话而酸痛不已之时，会议终于结束了。会议室设在四楼，两股蜂拥而出的人流在楼梯口被束成一个窄窄的断面，容下并排两个人很是吃力，当我与另一个人同时往下踏向台阶时，我俩都不经意扭脸看了一下，几乎同时叫出了对方的名字——余金鑫。

1989年农历腊月于信阳教育宾馆散会时人头攒动中的偶遇，自然让我与余金鑫有措手不及的欣喜，所以，他没在会上晚餐，陪我仰天大笑出门去，直奔了路斜对面的清真店。就着上一次分别之后的生活琐碎，一番狼吞虎咽，小桌上已是杯盘狼藉，便匆匆地走进申城无人收拾的夜晚……

多年后，我仍记忆犹新，那夜漫天雪花飘落中，我们穿过小南门，向西，穿过浉河北岸那一大片杉树林，沿着古城墙边窄窄的石板路闲庭信步，余金鑫向我朗诵他的一首新诗："天空明亮/张开被眯过的眼睛/此刻行走你看不见心房的杂乱心房厚重的阴影/天空明亮，你尽情使用这种用品，创造或者破坏，奔驰或者倒下/天空明亮，这种状态是一枚充满激情的果实／这果实的芬芳弥散／使得蚕不住地吐丝／使痛苦这种流行商品滞销／建设的脚步走快……"

雪,在继续播放白色,不仅擦亮了黑夜,洇湿了申城,通透了天地,就连我和余金鑫刚刚留下的踪迹,转眼间又被新的雪片覆盖。但是,25年前的那场大雪没有抹平余金鑫诗歌的影像,其中两句在以后的日子里总在我耳边响起:

天空明亮。不会熄灭／只有我们的生命才弱不禁风

余金鑫很在意原初感觉,据说,他总是在诗意如花绽放的时刻,放下手中的活计,放掉渐近好梦的睡眠,甚至放弃一次难得的什么机会,趁兴抒写,并伴有相关的些许表情。也许因为他怕,怕过于刻意或过于精细的要求而由此带来的迟疑会削弱或消解他第一感觉才有的诗歌个性。

余金鑫又是那种不急的人,多处于潜在写作状态,既不结伙疾行,亦不呼啸前往,更不招摇过市。因而,在形式上,他似乎形单影只且走得挺慢。包括从1989年底到2009年底20年,不知何缘何故,好像就在申城那个雪夜我俩彻夜漫谈后他即搁下诗笔,他都一直以为,诗原本就没有办法快。他有他的视界,他有他的感觉,他有他的兴奋点。在别人面前惹眼的事物,不一定就能惹他的眼;别人不感兴趣随手扔掉的东西,很多时候,恰恰被他弯腰捡起,吹去浮土,反复擦拭,继而凝视、端详、打量,常常与此对望中,单纯与持重、向往与眷恋、无奈与追怀交织在一起。想象力不仅创造了比拟和比喻,而且创造出一个新的世界,产生出一种清新的感觉,竟然不仅打开了洞察事物的通道,而且意外地捕捉到与之心灵相通相同的悸动和碰撞彼此骨头的声响:渴望倾诉与聆听。因此,余金鑫的诗章有一种向内的力,以及神经质的现代性的敏感。在诗集《自在流淌的时光》中,多有这种表现。应当说,他还有他的节奏,他诗中那种内在情绪的节奏感给人的印象尤为深刻，他的情感随着诗句节奏的变化，时而灰暗，时而明亮，时而低沉，时而高昂，内在情绪的节奏感将诗味表现得十分自然妥帖，不留痕迹。读者阅读《自在流淌的时光》时会有体味。

余金鑫《自在流淌的时光》中的诗章一半写于20世纪80年代，一半写于2010年以后，时过境迁，两者虽未相距云泥，但变化是有的，也是自然的。前者应当是一种"远处"的写作，遥远的时间和空间中过滤出来的诸多事物，其陌生性状中包含的思维的刺激与遐想元素，无疑与诗歌的特质有着天然的契合。这是受到了兰波那句"生活在别处"，以及克利那广为流行的"在最远的远方，我最虔诚"的影响。于是，忧伤指认与自由情绪跃然于语感语境的寻求之中，清雅语义与纷繁意象随着诗人的脉跳旋转起来。

那个时段里，诗无疑是件灵魂的"感受器"，也许因为生活中有太多的倒影需要去辨析去认领，不安的诗魂因此而无处栖身，所以，诗人常在隐性的深处或显性的边缘站立成无助的身影。当时身为大别山区白雀镇小学的一名教师，余金鑫在80年代的那些诗章中给我们留下了心路历程上深刻的印迹，他以诗人特有的感悟，冷静地有时甚至近乎理性地向现实与人生聚焦。他在自己的感觉世界中寻找诗情，并通过意念和想象，坚守着某种理想和心灵物语，给抽象的世界以细致而鲜活的生命，很多时候还生发出反讽意味，随时随地给人以突兀而新奇的想象，随时随地使人能够诗意获取。因此，那些看似平凡的词语，总能让人心窗一亮；那些漫不经心的句子，总能引领着人的意念与灵魂悄然超升；那些自由自在的诗行，既美丽端庄，又朦胧深刻，总能给人异常干净的模样，从来惜墨如金，从不画蛇添足。

应当肯定，余金鑫《自在流淌的时光》中那些书写于80年代的诗章，实现了较为全面的自由和向内的张力，从而更为有效和真实地表达出主体性特征。可以称得上葱绿，而且自我。

就在这样一种盛行而强大的群体性定向思维很容易造成最近处、最普通、最平凡的生活成为最无诗意的诗歌盲区时，余金鑫却并未忽视这枚为厚厚绒毛所裹覆的坚果,不知出于什么原因,不知是有意识还是诗人的潜意识,余金鑫从没有将自己的诗歌通往生活的路堵得严实而密不透风;恰恰相反,他葆有了对这枚坚果足够的关注,甚至在息诗20年后,仍以自己的持续专注,剥啄这枚坚果,直至剥啄到绒毛之下核心的硬壳。

这种隐忍与执着,让余金鑫从许多人不屑的现实日常生活图景中看到,庸常的生活有诗意,能够激发诗情。所以,在他重新掂起笔,留下一行又一行诗句之时,那些曾一度细若游丝抑或就这么小河暗流的诗绪汩汩奔涌起来。至此,余金鑫不仅避免了一大批诗人以自弹自唱为主因而显得萧条、凋敝、冷清、寂寥的窘境,更重要的是,余金鑫为自己,也为读者拓展出一个风生水起、五光十色的诗歌空间,并且在这个空间形成了自己诗歌方式上完整的格局。由此,我们在随着余金鑫的笔触的游走中,不但能通过那些朴素的具体的细节描写与生趣盎然的热气扑面的场景表现,看到普通百姓的连同我们自己的生活场景、生存状态、生命质量,而且还能真真切切地快乐着他们的快乐、幸福着他们的幸福、痛苦着他们的痛苦、忧伤着他们的忧伤。

余金鑫从"远处"的写作到"眼前"的写作,不是一般意义形式上的转变,也不是诗品诗境诗度的取舍,更不是人们常讲的凤凰涅槃,而是诗歌创作的表现空间与景深的扩展。无疑,随着这一最为广大、最富生机、最具活力的群体生态的介入,余金鑫的诗歌创作平添了分量,呈现出远近结合、纵横交织、虚实相间的景象。

虽为两个时段,余金鑫的诗歌创作皆为一种真诚的写作、谨慎的写作。如果说,真诚是文学创作的基石,是每一位作家最基本操守的话,那么,谨慎,在新时期很长时间段内,就是诗歌写作中人的另类了。这种谨慎在于余金鑫将生活洞察的锐利、情感经验的敏感、诗歌写作的矜持收敛在自我内心的诗意体验中,不喧沸,不示人,不盲动,更不迎风招展,他身怀利刃而深藏不露,由此不温不火不紧不慢而呈现的话语,即是那种境界上的饱满真诚的谨慎。因此说,余金鑫是智慧的,他诗章中这种智慧的渗入，既防止了煽情，也有效节制了情感的泛滥，自在流淌出一种情理交融的和谐静穆之美。

《自在流淌的时光》体量并不大，却有质，我之所以没在行文中动辄引用其中诗章，或是点到篇目，就是希望读者在打开这本不厚的集子，完全属于自我的阅读中，窥视到余金鑫30多年里两个时段内的诗心，独立地感受一下他的感受。

经历了1989年农历腊月的那个放大余金鑫声响的雪夜，我便坚持认为，有雪的夜晚更是一种诗意的飘落。随着年龄的增长，对过往事物的追怀与念想已成为家常便饭。关于余金鑫，我无须竭力去打捞储存最深的片段，那个诗意的雪夜比哪个片段都亮，那个雪夜我与余金鑫在申城空空荡荡中随心所欲地穿行，话题除了诗歌还是诗歌。虽然《天空明亮》未必很精美，不一定是他最好的诗作，但他执意要感染我，便不时地冒出几句，仿佛连缀成一条线，已将那夜满天飘落的雪片与满城飘落的诗绪穿串了起来……

  天空明亮。虚构和想象已经
  推倒了许多坚硬的事物
  播撒了许多种子
  只待你再实地复习一番

（余金鑫诗集《自在流淌的时光》序）
2014年春于信阳

带你去故乡

早知道陈晓玲写诗,并且于20世纪80年代初在大学校园里就写诗,我读过一些,很宽舒很抒情的那种。但见得陈晓玲的散文,是2010年冬天的事了,当时,为编辑《2010年度信阳散文》,初识了她的几篇散文,不禁眼前一亮。

那几篇都是写故乡的,与收录在《追梦》里的一批故乡之作,形成了陈晓玲的散文主调。

故乡,是人之根,当然也是作家之根,那片维系着血缘、亲情和乡音的土地,与每一位作家都血脉相连。因此,故乡常常是作家写作的深层次的缘由,是入骨的融于血肉的生命的本源意识,是写作力迸发的原委。

陈晓玲的故乡在灵山脚下。灵山山灵。于是,陈晓玲的故乡因山而美,因水而秀,水绕山转,人择水居,日子过得好一派安宁祥和,正可谓云过天更蓝,船行水更幽。如此,故乡自然早已成为陈晓玲生理和心理的感受和意蕴,无论是原汁原味的豫南方言"靠山蛮",还是山里人最喜爱的娱乐方式"秧歌儿",无论是村庄、草垛、牯牛、黄狗,还是小河、棒槌、青石板、香椿树,无论是祖母、母亲、兰姑、幺妹、媒婆,还是茅屋、老街、槐花、腊货、山风,这些都带着我们一次又一次地走向故乡。田园深处,是草的故乡,是花的故乡,是鸟的故乡,更是人的故乡。故乡,这个本源人类最初的家园田野,作为人类最初的出发地，充满了还乡的慰藉以及更重要的精神寄寓。于是，乡情、亲情的温暖与力量，使陈晓玲的文字有了体温，有了血肉和灵魂。

人们一想起故乡，总会忆起乡村的田园景象。其实，故乡具体在哪里无关紧要，一般提及故乡，随之涌上心头的词语多半是闲适安恬、无忧无虑、和谐自得、轻松愉快，且多与少小记忆有关，无关乎贫富贵贱，这是把故乡认作是一个心灵的港湾。换言之，对于陈晓玲，故乡是心灵的山风水影。

这就让我们感受一下陈晓玲故乡"灵山的风"："那天，我像往常一样背着书包去上学，走到山垭口，突然起风了。那风是墨绿色的，披着长发，踮着一只脚，风风火火地过来了，还带来一阵瓢泼大雨。走到我身边，她犹豫了一下，可能是看我太弱小了，没有带走我，却把谁家堆在山腰的草垛衔走了。"（《灵山的风》）灵山的风并非都是这样，更多更多的时候，风是山里的精灵。"我家小院种了棵香椿树，两年了一直不长个儿，在其根部上了许多肥料也没有效果。父亲抬手摇了摇树干说，缺风。他指挥我们姐妹把树移栽到门外的池塘边。/果然，这棵香椿在水塘边得了风水，就像人得了机遇，在时令的风里东摇摇西晃晃，左右逢源，吸足了阳光和空气中的养分，第二年，就长得枝繁叶茂。/此后，这棵树年年抽枝发芽，醇香的树叶，香醉了我的童年，成为我留恋家乡的一个标志。"（《灵山的风》）这还远远不够。"风从这村庄跳到那村庄，从这山坡转到那山坡，把一些声音、气味和各种信息在彼此间传来传去。/风是最灵通的使者。/我家的牛和邻居表叔家的牛一直要好。放牧时，俩牛如影随形，很好管理，两家因为牛的关系也相处得很和睦。有一天，表叔为了给孩子凑够学费，决定把牛卖给一外地人。/那天，当牛贩子把表叔的牛装进一辆破卡车扬长而去时，我家的牛突然挣断缰绳，拼命朝东的方向追去。足足追了五里路。我和表叔家的二妹也跟着足足追了五里路。跑累了，我们就停下来心疼地抚摸着也跑累了的牛，想来思去，大哭了一场。/第二天清晨，奇迹发生了。我们发现表叔的牛居然和我家的牛亲密地卧在一起，浑身还冒着热腾腾的蒸气呢。/ 表叔背着手绕着牛琢磨了一圈，然后伸出一根食指很有见地地说，都是风惹的祸啊。/ 风把牛粪的气味吹得老远老远，牛就顺着熟悉的味道找回了家。"（《灵山的风》）陈晓玲没有在故乡逸闻趣事中就此止步，逮住风不依不饶地写。"不一样的地方造就不一样的风，不一样的风造就了人的不一样的脾气性格和容貌。/ 山里人粗粗一看，好像没啥区别，但是，从他们站在风里的姿态，说话的语气，脸上的笑容，甚至从他们飘动的头发，深陷的眼窝，眼角的皱纹，手上被风吹的裂口，却能分辨出他是哪一座山凹里的人。""灵山的女子和其他地方的女子也是不一样的。她们比其他地方的女子的牙齿白，脸蛋红，那是灵山人独有的石榴白山里红呃。不仅仅是因为山里的泉水清澈，不仅仅是因为山里的阳光明亮，实际上那也是灵山的风描绘的最美的花朵啊。"（《灵山的风》）

再让我们打量一下陈晓玲故乡的"乡村媒婆"："王婆走到哪里，动静很大。乡间的小路上，你遇见她，离老远就能看见她蜡烛一样鲜艳的身影。她爱说笑，声音嘎嘎的，带着沙沙的尾音。身材和走路的姿态很好看，大家都说她是夏天的浮萍，水上漂。她爱打扮，盘起的发髻，别一个闪亮的黑卡。可惜，长相差了些，外飘牙，肤色重。听说她有头疼的毛病，所以，眼角经常贴着两块膏药。王婆的知名度不亚于一位村干部。男大当婚，女大当嫁，谁家儿女长到二十来岁，要成家，就想到了王婆。"（《乡村媒婆》）陈晓玲冷静地客观地娓娓道来故乡的凡人俗事，在好一番家长里短之后，感念与交代成了必然。"在那个相对闭塞的年代，王婆这类热心快肠之人，是丰富乡村生活，给普通人家带来希望的多么重要的角色啊。""后来听说王婆很长寿，活到近90岁。她离世时，给她送行的队伍中，祖孙三代都经她做媒成家者有之。正应了村民的那句老话，修桥行善，万人挂念。"（《乡村媒婆》）

再让我们听听陈晓玲故乡的"秧歌儿"："布谷鸟把豫南最美的季节唤来了，村民们的秧歌和布谷鸟的歌声一起在星罗棋布的田野里飘荡。插秧的村民手持嫩绿的秧苗'哟嗬嗬'这边高声一喊,'嗬哟哟'那边一人或几人立即应答。这就你来我往,唱起了悠扬的秧歌。""先听听唱邻居陈二的。时年陈二30岁出头,尚未娶媳妇,一腔对爱情的渴望都憋在毛细血管里了。那就唱歌呗,一打开喉咙就把所有的心思都释放出来了。他唱的那首《请媒人》最受人喜爱,众人'点击率'最高。'绣球花儿开呀红艳艳,媒人呀上门呀来提亲,妹儿哟心里那喜呀盈盈。哥呀哥你咋这闷儿,扔个黄瓜过田埂,就知你的心,咋用请媒人。'尤其是最后那句拖着长腔,听着就像有只猫爪儿轻轻挠了一下胸窝窝,让人想起一些羞答答的事情。"(《秧歌儿》)陈晓玲对故乡的秧歌儿印象深刻,感受特殊,是秧歌儿区域之外的人怎么都想象不到的,即便熟悉,若无心,也断然不得其韵其味其情。"这秧歌是扯秧苗的婶子从水田里扯出来的,带着泥巴味;是担秧苗的汉子从汗水淋漓的脊背上滚落下来的,带着汗水味;是插秧的村姑从沾着泥点子的花衣衫上抖落下来的,带着时尚味;是坐在田埂上小憩的老汉从烟斗里吸出来的,带着怀旧味。"

陈晓玲关于故乡的散文篇章是对记忆的忠诚,而非回忆的简单产物,她从时光之水中掬起了曾经的真实的一捧,使一个年代的记忆在一些人心中得以复活。此乃善事,它不仅让作者叙事背景中的庄严感发生鲜活的生命成长的气息,更使读者在阅读中与生命来路上的温柔与幸福迎面相遇。

不难想象,当陈晓玲或清晨,或午后,或黄昏,或夜深人静之时,在意绪中的葱郁树林与哗哗流淌的小河间一次次远离城市的喧嚣,徜徉于大美的故乡天地间,闲庭信步,听鸟语花香,她也得以在去除巨大时代和心灵的浮尘之后,还原了人和散文的最为直接也最为本源的相聚。这正是一种有根的写作,也是有着活生生的体温的呼吸方式。陈晓玲这些故乡的篇章中有一种弥漫不散又沉实坚固的"土气",这种豫南灵山脚下特有的味道让人踏实,也让那些被现代性和城市化所浸染的人们有恍如隔世之感。

一如自己朴实的文字，陈晓玲是一个有别于他人的朴素的存在。这个差别来自她在这个忙乱时代还时时葆有独立的精神禀赋。虽然，她常常从一己之感受出发，但折射的却无不是很多人共有的内心隐念。因此，陈晓玲因注重事实而形成的题材虽然相对狭窄，但她这部分散文传达的却是所有从乡村走向城市的人共有的经验与感受，呼应着一代人的精神现实。

在这些故乡题材的作品中，陈晓玲写到了人们熟悉的田野、村落、山林、河流等，赋予故乡景物以灵性，组成了生动而新颖的乡村意象，让我们获得审美愉悦，这些极能引诱目光的文字，逼得你不得不往下读。按说，她的散文视点并不高，既没有宏阔的叙事背景，也没有装模作样的故弄玄虚，而频生的细节、鲜活的语言和耐心沉稳的记叙笔调，自然地将生活中平凡的事物提炼为"通而不俗"且耐人回味的散文品质。这也恰恰印证了陈晓玲是个实实在在的观察者，是个对其独特感受颇有信心的情感保存者，是个善良而常揣警惕的思考者。

陈晓玲在《槐花铺白家乡的三月》中的那声叹息："如今，身居闹市的我，每当饮起腻熬的牛奶或麦乳精时，杯子里总泛起槐花粥的影子、兰姑的影子，也泛起一股淡淡的惆怅。这浸在槐花粥里的乡情啊！"陈晓玲在《灵山的风》中的那番眺望："我在少年时，面颊也盛开着令人骄傲的山里红，离开家乡三十年了，城市的自来水早就把我那儿时的印记冲洗得不留痕迹。如今，我常常驻足在城区的某个街巷，朝家乡的方向眺望，回想着我那美丽的姊妹们，在山林里穿行的俏丽的模样。"陈晓玲在《走过老街》中的那丝顾虑："凭窗远望，我的目光迷茫地掠过那片我还不曾读懂的老街。某日，老街真的就如一片秋天的树叶，悄无声息地落进湍急的楼群的河流，瞬间就被淹没被吞噬，不留一点儿踪影。一幢蘑菇般生长的高楼，正在取代她的位置。"在许多故乡篇章中，陈晓玲如此这般的坦言，无不表达出对故乡的眷恋与忧思，这正契合了当下我们不能不面对的生存环境的日趋恶化和精神家园逐步丧失后的严峻考量。

散文作为一种文体独立存在的依据正是它的"非虚构",而非虚构文本是很难仅从技术层面获得本质突破的。因此,散文总的来说还是一种人生的艺术。陈晓玲对此有着清醒的认识,保持了自觉与敬畏,她故乡篇章的文字是清澈的,恰似她故乡灵山脚下的溪水,不庞杂,不幽深,不混浊,不纠缠,细细品评,诸多篇章之间有着内在的勾连与呼应,虽没有暴风骤雨般的冲击力,却于宁静中深入地浸润人的心灵,一丝一缕甚或一声声来自故乡深处的呼唤,正盼望着我们充满想象地前往。

当然,如果陈晓玲遥望故乡的视野更宽阔一些,对现实周遭的审视更深刻一些,于内心深处的笔触更纯粹一些,那就更理想了。

朱自清老先生曾信誓旦旦:"世界人到底做不成,我要一个故乡。"70年前的朱自清想要个故乡,70年后的今天,谁又何尝不想呢?若不如愿,至少常去故乡看看。

走,现在就去。

(陈晓玲散文集《追梦》序)

光明之书

一晃，胡光明六十岁了。

当时，我第一反应：时间真快。又一想，我从新县离开是 2006 年春天的事情，虽常觉恍如昨天，但毕竟已是十年有余了。所以，当我从胡光明手里接过一本打印的书稿时，望着他的满头白发，我真的想起了年龄不饶人那句老话。

我曾与光明同事，初识于 1999 年 4 月。4 月的那个午后，阳光明媚，在新县县委大院入口处硕大的合欢树下，一个相貌平平的人冲着我微笑。我走过去，他用浓重的新县口音自我介绍："我是胡光明。"我一下子就把他的手握紧了。

这下对上号了。我刚调来时，就有人讲到了胡光明，三件事让我记住了这个人。其一，胡光明是初中毕业考上大学的，这自然让人刮目相看。其二，胡光明出生的那天，也正是他祖父、他父亲的生日，太不可思议了。其三，大学毕业后已在县城里工作的胡光明突然于一个伸手不见五指的黑夜，甩开大步，翻山越岭涉河，一路狂奔六十多里，只在清风岭上那棵古枫树下稍稍喘了一口气，便一头扎向千斤乡抱耳村那个叫蔡冲的小山庄。黎明时分，他轻轻拍响木门上的锁鼻儿："妈，妈。"

许多年后，倘若有人再提及此事，胡光明显然已不像当年那般心潮起伏难平激动，他省了许多对过程的叙述，语言异常干净："那夜，归心似箭。"

于是，我们不仅是同事，还成了朋友。

在我眼里，胡光明身在仕途，却不谙经纶世务。胡光明跟散文有缘，他在繁忙之余写散文，总能那么真诚叙述与从容面对，总能如鱼饮水似的天然。所以，胡光明在他六十岁把又一散文结集《且自行吟》送往出版社前让我说些什么，我也就应允了下来。

《且自行吟》聚焦于一个人六十年的普通生活表现，它既没有精心编织和深刻透视一张盘根错节的或家族或社会或历史或文化或某个层面的大网，也没有汪洋恣肆地书写乡村的民间百态，也没有从生命的悲悯切入进而触及苦难与救赎这个生命之思的核心，甚至也没有铺张地去彰显大别山万物繁复葳蕤而又充满神秘感的景象，只是平实叙述着与作者相关联的平静生活和平衡节奏。

胡光明在他的平实叙述中，既用他出生后的事件来描述他的个人经历，也通过谈论祖辈、父辈们的生活琐事及精神伤痛，来再现历史惯性及其成长过程中留下的或明或暗的印迹。从《且自行吟》众多的篇章中，我们不难看出，胡光明一直试图在可能的话语空间内重建历史与当下的关系，执着地让历史表达和当下诉求以一种较为柔软的方式生长抑或存在。他对于当下社会的总体性看法、对社会公平和社会公正的基本诉求都在这本散文集中得以体现。他没有回避个体的抗争和质疑，并努力挖掘出个人私密的经验背后的公共性、社会化的一面。

胡光明不自恋。这与许多散文写作者离不开小我的小圈子、离不开自恋的泥淖相比，与其说是六十耳顺的自然呈现，倒不如说是他一直以来客观冷静的文学的自我观察始终占据着上风。这就决定了《且自行吟》有话说，并且能把话说好，做到文本精短的同时，能够真诚叙事，能够坦然面对。

大约2006年后，随着从大山深处来到申城，不知因何缘故，我不知不觉进入了多元化的散文写作。这种多元化使我的散文篇幅越来越长，再也无法短起来，散文写作的视点再也无法低下来，散文意绪似乎再也无法一路徜徉。这些无论文本还是内容常常谓之大尺度的散文虽然强化了现实性、故事性、可读性，但是显而易见，也付出了牺牲相当部分散文应有的经典品质的代价。从中国古代广义上的散文到五四时期具有启蒙色彩的散文，再到"文革"结束后新时期文学之散文都强化了这种品质。但之后，随着大众散文的泛起，散文品质经典化式的写作的坚守逐渐弛懈，导致散文写作自由滑落，使得散文个性与深度被大大削弱，社会人生的深层意义被解构，文本、边界、容量、语言这些散文写作难度的重要节点也往往被忽视，表现形式与手法被通俗化和大众化。对散文写作缺乏敬畏之心，长此以往，散文越写越长，越写越杂，有不少散文越看越不像散文。

一声叹息，我几乎陷入散文写作的困境之中。

胡光明倒好，六十岁了，痴心不改，以朴雅的文本，借景抒情，借史说事，人生感悟，人生趣味，篇幅很短小，行文不复杂，结构也简单，却能娓娓道来，质朴、真诚、动人。

史铁生曾称自己的创作是"把一条朴素的路铺向自己情感的历史和心灵的眺望"。胡光明的散文笔触，让人们看到他眼中的这个世界回到文学本身的同时，又仿佛亲临文字现场。那些永远无法重新拾回的时光里遭遇内心世界与外界人群的围堵而时感彷徨苦闷，即便人生经历可以从一定程度上医治，但生存其中的个体终究无法逃避生活所给予的精神的苦闷性和无所依附性。面对当下复杂的现实，散文书写中要做到真诚叙述，就不可能绕开那些硌着肉身与灵魂的痛楚，就不可能做到在文字中强颜欢笑地抒情，也不可能屏蔽掉来自现实的场对精神的挤压与损害，也不可能穿越个人的精神地狱继而抵达澄明，更不可能在绝望中依旧盲目地相信。然而，胡光明的笔墨并不止于此，他在真诚叙述与描写生命不能承受之重的同时，更多地通过坦然面对宣扬着一种生命的豁达，虽然在散文写作中去表现异质的自我通常是很难很难的。

胡光明在《且自行吟》中的真诚叙述，体现知性与感性的因素，并使知性与感性有机融合。在《且自行吟》众多篇章中，知性外化为于叙述中体现出来的朴素的哲理性文字，而感性则表现为其语言近乎促膝交谈的坦荡如砥的真诚絮语——将熔铸作者思想的文字及在此基础上营构的某种整体构筑的哲思性渗透进平实朴素冷静的语言之中，以达到一定程度上的知感交融，使文字超越了对所叙述描写事物的真实性表达，而进入一个对乡村记忆、人生曾经、现实生活做铺叙的互通互连的境地。这样，一种给我们带来快乐、幸福、温馨与滋润的理由，一种有着淡淡忧郁、感伤、怜悯、念想的元素，一种充满悲哀、痛苦甚至愤怒的情绪，便非线性延伸于特殊的意象、想象性描述与主体意识的发散性展示中。

《且自行吟》是个朴雅的文本，《且自行吟》又是充分表达"我"的文本。散文中的"我"是一个泛"我"，它书写的"我"可以是他者的经验，以"我"的视角来探视、来推进、来表达。既然是表达"我"、表达人，那么"我"除了真善美，也一定存在着恶与黑暗。胡光明通过文学的"我"，既表达着欢乐，也表达着悲伤；既表达着喜悦，也表达着痛苦。如此，现实生活的丰富性与复杂性便自然呈现出来，并且是主体的、有层次的，它不再是一种单一的、平面的、脸谱化的书写。在《且自行吟》中，我们从前至后没有看到胡光明在散文中撒谎、遮蔽与矫饰。从这个意义来说，《且自行吟》的众多篇章具有一定的容量。这也正是一个散文写作者在探索散文写作难度时是取散文容量的拓展还是取散文篇幅的增大往往容易混淆的问题。

胡光明笔下的人物、事物、风物、植物等已超出了作为一种具象的意义，进而变得富有立体感和多样性，朴实与神秘，坚守与顽强，包容与自由，从容与自信，使之成为大别山中记忆的抒情点，使人们也从这些散文篇章中获得共鸣、感悟与启迪：寓宏大叙事于日常细小书写。胡光明的这类叙事并非天马行空，而是紧紧地与日常细小事物、人物的书写连接在一起，在祖父、祖母、父亲、母亲、舅舅、邻居、老师、同学、同事、好心的支书、关心教育的大队治保主任等与事件关系的描述中，揭示内在性，使短小的篇章显示出以小见大的内涵与气象。

当然，《且自行吟》里的散文并非篇篇都是精品佳作，甚至有些篇章在结构、在叙述、在语言、在格局上还存在着较为明显的值得商榷的问题。

在我第一遍粗读《且自行吟》后不久，与胡光明匆匆一见时我们就存在的问题当面进行了沟通。当时，他没有用有浓重新县口音的普通话回答，而是一直微笑着看我，一如1999年4月那个阳光明媚的午后在合欢树下的微笑。真没办法，谁让他是我的朋友呢？况且，他又不是什么专业作家，况且，他已经六十岁了。

三十而立，四十不惑，五十知天命，六十耳顺。到了六十岁，好话歹话让别人去说，自己都听得进去而不动心，心里平静。故而胡适先生说：耳顺是能容忍"逆耳"之言，听"逆言"不觉得"逆耳"。六十耳顺，就是顺应客观环境，顺应事物发展规律，能够宠辱不惊。

照此说，胡光明该看透了人生，看透了生命，更看透了名利。胡光明经历了岁月的打磨，留下了清晰的人生足迹，六十年有心积攒起的生活阅历、文化涵养与文学修养，足以使他于尽赏人生旅途景色的同时，细品人生的况味。

2016年12月

独白，或者挣扎

2008年？2009年？反正是个初夏的夜晚。在申城浉河畔天一阁二楼那个不大的茶室里，一群文学朋友照例举办文学沙龙。我去迟了，环顾四周，发现在东北角坐在峻峰兄身后的那位很陌生，正欲打探，谁说："她叫易荣荣，九中老师。"

这，我们就算认识了，至今日，天一阁初识的那晚关于易荣荣的记忆是，她始终没有说话，再就是，一袭浅蓝色连衣裙，衬得她亭亭玉立。

平素里，都忙，即便同居一城见上一面也不容易，所以，朋友们偶聚天一阁，总是天南地北侃，心绪逐浪高，每每使得二楼那间茶室弥漫出颇具热度的文学气息。不过，也有例外，易荣荣总是安安静静的，多数情况下言语很少，甘当听者，偶有那么两次，怎么着就忽发激情，且很认真，一板一眼，以不屈不挠不罢休的劲头与从容不迫的语调竭力想将某件事情说清楚，或想将自己的某个观点表达完整，往往这个时候，易荣荣似乎并不太在意或多或少人的注意力。

我想，这也可能正是易荣荣置身写作之中的一种象征。她在当下的热闹喧嚣中保持着冷静与清醒，坦诚地打开自己：独白，或者挣扎。这也正是我这几年阅读了易荣荣一些散文篇章，再读散文集《打开》后的看法。

独白，并不意味着易荣荣放弃与世界与现实平等对话的权利，只满足于一种倾听者的姿势，甚至演化为一种闭抑的心态或某种自恋情结。正相反，易荣荣的独白，是闹中取静，她并没有与世界与现实关系紧张，也没有遭遇写作者常常无法回避的羞愧与尴尬，更没有让独白在她写作状态中成为唯一的方式。她以冷静旁观处之，不向外汲汲以求，而注意退回到自身，退回到内心，在日常生活中透过点点滴滴人间烟火气息与柴米油盐味道，寻找值得回味的片段，并从中发现生命的意义。

在一些篇章中，易荣荣以某个人或某件事为中心，娓娓道来，虽没有将叙事组织到一个完整故事或戏剧性情节上，但总能以散点的方式贴近生活本身，呈现出其内在的纹理与肌理。易荣荣从其自身的生命体验出发，不温不火，不急不躁，一路真诚书写，让我们在氤氲而起的温软的信阳散文的气息里，清晰地看到了她对世界对生活的认知与情感。

即便对一些事情的批评，易荣荣也是冷静的沉稳的，不像有些写作者往往陷于表面化而不能深入，有时被外在的东西所干扰，批评因此会有意无意地游离主题或存在偏颇，易荣荣则不然，她渗透于不少篇章中的批评，是从原点出发，从事情本身出发，这就避免了简单的"文学暴力"。

作为一个写作者，应当站在哪里，并且以什么眼光和心态看待当下乃至我们身边正在发生的事件和事件里的人？这看似是一个简单的问题，实则很不简单，因为它远非如我们眼睛所看见的那样，权力、欲望、财富乃至理想、爱情等如此，普通平凡生活中的小人物的琐屑亦如此。这些问题我们几乎随时随地都在接触，但它背后隐含的东西或者说最具体的内心感受，都并没有被很多人注意。易荣荣通过这些表面，走进它的深处，尽管她并没能给出什么答案，但她一直冷静提出问题的方式，至少像一点光亮，提示或启发一下我们在琐屑和无尽的事务中，能够想一想——为什么？

易荣荣的《打开》，既有岁月的投影、往事的闪回、现实的追光，也有社会伦理意义层面的较为深度的介入。第一辑《归去》，铺陈往事，缅怀故旧，平凡世界中尽诉人生悲欢之厚重、故乡亲情之浓意，文思闲逸而又不乏沧桑感喟的情调。第二辑《触摸》，青涩少年于零碎的校园片段中轻盈而沉重的行踪与心迹相映成趣，谱就别样情态的笔墨神采。第三辑《转身》，低回绵密，顾影徘徊，情感世界里的旷野无名小花，在经过默默对周遭的打量后一簇或一朵小心翼翼地绽放开来。第四辑《出发》，湿润而又阅世深切，冷静的风致，虽斑斓多姿，却不乏清冷孤傲溢于言表的况味。

　　据我所知，易荣荣在青年刊物和日报、晚报上发表了数目众多的散文，收入《打开》之中的是其一部分，为什么选，为什么没选，自有她的想法。这些年，一方面易荣荣语文教师的身份，决定了她有直接向现实问难的精神、形象和文化资格，因而也就有相应的凭据知识和文化来超越社会现实局限、现实压力的特殊的心理优势；另一方面，在易荣荣身上，文人与文学的联系压根儿就没有被切断，文学生活也就不曾从她的精神世界里被抽离出去加以硬化与格式化，而得以自然自在，用在柔软与坚实之间来来往往，以时而大我兼有小我的面相，姿态万千地存在甚或不时展现着，这该是我们当予珍视的颇具活气的那缕余风流韵。

　　《打开》呈现给人们的，除了闹中取静之独白，通过独白，"不安"——这些有意或无意的碎片，折射和反光在《打开》的字里行间，对生命的不安，对生活的不安，对爱情的不安，对亲情的不安，对故乡的不安（在易荣荣回望故乡的眼里，尽是跟乡村有关的碎片，虽然一时无法将它们串联起来，似乎每个碎片都是不经意中扔弃的一片纸屑，如今却以异常坚硬的方式刺痛她。她听到了自己哭泣的声音，那是一个远离自己熟悉、深爱并时时眷恋故乡的女人的声音，有忏悔、羞怒……更有深深的期盼，有焦灼的等待），对灵魂的不安，甚至对某个情景、某个细枝末节的不安。这些不安让易荣荣无法闲情逸致地坐下来，尽享生意盎然抑或慵懒舒缓的生活，这些不安如影随形，让易荣荣在经历了较长时段的写作积累欲要上升之时，不得不严肃面对。

易荣荣深知，要么，被不安的苦痛与艰辛之沼没顶，要么，从不安中挣扎奋起，实现突围。

由此，我们不难看见，易荣荣与其他写作者一样有一个梦想：方向明确，辨识度高。但这只是事物的一面，事物的另一面是，辨识度高反过来也可能导致题材单一，格局不开阔和重复。这或许就是易荣荣日前遇到的问题，这个问题使她常常深陷矛盾之中，在从容打开，能够沉静独白的同时，使出浑身解数在纠结中挣扎。在《打开》不少篇章中，她的叙述是游离的、断片式的，其同质性、互文性和重复性的东西较多，而对抗性、差异性和审视性的东西少了些。

我想，这个问题对于易荣荣，对于每一个写作者而言都是十分重要的，只有解决了这个问题，写作之路才能更好地往前延展。当然，能被人发现呈展在作品中的先见实属不易，能摆脱写作习俗，燃起文学创作不俗烽火的更是难上加难。但我仍然愿意相信，易荣荣会有所作为。

这里，我由衷地期待着易荣荣经过挣扎冲出重围。

（易荣荣散文集《打开》序）

与石头有关系

"大别山",作为山野在现世中的一个隐喻,无疑承载了张绍金、蒋戈天、蒋崇杰的乡村记忆、生存体验、现实沉重、情感纠结的无限苦涩与梦寐期许。他们在诗文中类似于大自然搬运工搬来的大别山的"石头""开花"等,让我们不难看出"石头"的坚硬、隐忍与力量,也让我们不难感受到"开花"的温柔、绚烂与幸福,同时,也让我们不难观察到三位诗人对天空仰望,对大地躬身专注,对家的方向深情指认的清晰的轮廓。

张绍金、蒋戈天、蒋崇杰三人篇章中都多有关于石头与开花的文字。这不单单是他们的一个约定,也不单单是他们都喜好石头的缘故。我想,该是他们将大别山放置于精神高处作为背景后,把石头当作一个根性和沉稳的具象与所要描述的"花"等风物和场景融合的主动行为、自觉行为。因为,在三位诗人的文字里,石头是有温度的,石头是质感,石头是能够开花的,而花是色彩,开花是过程,是结果,也是状态。因此,《石头开花》中诸多篇章显示了复杂性和诗人应有的反思态度、批判立场、关爱情怀、内心凝视的诗歌精神维度。"当我皱纹如沟逐渐衰老,你可曾相信我褐黑色的面庞,会在朦胧的月色下,泛起粉红的红晕;你可曾相信我麻木锈蚀的眼神,会在疾厉的风沙之中,暗藏着晶莹的泪光。"(蒋戈天《石头开花》)"如果春天来了。如果爱人叩门。如果一滴水飞翔。如果一缕风静止。那么,一颗石头的怦然心跳会在瞬间炸裂,绽开一朵香艳奇特、含情若雪的小花。"(蒋崇杰《石头开花》)"与你相遇,石头开花就有了归宿后的坦然。"(张绍金《石头开花》)

尽管有着强烈的象征意味,但《石头开花》没有只靠隐喻来结构并抒写篇章。这里的"石头",是现实主义的石头,是能够与柔软对话,与温情沟通,与心性如影随形的石头。这里与石头有关系的"花朵",自然也是现实主义的花朵,温暖而忧伤,美丽而惆怅。所以,《石头开花》的视野一下子就开阔了,给人以很强的纵深感和透视感。"在中国地图上,找不到标注的名字;在心的版图上,你却以母亲的名义,接收着我的风雨和乡愁。"(蒋戈天《冯老湾》)山村、故乡、往事、城市、现实、历史以较强的现场感呈现出来,山村的温暖与沉痛,人世的深邃与粗糙,现实的尖锐与逼仄被呈现得一览无余。"乡下的日子是瘦瘦的扁担。一头担着家,一头担着汗水。"(蒋戈天《乡下的日子》)"你始终被乡村包裹得密不透风,你始终都是乡村稚气未脱的孩子,与其说你想远离乡村,倒不如说你或将被乡村所远离。"(张绍金《城市,乡村的疼痛》)"当大厦完工,一层一层登顶,不再支撑欲望的脚手架,隐身新楼的背后,起伏的思绪,像退守的海潮,激越后的平和,动荡后的安宁。"(蒋戈天《沉默的脚手架》)父母、妻儿、兄弟、家人、乡亲在极具悲悯情怀的记叙性抒写中,充满怀念、追求、牵挂、忧伤、紧张、疼痛、省思、焦虑,通过故乡、物象、记忆,通过想象,架起语言的桥梁,揭示生存、探问命运、抒发眷恋、表达敬畏,时光的记忆、事物的印迹、时间的现场得到有效的挽留。

散文诗不同于散文,也有别于诗歌,但诗是散文诗的根本,是散文诗的灵魂,是散文诗的品质。因此,散文诗里必定有诗的成分,必定有幻想、热情、爱恋、正义和道德的坚守本能,并且像一艘船在行进中自始至终就没有降下灵魂中的诗意风帆。《石头开花》印证了这一点。我们可以看到三位诗人守望诗意下对大别山"石头"的本源性启悟和难以言说的复杂感怀,葆育了对知性与感性、吟咏与陈述、内心与现场、现实与历史、自我与包容的能力，这种能力使《石头开花》中的诸多篇章不仅在语言开掘上做到了干净、朴素、准确，而且充分地呈现出当下语境中常常被人忽视抑或为人所不屑的真诚、清新与抒情，维护了散文诗外在的形体和内在的精神尊严。

坐在坟头，燃一支香烟，给父亲倒一盅酒，和往常一样拉拉家长里短。少抽点，也少喝点，父亲常挂在嘴角的话，今天不再听厌。

母亲不时来添点茶水，要准备午餐留住我，我摆摆手，还有一大堆事情在催我回去。

炊烟敲打阳光，呛得我泪流满面。父亲还是五十多岁的样子，看儿子的眼神已有了些疲倦。

不再清澈的嗓音叮嘱得依然浑厚，山涧水聚积起盈盈的父子情，慢慢溢出石埂，像是儿子满脸的泪流。

太阳已在头顶，手机的铃声响得心烦，等纸灰燃尽，我是否该走了？

叩首将行，憋在儿子心里的话仍露珠一样多，就转身扔给身后，风一样散开，漫山遍野。

我知道，儿子刚走，父母又将开始了新的期盼，期盼来年的清明能早早地来。

——张绍金《清明》（节选）

这些章节，是张绍金以他的方式，冷静地运用山野事物，在不动声色的叙说和平常的细节里，在浓重的感伤、温暖、怀念的景象中，让时光与空间"倒过来""停下来"，呈现出强烈的个性，又带有普遍性历史的记忆。真诚的力量是巨大的，以真诚铺垫，在真诚中如烟如风地抒情，张绍金以山野的景象与弥散其中的感念，透彻地照向他本人，也照向读者，唤起人们人性的本能。

堆积已久的乡恋，装进一个一个包裹。一起装进的还有一年的汗水，一路的颠簸，一副孤独的酒杯。

先放下对城市的三分恐惧、七分热爱，坐一趟慢火车回家。给思乡的泪水找一副倾诉的肩，让一肚子的方言煨热火塘，煨热月亮。

时间须暂时缓下来，缓一缓加速的心跳，缓一缓慌张的眼神，缓一缓过于舒展的眉头、抿不住的嘴唇。

如果兴奋难以形容，我请求你伸出手，来试一试我滚烫的额头和前胸。那些委屈和不安，如今都像是拌上了蜜抽出一丝丝的甜，酸里渗透的甜。

坐一趟慢火车回家，我悄悄藏起了那支叫归心的箭。

坐一趟慢火车回家，让心慢慢靠近小小的山村，慢慢靠近白雪照亮的家门。

慢慢回味，慢慢入梦，慢慢惊醒。

在老屋里来来回回，依然没有安睡的，是欢喜无措的双亲，等着我将一身寒霜和雪花抖落门外，将亏欠了一年的疼爱——，像棉衣，披在我的身上。

——蒋戈天《坐一趟慢火车回家》（节选）

抒情，是散文诗的应有之意，蹈火而舞于散文与诗歌之间的散文诗，一旦缺失了抒情性就会顿失光泽而陷入艰涩的泥潭，进而丧失散文诗唯美主义倾向和个性化文字特质。当然，抒情不是泛情，更非滥情，把握住抒情的"性"，便可找到抒情的路径和方式。蒋戈天显然在抒情问题上作过不依不饶的探究，应该说是比较成功的。纵观《石头开花》中他的篇章，如此丰富而真情实意的抒发不在少数，无论是很普通很简单的生活，还是山野自然风物，从具象到意象，细密饱满，纹理光亮，清纯而浓稠，使得人性的温暖、亲情的妥帖在山村的世风中绵延。

从仕女图中绘出，从古诗词中吟出，从神农氏的舌尖上溢出，娟秀淑婉，绿裳青裙，衣袂飘飘。

与茶马古道，与指尖，与明眸，与鸟语花香，与樱花歌舞，与牡丹品茗。

细细密密啊，郁郁葱葱，曼妙的舞姿掩藏一颗玲珑心。娇娇柔柔，清清爽爽啊，旷世的爱恋彰显一曲不老情。

不说青涩。不说韬光养晦。

清，像碧空万里般澄净明丽的天空；雅，是曲径通幽处亭亭玉立的百合；真，像静影沉璧时皎白通透的月光；美，是琴瑟和鸣般纯洁无瑕的爱人。

寻一处水湄，哪管它唐风宋雨。

求一隅小楼，书桌旁红袖添香。

觅一汪清潭，与知音品茗弹琴。

——蒋崇杰《茶之韵》（节选）

美，存在于形式之中。发现重要，表现同样重要，借助诗歌审美功能的符号——语言，展示一幅幅清新图案，意境如画，语言如诗，同歌共舞。《石头开花》中类似蒋崇杰《茶之韵》的文字都具有清新的美感。美感是散文诗的龙骨，包含了文字的美感、讲述的美感、事物本身的美感，清新的美感则强调了淡雅、怡致、素洁，诗文中的意象多半来自曾经抑或进行时的生活细节，从我们每个人的衣食住行中的柴、米、油、盐、茶、灯火、手机等，到我们所能目视或曾亲眼见到的如流淌的河水、金黄的菜花、精美的石头、飞翔的小鸟等，诗人们皆以钟情与热爱的投入，以从容淡定的汉语表情，以简约写意的笔触，完成了张张人物或事物的面孔线条简洁的速写。清新，是特点，也是种风格，很多时候，还是种气质。同源于大别山的张绍金、蒋戈天、蒋崇杰，在当下神清气定，维护了对灵魂世界的关注，对内心感觉的沉迷，对善良、纯洁的精神状态的保持。无论感情、畅想，还是慨叹、追问与独语，总是能在字里行间走动着一个清新的身影，这是很难得的。这也印证了一句话：诗歌像天堂的钟声，让我们很多人可以回到当初的无辜与纯真。

　　我当然不想过于抬高《石头开花》及三位诗人，因为写作是个过程，也是种实践，它不会终结在文本之中，而是从文本出发，与人生况味以及对存在的彻悟过程并肩前行。所以，同样出于真诚，我坦率地说，这本散文诗集中的一些篇章还不够完整，显零碎，缺乏关联性、有机性与内在的秩序，尚未形成张力，进而就没有形成发散性、放射性的控制力，虚与实，动与静，具象与意象，客观与微观的把握也就无从谈起。同时，一些篇章行文仓促，虚实转换时常有生硬之处，感悟时也多有直白之语，而没有用意象表达，找寻问题时，结论过于简单而缺乏必要的过渡。倘若再沉淀一下，内敛一下，可能人会更安详，篇章会更安静更从容。我相信兰波说的：只要我们按捺住焦急的心情，黎明时我们一定能进入那壮丽的城池。

　　所以，我对张绍金、蒋戈天、蒋崇杰的散文诗怀有更多的期待，并且相信这期待是现实和值得的。他们不会停留于现在的收获，在一次又一次的石头开花中，守望坚硬的温柔，抑或温柔的坚硬。

（张绍金、蒋戈天、蒋崇杰散文诗集《石头开花》序）

在感觉与感觉之间

推开窗户，一阵清风拂来，没缘由，想起了田君，于是，我竟听见了一阵又一阵清风款款而至的脚步声。

提及田君，就想到玉米，一棵从土地里猛地蹿出的玉米，并且三长两长就长出了棒槌似的穗子。是因那在阳光下迎风招展的个头吗？是因那在少男少女堆里屡试不爽的忧郁的目光吗？还是因那沉默的不擅粉饰而易于蛊惑的劳作架势？抑或是因那永远的板寸头正前方一绺随风而舞的微微泛黄的长发？其实，这没什么不好。无论土玉米，还是洋玉米，还是杂交玉米，还是克隆玉米，只要真如玉米相伴相随，就至少能使我们像哗哗流淌的溪水中的鱼，感到饱满与亲切；至少能使我们像飞翔在秋天的天空中与田野上的鸟儿，再也不会感到饥饿与恐惧。

远不止于御寒充饥。玉米的物质价值无须占据一个多么高的高度，因为那个高度的位置应种上一棵精神的玉米，或应插上一面茁壮的玉米般的旗帜。

一路走来，田君思维始终在不停地跳动，激情一直在不断地澎湃，这原本必备的诗歌创作元素，只因缺失了呼风唤雨的夸张，缺失了雷闪电击的惊悸，缺失了以人为本的情怀，甚至缺失了敬畏自然的宁静，而最终导致田君一度缺失了内心由衷表达的愿望与能力。

好在风来了，东风浩荡，西风猎猎，北风呼啸，南风爽爽。好在雨来了，春雨潇潇，夏雨滂沱，秋雨霏霏，冬雨彻骨。好在山是山非山，水是水非水，物是物非物，人是人非人，我是我非我。

田君在耐心地赤足走过窄窄的田埂，走过冰冷坚硬的冻土后，走进了阳光，并与很多很多人一生都无缘的感觉相遇了。风儿如手的感觉，歌声浓酽的感觉，"纸飞中国"的感觉，"乘车三悟"的感觉，"月亏月盈"的感觉，在诗歌中散步的感觉……

于是，田君的诗里渐渐有了物质的、铁质的、木质的感觉，并不断地展示着某些广阔无垠的东西、某种本质的东西，而又充满了细节：

列车该以怎样的速度离去才算适合……
一片飞扬的手势中没有属于我的花枝
我只能带走苏州的丝绸　杭州的白菊
我只能将一个外乡人随身携带的好奇和感动再随身带走
繁华只好留给上海了
黄浦江只好留给上海了
还有这夜　我只能带走她身体的一小部分

你的追随需要怎样的勇气　从出站开始
你一会儿在车体之左　一会儿在车体之右
速度恰好和我似箭的归心相似
体积也恰好和我家乡去年九月初九的那盏明月相似

从苏州到南京　我们隔窗相望
感觉距离是那么的近
你眼中流露的关切仿佛出自我最亲的人
从一更到三更　隔着一层玻璃　两层大气
我逐渐读懂了你远在三十八万公里处时隐时现的担心

一路有你　什么都不再陌生
一生有你　任谁也载不走我片刻的乡情
（《月亏月盈　1997年10月13日夜上海至郑州466次列车上》）

我们处在精神、肉体充分打开的时期，又处在现代与后现代语境空前混杂中，相比较那些纯形式的、纯快感的、纯趣味的和那些纯理性的、纯深沉的、纯忧患的写作倾向，田君的观照当代人内心情感为主题的诗作，让我们较为充分地享受到了他良苦用心寻求期待后使命感获得新生的感觉所带来的心灵与感官的惊喜和愉悦。

然而，这种状态似乎没有持续多久。一缕缕矫情甚或滥情的气息几近氤氲的程度，我像受到伤害一样，敏感起来，也脆弱起来，并时时担心：是否宽泛的交友，使田君物质而生态的个性受到污染，进而使他良知、救赎的诗性的触角以及锐利受到了损伤？我想，建立在文化尊重与欣赏基础上的碰撞越宽泛越好，就像武术碰上了世界杯，少林寺遭遇了足球一样。可是，田君宽泛的交友能否真正做到相互的背后彼此的文化尊重与欣赏呢？

很难。对于谁，都会面临着人生的几次大难不死。也许是因为田君的经历过于简单，心路历程上毫无有碍观瞻的障物，所以，他又一次呈现出不在状态，或者说他已进入了另一种状态，尽管他情感的世界里一直风生水起，从未偃旗息鼓。为此，田君将要付出惨重的代价，至少对于我，我将忘掉除那个冬季的玉米外的所有关于田君的记忆。

不是威胁，更非诅咒。我当然更愿意更多地看到田君"我不下地狱谁下地狱"后的心灵拯救与历史情怀，无论细若游丝，还是落英缤纷。

也许，哪一天，我与田君共同走淮河。我总是走走停停，扬一扬沙子，拾捡两块石头，侧身打几串水漂儿。而田君却不，他不愿停歇，一路走去，任朝阳把他的身影拉得很长很长……

所以，田君终究能写诗，我呢，充其量写个小文。

20世纪我结识的最后一位朋友，就是田君。那是1999年冬天，他随峻峰到了新县，跟在峻峰身后，像个小弟弟，很拘谨的样子。就在那一刻，玉米的身影"嘭"地就蹦进了我的脑海。

世纪末的骚动与不安很快地从他的目光中泄露出来，于是，我心里想，肯定又是一个写诗的。

果然。峻峰介绍道："田君。诗人。"

一唱三叹的城市表情

我一直以为，写作一定是要诚实真性情的，别虚假，别拿捏，别无病呻吟。尤其当下，无病去呻吟，哼哼唧唧的，老大一圈子人都烦，多没意思。我也一直以为，写作一定是要自主而从容不迫的，别瞻前顾后、左顾右盼，如同走路怕踩死蚂蚁。何必呢？蚂蚁是你在正常的状态下随随便便就能踩死的吗？敬畏是必要的，也是必须的，但敬畏与自主从容写作不矛盾。该咋写就咋写，想咋写就咋写。我还一直以为，写作一定是要建立起自己的精神向度的，包含了应有的人格立场、灵魂声音、文学品性以及文本精神，无论写作对象为何人何物，无论写作视角是以我观物或以物观我，都能做到单纯而不单调，明晰而不武断。甚至，我还一直以为，写作者一定是一个渴望内心安静的人，而他的内心恰恰拥有一种按捺不住的激烈。也许，这样容易滑入老式的、固执的写作模式，但如果把握得当，能够呈现出宽大而浑然的气象。

文章一上来就这么写，似乎有点不着边际，连我自己也有点儿不好意思。其实，我只是想说："我一直以为的写作……"

在2011年极端天气频发的夏天，在贤山脚下浉河岸边虽狭小逼仄却往来无白丁的我的居所阅读田君的新作《背阴处的雪》时，得到了某种程度的印证抑或契合。

对于《背阴处的雪》通篇文字的诗性诗意乃至诗歌的感觉，我不想在这里过多点评，还是惜字如金的好。田君本身就是个诗人嘛。但我还是要客观而坦率地说上一句，那种种伤感、忧郁、凝重、胶稠、细密、紧张、警醒以及欢乐、轻松、辽阔、恬静、思念、向往相互纠葛缠绕的复杂思绪和一唱三叹的诗歌表情，让我恍惚中一度认为，《背阴处的雪》是田君的诗集，而不是田君的散文或者叫散文诗集。

可是，《背阴处的雪》的确不是诗集，的确是本散文或者叫散文诗集。你看：

没有人知道，我此时会独自坐在这里。

一个小城的商业中心，略显破败和局促的四周，让我有些疑惑。有两个流浪汉分躺在两个角落。我熟悉这里，因为我已经是第二次在这里逗留了。上一次好像是一年多前，或者是两年多前，只记得那是个夏天，我几乎是在相同位置上长时间地检阅一大队蚂蚁的忙碌。而今天地上居然一只蚂蚁都没有，我无事可做，只好转而去审视身边匆匆而过的车辆和行人。那种匆忙让我不由得想起了上次来时的那些蚂蚁，如果换个角度和高度来看的话，一定更加具象。而我今天只能平视，我俨然就混杂在这些或高或矮或胖或瘦或美或丑的路人之中，唯一不同的是，我是一个观察和审视者，我没有匆忙的事情可做，尽管我也心急如焚。我突发奇想，世界之所以如此纷乱，全是因为它创造了这么多的不同、这么多的欲望和这么多的得失。试想一下，如果把男人和女人都造成一个模样，一样的容颜，一样的智商，一样的好恶，那该会省去多少的麻烦啊。如果是那样的话，我此时一定不会困坐在这里。

因为有些许的风，所以便偶尔有灰尘拂过，我就坐在一棵看来是刚种不久的大树的砖砌的围栏上，下午的阳光从我背后照过来，我的一部分影子和大树重叠在一起，另一部分独立地投射在地面上。我看到了自己的半个影子往南移动的过程，我已经说过，另外的半个影子和大树的影子重叠在了一起，它也在往南移动。这是一棵像脸盆一样粗的树，所以我才会说它是大树。之所以又要专门地来解释它，是因为它只有树干，并没有多余的树枝和叶子。我想，它应该和我一样，在它原来的世界里，也一定没有其他的树知道，这棵树已经被独自地种在了这里。

——《世界之所以纷乱》

看看，这是什么？其实一目了然。

《背阴处的雪》，100篇，多为短章，长不过千字，短者二三百字，阿拉伯数字标注顺序，每章都有个题目。关于数字与题目有无必要，无须讨论，每个作家都有自己的习惯与喜好，随他就是。

百篇短章，无不为城市之作，背景大多是田君生活与工作的申城——信阳。公元前847年的申伯来此拓疆域开民智强武备，德高望重，申城因终其所成而得名。信阳，本不叫信阳，叫义阳，因宋太宗赵光义为避其讳，于公元976年改义阳为信阳。信阳是个好地方，说它是个好地方，真是个好地方，三省通衢，豫风楚韵，城在山中，水在城中，楼在绿中，人在画中。这样的地方不好吗？好哇，当然好喽！可是，经济社会飞速发展进步所带来的巨大物质财富的积累，在公众分享的喜悦中，已撕破了天空、大地，揉碎了我们习以为常的许多事物，现实生活的内容、节奏、方式、欲望以及对已有习惯的颠覆，对人本的侵犯、对生态自然的蔑视等，如利剑抑或钝刀已开始咄咄逼人，直取许多人，首先直取良知未泯的作家的性命。作为诗人的田君深知，即使是一首好诗，读者在一首好诗撞击他心灵的一瞬间，便可断定他已受到了永恒的创伤，他永远都无法治愈的那种创伤。更何况一座无论是物质还是精神，在人们欲壑难填、永不满足中都已不堪重负的城市呢？哪怕是信阳，哪怕是天生丽质、婀娜多姿、妩媚动人的信阳。

于是，田君运用简短的随笔，甚至是笔记、日记的样式，将城市中的山、水、街、巷、树、花、草、风、雨、雪、雷、车、房、窗、公园、广场、绿地、河流、星星、人物、记忆、感觉等，统揽眼底，尽收笔下，沉静、平静、安静地记下这些心思、心绪、心得，就这么小河流淌……

　　从容，对于田君，是很不容易的，甚或说这是个进步。记得2005年我还偏安于大别山深处的新县时，就曾批判过田君的匆忙，因为我担心：是否宽泛的交友，使田君物质而生态的个性受到污染，进而使他良知、救赎的诗性的触角以及锐利受到了损伤？我当然愿意更多地看到田君"我不下地狱谁下地狱"后的心灵拯救与人文情怀，无论细若游丝，还是落英缤纷。因此，面对《背阴处的雪》这一章章虽短却一点也不匆忙的心路行走，作为多年的朋友，我真的是很得宽慰。

　　在这本书里，田君的文字具有了张力，阅读之中，不难发现，纯属小我的情绪早已销声匿迹，可能随意的所谓坦白也早已不见踪影，尽管迷糊、苦恼、痛苦、惆怅、孤独、愤懑、愤怒与激发、复活、审视、拨正、透彻等仍然或一字排开或错落有致，但显而易见，是当今城市里难以平抑的潜意识情绪与心理状态，是许多人的真实与客观。表现城市，描述城市，没有切口不行，回避更不行，绕不过去，非得迎上去，朝着伤痛之物，对着伤口之处，去正视，去坦言。仅仅停留在表象层面上当然是远远不够的。田君通过并不复杂甚至是简约的方式提供了通道与出口，譬如：

　　夜已经很深了，独自临屏而坐，并不一定是非得写点儿什么！

　　我流连于自己和朋友的博客之间，仿佛是一种敞开心扉的交流，无须相互打趣，也不再需要喝彩。这样的深夜才是完全属于自己的。也只有在这个时候，我们面对的才是真正的自己。

　　不是不想睡觉，也并不是睡不着觉，是热闹过了，需要那么一小段时间来平复自己内心的喧嚣。

　　好像总是身处这样纠结的情绪之中，完全是身不由己。白天说过的话，见过的人，欢喜或哀伤，高温或清凉，所有这些纠集在了一起，在这个夜深人静的子夜，所有这些都已成为记忆，不再可能重现。明天的一切都将重新开始，也许等到明天的这个时候，自己依然会觉得这样的一天很是无聊！但这并不影响我此时对于明天的期待，因为如果连这份期待都吝于留给自己，那这个人肯定是个相当无趣的人。

写到这里的时候，新的一天其实已经来临，一个周六的早晨就这样在很多人浑然不知的情况下悄然而至。也许，除了这篇小文我今天依然一无所获，但可以肯定一点，多年之后，这篇小文一定会是我在这个并无特别之处的周六唯一可以查找到的线索或痕迹。想到此，我不免有些暗暗激动，我得把它即刻发到博客里，等到关注我的人们醒来后，我希望这篇短文会把我此刻的所思所想传达给他们，并对他们形成一种心理的折腾。

床就在隔壁，我知道，只需要过去躺下，不需多久即可安然入眠，我对自己夜晚的睡眠比对自己白天的清醒更有把握。

——《夜深了》

内心的冲突与外界不断增大的压迫力量的映射，生命的体验，使《背阴处的雪》中一些篇章或多或少有一种沉痛的声音，但它是有节制的，是通过从容不迫的语调和轻手轻脚的举止来着陆的。

那天。是七月吧。夜晚。田君叫了峻峰、扶桑、陈宏伟我们几个在浉河公园旁天一阁茶楼二楼一个名曰"青云直上"的包间品茗论道。可能是因为峻峰兄少有的倾听和扶桑的聚精会神，我便一五一十地谈了我对《背阴处的雪》的阅读感觉：真情、从容、用心、得当。

噢，对了，"青云直上"的那夜，经集体讨论（就差举手表决），确定了这本书的名字：《背阴处的雪》。

（田君《背阴处的雪》序）

用象形的亲切摇响春暖花开

认识赵玉丽,是在久读赵玉丽诗后。十几年前吧,从一些诗歌刊物、报纸上读到赵玉丽,给我的印象是那种黯淡的天马行空式的抒情,是那种想"逃避现实的肮脏和不忍",尽最大可能地把自己放置得与现实远一些、再远一些的诗人。之初并未形成真正的关于她的概念,渐渐,大脑里不知怎么就有了"坚守",当然,时常也会被"固执"所取代的有联系也有矛盾的评价。时光如水,一晃十几年就过去了。其间,我们虽未谋面,但至少我没有停止过对她的关注。

终于,今年夏天,我们相聚在泝河岸边。当时,我家乡的赵家利、尹泓、桂斌一行到了市里,声称冲着我来的。我当然高兴,在百花园迎候他们。太阳正中天时,车至人到,可从车上下来的人当中,有个面生的。赵家利试图抢先一步介绍,谁知此人并未拘谨,微笑道:"我是赵玉丽。"于是,我们一群便共同快乐着,在有一种美丽正幸福花开的情景中,相互品读着。

认识赵玉丽后,重又读了她先前的一批诗,是她带给我结了集的,加深了原有的印象。心里也就有了那么一点儿不解,因为从赵玉丽生活状态上,我是真的看不出丝毫赵玉丽诗的情绪。

说着说着,又过去了几个月。

当那些明亮温暖而又简约动人的诗句于孟冬时节的午后挤进窗子,无声地照耀着正在阳台上舒适阅读着赵玉丽新诗集《幸福花开》的我时，我便想，赵玉丽终于"活"过来了，在冬日里，她正用比风还象形的亲切摇响春暖花开。

你看：

我所有的幸福阴影也无法侵占
死神的骨灰匣也不得禁锢
每个晴天翻晒发霉的心事
每个雨季都向着晴朗出发
不幸者啊，请跟随我的脚步！

诗句就像一把锋利的刀，给浮躁、暗淡、无聊、懒惰、逼仄的生活划开一道口子，让我们看到了生活的光，并且读者由此在种种可能之外建立起自己的精神向度。

灰鸽子和花脖鸽子在阳光下相亲相昵
让我明白屋檐下幸福的真谛
请用金色阳光的嘹亮小号
祝愿上帝赐给你一个丰收的夏季
光明的未来在等待
飞向阳光的鸽群——
亲爱的，这一切是你的奇迹——

诗歌是最软的，也是最硬的东西，需要把握细腻的感觉。看诗人是如何感知感觉幸福的：

多年后，在某间空寂的房屋
一双温热的目光在捧读我的诗歌
神啊，这就是上帝赐予我的幸福

只因我们的文字就是礼物

幸福缘何而来？快乐、自信、深情、爱恋是当仁不让的主题：

假如琴声有人聆听
越过所有山巅、海洋和疆域
在所有的窗口外默立着倾听的人群
那么太阳就不会空洞地照耀
月亮也不会痴痴地眨着眼睛
照亮青涩的果实披上金黄的外衣
这弹奏着内心琴音的手指何等欢快
这琴音是清泉流过不止的声音
欢快，欢快的琴声
欢快，欢快的生命

不仅仅写欢快，还要写欢乐：

写写欢乐
写写这颗易于满足的心
从明天起，做一个有灵魂的人
写你不再是一朵孤独的云
漂泊在往昔寂寥的天空

只有如此欢快，才能映照出：

我们已丧失了与玫瑰一起重复开放的权利
但我并不遗憾、哀婉叹息
我将欣喜

世界的游戏和争斗都与我无关
毕竟我不是一个玩刀弄枪的人
在躺椅上，我拥有安静的光明
并且相信
胸前绚烂开放的铃兰花
任谁也无法夺去

并且，不仅如此：

一朵绚丽的花轻轻地合上睡眼
现在我可以枯萎而进入泥土
触摸真理和永恒

还不仅如此，在从从容容自由地来去中，去热爱，直到：

把偷走的心还给我
把被你偷走的睡眠还给我
把光阴也不能蒙尘的笑容还给我
爱还我，恨还我，情还我，愁还我
满怀春水把拨乱的琴弦还给我
由你不再是通往炼狱之路
红尘有爱，由你我爱上整个世界

在巨大的幸福里，在无穷的快乐里，在舒展的自信里，在丰沛的深情里，爱，完成了从我到他，从小到大，从薄到厚，从冷到热的积累，闪现出完整的光芒、理性的深邃。诗人以一种自在的开阔格局和不拖泥带水的简捷，处理时代投影于自己精神中的冲突：残损现实的冷静指证，稀有本真的小心搀扶，贴近幸福的战栗，抵达安宁的怀想，都聚纳在对于灵魂、对于爱情的眺望中。为这个时代，也为自己保留一份或多或少的心灵灼烫。譬如《致安德拉德》：

> 我必须和您交谈一次
> 嘴唇的开合间有冲动的热情
> 因您受人仰慕
> 因您沉迷于阳光月光
> 因为您发出赞美的声音比诅咒的时间更长
> 歌者无罪，我只想把歌声传唱得
> 更悠扬一些，优雅一些
>
> 安德拉德，你带我至远方的海边
>
> 青春，这古老的火焰
> 烧完了你，又来点燃更加年轻的躯体
> 在海浪的皮肤下绿色的火苗上升
>
> 没有谁知道，我们因何痴迷于
> 口唇下和发际间的玫瑰
> 大地上珍贵的永不褪色的记忆
> 如您的痴情，瞬间被铭刻
>
> 当孩子们跑来，从我这里领取火种
> 安德拉德——
> 请把您手中的火种交给我，以完成这爱的传递——

一个人为什么要写诗，往往在他的诗里能够找到答案；一个人写诗为什么要这样写，往往在他的诗里也同样能够找到答案。赵玉丽的每一本诗集都给了我们明确的答案。她要用语言述说的，不仅仅是自己的过去抑或现在，也不单单是告诉人们她的经历，重要的是告诉人们她的感悟。无论第一本诗集《女诗人肖像》，还是接踵而来的《七个唱诗班的少女》《雪孩子》，还是眼前的《幸福花开》，既是赵玉丽作为自然人又作为社会人，作为普通人又作为诗人的一种记录、一种陈述、一种状态、一种想象力，更是一种语言与我们密切相关的各类事物或事件——文化、经济、政治、爱情、友谊、痛苦、死亡、风景、气候等——融合的产物，以及对这个融合的产物的具有诗人独立风格和诗歌品质的感觉。

所不同的是，第四本诗集与前三本诗集不是大同小异，而是选择了几乎相反的方向。《幸福花开》不是找到了任意的题材，而是找到了自由的语言，以使她能够以高度自由的手段处理一切。我想，这应当来自她艰难的蜕变，一如她年龄不大却历经风雨的人生履历。

《女诗人肖像》成书于2004年，开篇诗《与飞鸟一起长大的女孩》，是赵玉丽17岁阅读同名童话时的诗作，这一预言般的诗作仿佛宿命，使诗人较长时间被童话般的梦幻色彩所笼罩。虽然在《少女和羊》一诗里，有着"你赶着羊群/仿佛赶着一份丰美的嫁妆/你举着牧鞭/却从来不伤害它们/羊是这个世界上最温柔善良的动物/纯朴的少女使这个世界充满奇迹"这些抒情的品质，虽然在对新生活的憧憬中，通过"新生活啊/你让一个幻想的孩子竭尽了想象"，进而从不同侧面折射出灵魂的光辉，并且坦率、真挚、热烈，但在写作初期，赵玉丽明显受到茨维塔耶娃、西尔维娅·普拉斯、希姆博尔斯卡、帕斯捷尔纳克等西方诗人的影响，同时也似乎深陷《百年孤独》等一批名著之中而不能自拔。所以，尽管一些诗作带着信仰的力量，将读者引入诗人所创造的意境，但更多的诗作笼罩着灰暗忧郁的色调。

《七个唱诗班的少女》带给读者的是童话般的世界，让我们感受到的仍是赵玉丽那颗纯净、真挚的心。"只谈雪人／只谈糖果／只谈未来，在他们长大以前／只谈诗意的现实""当我这个写作者／像被施了岁月的魔法／变成白发苍苍的老祖母／我们仍然／只谈童话而不讲巫婆"（《与孩子交谈》）；"我这个病孩子／爸爸／在童年时你曾把怜爱给我／现在我偿还／用温暖的水和内心的电流"（《给爸爸洗脚》）。但是，离异使她只身回到母亲身边，丧父之痛更是雪上加霜。诗歌因此成为她的伴侣，成为她的孩子。在这本诗集中，赵玉丽幻想和感受着细节之美、梦想之美和唯美之美。执意沉醉在诗歌的唯美意境中，在现实蒙尘的天空下，珍藏着有关诗歌的偶然和那些只有在梦中才昙花一现的美好。她用诗歌诠释对生命存在与价值的思索，对现实生命的不断追问与反思，对生命形态的终极关怀。客观地讲，那个阶段，赵玉丽是孤独的，也是敏感的，因而具有脆弱性，反映在诗作中，更多的常常是阴冷。

　　2007年，赵玉丽的第三本诗集《雪孩子》问世，《雪孩子》充满了唯美与虚构，从诗人歌颂的天鹅与孔雀身上，读者能感觉出她的诗是出世的灵性的产物。语言风格清新自然，想象丰富奇特，"在空中哺养漂亮的羊群／她的羊群就是她的词／小心翼翼，又布满整个天空"（《牧云的人》）。赵玉丽依旧用她独特的嗓音抒发着诗歌的本质，"没有你，生活会更悲惨地折磨我／包容一切的母亲／大地一样体谅的母亲／你的手带着厨房的香、食物的香／抚摸我病中发烫的额头／除了你，谁能把我从噩梦中叫醒？"（《说说母亲》）尤其难能可贵的是她对索德格朗"可一个人类的孩子除了肯定没有别的"的"担当"的理解，"肯定"，就是对于苦难的担当。因而，赵玉丽在诗歌创作的广度上、深度上和高度上已俱藏起文化用心。虽然赵玉丽又一次用她的诗句显示出聪颖的构置能力，甚至在幻想的土地上洒脱空灵，无所不能，但是，虚幻之痒在考验读者耐心的同时，也或多或少地阻碍了与现实生活的心理融合。

　　比较之中，《幸福花开》充满了亮色，充满了阳光，充满了温暖，当然充满了幸福，同时充满了感慨之念、感谢之意、感激之情、感恩之心。赵玉丽从前三本诗集中走出来实属不易，疾病、离异、丧父、十年的独居，从悲伤的树上结下的是酸涩的果子。但是，命运发生了转变，尤其充满烟火味的婚姻生活给这枚果子注入了新的内容和坚硬的内核，她在眩晕中而非迷惘中，她在希望中而非绝望中，她在自信中而非无助中，她在幸福中而非悲哀中，她在喜悦中而非痛苦中，她在感恩中而非怨愤中。因而，赵玉丽开始了从个人的幸福出发，向超越个人命运的生活迈进，向平庸世界却并不平庸的爱抵达的行程。正因此，赵玉丽得以安宁与超脱，并且前所未有地感受和接近生命与生活的本真面目，前所未有地感受和体味诗歌本身存在的价值与意义。赵玉丽触摸到了诗歌的心跳。

在那座被一条河一分为二的美丽城市，如今的赵玉丽，一定常会于林间闲庭信步，听鸟语如花；一定常会于河畔屏声静气，观桨声灯影；一定常会于谁家窗前停下脚步，任凭钢琴曲在心底荡漾出爱与美的和声；也一定常会于书桌前会心一笑，"右手有诗歌等着我来写，左手有爱人等着我来爱"。当然，我也相信赵玉丽还一定常会于夜半轻轻飘来的月光里陷入长久的沉思抑或似曾相识的孤独……

凡事都有巧。我正在午后的阳台上漫无边际地边看着边想着赵玉丽的诗，手机响了，一听，是赵玉丽，还没等我说明这个巧，她告诉我她马上要到市里来，语气匆匆，几乎就没等我说话，自顾自地说了两件事便挂了电话，想必匆匆赶车去了。

第一件事，说是她要到市里来，问好朋友穿什么衣服，好朋友建议她穿亮点，她就穿了亮点的，不咋像诗人，只像女人，感觉不错。

第二件事，她恳请我今晚要听她唱韩红的一首歌，叫《天路》。我不解，她笑着说她每次唱这首歌时似乎就会有人把她接到天上去。我顿时愕然。

手机又响了,是信息,是赵玉丽发的,打开一看:其实,人间就是天堂。

(赵玉丽诗集《幸福花开》序)

2010年7月于申城

跋涉的快乐

初到新县,我就被新县的山水镇住了。人在山的面前是渺小的,无论你怎样塑造着自己的伟大,都无法削弱宽厚仁慈的造物主那神奇巨大无穷力量的拯救与给予。人在水的面前是苍白的,无论你怎样澎湃着情绪,都无法抵御或浩渺或幽深的灵秀和柔情悄无声息的淹没。人在老树巨藤面前常常是虚无的,无论你怎样张扬着真实与个性,都无法掩饰被真真切切氤氲着的神秘之气笼罩的怯懦。人在古刹寺庙面前常常是肃然起敬的,无论你怎样唯物与轩昂,都无法斩断那清凉的钟声,都无法揉碎那爽利的月光……

人们对山水的敬畏和眷恋就是从那一时刻产生的,人们对历史的想象与追忆也是从那一时刻产生的。

当我们的目光回到原野,回到山水,便能在安详与平和中起伏跌宕,便能滋生跋山涉水的欲望,豪情陡发,仿佛,从此不再寂寥,日子过得风起云动,尽享跋涉的快乐……

有了初涉山水偶得的心境,并且有了从春到夏再到秋的过渡,终于,一个天高云淡的日子,我由吉国兄领着,叩响了胡老师成潮先生的家门。

成潮先生貌不惊人,既无大儒大雅的风度,也不显耀眼逼人的气质,是很敦厚很朴实很善良的那类。他一直教语文,一直教高中,一直是骨干。面对学生和社会如潮的好评,他压根儿就没在意,似乎与他无关，但当谈及新县自然景点和人文特色时，顿时，眼放亮了，如数家珍，哪座山多么大，哪座峰多么高，哪处崖多么陡，哪道岭多么诡，哪块石多么奇，哪个洞多么深，哪条河多么长，哪挂瀑多么悬，哪碧潭多么幽，哪面湖多么阔，哪棵树多么老，哪块碑文多么隽，哪副楹联多么巧，哪方匾额多么久……山山有故事，峰峰有传说，石石有名堂，潭潭有悲情，树树有典故……

成潮先生打开了话匣，一讲不可收，他被自己感动了，60多岁的人，满脸红霞，目光里充满了孩子般的欣喜和自豪，时而比喻，时而排比，时而夸张，时而通感，时而一组数据，时而地点人名，时而背诵铭文，时而即兴赋诗……

我被跋山涉水的快乐所感染，我被浓浓的文化之气所包围，无疑我被打动了，也被感动了。当三个多小时后，从成潮先生狭窄的陋室里出来时，面对不远处葱郁的大山，我下意识掠过一丝幸福而激动的战栗。

隆冬时节，成潮先生委托吉国兄转交我一个浅黄色的透明塑料文件袋，里面装了三本书，皆为重灰色牛皮纸封面，中间靠上处是一排隽秀的行书"新县旅游文化探微"，分上中下三册，还附了一封信，主要是要我提出修改意见的。

足足三个月后，我才将《新县旅游文化探微》送还。工作忙是一方面，主要是，我将初稿认真地看了三遍，我有意识地将三遍放在三个月，照成潮先生稿中之文和初识所叙之言，寻山攀峰踏岭践水，觅树查藤问花访寺。每读一遍，都有新感觉，都会平添对成潮先生的敬重，都会平添几分温暖和享受这份大自然的恩赐所特有的幸福，同时，还平添了几分尊重自然保护自然，人与之和谐共生的意识和责任。

送还的时候，是第二年春天，与三册书稿一起，我附了一封长信，除了对成潮先生在岗时利用学生家访、退休后跋山涉水、四季行走，以智者仁者的行为守望文化、传承薪火、启迪后者的功德之举表示景仰，还提出了数条意见和建议，并与先生进行了沟通与交流。

此时，成潮先生已经应邀参加了新县高中60年校庆的紧张筹备，我并不知晓。我建议他趁热打铁，尽早成书。他笑了，有些勉强。

此后半年，各忙东西。忽一日，得信成潮先生中风卧床，便匆匆赶去，但见先生面容憔悴，难以言语，再不忍提及书稿之事。接下来，我倒真的隐隐为《新县旅游文化探微》的命运担忧了。

又一个春暖花开的时日，在城中盛开着梨花和桃花的小山下，我竟和成潮先生相遇，他眉含笑意，目露慈祥，紧握着我的手，朗利地说："书稿我改好了，这两天，让小儿子送给你。听由你发落。不过不管下落如何，都想请你写个序。你我有缘啊。"

一股暖流涌上心头。望着成潮先生远去的背影，我突然意识到，半年前他勉强的笑，被人信任之邀不可拒故而无暇是其因，三尺讲台囊中羞涩更为其主由。若非钟爱山水、钟爱跋涉，至今回味跋涉之快乐而无丝毫悔意，成潮先生是断然不会抱着中风后的病体斟字酌句删繁就简优化结构的。

打开成潮先生遣子送来的书稿，从许多曲折的笔画中，我分明看到了成潮先生重新定稿誊写的艰难，也看到了字里行间所渗透的对山水的挚爱之情，更看到了跃然于纸上的跋涉的快乐……

（胡成潮《新县旅游文化探微》序）

2000年12月于新县

徜徉汉字间

30年前,我在老家石佛高中教书时,曾不知天高地厚产生过一个念头:编写一本解字的书。念头就是念头,一闪而过。虽然对汉字的兴趣从未衰减过,但在这30年间,那个一闪而过的念头从未上升至想法而真正成为我一个时段中跃跃欲试的行为,因为那毕竟是个浩瀚的事。

巧了,30年后我碰上了汪智平。我们原本不认识,虽同居一城,且干着一个系统的事情,但一见如故。那是个下午,中秋节前夕,我们都参加了一个叫"月光轻轻飘来——中秋文化漫谈"的座谈会。大家踊跃发言,各抒己见,言之有物,那情那景那气氛,让人颇生感念,尤其是汪智平的发言别具一格,令与会者印象深刻。他是从汉字切入的,根据一些用象形、形声、会意、指事等方式无法解释的汉字结构,对字的结构、字义、词义进行妙趣横生的解释,于不经意间娓娓道来,仿佛一把钥匙打开了通向汉字字库的大门。大伙的目光全被他吸引去了,时而凝神屏气,时而忍俊不禁,时而举手发问,时而点头称是。那一时刻,智平是绝对的中心。因为,他发言的时间最长,但在他整个发言的时间里,会议室内没有沉闷、没有压抑、没有焦躁、没有轻浮、没有矫揉造作,充满了自由与平等、个性与争鸣、真诚与智慧。

原来,智平正在进行解汉字的写作并接近尾声。数十年来,从事市政管理工作的他竟因兴趣使然,潜心研摩,不离不弃,终得以梳理出一条解释汉字构造原理的思路，总结出一套解释汉字构字意义的方法，遂于 2000 年初，循《辞海》字序动笔撰写书稿。白天要工作，只有利用夜晚时间，其艰辛与不易，令人肃然起敬。眼见得，经过 2000 多个夜晚打磨的一尺多高的书稿即将杀青，哪承想，2005 年 7 月极端天气下的一场突如其来的大水竟破门而入，活生生地将积攒于案头的书稿浸泡而毁。智平欲哭无泪，大脑一片空白，一段时间里失魂落魄。当然，还是他与汉字的不解之缘拯救了他。半年后，他开始了《解汉字》的重新写作。这一次，他吸取了教训，通过学习，迅速掌握了电脑写作方法，并将解字规模缩小于 3500 个常用字范围。一分耕耘一分收获，钟情与执着，让智平"大难不死"后再获解读汉字的灵感与持久的动力。2012 年底，一个难得的大雪飘飞的时日，他终于完成了 100 多万字《解汉字》的初稿。据智平说，那一时刻，他两眼潮湿，久久不能平静。

在智平眼里，汉字作为世界最古老的文字之一，除了是记录汉语的文字外，还是艺术，是包容了思想、情感、行为、体验的既可化具象为意象，又可化抽象为具象的艺术。因而，智平立足个体完善与本真的大众的人文观照，从个体心悟出发，寻求内心深处的独特的心灵节奏和趣味，并与历史文脉、约定俗成、规范章法息息相关。这就使得凝聚智平 12 年心血与汗水的《解汉字》渐丰渐茂，蔚为壮观，从而形成了对汉字尤其对简化汉字的功能认知有一定作用，对汉字的普及教育是一种有益补充，可作为学习汉字参考的这本专著。从某种意义上说，对汉字提出构造原理方面的独到解释，是智平在文化乃至精神上对生活体验形象的艺术的描述，具有新鲜、朗利、健康的气息，而非单纯的呆板的笔墨形式的建构。就《解汉字》而言，就是智平与汉字大美天地和谐众生的心灵感受，形成了他对人文精神、境界、言说的观点与特点，将这种观点与特点有机地作用于进而表现于字里行间，便是智平的独特性。倘若智平的眼中山就是山、水就是水、家就是家、大就是大、小就是小……汉字是一个又一个方块字，而非艺术，那必然拘泥于已有的结论而不能自拔，困囿于权威而断不可延展。

品读智平的《解汉字》，既有中正，亦有雅趣，不同的字解总能给人以不同的感受。

譬如，他对"小"的解释：用象形法构造。字形由竖钩、撇、点捺组成，很像一个穿着厚棉袄，分张双臂，翘着脚尖站在父母面前抬头仰视的幼儿，也很像人缩身蹲伏的样子。字义是人的身体占用空间很少的状态，或人将身体所占空间收缩到极致的状态。这种状态所蕴含的意义，一是事物的三维形态不及人们所认知的常态，或不及所比较的对象；二是与"大"相对应、相比较而存在的客观状态。

再譬如，他对"友"的解释：用形声法构造，可分解为"ナ""又"。"ナ"，作形符，形似一个人撑着一块布给下面的人遮风挡雨的样子。"又"作声符，表示与本字的发音相同；也作形符，人交腿盘坐的样子，表示陷入困境。"ナ""又"合而为"友"，表示在你陷入困境时出手相助的那个人，也表示关键时刻出手相助。"朋"和"友"都是感情深厚的表现形式，然二者有着明显的差异。"朋"侧重于外观表现的一致性，通过对共同特征的认同来维系整体关系；"友"则侧重于行为表现的互补性，通过交往、亲近、互帮互助等方式维系彼此情谊。"朋"主要体现在对共同理想的追求，"友"则主要体现在生活关系的密切。"朋"的主要内容是兴趣交流，"友"的主要内容则是情感沟通。简而概之，"体仪为朋，心仪为友""求同者朋，互补者友"。

诸如此类，在《解汉字》中比比皆是。

《解汉字》除呈现出丰富性、趣味性的特征外，还具有思维模式的宽泛性特征。我认为这是《解汉字》的一个亮点，是智平之所以能够在12年时间里面笔耕不辍以顽强的毅力耐力最终完成的其中诱因之一。面对更宽泛的时代状态，他有许多话想要表达，并且欲以不同方式、不同角度、不同层次去表达。这是对的，这很符合现代人的阅读心理，也适应当下社会的文化环境。在智平心中，一个字不只是一个简单的客观的字，而是都能够成为传情达意抒怀的载体。因而，他另辟蹊径。他真诚地忠实地率性地从容地言说自己的思想、感受与心得，在他期许人们与他共同分享的同时，他自由地抒发着自己内心的情绪，用文字的浓淡、点线的交错、字词的互映、篇章结构的开合，去创造一幅气象万千的关于汉字的长卷，自然的汉字由此已然成为汉字的自然，使《解汉字》始终盈漾着一种自由纵笔而悠游的生气。

尽管智平依着心中的欢愉，在汉字间达意徜徉，但并非随心所欲、我行我素。他遵循规律，以辩证的观点重视传统。基于自己的行为体验，智平从一开始就与传统并行不悖，并自觉地沿着中国文化这个主根，去研究、继承、挖掘与创新，从而气概通流、性灵豁畅，犹如庖丁解牛，游刃有余，体现出由单个进入整体、由虚空进入充实、由心远接近真意的形体气势性把握方式，并进一步转换为《解汉字》的精神状态和文字意韵。在万变不离其宗的原则下，智平在实践中确立了自己的表达方式与表现方式，粗犷而不粗糙，简洁而不简陋，率性而不放肆，随意而不凌乱。透过内在的井然与外在的清爽，人们可以看出智平对文化的敬畏、对汉字的热爱、对生活的真诚、对事业的执着。

中国文化从不把某一种文化艺术种类仅仅作为一种样式或视觉图像来看待，而是作为一种对人与世界、人与自然、人与社会以及人与文化的关系来看待的。品读《解汉字》及大书背后智平数十年对汉字孜孜求解的心路历程，便不难感受到，他是安宁的、耐心的、隐忍的、淡定的，如果没有一颗纯净的心，是不可能表达如此时空纵横纷繁复杂而又澄澈清明的文化事物与精神诉求的。鉴于此，他不是一己的狭隘表达，而是奉献给社会为人们所共享的精神家园。所以，智平的作品与他的生命情感是一致的，与他的价值取向及精神向度是一致的，在这种统一中，《解汉字》无疑折射出智平的个人心境与我们所生活的当下社会的整体心境，并且，似乎生而逢时，与正如火如荼进行的旨在民族的未雨绸缪，拯救汉字书写而备受从官方到学术界再到普通百姓一致追捧的《汉字听写大会》《汉字英雄》大型电视节目相契合，抑或会师。但愿，在电脑称霸的时代，汉字解读、汉字书写、汉语能力劫后余生，能够重新回到它应有的位置与水平。

这就需要更多更多的像智平这样的人，甘愿远在人们的视线之外，去努力，不懈地努力。

（汪智平《解汉字》序）

2013 年 6 月于申城

给心灵找个安放的位置

我从大山中的新县来到申城几年后的那个盛夏午后，太阳正下着火，坚硬的道路街巷上升腾着蒸笼的气流，办公室窗外的国槐树上若干知了争先恐后，幸灾乐祸抑或歇斯底里地鸣叫着，无比的尖锐与无边的恐怖，使角角落落都充满了焦躁的情绪和不安的悸动。

这时，有人敲门。一看，竟是施业明。

几年没见到施业明了，似乎连个音讯都没有，这个时候，他裹挟一股灼人的热浪现身于面前，让我备感突兀。当时，他身着立领布扣的白棉布中式衬衫，上面印着灰色小团花，很恰当，也很文化，严严实实的，颇有几分中正古雅，却没有丝毫的酷热痕迹，仿佛人间四月天。

原来，施业明从北京回来，下了火车就奔这儿来了，他这几年一直在北京，研习书法，具体讲，潜心练楷书。

施业明那双湿润而温良的眼睛看出了我目光中的困惑，便随手拉开行李包，取出一个卷轴和一个档案袋。卷轴是已装裱的，是诸葛亮的《出师表》，用中楷写的；档案袋装的是四条屏，没装裱，也是楷书，字的尺寸比小楷大些，较中楷稍小。施业明一展开作品，我不禁眼睛一亮，顿时就被震住了，细细品评且慢慢咀嚼，惊喜之余，感念如一阵阵清水凉风不期而至，那个原本炙热难挨的午后，竟在别有一番滋味中，转换为另一种存在。

在我的印象中，我老家固始（中国书法之乡）所有的习书者都得从楷书起步，颜赵柳欧皆可，少儿时描红，一笔一画，从不敢节外生枝。那是个漫长的岁月，对于每个渴望长大的孩子来说，多么想撤掉米格纸下面的那页红帖，对于许多许多少年而言，经历了更加漫长的楷书临帖后，多么想将大师名帖搁置一边而随心所欲，更多么想跨越楷书这道门槛去品尝其他书体之新鲜。可是，学校老师、家庭父母、社会长辈总是以不容置疑的口气，异口同声道："没学会爬就想去走？！"

哦，楷书。施业明在耳顺之年颠覆了自己，竟以楷书，正正派派、规规矩矩、干干净净、从从容容地拉开了他书法研习甚或人生的第二个春天。

我与施业明因共同参加申城的一次书展而相识于1987年，那天我的一幅字与他的一幅字正巧挂在了一起，而我当时正站在他的字前，他也正站在我的字前。一问，便笑着认识了，当时他练的是行书，欧阳中石的那种。更巧的是，10年后，我去了新县工作，与施业明成了同事。闲暇之余，我经不住他筑于半山之居"后乐斋"的诱惑，便常常寻着墨香而去，舞文弄墨之情景至今清晰如昨。

真没想到施业明有如此举动，但我理解他的选择，他一定是有理由的，并且，我相信他绝非简单的回归，更不是回到原点，他已经历了"山就是山—山不是山—山还是山"的心路历程，这才在研习了多年行书之后，一路向北一头扎进京城，像鱼潜入水底，因为那里水肥草美。

施业明初涉唐楷之时，师宗法备柳公权《玄秘塔碑》，用功甚勤，以筑其基、主其骨，继而徜徉驻足于欧阳询《九成宫醴泉铭》，寻找切入点及突破口，先求欧楷之中正平稳之态，对每个字从点书、结体进行解剖分析研究，由对临至背临，非笔笔字字精到不罢休，进而求欧字险劲之势，同时流连于欧阳询之《化度寺碑》，从中汲取营养，整合古碑艺术元素，一统风格，以熔炉为一体。尤其在结体上大胆造势，较之欧阳询的字更加舒展开张，为增强欧阳询字的雄浑气息，施业明直取魏碑《张猛龙碑》《郑文公碑》，并试图在点画上追求反差，神定气足，使之流美而不失沉稳，初步形成自己的楷书风格和属于自己的书法审美语言，从而与众多习欧阳询者拉开了距离。

施业明自觉把自己的书法定位在继承与创新之间，自觉以历史与当代文化语境为参照去审视自己的作品及其意义。他以一点、一横、一竖、一折、一撇、一捺等一笔之力，聚整体之势，可谓横变纵化，故动生焉。因此，在施业明楷书作品中，笔墨内含筋力，结构紧而不僵，松而不紊，流畅不乏葱郁，自如见出聚散。作品尽显出篇章的充实与丰满，透射出一种悠悠的古朴厚重的气韵，而非单纯的笔墨形式的建构，意境清新而悠远，形象新鲜而昂扬。

三月，一场难得的雨刚刚下过，阳春的明媚与盎然愈发浓烈。时近中午，施业明又来到了申城，这次与几年前那次不同，之前有信息预约，他是从大别山腹地新县来的，身上与字里还余留着丝丝缕缕野生兰草花的清香与淡雅，这久违的气息，熟悉而又陌生，让我从心底陡生出一股暖流。

施业明铺展开新作，果然，室内便轻轻氤氲起又得佳品赏、人书共心情之气韵。

布局分寸，塑形凝字，字的骨和韵、刚与柔，是施业明显现于笔端的艺术创作，毋庸置疑，施业明的感情一定委婉曲折地隐含在那笔法、墨法、结字和章法的神韵里。方寸前的独身而去，凝神静思，黑白间的运臂转腕，泼墨挥毫，使施业明的情感在须臾间挥洒而出，这是个性在刹那间的炫彩夺目，是思绪在笔端的永恒驻留。每个字的起止缓急、映带回环、藏锋露锋、轻重转折、虚实偏正，恰是施业明喜怒哀乐的具体体现。

较之当今书法作品中更多的冲动、激情与速度，我从施业明的楷书作品中更多地看到进而体味到的是清静、安宁、内敛、耐心，是淡然雅正、不温不火。因而，同为楷书却绝不雷同，各有意趣气息且情感饱满、内涵充实，焕发出一种天真本色的精神质地。

在施业明眼里，书法是"技"，是一种循序渐进、熟能生巧、磨炼心性的过程，因而，他不急于求成，而是一笔一画地书写，一点一滴地积累，有笔山的持之以恒，有墨池的甘于枯寂。施业明始终认为，只有把那一横一竖、一撇一捺写得正圆舒展，才算是初窥门庭。在施业明笔下，书法是"艺"，单字成形，各个部分仰视相望，避让有序，是对书法内在和谐之美的本质诠释，也是其艺术价值的直接体现，更是中国传统文化"和"的完美体现。在施业明心中，书法更是"道"，一个个生动的汉字，首尾相续，形态传神，通融共济，构成自然天趣、法度严谨、错落有致的世间锦绣篇章。每当施业明提笔凝思，在尺幅天地间，总能恬淡自然、情境交融、意象共生。这是一种淡然的心绪，是一种摒除心中杂念，消淡功利之心，寻求自我心灵安静的超然雅趣。

施业明并不善言语，但在那个盛夏午后说的其中一句话，我至今还记得清楚，他说："我给心灵找个安放的位置。"想想，挺诗意的。

新县，城在山中，水在城中，楼在绿中，人在画中。施业明的房舍居于新县小城中的一座叫花果山的小山坡上，当年我曾伫于他的院中，西望西大山，东观小潢河，感叹不已，眼羡不止，恍惚间，一时尽览遍读春花夏荫秋果冬雪。身处如此闹市中取静之地，施业明能写出好字，也该写出好字，倘若写不出好字，似乎真的说不过去。

（《施业明书作集》序）

关于施业明正体临作的几点感想

七八年前,一场贵如油的春雨刚刚下过,施业明来申城找我,让我为《施业明书作集》写个序。因之前多有书法方面的交流,面对他一批新作,更是感念倍至,便边与他从办公室窗前俯瞰百花园似锦的景色,边答应了他的要求,这就是那篇题为《给心灵找个安放的位置》的随笔。在这个代序里,我说,"在施业明眼里,书法是'技'","在施业明笔下,书法是'艺'","在施业明心中,书法更是'道'"。并且,在这个序的结尾,我无不充满期待地写道:"新县,城在山中,水在城中,楼在绿中,人在画中。施业明的房舍居于新县小城中的一座叫花果山的小山坡上,当年我曾伫于他的院中,西望西大山,东观小潢河,感叹不已,眼羡不止,恍惚间,一时尽览遍读春花夏荫秋果冬雪。身处如此闹市中取静之地,施业明能写出好字,也该写出好字,倘若写不出好字,似乎真的说不过去。"

一晃,七八年过去了,像是照应我的期许,施业明真的又是收获满满。这一回,他以有正大气象的正体临作,生动地再现了他锲而不舍、勤耕砚田的书艺情怀。

两个月前那天上午,春意盎然,施业明打来电话,他在电话中说让我再为他新作集作个序,我颇有些犯难,犹豫再三,终了还是应允了下来,我想,施业明五十五岁退二线时研习楷书,现已是七十四岁的人了,本"从心所欲,不逾矩",而今却仍苦其心志而又乐此不疲,二十年如一日，实在不容易，实在难得。为此，我再说几句，权为欣赏施业明这七八年来作品的感想。

施业明深谙《论语》"取法乎上"之道理，以楷书入门为正则，浸淫于古代楷书法帖，首宗柳公权之端庄谨严法度，以求其则，得其楷书之风骨与韵致，继宗欧阳询之古雅险峻气象，以求其形，得其楷书之清劲与遒美。转摩北碑，以奠其基，溯六朝《张猛龙碑》《郑文公碑》，追元代赵孟頫，得其沉雄婉转之髓，潇洒挥动之势。与此同时，施业明上探周秦文字之渊源，下涉明清墨迹之神韵，从籀篆古简中采质朴灵动之气，于楷行中得雄浑俊逸之态。他二十年临池不辍，刻苦钻研与探索，渐入佳境，既具端严雄健之气象，又有从容自始之韵致，逐步形成了古朴凝重、刚劲豪放、流畅洒脱、灵动险劲的书艺风格，常能元气淋漓，蔚为壮观。"取法乎上"实乃施业明书艺心得之首要。

学书也好，作书也罢，施业明始终保持冷静，葆有一颗平常心，不为名所左，不为利所右，亦不逐追时风，用他自己的话说，"只为爱此道足矣"。正是"只为爱此道足矣"，施业明清风入怀，淡泊自适，他以书遣怀，以书抒情，皆适意之事，取静于大别山中，不求闻达，故无炫技于世之心，其人品超逸凡庸，其书品清芬雅合。当下，常听闻多人叹息，"古道不存，人情日薄"，的确，现实生活中常见的急功近利、急于求成，使很多人做不到心安神定潜心于学问而通过各种途径追名逐利。欧阳修曾说："苏子美尝言：窗明几净，笔砚纸墨皆极精良，亦自是人生一乐。"欧阳修提出写字"不必取悦于当时之人，垂名于后世，安于自适而已"。施业明经年累月乐此不疲、身体力行地修炼书内书外功夫，以书法之笔触，在追思抒怀、书写现实中萃取艺术之精髓与灵感，从书艺中撷取旋律与节奏，身处喧闹之世，胸怀宁静之心，气定神闲，静观默察，坚执雅操，颐养情性，真可谓：开卷神游千载上，垂怜心在万山中。孙过庭《书谱》曰："初谓未及，中则过之，后乃通会，通会之际，人书俱老。"通会之际，是融会贯通的时刻；人书俱老，并非衰老，而是老成、老练、老到、老辣。施业明志气和平、不激不厉而风规自远的书艺实践，在焦躁不安的当下，尤为不易，亦尤为重要，这也正给了他一个"人书俱老"的证明。

书法与个人修为关系密切，包括了技法、修身、养心、社会交往、人的文化气象等文化内涵。书法是重要的保存人的本质力量的大写意艺术，它八面出锋，阴阳向背，点画之间性情毕现。因此，施业明在坚执传统精神的同时，强化了传统学养的精神依托，带着中国书法本体创造性和审美价值思考，对传统书法，不是简单地陈陈相因、亦步亦趋，也不对现代书法的表象描摹因袭，从而保持了一种新鲜的富于灵感的书法创作状态，可谓心摹手逐于传统。施业明数十年如一日，坚持临帖、读书、写字，这与大书家王铎一日临帖一日应索有相似之处，这也可能正是书法创变出新的好方法，学习的过程是吸收，吸收得越多，后劲则越大，临帖的过程如同人吃饭补充养料，每天都要为身体充电一样，是书法成长的必经之路和终生所为。施业明深知形态易写，质感难求，便更加重视原创精神，更加注重融合贯通和作品的内涵，更加关注作品的细节，更加注意思想的纯度和技法纯度的协调一致；施业明在学研临作中，既不妄自尊大，又能从容镇定，实现了守正出新。一方面，他取法高古，凝练浑厚，刚柔相济，奇正相生，使转自如，雅秀有致，意态丰腴，自主面目，呈现出流美而又古拙，率意而又蕴藉的艺术境界；另一方面，熔碑之凝重、帖之灵动于一炉，神清骨俊，气雄力遒，其多变的笔法、简约的点画、内敛的字势、苍劲的笔力、自由的章法、朴厚大气的书风，构成了施业明新书耐人寻味的特色。施业明正体，墨法生动，颇具心手双畅之美，顿生思逸神超之叹：楷书方正朴茂，浑穆沉雄；篆书颀长秀美，和谐对称；隶书入帖出帖，涨墨浓墨。可以说，在书法艺术的道路上，施业明倾注性情，给以生命，使艺术与生命有了契合而愈加厚重。所以，面对施业明"守正出新"之作，除了欣喜，还有欣慰。

项穆在《书法雅言》中说："书有三要，第一要清整，清则点画不混杂，整则形体不偏邪；第二要温润，温则性情不骄怒，润则折挫不枯涩；第三要闲雅，闲则运用不矜持，雅则起伏不恣肆。以斯数语，慎思笃行，未必能超人上乘，定可为卓焉名家矣。"施业明基本做到了项穆的"三要"，那么，按照项穆的说法，施业明不一定能超过前辈书法圣贤，但他可以卓然成家呀。我祝愿并相信他！

是为序。

2023年谷雨于申城

天庭的歌声是她今夜的衣衫

嘉勋去南方，该是1993年的事。在申城，本已有了些名气，潜能正在释放，可嘉勋在这年冬天还是走了，颇有些义无反顾的味道。

那天，从申城一个叫白果树地方的家中出来，穿过窄窄而幽深的小巷，形姿从容，尽管手里拎了一只黄帆布旅行包，丝毫不影响嘉勋艺术的扮相，加之一条长长的土灰色格子的围巾，把嘉勋远行与寻找的主题衬得昭然若揭。当时，天空正飘着小雪屑，他与几个朋友一一握别，转身而去……

再见嘉勋，已是6年后的1999年5月，在大别山深处的新县。城在山中，水在城中，小潢河蜿蜒着穿城而过，妩媚得很。流经英雄山脚处，长满了水菖蒲，正值5月，暗红色的菖蒲花不声不响地开着。花之间，有许多宝蓝色的蝴蝶在飞舞，把朴雅而颇具旷野味道的河岸弄得十分风花雪月，让人不由得心里掠过一丝风过池塘花叶婆娑的乱。

嘉勋倒不为眼前这撩人心动的场景所动，不时仰头，朝向英雄山观察，不时在速写本上勾勾画画。原来吸引住他的是英雄山崖壁上的爬山虎。此次新县之行，其实，他就是冲着爬山虎来的。小潢河畔，嘉勋告诉我，他正在做爬山虎系列。那天嘉勋的话并不多，但最后还是用加重的语气跟我说："老弟，你等着，我会给你理由，更会给你结果的。"

于是，我对嘉勋充满了期待。其实，从1993年冬天他转身离去之时我就开始了期待。

嘉勋没有食言，尽管他于1999年至2003年间创作的爬山虎系列的作品，我没有在第一时间欣赏到，也没有在接下来的几年里欣赏到，但从不同的渠道获悉了爬山虎系列中的不同作品所获得的成功与荣誉：

1999年，获得中国美协主办的庆祝新中国成立五十周年全国画家作品大展佳作奖；

1999年，入选广西壮族自治区党委宣传部、广西美协主办的迎国庆五十周年美术优秀作品展；

2000年，入编《中国名家书画集》；

2001年，入编《中国绘画实力派作品集》；

2002年，入选中国文联主办的"名士杯"全国书画艺术大展；

2002年，入编《百年中国书画家名录》画集。

终于，2015年晚秋的一天，我收到了一份快递，竟是嘉勋发来的，是广西美术家协会编，广西美术出版社出版的《中国当代美术家画库——易嘉勋》，共收集了爬山虎系列35幅作品：《韵律》《竞攀》《云端》《白露》《微风》《秋影》《秋分》《清霜》《暴风雨》《暴风雨后》《盛夏》《谷雨》《秋色》《葳蕤》《竞攀之一》《竞攀之二》《竞攀之三》《竞攀之四》《月夜》《顶峰》《生息》《跨越》《晨露》《圣洁》《淡秋》《朝阳》《梦藤》《春曦》《午后》《生荒》《傲姿》《清韵》《风骨》《生命》《醉秋》。

我常常于双休日的午后，于封闭的阳台上，沏上一杯信阳毛尖，翻看嘉勋的爬山虎，有时会看上好几幅，进行比较，找其相同点与不同点；有时半天只看一幅，看得很细微很细致，我得觅到嘉勋当年承诺我的"理由与结果"，并且，我要对这一"理由与结果"说上几句，权作对兄弟信任的回报。

嘉勋爬山虎系列作品，突出地显现出一种抽象意味，几乎只是意象与感觉中的大形取象，藤蔓恣肆放旷，牵制并导引向上攀缘的绘画语境；人体隐匿于藤蔓之中，时隐时现，人藤结合，形神兼备，人即藤，藤即人；作为背景的山石，陡峭嶙峋，无疑烘托并深化由藤而人顽强向上攀缘的主题。画面看似错综复杂，实则有序且层次分明的结构布局，涤荡心胸，窥意象而运斤，与水墨氤氲的效果相交织，颇具不同凡响的气象。

在黑（红、蓝、黄、绿、紫、青或灰）与白、虚与实、疏与密、具象与抽象之间，我们清楚地看到嘉勋对客观世界与艺术描绘之间关系的认识与把握，线性审美形式贯穿中国造型艺术的始终，朴素的线描勾勒了物质世界的形质，蕴含了主客相融的神韵。而理性与人文主义精神的影响，又使得嘉勋爬山虎系列的意义不仅在于构图、图案、意图、光影、轮廓、明暗、结构，更在于由此有了形而上的精神超越。

这种以笔线为主的不同的丰富而生动的造型反映了嘉勋敏锐的观察力，寄寓着他强烈的写意追求，透露出他面对表现对象时内心的激情，自然界中普通藤本植物攀爬的属性与人顽强向上攀登的精神取向有机结合，画面中你追我赶，你中有我，我中有你，你拽着我，我拉着你，手牵着手，臂挽着臂，通过藤蔓相连、人藤相接，实现了寂寞山野不甘沉寂奋起攀缘不停而意指高空的动态表达。读嘉勋爬山虎系列，能感觉到他内心的许多东西被持续地释放出来，有些时候，甚至能感受到剖开的汹涌和激情的喷溅。

在爬山虎系列作品中流动着一股股相连不绝的气韵，并自然有机地周流、回旋、跌宕在一个有文化特指的寂静而又喧闹的空间，在如此矛盾的倾听之中，我们生命的感觉即会在此空间里得以净化与升华，因为在这样的空间中，涌入了许多具有人生信仰属性的中国文化的东西，我们在那一刻，似乎身临其境，或正孜孜不倦地身体力行着诸如原始符号、远古岩画等虽简单却神圣伟大而又生动的劳作。

独特的表意功能下的表意的表现力使嘉勋的爬山虎系列作品在营造绘画意境、注重神韵的同时，另有一种"超以象外"的抽象精神的审美及文化意味排宕其间，这样的特点似乎正悄然与西方抽象表现主义在形式感上所追求的视觉张力不期而遇。

这一绝非偶然的"不期而遇",正是嘉勋主动努力的结果,或许,在1993年那个冬天他从申城白果树的家中穿过又窄又深的巷子离去之时就给自己内心埋下了这粒期许的种子。

"不期而遇"之下的爬山虎系列作品显然有别于他所有以往的作品。其一,气韵生动。浓淡墨色互破,肌理滋润,浓郁而通透,爬山虎的骨感与质感跃然于方寸之中而显示于天地之间,顿显根植深厚而又飘逸灵动鲜活。其二,虚实相生。一方面用纵横交织而又井然有序有律的走向走势,而非墨色的浓淡来体现纵深感、层次感、立体感,进而表现出蓬勃生机向上的景象;另一方面,通过笔墨与留白的和谐相衬,体现密不透风、疏可跑马的风格,作为物象的藤、人二者相生相宜、相映一体,笔线酣畅,节奏强烈。其三,意趣隽永。总体构图饱满,藤蔓遍布,盘根错节,无论茂盛之势、虬生之态,还是老枯之状都是肌理清晰、特征明显,有取向、有力量、有清雅、有温婉、有幽深、有活力、有朝气,消除了活动物象的一切凝滞感与压抑感,使遍布的藤人或人藤既个体生动鲜活,又整体相依相对,形成了一种舒展相照的意象关系与视觉上的抽象效果。

当然,嘉勋的画作,还是始终没有离开有效把握自然的形上大道和中国传统文化的核心精神的。在此意义上,祖籍山东济南、出生长大于豫风楚韵的申城,而今客居山奇水异的桂地的嘉勋,其画作中的爬山虎早已兼容并包而不拘泥于哪一地哪一处了。观其形姿与状态,既有雄强的、硬朗的、泼辣的、阳刚的,也有清丽的、鲜香的、奇瑰的、浪漫的,还有灵动的、复杂的、夸张的、淋漓的。全然若不经意,任意挥洒。

嘉勋用他的爬山虎系列,为我们提供了一个神游遐思的空间,并唤醒了我们久已沉睡的记忆,也许,那正是我们触目画面而回忆起了自己曾经攀登过的或峰或岩或崖等高处的真实感受,也许那不是我们曾攀登过的地方却一定是我们思想意愿乃至灵魂中的高处,一定有过这样的攀缘印迹、生命激情与精神脉络。真可谓，风色千里奔来眼底，古今喟叹注入心头。

爬山虎系列中的作品画面有些尺度大，有些尺度不算太大，却都能足以给人天风浩浩、荡气回肠之感。探寻其里，不难发现，嘉勋懂得如何感悟、如何打通、如何契合。他能够沉浸在人本主义的河流，在自家的风范中，抒发感情的细枝末节，镌刻出文思的深刻，并由此碰撞出我们社会人文与文化生命之思的火花。所以爬山虎系列作品是以符合构成的方式，以"相似"于思想的"相似性"，从另一个侧面，解答抑或揭开了当下浮躁的社会现实所带来的浮动的人心难以安静之下很多人心灵故事的谜底。

可以肯定地说，爬山虎系列，并不是嘉勋单纯心路历程的记录与内心独白，在不断丧失进取之志而颓废之气渐浓之时，他寄托的更多的是对中国传统文化理念的呼唤、对人性本源精神的渴望与期待。因此，这些作品，不是凭空想象，不是小我之绪，而是行走大地纵笔所及之时所发的社会之思。但在对浩然大气的天地精神与崇高的坚定意志进行讴歌时，嘉勋并没有刻意给每一幅爬山虎作品赋予一个说教式的主题，只不过他在创作时，冥冥中有一种内驱力，让他流露出了那种以"目击道存"的方式表达向善向美向上的恒贯意愿。

如此鲜活的现实生活感受，使爬山虎系列作品充满了诗化意味并盈漾着现代性的魅力。于是，细细品读嘉勋的爬山虎，于我们思想与情感的惊喜，自然是情理之中的事了。

2016年的第一场雪来得特别早，那天是周日，雪还未化尽，我与嘉勋在狮河边的一处茶社里，品茗叙话，叙得风平浪静，直到夜幕拉开、华灯初上也全然未觉。

此时的嘉勋，衣着一派桂系风格，可模样仍褪不去23年前于申城的影子，尽管一头的卷发更加卷曲且向后背去，脸上的敦厚与真诚却依稀尚存。当然，仅有敦厚与真诚是不够的，他存留在嘴角上的那份刚毅与眉宇间的那股韧劲，是万万不可忽视、万万不可小觑的。

我俩走出茶社，刚走几步，不约而同地都停了下来，又不约而同地都笑出声。原来，在我们路过转角处一栋老楼的西墙壁上，一群爬山虎正看着我们走来……

那天夜半三更，我给嘉勋发了条短信：

看，多少鲜活的藤蔓，蠕动着根须，一把好风，扶着瘦削的枝头从低处往天空上攀爬，她寂静的身体飘过来，天庭的歌声是她今夜的衣衫。

即刻，嘉勋回了过来，无字，只有一个表情：圆滚脸蛋，笑口洞开，暴着几粒大牙。

（读易嘉勋爬山虎系列随笔）
2017年1月于申城

另一种安详

散文创作，往往是一个地方文学创作的风向标。十多年来，信阳散文风生水起，对河南散文创作产生了一定影响。信阳散文可贵的品质是真诚、细腻、个性。这与一批信阳本土散文写作者始终坚持文学理想及审美价值有关，其中，詹丽、李梅、夏吉玲、于吉娟、易荣荣等女作者的贡献不可忽视。

如今，文字的力量微弱，已经降到史无前例的最低点，小说如此，诗歌如此，散文亦如此。可是，如此窘况下，詹丽、李梅、夏吉玲、于吉娟、易荣荣等作者依然兴致不减，老老实实、扎扎实实、真真实实地进行着散文的写作，实属不易。正因此，信阳的散文创作才我心依然。因为她们始终相信，只要人还有心灵，还有真情，就会有文学存在，就会有散文存在。

这五位女作者的散文情感真挚，文字避开了华丽的辞藻，同时注重细节的描写，饱含着对人生命运和人世沧桑的慨叹，所写的各类人物可谓平凡的人驮着更大的世界。如此文字令人感动，与其说是一种情感的提醒，不如说是一种呼喊，一种比呐喊更温情的声音。

当詹丽从鸡公山上的学校来到山下的郝堂白桦叶楠图书馆，退休时节的这一跨越，在她想来已升至绮丽的精神花园，恬然自适，执笔而视，拥书而眠，终日里展露着舒心的笑意。从寂静进入喧闹之时，她却朝着未来后退，在过于喧嚣的孤独中，寻觅一种接近疏离的人类境况的视角，书写趋向其创作及生活哲学的源头回归，放弃对外部世界的描绘，转而捕捉既有外形更具内在的戏剧化图景。她植树、栽花、种菜、喂鹅、照顾猫狗、独守图书馆等候前来借书的人；她读书、写作、雨夜听荷、清晨踏雪、黄昏凝望袅袅饮烟……

如此写来，詹丽散文越发底蕴厚重，语言绵密，特定的信阳地理特征、风俗文化给詹丽写作以有力支撑。在她的篇章中可以感受到人与自然的和谐、心灵与自然的和谐、内心与自己行为的和谐。

对女性的信任与自信，使李梅从女性的视角出发，采用内心独白的手段，用充满感染力的语言将文本话语的大幕徐徐拉开，使读者得到一种身临其境的熟悉感与一次别离的新鲜感，成功地拉近了作品与读者之间的距离，使读者直接看到其内心活动的原始形态。李梅有的是感觉，而且大多是特别的感觉，凭借这种特别的感觉挟持读者进入她的自我的世界。读李梅的散文，颇有几分独语体的味道，不仅如此，她用现代派的手法来描写感觉，在感觉和想象中忽视传统的逻辑关系，从美学的角度考察，她的散文美且自我，读她的散文得耐着性子，缓缓咀嚼，细细品味，有时要当作诗一样读。

李梅对散文布局具有较强的掌控能力，文字情景交融、绮丽轻妙，善于从俗世生活中抓取素材和意象，对外界事物和自己的内心变化有着很好的捕捉和理解能力。日子摇曳，沉入模糊，李梅在静止中摆动。纯粹，干净。

我第一次读夏吉玲的散文是《在路上》，很显然，这是篇具有双重意义的散文，写的是刚从大学校园踏入社会就与重病的父亲去天津寻医疗治在火车上的一夜经历，同时也是作者对人生意义、人生哲学的探求历程，这种探求是"进行时"而非"完成时"，虽为个人体验而又颇具有代表性的生存状态与人生哲学。老旧火车载着父亲与她，从故乡（信阳）驶往他乡（天津），只有一个座位，她在两节车厢的连接处席地而坐。哐当哐当的金属碰撞声里，行走他乡的路上，疾病、疼痛、无助、尴尬、困境、亲情、责任、担当相互纠缠之中，回望故乡，空间的转换与对比，让夏吉玲思考着人生哲学第一课是人必须先吃饱肚子，人得有事干，处世需要奋斗，成长需要经受磨砺，成熟需要波折。对行走的渴望，是夏吉玲散文的写作之根，这种情结，正反映出她对于人生的探索，始终处于进行时态。

夏吉玲坚持以"个人史"写作散文，"个人史"叙事沉默而富于张力，其倾诉，大多没有用什么包装，甚至拒绝抒情，原汁原味，有强烈的现实感。"个人史"看上去很"个人"，但因为夏吉玲是把"个人"作为历史江河里的一棵水草，在她的个人史中，着力写的是在历史江河波涛汹涌中的水草的晃动，所以具有深度与厚度。

一个人的兴奋点不能太多，有局限才有无限。于吉娟是一个瞄准文学视点不轻易挪窝的人，同时，也是一个特别能够坚守文本的人。当许多写作者越来越爱上了速度和数量而日益冷落文学精美和缓慢、诚恳甚或木讷的气质时，她依然我行我素不急不躁、不慌不忙、不离不弃地细腻着咀嚼着，不转移战场，高低要攒足劲儿写够它、写透它。她不喜欢混乱和激烈，很冷静，有耐心，斟字酌句。

于吉娟写散文重"境"，这就决定了她在一些问题上有着独到的体认和感悟，总有不同于他人的眼光和从容心境，其慧眼也因此总能让她把握到事物的核心。于吉娟节制而自由、直朴而充满律动的散文语言，直抵事物的本质，并在现实与冥想之间，把真实与想象有机地结合起来，根植生活又升腾于生活之上，谛听世界又向世界倾诉，从而构成了她散文幽寥的语境，呈现出一种层层深化、辗转出发的综合包孕机能和整体放射的文学能量，给人一种冷静而清新的审美感受。

这些年，一方面，易荣荣中学语文教师的身份，决定了她有直接向现实问难的精神、形象和文化资格，因而也就有相应的凭据知识和文化来超越社会现实局限、现实压力的特殊的心理优势；另一方面，在易荣荣身上，文人与文学的联系压根就没有被切断，文学生活也就不曾从她的精神世界里被抽离出去加以硬化与格式化，而得以自然自在，用在柔软与坚实之间来来往往，以时而大我兼有小我的面相，姿态万千地存在甚或不时展示着。

在易荣荣一些散文篇章里，常常以某个人或某件事为中心，娓娓道来，虽没有将叙事组织到一个完整故事或戏剧性情节上，但总能以散点的方式贴近生活本身，呈现出其内在的纹路与肌理。易荣荣从其自身的生命体验出发，不温不火，一路真诚书写，让我们在氤氲而起的温软的信阳散文的气息里，清晰地看到她对世界对生活的认知与情感。

信阳散文一路款款走来。作为信阳散文创作的代表，这五位女作者始终坚信，人与人之间除了得失关系，还得有一种相互信任与谅解的道义上道德上的需求，而散文正有着这种基本功能：软化人心，温暖人心。因而，她们坚守着来源于生活的散文创作，坚持着耐心的散文创作。这些真诚而贴近心灵的文字虽皆来自生活，但不是随意信手拈来，天马行空。这个生活，绝不单单是现实生活、日常生活，也不单单是当下、俗世、芸芸众生，就写作者而言，主要的还是她们的内心生活。同时，我们身处的这个时代最大的缺点是耐心的缺失，写作者得有足够的耐心，譬如生活的耐心、阅读的耐心，尤其是写作的耐心，她们怀揣着耐心上路，就一定会一直走下去，在文学创作之路上走得很远很远……

当写作成为另一种安详，生活中的优劣、好坏、得失，乃至成败、荣辱，都已在另一条残存抑或坦荡的路上。

文字的风度与骨气

十年前，初春，周六或周日，午后，温暖的阳光普照大地。我们一群人正在百花园附近一处窗明几净的室内讨论年度散文的来稿，忽地从室外进来一姑娘，正当我们不由自主地打量之时，她操着浓厚的罗山口音，自报家名：杨彦萍。谁说：原来是自己人。大家哄地笑了。说的也是，从2010年编辑《信阳年度散文》，杨彦萍就有作品入选，只不过，之前只见其文未识其人。于是，大家一一与之握手，说着慰问语或欢迎辞，算是认识了。我与她握手时，说了句"萍水相逢"，像是对暗号，又惹大家一阵笑。反正，那个午后，因为杨彦萍的出现，平添了几分轻松与开心。

接下来的几年里，更多地接触到杨彦萍的散文。我的感觉：她越写越好，越来越自如、从容，她从源头出发，涓涓细流流淌成波翻浪涌的江河湖海，这是杨彦萍散文写作的自觉之处。无论是亲情类写作、故乡类写作，还是文艺类写作，她的笔下都有一种回归本源的真知表现。

不知不觉，杨彦萍调进了申城，仍在认真工作的同时笔耕不辍。不知不觉，时间就到了2022年春天，一个早过了下班时间的正午，据杨彦萍说，"终于把你等着了"。在办公室里，因紧张她半天也没说明白找我干什么，末了，还是将手里的一个厚厚的档案袋打开，取出一沓纸质件时，我才弄明白，她欲出一本诗画集，书名叫《清听》，让我与画家桂行创先生各写个序。我一下子着难了，当时没态度，她将诗稿留下时，我只是说我欣赏欣赏。

见缝插针的阅读中，很快就有了有别于阅读杨彦萍散文作品的感觉，但二者脉搏与意绪是紧紧相连的，事实上，在不同《信阳年度散文》入选的作品中，杨彦萍有多篇触及画题，有的更是通篇为画而叙而延展。

散文《从这里到那里》："朋友里画家居多，与他们接触久了，受他们的影响，也不时生出想用画笔表达的冲动。"

另一篇散文《那些不老的时光》："如今，身居斗室，当有一日，无意提起画笔，试图用简单的笔墨架框一个家园，画里，一缕炊烟正袅袅升腾，像是岁月正发酵那一框燃烧的风景。""画为心印。想必未来画出画不出的，都是我的心。"

还有一篇散文《那些仰望中的画事》中写道："偶尔信手翻开古人画册，就发现，哪怕画里的物象形态与空间感多么庞杂，都能给人一种静的力量。这种静又如此强烈，藏着画在内心的丰盈与浩瀚，即便穿越千年，依然能够打动你。"杨彦萍用四幅图，既娓娓道来，又自然而恰到好处地构建了《那些仰望中的画事》：踏雪寻梅图、携琴访友图、寒江独钓图、山水清音图。好一派古朴清雅的风骨与气韵。在这篇文章的结束部分，杨彦萍写道："人的一生，似乎总有太多缺憾。有时候，真的需要感谢太多的无法拥有，它能让你终于释然，并且学会把释然当成一幅画中的留白，任你仰望和想象。种种删繁就简过后，抵达一幅向往中的图景：画里有山，有水；有你，有我；还有大把大把的时光。"

由文及诗及画，再由诗及画及文，贯通读来品来，便不由自主地有了对杨彦萍诗画集《清听》言说几句的冲动。

不知为什么，我读《清听》时，毫不犹豫地想到了"风骨"一词，可能是因为风骨，一向被用来衡量文学作品的格调与品位，在中国传统文化里，人重风骨，文同样重风骨。风骨一词分解开来该是风度与骨气，其风度源于优秀文化的浸润与培植，骨气则来自对大义的忠诚以及对大道公理的坚守。杨彦萍诗中之风骨并未呈现我们耳熟能详的"仰无愧于天，俯不怍于人"的依凭与标识，亦非"为天地立心，为生民立命，为往圣继绝学，为万世开太平"的呐喊、奔走和承诺，而是颇有几分中国古代文人生活底蕴和基调的风骨。在生活与创作之间，杨彦萍的诗以光风霁月般的风骨，从俗世走向审美，从庸常走向良知。

当下，在承平环境中和安逸氛围里，很多人习惯于缱绻与慵懒，浮躁的生活逐步磨蚀了风骨的棱角，寡淡的日子日趋抽空了风骨的根底，风骨似乎成了一种难觅踪迹的空谷绝响。正鉴于此，在读杨彦萍《清听》时，从诗行里闪跃出的朗朗乾坤、中正自持、守身如玉的风度与骨气，以及对独具美学精神的热爱、铭记与传承，深深触动了我、感动了我，真正令我欣慰之处、欣赏之处，正是这本看起来并不是多么起眼的小册子里有诗，还有远方。

那么，《清听》听什么？如何听？我意为听山水清音。

首先，要听《清听》诗画的节奏。《清听》通过笔墨的韵律、乐感、趣味、情致等节奏变化所产生的一种审美直觉与审美感悟，体现于《清听》中的个体诗篇与画面上的笔墨的浓与淡、干与湿、虚与实、阴与阳、向与背均体现出一定的律动，它们相互配合，互为章理，给人以想象与遐思。

譬如《窗外的梅》：

我总觉得　那天亲手碰到的
一定不是雪而是
梅的骨头

否则　寂静中
庭院深处的旧事
不会显得如此幽独

想起那位守在故园的友人
她画的梅从来只画魂
仿佛要从今世
飘到来生

此时此刻
她会不会也像我一样
无意翻出《诗经》 以孩子的目光
读读停停
赞美声中

窗外的梅
开得那么认真

其次,要听《清听》诗画的灵逸。杨彦萍的诗画作品笔简墨精,她没有对审美物象进行事无巨细的描绘,而是有取舍,抓住最能表达本质形貌特征又高度契合她内心的东西,从而达到见一叶而知秋的效果,如此,《清听》之笔与墨以一当十,在有限的语言中揭示出无限的心象。

譬如《鸟窝》:

好想住进去
像鸟一样
凝视
远方

或者沉默

或者飞翔

最后，要听《清听》诗画的营造。杨彦萍以逸淡雅致为宗，以大别山画风美学为依托，在灵逸、秀淡、润泽的笔墨中营造出自然、清新、天趣之风骨，抵达超脱意境与独特面貌的山水清音。

譬如《旧意》：

习惯用木梳子梳些旧的句子
来打发傍晚时光
或者趁着天黑
虚构一片山水
里面住着我全部的亲人
他们笑声朗朗

这样　面对愈来愈黯淡的命运
有了他们
无论走得再远　一回头
一切都在老地方

我宁肯倾向于《清听》是本诗集而非画册。因为，二者虽自古一家，殊途同归，但毕竟属性功能有别，若分寸拿捏有误，则必然互有损伤，至少，会相互挤占空间，顿变广阔无垠为逼仄狭隘。好在作为散文作家的杨彦萍、画家的杨彦萍，更是诗人的杨彦萍，实现了较为从容的把握：画是诗的天地，诗是画的灵魂。

作为一个散文作家，散文已写得很像模像样了，但杨彦萍不满足，高低还要写诗，这是她心性使然，可能，她觉得单是散文文体不足以将她内心深处的那片柔软与额头明亮的那块坚硬有机地结合在一起去表达。如此一想，我释然了，并且，我期待也相信杨彦萍将怀揣着文字的风度与骨气，在诗歌创作之路上不断前行，虽然途中充满艰辛。

（杨彦萍诗画集《清听》序）

2022年9月3日于申城

写出淮上人家所有的寻常与别致

还是引用几年前，我在《信阳散文十年精选》序《且听下回分解》一文中对赵主明先生的评品说开吧，记得是这样写他的：千年中国的德性文化、情性文化是赵主明散文叙事的起源与落点，水一般清雅，土一般朴厚，菩萨心、烟火气、小人物、熟面孔、老物件、常用品，随手可触的意象，成为他散文作品中亲切存在，具有扎实的生存、人性和文化的依据。我还引用了奥地利作家里尔克说的一段话，"我只要一个房间，一个靠山墙光线明亮的房间就够了……除了一本用淡黄象牙色皮面装订的，衬页上面有古老花纹的本子：我要在这本子上写作，写很多很多，因为我有很多想法和记忆"。我说，赵主明就这样，有许多想法和记忆。

我知道这些话不是我随口随性说出的，是要经过时间检验的。果然，赵主明在他72岁的2022年夏天又出了一本散文集《落地生根》。此前，他已有十余本散文集问世了。从20世纪70年代写到现在，还在孜孜不倦进行散文创作，再次印证了我的那句话："赵主明就这样，有许多想法和记忆。"

信阳地处中国南北地理、气候、文化过渡带上，南部有大别山横亘，北部有淮河水横穿，千里淮河，流经信阳土地的就有363.5公里，流域面积占了信阳97%的地域。如此，四季分明、物产丰沛、人丁兴旺，加之豫风楚韵，与南北有不同、与东西有差异，没有理由不成为文学书写的福地。这就给赵主明提供了取之不尽用之不竭的资源,他写大别山,写淮河水,写固始老家,写逸闻趣事,写农村,写庄稼,写牲口,写家禽,写城市,写亲人,写朋友,写老师,写同事,写劳作,写体验,写学琴,写美食,写树木,写花草,写种茶、采茶、制茶、饮茶……显示出与自然与历史与人文强大而细腻的联系。比如,风物是赵主明笔下重要的素材,他从斑鸠写到大雁,从蜜蜂写到蚊子,从幽兰写到白兰,从狗写到鱼,从荷写到蒜,从竹子写到蔷薇,从"老宅沟的绿植"写到"田间那片紫云"。"我猜想那是百花之蜜。因为大宗植物花期早过,原野里不是油菜花、紫云英花、洋槐树花、枣树花盛开的时节,万紫千红,蜂儿不用远行,就有丰硕的收获。而此时此刻的深秋心里,蜜源不多,采集那些零星碎花非常费劲。"(《蜂之散记》)"幽兰离开了幽居,寄寓于庭堂,便消退了那份茂盛的生机。尽管养者对她恩爱有加,施肥、浇水、遮阳、松土、喷药治虫,她似乎并不怎么领情,仍难打起在山里头那种精神。"(《大别山幽兰》)"它是一种普通山野菜,学名杜鹃梅,长在大别山里,没人培植,没人管理,任其自然生长。在悬崖峭壁上,在山泉溪流旁,在蜿蜒小路边,在山林茶园间,都可见到它的影子。"(《将军菜》)"每一泡,每一杯,都莫忽略,莫马虎,莫放弃。怀着对美好的敬畏、珍惜去体验与感受,就会心生感谢、感激、感恩的善念。种茶人、采茶人、制茶人、存茶人、茶话、茶商、茶市、茶馆、茶艺、茶叶节、茶文化,会时而跑出来凑凑热闹。有一天,你会发现,茶香与中华民族源远流长博大精深的传统文化融合的正是一体。"(《茶之香》)

赵主明任劳任怨地全心全意地体悟、抚摸着信阳——淮上人家的一切,并且真实、真情、真切地体会出这片山水的全部细微、柔软与灵动。

正是赵主明对这片土地的理解与热爱,才使得他笔下不断涌出清澈甘醇的文字,他的散文里总有故事,比如他在《陶罐》中写道:"那时候,家里有三个陶罐,小口小底大肚子,一个盛红糖,一个盛食盐,一个盛猪油。我对装糖的那个特别感兴趣。""装油的罐子，在1959年冬季，用热水涮了又涮，最后，一滴油也涮不出来了。"还比如，他在《纸的记忆》中对最初儿时的记叙："对于那些粗糙灰黄的草纸包包，我大多不感兴趣，除非糖包。每次有了糖包，总能够捏一点尝尝，虽说过不了瘾，也觉得美滋滋的。当大人把糖装进糖罐之后，包装纸便成了我自由支配的宝贝，用舌头舔着粘在纸上的糖粒，简直是一种享受，心里甜滋滋的，直到纸被舔透，仍意犹未尽。"

就这样，赵主明常常从最平凡的小事落笔，往往也以最为平实的笔触推进，不温不火，不急不躁，毫无行色匆匆之感。因为，他熟悉熟知信阳——淮上人家的一切，眼前的人和事，手边、身旁，看到的、听到的，都是他头顶天空、面朝厚土、脚踩大地的曾经，虽带着各自的体温、气息，携着各自与自然融为一体的鼻息，但他有这个把握，也有这份定力，因为他们、它们早已成为他笔下纸上最为亲切的伴侣。所以说，赵主明写的是人内心的常态，也就是我们常常讲到的寻常——对于安宁、幸福生活的欲求。

主明散文写作的耐心与耐力正来自寻常，来自其素材的寻常、题材的寻常、表达方式的寻常与表述节奏的寻常。一个不起眼的地方，一些不起眼的人，一方水土，一句方言，一段往事，一抹影像，一棵树，一处景……构成他最基本最大量的主体素材。芸芸众生、寻常巷陌、小桥人家、粉墙黛瓦、沟塘堰坝、磨盘石阶、闲置农具、晚霞夕照、归鸟炊烟、犬吠蛙鸣都成为他笔下的基本材料。赵主明如此从小处着眼，从人们不经意处着手，见个人情感波动、思绪流淌，见风土风物风貌、人事人情人心，周边之人、身边之事作为淮上人家之人之事之景浓缩而成为他散文的最大主角，在他的笔下，淮上故乡人物事物风物，即便最细微的举动，也没法逃出赵主明的目光，而再次获得新的、吸引人的、有血有肉有响动的生命体征，这也正是赵主明散文更多融入人们的寻常生活而得到更多人触动、共鸣与认可的原因。甚至我们可以这样认为，正是赵主明一直以来所坚持的散文寻常书写，恰恰注定了赵主明散文书写的别致。

阅读《落地生根》，不难发现赵主明尽管入手其内出乎其外，寻踪觅迹，移步换景，但他始终顺应内心的召唤而写作，即面向自己内心写作，他以善良、诚实、美好为底色，以寻常、日常、常态为视点，以朴素、简洁、清晰为表征，仿佛一位站在旷野上的人，经过一番仔细而久久的思考之后，深沉地选定一个方向，然后脚步坚执地朝前走去，赵主明由此将其视为文字的秩序。这个文字秩序，来自内心的秩序，也就是理性，这需要抑功利之心，去浮躁之气。与那种文字支撑之力来自使命感有所不同，顺应而尊崇内心而作，同样可以获得执持和超越的力量，而赵主明就以朴素表现寻常、表述寻常、表达寻常，彰显了文学的品质、文学的别致。

其实，朴素，本身就是一种品质、一种气象、一种别致、一种力量。俄国评论家别林斯基曾说："朴素是一部艺术作品的必要条件，这种条件就其本质上来说，是排斥任何外部装饰和精雕细琢的。"主明做到了。

既然赵主明选择了寻常人物事物风物作为散文书写的对象，那么，选择与"寻常"有着亲缘关系，至少有邻里关系的"朴素"风格抑或方式，来呈现这些寻常，以保持写作形式审美需求与阅读心理的协调性，就具有内在的合理支撑。这就决定了，主明散文朴素，是那种不着华丽、不求张扬的朴素，真诚与淡定，以朴素与寻常有机融合，更显得笃实、稳重。他常以原汁原味原声原色的文字漫不经心、轻描淡写，却总能将山与山、水与水、水与城、城与村、山与城、山与村、庄与庄、田与田、树与树、林与庄、庄与人、人与人密不可分，和谐相处，优雅而又烟火气十足的乡村图景与城市场景不动声色地呈现出来。与此同时，经过他朴素的文字表述，农村庄稼种、管、收过程，村庄的月亮、池塘里的涟漪、乡间小路上的脚印、村头大树上的鸟窝、日渐稀少的水牛……那些浸润着岁月流光，积攒着苦涩艰辛又充满着向往渴盼，如苔藓斑驳又如星光闪耀的往事，被点化成晶莹透明的画面。另外，很多画面感很强的文字，并非赵主明刻意而为，实乃现实生活至少是记忆中的客观呈现，又经主明朴素过滤，总能形成一种特有的时光飞逝般的效果，像我们很多人的生活，被疏离、被复制，野草野花一般枯荣。

赵主明总能以信手拈来的乡风民俗描写和鲜活可亲、妙趣横生的语言运用，朴素地表现出他深透的生活体验、敏锐的观察眼光和坚实的文字功底，比如，写《家乡的味道》，他在"题记"里就不吝文字："不论身在咫尺，还是远行万里，隔山隔水，难隔家乡的味道。那是植根于心底的记忆，一有机会，便被唤起。咀嚼起来，不单是味蕾的享受，更兼乡情的满足。乡情乡味，如藕似丝，紧密牵连，扯不断，抛不去。而四季乡味，各有千秋。腊月，最浓的是腊味，从乡村，到城镇，从居家，到酒家，处处有影，时时飘香。来一锅，全屋香，上一盘，满桌馋，嚼一口，心舒坦，饭局未尽，心已陶醉。"赵主明用共6章，将历史与现实、饥饿与殷实、乡村与城市贯通起来，家乡的味道扑面而来，氤氲四起。比如，在写《年话》时，主明更是汩汩淌淌，似乎他有百宝囊，以11个篇章，洋洋洒洒将信阳——淮上人家关于年的话题写得丰足气满，从某种意义上讲，这既是记录，也是陈述，也是宣讲，也是表白，事物的大与小、虚与实、软与硬、刚与柔，连同文字的叙述与抒情，尽在其中了。赵主明以朴素表现寻常的乡风民俗的同时，也注意对一些人们常用却不常被人注意的字、词、名的收集与展示。比如，他写了《兮》，过去多用于古文（如"大风起兮云飞扬""力拔山兮气盖世"），这个很容易被人忽视的固始方言语气词，经他一写，其鲜活意味便跃然于纸上了。"八仙桌边一坐，吃着兮，喝着兮，叙着兮，闹着兮，其乐融融。""兮的用处很广，劳作在旱地里、水田里、稻场里、水车上，都能听到'兮'字。除草时，锄着兮，叙着兮；拔秧时，拔着兮，闹着兮；薅秧草时，薅着兮，唱着兮……"还比如，赵主明能从清晨散步时听到的说唱词里听出市井百态，他记录不全，凭着感觉，参照大意编创出新词，共33行，在此例举几行："榷药的，典当的，油嘴滑舌核账的 / 卖馍的，卖面的，豆浆油条卤蛋的 / 卖瓜的，卖枣的，摆摊针头线脑的 / 手机的，电脑的，驾着电驴猛跑的 / 麻将的，双升的，半夜回家不声的 / 发财的，倒闭的，寻职无果憋气的 /……"凡此等等，赵主明写了50年，常写常有，常写常新，如此之乡风浓郁，让人读后如饮百年老酒，余味无穷。

　　赵主明散文的朴素表现，并不是一"朴"了之，他是有节制的，是有分寸的，在一些方面、在有些问题上，始终保持着警觉。比如，他对文学书写中一些人常常提及的"底层"，有着自己清醒的认识，即对"底层"有个不设条件的深入与把握，而非对"底层"进行诗意想象。乡村农民一直都是赵主明散文的主要素材，但赵主明从未将其视为"底层"，他珍视乡村——身份的故土亦精神的故土，珍视农民——一生至亲的亲人的情感，在赵主明笔下，乡村和农民不是自上而下进行苦难书写的对象，更不是传达个人关怀的抒情道具，无论过去，还是现今，农民一直都是有血有肉有想法有主见，也有欢乐，甚至有自己幽默方式的会生活的人。因此说，赵主明是清醒的、自觉的，他选择和良知、尊严、善良、美好站在一起，更是令人毋庸置疑的。想一想，当下，像我们很多人所熟知的乡村里的小学校、小作坊、老房子、古井、大树，城市中的胡同里的小浴室、小食堂、小卖部、小修理铺等，都不动声响地消失了，是否就唏嘘不止、感慨万千，无论滥情与否，似乎真的没有必要。因为，这样残缺而颇有几分憔悴的同时也始终不断繁殖不断更新的生活，是真实的，不容回避的。

　　人们常说，做到形散而神不散才是好散文，也就是说，不管怎么扯得开，也要有魂魄贯穿，思想要融化到形象之中。《落地生根》中有众多篇章在对世相和事物的观察思索上，做到了"朝深处更挖了一锹"，挖出了许多人生况味，引申出更深刻的东西来。赵主明悉心之作《学琴笔记》，不仅语言具有高弹性和自由性，重意合、气韵和具象，如"启蒙《上学歌》，接弹《仙翁操》，再学《秋风词》，继而《良宵引》。春习《阳关三叠》，夏练《醉渔唱晚》，秋抚《平沙落雁》，冬鼓《鸥鹭忘机》。热修《普庵咒》，冷温《酒狂》，静时《四大景》，忙后《归去来辞》"，而且，道出了一个又一个人生心得。作为当时已63岁的人，一次偶然，从朋友手机中听到了《平沙落雁》，便"冲动随之而来，渴望古琴美妙的乐音也能从自己的指缝中流淌出来"。真可谓性情中人，"人在世上，贵有精神。精神不老，生机不灭，有生机，人活得才有滋有味"。接下来便聘师、置琴。赵主明写道："有张好琴固然重要，技不如人，即使拥有一张好琴，也未必能弹出动人心弦的天籁之音来。"接下来识琴，"古琴貌似简洁，其实并不简单。仔细看，耐心读，弄懂了，基础才好"。接下来读史，"好琴家，也应该关注弦外之音。熟读琴史，增加功力，提升便蕴含在潜移默化中"。接下来认谱，"古琴谱，对局外人来说，简直就是天书"。接下来练技，"丁老师说，弹好古琴，没有捷径，每曲三千遍！弹够了，自然好听了"。接下来知德，"古人云'琴之为器也，德在其中'"。接下来随派，"可以师承多门，却不可不钻透一家。见异思迁，蜻蜓点水，结果很可能是一塘浮萍"。接下来提问，又问，琴友、易师、解意。《学琴笔记》14章，主明一气呵成，从"缘起"开始，到"解意"结束，两万多字，让人读起不觉累，没有审美疲劳，相反，倒是意犹未尽而掩卷长思。他的成功之处，就在于没有止步于就琴而琴，就学琴而学琴，就过程而过程，就结果而结果，而是在整个过程中的每个环节都"朝深处更挖了一锹"，自然，就让人看到了正想看到的东西，还看到了不曾想看到的东西。文学的意义与价值昭然。尽管"《高山》难攀，《流水》难越"，但"有志者事竟成，梦中现彩虹"。

赵主明面向内心的文学答案，触手可及的寻常取材，朴素真诚的散文表现形式，呈现了散文书写的别致风貌，获得了许多人的由衷钦佩。作为一个非专业作家，成果丰硕，作为一位70多岁的老人，仍笔耕不辍，实乃可贵，这与他53岁学开车，56岁学用电脑，57岁开了社交账号，63岁学古琴等还有所不同，文学作品毕竟有着特殊的属性，这就给赵主明提出了更高的要求，但赵主明心甘情愿负重前行，因为他钟情、热爱这片葱茏灵动而静好的豫风楚韵之地,他要以他长青的生命之笔,写出信阳——淮上人家所有的寻常与别致。

（读赵主明散文集《落地生根》）

2023 年 3 月 18 日于申城

他的平静有着繁茂的力量

当年，准确地说，是当天。渐近中午，阳光明媚，山是山，水是水，林是林，鸟是鸟。我在春夏之交的新县县城潢河岸边迎来峻峰兄一行。其中一人不认识，三十岁出头，五官端正，表情平静，目光坚定，身材高挑板直，阳光里着实英姿勃勃，他上来一个标准的军礼，把我弄得一激灵。峻峰兄介绍道："诗人温青。"我顿时笑开了。

原来，早于 2004 年大别山中的这次相识，我在 2002 年的《星星》诗刊上就读到了温青的长诗《突围的灵魂》，当时给我留下了深刻印象：升腾于中原大地的泥土气息扑面而来，源自田野与庄稼的生长力量震撼人心，汪洋恣意地呈现出一个乡村少年跋涉荒原、突围蝶变的命运轨迹。是温青作为诗人成长初期的爆发力，让我有意识地开始了对温青的留心与关注、期许与祝愿。

一晃 20 年过去了。

尽管温青这 20 年间创作颇丰，收获满满，但一个不争的事实无法回避地迎面扑来：进入中年，并又恰在进入中年之时，脱下军装，他选择了自主择业。那么，作为诗人，中年的温青该怎样出入中年，再次实现"突围"呢？

温青到底还是温青，正当人们对中年的温青静观其变、拭目以待之时，温青又一部诗歌文本《面对青山绿水喊祖国》呈现在大家面前。

这让我想起米兰·昆德拉一部戏剧作品的结尾，两个人一起走路，其中一位问另一位："往哪儿走？"同伴说："你往前走。"问话人又问："哪是前？"同伴说："你往哪儿走，都是往前走。"温青正是带着他的《面对青山绿水喊祖国》，在他的中年，在他脱下军装后的中年，继续往前走着。

细读一下《面对青山绿水喊祖国》，就不难看出，就在人们常常以简洁与冗长，直接与繁复，平白与玄奥等形式上的不同而萦绕其上时，温青却在完成了数部长诗之后，从"面对青山绿水喊祖国""山川布满尘世的秘密""查看人间的一些消息""在命运之巅寻找自己""飞雪擦亮岁月的痕迹"五个不同的角度，以224首短诗耐心而坦诚地表现中年，表述中年，表达中年之困、之问、之省，为我们演奏出一个成熟诗人跋涉山川河海，不断突破自我的命运交响曲。

温青借助想象力，构建出有故事、有人物、有场景、有声音、有思考的关于中年的诗篇。上至天堂，下至草芥；大到祖国，小到一室；远在高原，近在眼前。温青用诗歌搭建起一部中年简史，读来气象宏大，筋骨强韧，而且鲜活生动，自然有了很强的触动性和感染力。

诗歌不是诗人的专用工具，应当是人的灵魂呈献。诗歌的灵魂，应当是诗人愿不愿或者有没有分享过艰难与痛苦、思考与收获。

温青这部诗歌文本中书写的对象，依然选取了普通与熟悉的事物与环境，对身之所处、目之所及的事物的描写与内心世界的互动描摹非常细微细腻。他从自己的生命体验出发，执着中年岁月与精神、家园的构建。就中年温青而言，诗歌美学与精神倾向随着成长皆有变化，这与没有足够自省力的人不同，随着生存环境转换，温青主动介入生活，保持了清醒的思考，使得他在生命的转承中，体味物候人情、世事沧桑，进而很快构建起基于生命经验成长的诗歌创作。

当温青从一个淮河岸边失学少年先后成为窑工、矿工、搬运工，后成为军人，直到跨进50岁门槛后，某天又脱下军装，走上自主择业之路时，温青的阅历与体验抑或生命经验已内化为一种隐力，更加不自觉地散发起光亮，在他诗歌创作的每个阶段自然显现出来。譬如，先前温青专注的意象较多的是雪、风、雨、云之类，《面对青山绿水喊祖国》里则多了山川河流、草木树林、人间烟火、生活日常以及庄稼、土地、坟墓、黑与白等，这种参与并见证温青生活和生命中的喜怒哀乐的书写，是大自然的救赎，是精神的漫游，是灵魂的拷问，是哲学意义上的生命诗化。这让我们看到了他的坦诚，这种坦诚正是生命的自由、辽阔与悲悯的境界。

这里，该选用一下文本中的诗《虚火》为例："四十年悬浮／一个向自己道别的人／要以上半生的虚火／烘烤人间／／他认定一些事物／含有水分／他按下将要膨胀的光阴／像按下自己的胃／向被自己吃掉的无数生命／弯腰躬身／／他知道／这堆砌的脂肪／无法引燃下半生的雄心"。

温青这个诗歌文本中的语言有一种强烈的密度感，少见华词丽句，却有一种斟字酌句、精雕细刻的美感与漫不经心的生动，自然而又突然，既有对唯美主义的追求，又同时不断地融入生活词汇，从而形成温青自我风格的语言结构，让人沉溺其中，富有穿透力。他擅于捕捉细节和瞬间的感受，字里行间融合了色彩、光亮、声响、气味和线条，加上通感形式的运用，恰到好处。

譬如《白发褪下的青春》："还不算老的时候／急促的白发比黑发更沉／一片仲秋的山峦／逐一褪下整个青春／以枯黄掩饰／一座心中匍匐的灰白乡村／／它放弃的黑／是记忆深处盘旋的纸鸢／它沾染的梦／是飞翔中掠过的白斑／它在最后一片山林／满地飘忽此生冗余的画面／／那个正在变老的人／以青春遗蜕中的悲欢／铺展陈年的浪漫"。

诗歌不是一般的文字，它要的是一种不同凡响的感觉，一种可看又不限于可看、可闻、可触可摸的感觉，单纯的漂亮造不出这样的感觉，字面的逼真也无法产生这样的感觉，只有准确、鲜活、跃动、蓬勃的生命表达，才可能滋生出让人心怡心悦、情悲情痛、潮起潮落的深切又真切的灵魂震撼与感动。

可能因为温青有着不同别人的经历，所以，在他的诗歌里，总有自己的感觉、自己的语汇、自己的世界、自己的符号、自己的风格。

虽然他并未脱凡离俗，但他却能特立独行，从诗集《面对青山绿水喊祖国》中，可以感受得到他拥有一个坚硬、清冷、豪迈、孤寂、壮阔、雄浑、多情、热烈、高蹈、细腻、敏感、无奈、脆弱、执着、自信坚定、融入洪流的活灵活现、呼风唤雨的诗意的世界。譬如："就这样归于平淡 / 一面面旗帜铺展成庄稼 / 一杆杆钢枪长出了谷穗"（《退伍返乡》）、"所以，他一直都是一把刺刀 / 只是换了一个地方 / 自己扎根到了深厚的国土里"（《自主择业》）、"每一名烈士的鲜血 / 都浇灌给了土地 / 那些无名的筋骨 / 重生在每一株庄稼里 / 就叫小麦、大豆或者玉米"（《山脚下有座无名烈士墓》）、"这一股股芳香而热烈的生活气息 / 正是人间模样 / 正是烈士们曾经口口相传的画图"（《那些传说跳着广场舞》）、"我有四十年，沿着水路出发 / 还有四十年，沿着浉河回家 / 我们都是大水冲不走的孩子 / 总有一条路，比水走得更远"（《与一条路的关系》）、"我们是一枚枚虫卵 / 在草丛孵化，成为初诞的礼物 / 献给大地的下一场梦"（《草丛是大地的梦乡》）等。温青的这种感觉，既有一种置身其中的切身感受，又对其有一种拉开距离的隐喻式的把握，那些"自然而然地从心中流露的东西"（鲁迅语），使得他的诗作没有滑向虚无泥淖，而是指向情感升华，从而杂色错综、生机勃勃，将深沉厚重的中年时光演化成了人的忧患、孤独、窘迫、压抑得以净化、得以提升、得以成长的福地。不再纠结，且听天籁，充满了天道中正、人如朝露的善意与清新。

温青于中年时脱下军装，自主择业，与其说是一次正常的人生行进中的转轨，毋宁说是迎来了一次默契的突破。诗集《面对青山绿水喊祖国》并没有将中年之困、之问、之省铺排满满，也没有像温青之前专注的题材去展开去延伸，而是有节制、有点位、有知性、有秩序地跳进跳出。于是，我们看到，虽然中年之困深沉、中年之问深切、中年之省深刻，却留白甚多、空间甚大，有奇特的写意感，这也表明，温青人到中年后，在心理能力继续发展，社会角色的转换与适应的同时，对诗歌创作中的经验性东西有了更深的体悟。

经验性不是历史强加的,抽象的经验没有在自己的经历中过滤,就无法拥有刻骨铭心的体会。因此说,诗人的创作应当具有历史意识,具有对一个时代风景的整体性关注和扫描。温青对"现场"有着深刻的认知,在他看来,与真正现实脱节的写作,很快就会显示出无效性,而"现场"的意义有着无限的可能,一旦抵达"现场",所思所想就会变得简明坚定,而且,会对已被消耗的文学元素自然而然地进行充分补充。正因为温青这种"在场"感觉与状态,其诗歌既在生活现场,也在文学现场,还在人生现场。譬如在《内心的经幡》里,温青这样写道,"喀喇昆仑的万年寒冰/冷不了一叶雪莲/在天堂翱翔的生灵/无需盛开自己的花/高原的魂魄/近在内心,远在天边";譬如,在《海拔五千米》中,他写道,"一个人这么高了/要向上天诉说些什么/只有鹰鹫可以听到/它能够带走一些人的消息/这世界太低/在肉体的重压下/越来越多的人无法高过自己";还譬如,在《青藏高原》中,他写道,"路途的艰辛/其实不只是一种磨难/是神明生长的过程/把天堂的云彩/一丝一缕地挂在心间";还譬如,在《结下信仰的果实》中,他写道,"磕头和膜拜/都源于敬畏或憧憬/无关泪眼的朦胧与清晰/一个人与一个世界的隔膜/只需俯下身体/便可息息相通"。《面对青山绿水喊祖国》让我们在无法相互抵达的现实里,通过诗句,隔岸问候。

这部诗歌文本思想轨迹深刻,不仅有中年之困(客观存在的),而且有中年之问(主观发散的),更有中年之省(自觉的躬身自省),升腾着豫南大地的忠诚、坚韧与宏阔气息。透视温青的这个诗歌文本,若论关键词,我想主要是孤独、寻找、继续成长。这里的孤独,不是孤单、寂寞,不是人的瞬间情绪,而是一种广阔而深远的,仿佛与生俱来,独与天地精神往来的孤独。这里的寻找,不是简单的扫描或者走马观花的采风,不是外在的游走,也不是在日常的时光中去探寻以及在未知里去探寻,而是一种内在而深邃的,致力于对自己感受的时间的掘进,使诗作之笔在打穿现实陷阱的同时,抵达更深处的诗意矿脉,甚至，仅从几个词出发，就能强化诗的意蕴，拓展诗意空间，从而获得对人的生命存在状态的抚摸和探究的勇气，以便在永恒主题范围内探索更多的因果、理智和秩序。至于继续成长，也不是名，更不是利。但温青愿意为之付出时间与精力，尽管已进中年，尽管很多人都自觉不自觉地开始了人生之路上的停歇，至少放慢了行进的步伐，在他眼里，更在他心里，却恰恰燃起欲望之火，平静中升腾起一种繁茂的力量，他觉得只有如此，才能避免与时间与岁月面面相觑，只有如此，既有意思，更有意义，对他无疑是一种精神救赎。速度与加速已成为我们这个时代的特征，这种特征投射到现实交往中与社会生活层面上，语言的固定化、简洁化导致抑或催生同质化表达的量化甚或泛滥，这无疑对诗歌具有根本性摧残。温青及早注意了这个问题，并及早进行了防范。在他看来，真正要将诗写好，需要有耐性和毅力，需要开阔的视野和探索精神，才能促使诗人既做到回望过去，又能保持预测前景的深刻觉悟。正是温青继续成长的自觉和自省审视，使他突破了一般层次的审美的局限、瓶颈和知识的纠缠，通过自我砥砺，甚至与自己的对抗，实现了诗性解放的自由：从同质到异质。

温青往深处或有意味处耕作，力求以小博大。在写作中创作主体的精神状态和情绪状态是感情化、审美化的，诗人与诗作心理情绪走向自然的合流。由此，调动起温青的文学库存、生命库存，从而进入一种难得的创新性审美和文学性表达的心境和语境中，任诗句由心之中、情之中汩汩流淌。

不仅如此，《面对青山绿水喊祖国》注重了温青"经历点位"与中原大地信阳山、水、人、物、事所达成的同构。时间是空间的线性过程，既使自己的文字足迹显形，又让与足迹牵连的中年时光成为了诗意画面的图景。在温青的诗歌创作历程中，迄今还没有哪个文本比《面对青山绿水喊祖国》更专注更投入地书写中原大地信阳山、水、人、物、事与自己生命的关系。粗略算一下，除去文字表达方式上指代意义更浓的故乡、村庄、粮食、河水、父亲、母亲等，直接到有名有姓的诸如大别山、四望山、贤山、淮河、浉河、新县、南湾湖、烈士陵园、信阳毛尖、胖头鱼、乌桕树，初中老师等就有近30首，而"经历点位"之作也不少见，关于职业的就有10多首，关于高原经历的更有30首。如此一来，这个文本清晰宽阔，丰富复杂，既有巍巍的大别山，又有悠悠的淮河水，还有南湾湖；既有厚实的淮北大地，又有沉寂的乡村时光，还有喧闹的城市场景；既有白雪覆盖，又有苍鹰展翅，还有遥远眺望与咫尺凝视。

就中年温青而言，这种同构是必要的，也是必须的，在他看来，大自然与人类是互动的世界，青山、绿水、冰雪、树木、山崖、河流、高原、雪峰、花上的虫子、空中的鸟儿、水里的鱼、林间的动物……自然界中的万物因为人的存在而充满灵动，而人也在感受着自然的温情与诗意。大自然所有的包括不为我们所知的一切，铸就了温青生命中难以割舍的情愫和独特的生命体验，这种同构，使地域、职业和时代信息与诗歌语言相辅相成，无痕融合，为温青打通了一个爆发的通道。所以，他用爱用真诚把整个世界揽于怀中，这才有了他情不自禁地敞开胸怀，面对青山绿水喊祖国：

…………
那个在战场中向往战场的孩子
终于找到了属于自己的山山水水
他用枪刺捅开了青春的屏障
迎来了血性的阔步回归
一株野花抖落尘埃
一棵禾苗开花结穗
在即将收获时光之果的年龄
他在激流中留下了不屈的诗意

那个在远方向往远方的孩子

总会想起妈妈藏于怀抱的话语
　　时光一遍又一遍地回放
　　世纪之交接续悠长的记忆
　　他在中年后喊起祖国
　　前方便是青山绿水
　　在一个赤子的梦境中
　　回响成辽阔无垠的星空与大地

　　　　　　　　　　——《面对青山绿水喊祖国》

　　在这个文字已经不再给人荣光的年代，在信阳，温青却枝繁叶茂。因为温青相信，即使到了人工智能大行其道，乃至信息泛滥、真伪难辨的那一步，冰冷和孤独的人类仍然需要诗歌的抚摸、唤醒、激励，哪怕诗歌已经无法影响人类的生活和历史的进程。

　　温青性格内向，一直以来都是那副平静的表情，喜欢离群索居，喜欢暗自思考，曾是军人，仍是诗人的他，内心却有着惊涛骇浪的激情和岩石般坚强的意志。我想，中年的温青定会一如既往、浩浩荡荡、势不可当。我相信，他诗歌创作的前方辽阔而旷远，因为，他的平静有着繁茂的力量。

　　　　　　　　　　　　　　2023 年 11 月 30 日于政和花园家中

第四辑

关于《啊，土地》

《啊，土地》，是我 1980 年夏天写的一篇短篇小说。

1980 年夏天，我回老家过暑假，正巧赶上了一件事。

当时，公社要在镇上的西边圈上一片地，约莫 50 亩，新建一个公社机关，将原有的被包围在老居民区的机关改作公社干部家属院。

就在一帮人牵扯着转盘皮尺，量着四边界线，现场具体落实的时候，一个意想不到的事情发生了。一个身材矮小的人，不知啥时窜到现场，像只猫，没有任何声响，以惊人的力气和飞快的速度一一拔掉了刚被揳进土里的树桩。

所有在场的人都被惊呆了。这个举动搁现在不足为奇，但放在 40 年前，放在文风昌盛的我的老家，放在重形象尚礼节的乡亲面前，肯定是大事，肯定有许多许多人被惊呆，无论人在场不在场。

这个惊呆了别人的人，叫苏垚，40 多岁。与一些通常拔树桩等所需要的高大魁梧健壮粗野的形象相比，苏垚实在是反差太大，不到 1.6 米的个头，不足 100 斤的重量，但他目光炯炯如炬。

自然，苏垚被扭送到公社大院。好一顿高声大语、怒不可遏的训斥暴风骤雨般地落向他，直到大队支书、大队长两个人匆匆忙忙共同前来，才把他领回去。

按说，苏垚吃了一堑要长一智的。谁知，他变本加厉。第二天，他别上一把磨得锋利的剪子，风一样溜到了现场，直奔主题，还没等人们反应过来，他"咔嚓咔嚓咔嚓"一顿猛剪，把正在丈量土地的皮尺剪得落花流水，把七月灼人的阳光也剪得支离破碎。

苏垚被公安特派员摁在了那辆草绿色三轮摩托车的车斗里，一溜烟送走了。临摁进车斗前，苏垚突然挺直身子，扭过脸来，硬着脖子，瞪着血红的眼睛，冲着围观的人，直着嗓门，恶声恶气地骂了一句很歹毒的话："谁糟蹋土地，死谁全家！"

苏垚在县拘留所被关了15天。等他回来后，50亩的土地已经被平整成了一个大场子。高大而坚固的红色围墙正沿着他曾拔掉树桩的边线快速地耸立起来。他顿时泪流满面，失声痛哭。他"扑通"一声跪了下去。那个热浪翻滚、烦闷躁人的傍晚，他一直跪在那里，久久不起，握紧的拳头不停地捶打着土地，嘴里反复念叨："爹呀，爹呀……爹呀……"

接下来的几天，我便以苏垚为原型，记叙了这件发生在1980年我家乡的事情。在那个炎热的夏天，我一边挥舞着芭蕉扇，一边奋笔疾书，然后，我又一笔一画地将这个事情誊写在拟稿纸上。

文章名字是最后定的。那天晚上，我独自一人去了那片被围墙圈起的土地，一开始没感觉，注意力根本无法集中，渐渐，在回放苏垚镜头中有了心动，当最后，我模仿着苏垚的样子，双膝跪下，伏身用攥紧的拳头捶打土地，一声又一声唤"爹"时，心口顿时像被什么东西重重撞击，文章的题目便应声而来：《啊，土地》！

这个暑假的最后几天，我从老家邮电所用挂号信将我的第一篇短篇小说，连同一封讨好编辑和说明联系方式的短信，投往《遍地红花》杂志。

在充满期待的等待中，我在新学期的校园里，收到了同等重量的挂号件。里面是我的《啊，土地》，还有叫梁树林的编辑的一封信。两页编辑部信笺，用较为潦草的文字对我及《啊，土地》给予充分肯定后，就修改《啊，土地》提了三点要求（他谦虚说是建议）：
一、人物的内心活动描写不够，要着墨人物内心世界的描写，使其形象更丰富更可信;二、结果不够光明,要有个较好的解决办法,使大家都易接受;三、行文嫌快,要把握节奏。梁树林在第二页左下角又附了一句话:文学不等同于生活。

感谢梁树林,虽然至今我们尚未谋面,但无疑他给予了我巨大的鼓舞,我也因此开始了艰难的但对我日后的写作有着重要意义的修改。

干脆,我换了写法。打破了条理和顺序,重新组建时空秩序,如实地呈现了人物在感观、刺激、记忆和联想等作用下出现的那种紊乱的、多层次的立体感受和意识的动态。在读者能始终体验人物所经历的那个时刻——心理时间里,使用直接内心独白,既无作者介入其中,也无假设的听众,将意识直接展示出来。

真是歪打正着,不知不觉,竟搭上了意识流的班车。

关于"结果不够光明"一说,我不仅没有接受,而且一直没有接受。1980年夏天苏垚所表现出的绝对的与众不同,无须我无限度拔高,就其本身而言,也有可圈可点之处,譬如不能糟蹋土地,譬如捶打土地唤爹。当然,听我父亲说,公社所圈的那片土地正是苏垚他爹1946年用拿命换来的钱置办的土地(小说中我肯定没有提)。但放于文学层面上,让苏垚的行为代表一大批与土地朝夕相处、息息相关的农民,在与爹一样的土地分别时刻,痛苦一下揪心一下甚至死活一下,有什么不行呢?

我理解梁树林的良苦用心,他为了想用这个稿子,也可能为了这个稿子不给日后的我找麻烦。但我固执己见,以"即使不采用,也没有较好解决办法"的态度,坚持到了最后。

因为当时我隐隐感觉,在权力的侵占面前,土地没有任何办法,真的没有任何办法。

我庆幸坚持。40年来的发展不言而喻,但40年来所付出的,尤其是在可持续发展上所反映出来的问题已触目惊心。土地。土地!已不争地成为我们每个人必须思考的话题。

但是,我坦率地说,我在1980年夏天写作《啊,土地》时,真的没有什么大思考，没有什么自觉性，也没有来自土地深处的厚重之爱。前不久老同学小聚，一位同学忽然想起《啊，土地》，便问我："你当年怎么想起写土地呢？"他一本正经，用打量的目光望着我。我笑，他没笑，他推搡着我的肩头："别笑别笑，你那时怎么想写土地呢？"我只好将发生在1980年夏天的事情简要地复述了一下。然后，我真诚地说："那时，因为一个人，我去写土地，如果今天再写，我可能会因为土地去写人。"

不管怎么说吧，我写于1980年夏天的7000多字的短篇小说《啊，土地》，发表于1981年10月，成为我的处女作。当时，我还不到19岁，完全是一派青枝绿叶呀！

北京蓝

因为一直在乐此不疲地修改着这些于近年发表的散文作品,所以,在鲁迅文学院305室结集《水的血脉》的过程中,我内心一直被一个秘密击打,这个秘密就是,我又能像耕了一季子田地终于暂时解除了犁轭的牛一样获得快意。

我试图与缓慢的语言文字作一次别离,似乎真的张开了自己的网,捕捉着我的快意。

一本新书问世,没有快意是不真实的,也是不可能的,只是快意有短暂与长久之分,我的快意应当是短暂的那类。并不是我不相信自己,我对生活之相信与热爱虽不能彻底消除我时常泛起的对它的怀疑,但从本质上讲,我是坚定地相信与真诚地热爱。其实,一个人的相信与热爱往往正是从怀疑出发,经过比照,经过推敲,经过判断,最终抵达确认的彼岸。如此,这样的相信与热爱更本真,更诚实,更符合文学创作的要求。

我的快意的确是短暂的,并且,接下来,惴惴不安将会持续较长一个时段。很多人都说过,作者在作品问世后,与作品的关系就戛然而止,甚至一刀两断了,倒是读者与作品从此构成了或熟悉或陌生或亲近或疏远或相见时难别亦难或心如止水无涟漪的关系。但是这个说法,对于我却并不灵验,我一直无法在短暂的快意之后轻松放松,无论是从日常生活中,还是从写作状态中都难以松弛下来。我想,作者与作品的关系一定是终生的、永远的，如父子如母子。作者随时随地就站在作品身后，一直就站在那儿。

所以，我终不能像牛。无论是耕了一辈子田地，还是耕了一季子田地，终于在哪一天永远或暂时解除了犁轭，那都必定是难以言说的快慰。

我以为，散文写作常常是和写作者的生命同步的，生命不息，散文写作也难以停止。生活原本有一千种方式，选择散文写作终归是缘分，更是幸福。应当珍惜，应有敬畏。坦率地说，当下远非散文时代，虽然文本纷呈，貌似繁荣，事实上，很多人心中常泛起萧索之感。而时至今日，我仍坚持散文写作，早已不再是为了得到同一时代人们的尊重或喜爱，也非志存高远去为了对散文创作显现个体或整体的贡献。我真实的想法是，以自己本真的专注与投入，沉稳、朴素而真诚地在堵塞的生活中一小口一小口地呼吸，并将在有别于其他的这种有滋有味的劳作中找寻一条路径，朝前走，一直走下去。

如此，还能够一切都化淡，以安逸的心态，过上那种闲云野鹤的日子吗？所以，我完成一次写作后的快意总是那么行色匆匆。

2015年7月初，京城的上空再现北京蓝。鲁院课余之时，内心里那个击打我的秘密与窗外令人心抖的蓝天白云里应外合，更加强烈地击打我。写完《水的血脉》最后一个字，顾不上收拾，我冲出305室，冲下楼梯，冲向院落，沐浴在北京蓝下。我深知我的快意是短暂的，我必须拉长这点快意，使自己能够真实地凝望一下、触摸一下、念想一下。

当然，想归想，做，总归做。

（《水的血脉》后记）
2015年7月6日于鲁迅文学院

长大了好写书

我不知道我的写作动机是否缘于我10岁正上小学四年级时美丽的语文老师的一句话，但至少她的那句话像个光点，一直亮在我前行的路上。当时，她在班上念了我的作文后说："好好写，好好练，小时候把作文写好，长大了好写书。"

9年后的1981年，我真的发表了作品，那是篇小说。从此，一篇接着一篇，居然不慌不忙地写到现在。当然肯定还要继续写下去。

我原以为，我属于聪慧型写作的那类，倾向技术主义。当我有天回过头来认真打量一下自己走过的散文写作之路时，我发现其实不然，我并不属于聪慧型写作，当然也就不属于什么技术主义写法了，我一直很勤奋，也很辛苦，一直都在诚实而真情地写作着。有意思的是，醒悟之时，心情居然很有些分水岭似的变化，陡生出一批欣喜与宽慰。这显然与过去的心情不同，在较长时段里，我曾为我的冷静而苦恼，为我无视外面世界的精彩而自责，我甚至由此认为自己很笨。

这下好了。一天云彩均已散去。我将继续诚实而真情地写作散文，并由此承担应承担的责任，松树就是松树，玫瑰花就是玫瑰花，如同做人要有个自然的状态，同样也应给散文一个自然的状态。当然，节制还是需要的，忌浮躁，保持清醒头脑，以在纷繁的语境面前，做到坚持。坚持来自内心深处的钟情，坚持真正的生命体验与独立风骨，坚持散文的底线。

说说容易，真的做起来，真的很难。可我真这样做了，并且始终认真着努力着守望着孤独着快乐着。至于做得好与不好，读者自有不同的感受，正因此，我除了感谢这本书的每一位读者，还有一份深情的惦念于许许多多普通的人们，因为我风生水起于夜半的情绪与状态，均源自他们。

　　关于理论上的散文走向，我无法把握，但我确乎能够充分地保持散文写作的欲望与痴迷，哪怕在震耳欲聋的现实生活的喧嚣中，抑或在万籁俱寂的内心世界的孤寥里。

　　我原本想在以后一个什么时候出这本散文集子的，没想到在现在，以至于长期以来不擅收藏，缺少拾捡，更缺乏整理的我匆匆忙忙搜来一些稿子，怕是显得凌乱和粗率，敬请谅解。

　　我的那篇处女作，得了36元稿费，我当即花3块多钱为我的祖母买了块古铜色方巾，花3块多钱为我的母亲买了双平板绒紧口布鞋，花5块多钱买了一只老母鸡，全家改善了一次生活。

　　这本书出来后，我将揣上一本，无论如何都要抽身回趟老家，作为报答，送给我小学四年级时的语文老师，也许她早就忘记了当年说的话，但这早已无关紧要了。

　　感谢周佩红、董晓宇、周百义、王剑冰老师一直以来对我散文写作的关注与指导。

（《春天的角度》后记）

2006年秋

余下的情景你可以想象

有人问我：这么多年了为什么还能坚持写作？

我说：写作防止了我的生活过分戏剧化。

我说的是心里话。从少年时代写小说开始，渐渐进入散文、诗歌的写作，至今日，我越来越意识到写作对我的意义。只不过感觉不同。就我个人而言，小说似乎比较适合我，或许因为从小与祖父生活在一起，偷看了他许多当时禁看的小说类书籍的缘故，加之我生长的小镇自古有官道打此路过，留下许许多多故事，我的确在小说的写作上有较好的基础。可小说始终没写出个名堂，倒是不经意的散文写作一路自由自在走过来，居然还露了脸，居然现在还常写着。

如果说，小说让我保留着对故事的痴迷，散文使我满怀温软的情愫的话，那么，诗歌保持了我自以为生动、昂扬，甚至无拘无束的天性。

我一直想睡个好觉，却一直未能如愿。躺在床上，看着窗外博大的蓝天，因无他物参照，显得无比地辽远和静谧。这时，我总是感觉就在不远处一个美丽的从我柔软处夺取忧郁的人正轻轻点击我不一定为穴的地方，使得或早晨或午后难得的一刻格外津津有味。我不知道这是否属于诗意的具象，但是我诗歌写作的冲动常常就是在这一类毫无任何征兆，更非人为营造的情形中产生了。

我喜欢漂泊，并且一直无法停歇行走的脚步。走在路上，念想水，把水想得入怀；行于水上，深恋土地，把土地恋得心疼。生于城外，把城市描摹得美轮美奂，无论采取怎样的方式，都抵挡不住那勾人魂魄的诱惑力；活于城中，又为田野想得死去活来，仿佛只有生长或盛开于山坡、田边、河畔、村头的树、小草和花朵，只有天空中自由飞翔的小鸟，只有夜半轻轻飘来的月光才能为我们疗伤。于是，总是在无法呈现真正的生存状态的时光里，去放逐自己的思想、情绪乃至精神，以寻求更多些平衡点。这是人性的可贵，还是人性的脆弱呢？有时，我就想，我们什么时候也能够驾一叶小舟于浩渺之水，融进水天一色中，哪怕只有一次，没有嘈杂，没有轰鸣，没有左顾右盼，只有心无旁骛的人和心无旁骛的船，还有沉默的水……心之所思，面之所向，行之所达。

难怪我的母亲说我："你心里有事。"真的，我坦承，现实生活与内心世界的冲突，使我矛盾四伏，或许正因此，促成了我与诗歌的双向选择。我是真的无法一路徜徉，譬如，我总想在冬日里，用比风还象形的亲切摇响春暖花开。

真的。诗歌是最软的，也是最硬的东西，需要把握细腻的感觉，并能在现实的种种诱惑中，保持对诗歌家园的坚守，保持着人格独立和完整。唯此，诗作才能体现深沉的内涵，才有厚重的哲学含量，才具穿透心灵的作用，体现强大的理性力量和对人生的诗意提升，进而把那遥远的灵智，与此在的精神生存相整合，从而真正做到对于当代生存的开启，以体现诗歌真正的品质：自由、独立和创造。

于是，我一直努力着，在十分有限的时间和空间里，就境界，比较高尚与低下；就情操，比较优美与卑劣；就感怀，比较深锐与浮泛；就语言，比较准确与浊乱；就形象，比较生动与庸凡；就音韵，比较谐调与滞涩；就结构，比较谨洁与松散；就气势，比较充沛与萎弱；就风味，比较醇郁与恶俗；就创意，比较独特与因循……在比较中，诗歌就像一把锋利的刀，给浮躁、暗淡、无聊、懒惰、逼仄的生活划开一道口子，让我看到了生活的光，并且我由此在种种可能之外建立起自己的精神向度。

坦率地说，我对我的诗歌写作姿态并不满意，我很多的时候将有限的精力花在与日常现实的斗争之中，却较少地去考虑诗歌写作不仅要面对一个复杂的现实世界，更是要面对一个广大宽泛的语言世界。诗人的力量应该主要用在对语言世界的颠覆和建构上。"写什么"固然重要，可是，就那么些方块字，组合的方式和产生的效果，却千姿百态，相距云泥。所以，"怎么写"才是永远横在前面的栏杆，总是达到新的语言边界，总是创造新的语言奇观，才应是真正追求的目标。

尽管我也试图坚持技术的纯粹，但绝不可能拒绝对现实的承载。更何况，我正经受着高楼的迫挤、酸雨的浇淋，生活场景的斑驳残缺，虚实转换的深度忧郁，形而上事物观照中清澈的疼痛感，都无不透露着现实生活因素的介入。我尝试以一种自在的开阔格局和不拖泥带水的简洁，处理时代投影于自己精神中的冲突：残损现实的冷静指证，稀有本真的小心搀扶，贴近幸福的战栗，抵达安宁的怀想，都聚纳在对于灵魂、对于爱情的眺望中。为这个时代，也为自己保留一份或多或少的心灵灼烫。

在诗歌写作中，我不属于任何集结和自我命名的群团，我是散客。因为我写诗真的没有自我彰显、自我推销的本质。无论是朦胧诗、西部诗、中间代、第三代、后现代、90年代诗歌、70年后诗人、莽汉诗人也好，还是民间写作、平民化倾向、在野性质也罢，我常常连这些名字都记不住，更何况概念、内涵以及也许在诗歌史上确需的事端抑或事件等这些动态元素。对此，我除了敬意，还是敬意。

我只想以切实的劳作，挑选出一点儿诗歌给读者，用这样的方式来表达我对诗歌的热爱。在这个消费社会，诗歌已经成为一种梦想，我应当珍惜。况且，许多时候看起来是我们为诗歌劳作，其实，更多的是诗歌在援助我们日益贫瘠的内心。

这些年，一些朋友在无意间看了我的诗作后，不约而同地说我"恋爱了"。其实，从与诗歌结缘的那天起，我就"恋爱了"。我原本就热爱生活。因为生活美好。生活之美好可尽虚拟之能之极。即使遥远的时间和空间中过滤出来的非凡物事，其陌生性状中包含的思维的刺激与遐想元素，也无疑映衬甚或光耀今天的我们，并由此与诗歌的特质有着天然的契合。虽然，很多时候，生活之遗缺也确如虚拟之法之最。但毫无疑问，生活的本质无论什么时候都是美好的。所以面对朋友们的戏谑，我呢，总是笑笑，没说是，也没说不是。

　　本来嘛，余下的情景你可以想象……

（《一切如我们的虚拟》后记）

2008 年 5 月于申城

为城而作

我去过不少城市，每次皆有心得，所去过的每个城市都曾给我留下了一些印象，或多或少，或深或浅，只不过，我并没有真正地去触碰它们。当时，我没刻意说要攒着，好留作哪天用，以什么形式用；但潜意识中，先放一放，以后肯定是要用的心理还是有的。

说起来，城市于我，一直以来是个纠结。虽然早在40年前，那个颇具江南风情的石佛小镇上的我朦胧之时曾萌发过对城市的向往，从30多年前情窦初开时就按捺不住激动的心情执意前往城市，但当后来，真正一头扎进城中，与城市同甘共苦荣辱与共时，心里总是有许多的不甘与不愿，有许多的不忍与不能。其实，我也和很多很多当年头悬梁锥刺股为跳出农门直奔城市的人一样，十分清楚，我们再也无法转过身沿着来时的路径回去，简而言之，我们回不去了。可能正因如此，长久盘踞在我们心头的乡村记忆便成了我们一直挥之不去的疼痛，同时，也成了温软我们坚硬的城市生活的不可或缺的良方。殊不知，若真的让我们重新回到从前，我们是不会应允的，若真的让我们回到乡村，我们同样是不会应允的，即便让我本人回到我一向视为精神家园的那个肥沃、殷实、明朗、湿润的固始县石佛镇，我也会不假思索地予以婉拒。这种现实的物质冲突、思想交锋与心理矛盾，极其需要我们适时冷静下来，理性一些，妥当而平正地加以处理，以便客观地找寻出口，最终实施精神突围，尽管成功的概率极低。

2010年秋，我病了一场，大病初愈，恰逢月圆。我去了城外，去看月光。本不为啥，就是想，身体虽有些虚弱，心却早早地漾起激动的波纹。果然，月光轻轻飘来，飘响了堆满黑暗的田野，飘响了五谷丰登的情景，飘响了勃勃生机的理由。平和、淡泊恰是城外月光的特质，颇具中国文人的许多美感，它淡化了世俗因素而更加注重精神的妥帖与合榫。而城里的现实却是要学会忍受，包括忍受许多个夜晚不恰当的月光。对城市而言，纯粹的月光完全是奢侈品，所以，无所谓需要不需要的月光，总是冷漠地照见事物的空虚，使熟悉的城市、熟悉的街巷、熟悉的霓虹灯在陌生的欲望与遗憾中，走进更深的陌生……

我也知道，此事古难全。对于少数人，契合的价值高于诉说，而对于更多的人来说，生存的意义则远远高于生活的质量。

城市。城市在很多时候是无辜的。

忽视抑或疏忽，让许许多多令人心动的东西具象呈现并一闪而过于我们。譬如，我所居住的城市中一条真正意义上的母亲河——浉河，自西向东逶迤穿过城区30多公里，二三百米宽，河水清澈可鉴，碧波荡漾，两岸景色美不胜收。在我每日穿梭于高楼大厦之间和道路街巷之中的同时，殊不知，本是温柔之水正与远方一起流向远方，而恰恰在夜深的时候，流水的声音却总能在我似乎干涸的胸怀哗哗响起。在不少人的眼里，我的内心早已没有了风暴，但真实的情形是，一个常在心中喊我名字的人，正于夜已深邃之时，就在水清草美的河畔伫立，空气中飘散着清新滋润的味道。很多时候，我常常像尾鱼或潜水或浮游，很多时候我也能够安静、深入，能够诉说与倾听，能够等待无法复制的幸福。可是，在远离与亲近之间，在孤寂与喧嚣之间，在白昼的现实里，我总是不知不觉将之忽略，无论它是宽舒、清澈，还是逼仄、浑浊。

为什么我们总是忽略？

说着说着，时间就到了2011年的初春。一位美女找我，说是"反复思考后鼓足勇气"才来的。她找我帮忙，开始我很警惕，一明了，我便当场应允了。她请我为一个叫方圆的旅行社新推的六条线路写6首短诗。我倍受鼓舞似的。10年前，剑冰兄让我为《散文选刊》封底摄影作品配写散文诗，2年，24期，苦是吃了，累是受了，可收获也真是蛮大的。所以，暂放下其他的写作，我马上开始了夜深人静于浉河岸边小屋内为美女的写作。

写着写着，为美女而写的意绪渐渐淡去，为城而作的念头应运而生，同时，"为什么我们总是忽略"这个问题也下意识地豁然开朗起来，终于，氤氲在城市心头的雾霾悄无声息地向四周散去，散去……

城市，具有不可抗拒的召唤力，无论你，还是他，无论来来，还是往往。究其原因，无疑是在城市中发生的，与满足人们的求知、娱乐、交往、自我价值实现等多层需要相关的各种文化现象、文化因素及其相互关系的总和的——城市文化，的的确确在发挥着眼看得见，手摸得着的作用。这个作用，是基础性的，贯穿在城市发展的始终，散落于城市的角角落落。捡拾起来，我发现，既有温度，也有形体，还有品格。

当然，凡事说着容易，做着难。写城市远比写乡村难，用诗歌来写城市尤其难。这是我在《我的城》写作中的真实感觉。一方面是作为诗人应有的领悟：在日益物化的当下，人作为个体生命的宿命的悲剧性的存在现实；另一方面，人的肉体固然受现实时空的禁锢和限制，精神却可超越时间和空间。就城市而言，作为物质和精神、历史和现实最具影响力最有条件的承载体，有足够的通过对生命的诠释而进入形而上的思考和顿悟，有足够的通过从历史到现实到超现实之间产生感悟而唯美的蜕变，为人们打开一扇有别于乡村诗话山水行吟的独特的心灵窗户，让人除了能够从容、自由、轻松、恬静，而且，还能够不经意地时隐时现地触摸到生命的真实。因此，《我的城》的写作，是我的一次体验甚或一次试验。好不好，已经不由我了，反正，我做了努力。

感谢叶延滨先生的序言。从某种程度上讲，他的话使我平添了许多以后诗歌创作的自觉与自信，同时也让我看到了继续写诗乃至上升的空间。乔叶是我多年的朋友，为《我的城》的面世操了心，譬如请谁写序、在哪儿出版等都是她的主意。书名是扶桑起的，我俩同在一座城市，常有小叙，那天她在广西的海边看海，八级大风刚过，游客很少，风很凉，太阳很烫。那条来自北海的信息最后一行是"书名：我的城"。王剑冰、陈峻峰二位兄长继续以其独到的眼光对《我的城》进行点拨，以保有一贯的对我的关注与关怀。如凡事不孤，做人一定不孤，写诗亦不孤。多好！

耐心而安静地写作，为渐行渐远的记忆，为扑面而来的现实，为自己，也为他人，因为无论过去还是现在还是自己还是他人，都是生活的一部分。我热爱生活。

（《我的城》后记）
2011年大雪之夜

怀念那些时光

因为在大别山中，许多的日子的确是自然而朴实的，所以，一个朴实的冬天的午后，王剑冰打来电话。

王剑冰打来电话或我给王剑冰打去电话都不稀奇，平素里，我们常互通有无。关键是这个电话，王剑冰让我给《散文选刊》封底的摄影作品配写散文诗。当时，我一下子就蒙了。蒙了，远不是幸福，在我的印象中，我似乎从未被幸福之砖拍过，这一砖纵使完全是幸福的，也未必能拍晕我。远不是兴奋，我原本就是个比较自信的人，朴实的日子常被我陡生的兴奋之光撩拨得风生水起，该兴奋的，我当然无法抑制，哪怕偷着乐，一丝的冲动感觉都没有，哪来的兴奋呢？也不是惊吓，坦率地说，我当时常能西装革履往返一些城市混迹于有人物显身的场合，也常能一身短打装束出没于月黑风高之夜，如此，胆量自然不可小觑。那既不是幸福，也不是兴奋，也不是惊吓，那是啥呢？

事后，我想了想，是我对散文诗的写作心里没有底，没有谱。当然，我还是在发蒙良久后，抖擞了一下精神，应允了剑冰兄："我试试。"他便笑了，说了句颇似电影电视里领导说的话："这就对了嘛。"

1999年冬天那个朴实的午后，王剑冰的那个电话意义非凡，因为它从我眼前的那面墙上活生生打开了两扇窗户。就我而言，我之后日渐自觉的散文诗写作，似乎也应验了他当时那句"这就对了嘛"的话。因为，在我这十几年继续认真写作散文、诗歌的同时，我也在认真地进行散文诗的写作，我既没有将散文诗双手托捧于高高在上的位置去膜拜，更没有视散文诗为散文的附属品、诗歌的下脚料而薄待，既没有视其为瓷而不忍触碰，更没有当其为洪而恣意泛滥。

在我看来，散文诗是灵魂自然的渴望，是生命本真的诉求，如何理解散文诗的精神内核？我的理解是这样的：怎样从来来往往中，归纳出内心的真实？无须挥动斧子，将那风大片大片地劈开，试图掀开闪烁的眼帘，也无须摔碎一粒汗珠，试图找回血的温度。其实，春来了，大地就会盛开许多并不复杂的花朵，秋深了，天地就是一种简单的凉。

散文诗结构上短小精巧，空间上开阔深邃，意境上灵动跳跃，文字上凝练意蕴，思想上哲理与情趣并融，它不同于散文与诗歌，它是以诗歌为根基、为精神脉络，蹈火而舞在散文与诗歌之间的独立自由的精灵。

因此，在散文诗的写作中，我一直怀有宗教情怀与敬畏之心。宗教情怀最根本的是众生平等和对生命的尊重，对涵养人生的舍得与节制。敬畏是在坚守之上对生命、对大自然、对规律的敬畏。我认为，散文诗仅仅有清丽的形态、激情的姿势以及唯美的抒情是远远不够的，所以，散文诗的写作不可随意而为，要在敬畏中有所为，有所不为，在坚执内心体验与生活本真的同时，注重文化传统层面的挖掘和生存方式层面的探索，追求心灵自由，体现人文关怀，承担应有责任：修养品格，培植审美，拥有博爱，从而保持散文诗雅正的文字、灵动的意绪以及纯粹的精神向度。

写着想着，想着写着，不经意间，十多年竟也积攒下一二百章。此次收集，起初就筛掉一批；过些时日，看看，又拿掉一些；再审，又撤下一点儿。眼见得章稀文薄，心里不免又惶惶不安起来，末了，一咬牙，还是忍痛割去姑且称之为"爱"的文字。

关于书名，着实费了不少脑筋。同居申城的文学朋友，三五成群，如陈峻峰、扶桑、温青、田君、陈宏伟、夏吉玲等，立夏的前一个晚上又聚于我们常聚的浉河岸边的一个茶馆，折腾了半夜，因只有民主没有集中而无果而终。虽然大伙儿在信阳毛尖的作用下知无不言，言无不尽，言者无罪，在一浪高过一浪光怪陆离的城市夜色蛊惑下，文学的情绪在 2013 年夏季到来前得以宣泄得以释放。起啥书名的都有，有的虚有的实，有的远有的近，有的深有的浅，有的洋有的土，有的具象有的抽象，有的感性有的理性，有的易懂有的艰涩，有的信口开河有的信手拈来。反正，那晚为散文诗集起书名的场面、情景、气氛及其高潮都蛮有意思的。

书名终究还是要有的，至于为什么取《时光的缝隙》，那完全是一见钟情，不为别的。当时，我见缝插针，从城市回到了几百里外的老家，正走在通往我家老屋窄窄长长的小巷里，"时光的缝隙"砰地蹦了出来，站在我的面前，楚楚动人。算了，就是它吧。

但愿我的这一感觉也能够得以传递，因为我时常能够感觉到别人的感觉、感受，无论是喜悦还是悲伤。

感谢韩作荣先生的序，无疑，他的文字为这本书平添了分量。据乔叶说，她跟韩先生说完事由，韩先生当即爽快应答，虽然正写着长文。真没办法，乔叶的朋友似乎很多且铁。

书在上海文艺出版社出得感谢扶桑，涉诗的问题，我总不自信，总是找扶桑拿主意。一找，又找对了，因为扶桑有个好朋友长岛，诗人，与出版有关，一聊就聊上了，自然又成了朋友，称兄道弟，便由他当家，定了上海文艺，感谢长岛兄。

噢，对了，补记一下。十多年前，为剑冰兄主编的《散文选刊》封底摄影作品先配写了一年 12 期，因江郎才尽而举手求饶。隔了几年，经不住剑冰兄的引诱，旧瘾复发，不可救药，又配写了一年 12 期，先后共 24 期。之后的一天，妻子以极其稀少的严肃要求我再也不要给《散文选刊》配写散文诗了，当时我一脸惘惑，她说："黄世仁也不过如此。"

我笑了，还真的亏不尽剑冰兄讨债式的逼迫。

我对大别山中那个朴实的午后至今仍记忆犹新，当时，蓝色的天幕把阳光过滤得很干净，斜照着橘红色的屋顶，让人感觉既温暖又安宁。多年后，我还在想，从此开始的散文诗的写作，不论是我一段插曲，还是永久的知己，我都会珍惜与继续，当我疲惫或老去，不再拥有青春的时候，这一章章曾经扣我心灵的旋律，一定会滋润我生命的根须……

　　真怀念那些时光。

（《时光的缝隙》后记）

关于《另一种存在》相关情况的简单交代

关于这本书是否写后记,我犹豫了好几次。因为,在散文篇外的话,该说的该讲的,似乎在《文学与修养》中我都说了都讲了。

这里,我仅就与这本书的出版有一定关联的人作个简单交代,以示感谢。

南丁先生,80岁了,精神矍铄。三年前与他同爬神农山,在窄窄的山脊上,遭遇交加的风雨,比起一批落荒惶遽的年轻人,他从容不迫,颇有大将风度。多年来,他对我关怀的目光如影随形,今又为此书作序。谢谢南丁先生。

周佩红女士在 20 年前就曾为我的一篇散文改过名字,这也许就是我后来总是向她讨教的初因。2010 年春节前几天,在上海延安路上一家酒店温暖如春的玻璃房里,我与她边细品早点边轻声聊天中,她挑选了《另一种存在》这个书名。原本这个集子的名字,我考虑的是《老家》。谢谢周佩红女士。

王剑冰先生在文学创作上影响着我快 30 年了,很多时候,他像手执鞭子的人在身后老想抽抽我。他这次的意见是写作归写作,结集归结集,争取在作家出版社出版。我听从了。谢谢剑冰兄。

陈峻峰先生与我同住一个城市并同住浉河北岸的一个院落。这样的确方便了互不相让的斗嘴。我们经常是剧烈碰撞,火花飞溅,创作的意绪便弥散开来。当下这样温暖灵魂的场景真的不多见。谢谢峻峰兄。

感谢何建明先生，感谢何向阳女士，客观地讲，她是他们的支持，使我如愿以偿。

噢，对了，还得感谢夏吉玲。有一天，我不经意看到一篇较长的文章，是评我散文的。首先是题目吸引了我，这便是《抵达深海的宁静》，看着看着我有些感动了。后来，我就有了将其收入这本书的想法。我真的很高兴，她也真的很乐意。

（《另一种存在》后记）

2010年夏

有一种美丽正幸福花开

秀丽的山脉，柔美的湖水，浓烈的激情，淡雅的茶香。一缕缕独特的色彩描绘出豫风楚韵中这片肥沃的土地——信阳。它位于河南省南部，东与安徽省为邻，南与湖北省接壤，素有"三省通衢"之称。从古至今，信阳都是中国南北经济、文化交流的重要通道。从中华文明的点点星火，到现代的红色革命，再到当今的和谐魅力，信阳独特的光彩，穿越了8000年时空。

今日之信阳，区位优越，交通便利。发达的陆、水、空交通系统，让它成为"立中原，通八方"的交通枢纽。

这里，山秀水美，生态优良，地处中国南北地理分界线，名景名胜已使信阳成为观光的理想之地。

这里，物产丰富，资源充沛，信阳毛尖茶更是闻名遐迩。

这里，政通人和、协调发展、加压奋进的精气神，让信阳的地平线一天高过一天。

大别扶地秀百花争妍，长淮接天流千帆竞发。

今天，信阳建设了一处凝聚着信阳人更多梦想，承载着这个城市更多重托的百花胜景，正展示着这个城市未来发展的信心，攒积着这个城市面对挑战的勇气。

这就是百花园，信阳新的城市地标、信阳新的风景、信阳新的起点。

历史文化和现代精神在这里融合，人的自然天性与人文精神在这里交汇，休闲旅游和公共活动在这里统一，超前的规划建设理念，在百花园园区得以体现。

信阳市百花园园区位于羊山新区核心区内，占地180公顷，总建筑面积57.7万平方米。位于中心的核心建筑是百花园，占地20公顷，以"一核、两轴、五片、十二园"的布局，将传统的12花神，分至12个主题园区。由此，百花园在您闲庭信步中，舒舒缓缓地展开源远流长的花文化长卷。

南北向"花之轴"，中间呈现的是生机盎然的四季花带，昭示着信阳人民花团锦簇的幸福生活；东西向"光之轴"，展示了信阳作为中国南北气候分界线城市的特殊地理位置。

园中有园、花中有花、月月有花、四季成景。山茶增色、迎春送福、木槿俊朗、杜鹃可人、牡丹高贵、月季绚烂、紫薇映月、红枫赛霞、桂花飘香、菊花丰盈、芙蓉娇美、蜡梅冰洁……可谓不随千种尽，独放一年艳。在这处为市民专门打造的休闲娱乐修身养性的空间里，465种花儿，在您身边灿然开放，于是，无限的美丽与幸福氤氲而起。

以百花园为核心，九大建筑有序布局，井然结构。坐北朝南的是百花中心，东边是百花城和百花之声，西边是百花馆和百花之窗，坐南朝北的是百花会展，百花酒店A座、B座分立两侧，景观雕塑——窗笛立在百花园中央。整个百花园区域建筑群落围合规整，简约大方，是经典的现代，现代的经典，仿佛一片绽放的花朵，向世界散发出信阳美丽而幸福的气息。

百花中心——它不仅仅是行政办公的处所，更是向社会展示政府形象的重要媒介。方正端庄、简洁大方的建筑风格，传达出公正严明的工作作风与方便快捷的办事效率的信息。流畅的道路，开放的空间，更如宽阔的胸怀，精神饱满地接纳着这个城市的家长里短、大事小情。举首望去，青山远黛，云淡风轻，百花中心因灿烂的阳光和信赖的目光而熠熠生辉。

百花馆——信阳市最大的图书馆和博物馆，一本公众的百科全书。图书馆，以开放的空间格局、综合的知识博览、超强的功能配置，满足读者信息咨询、借阅研究、资源共享等多种需求，为信阳市民提供了一个超容量、多功能的知识平台。它俨然是矗立在信阳文化传承道上的中转站，从一代名相孙叔敖、大史学家司马光、中原硕儒马祖常、文坛领袖何景明，到近代植物学家吴其浚、现代文学家蒋光慈等，在中国历史文化的长河中，信阳人的名字灿若星辰。而今的信阳人正从这里默默地接过先人手中的文化薪火，把生生不息的知识欲望愈燃愈烈。

紧邻的博物馆，"百宝盒与博古架"的设计，古朴大气而不乏活泼灵动，它将带您进入通往数千年前的时光隧道，一路探幽，一路风景。当您流连于殷商时期那厚重敦稳的青铜器，仔细辨认依然清晰的铭文，当您惊讶于楚国漆木器艳丽的纹饰、诡谲的构思，当您跟随先民们琢石成器、点泥成陶、画符为字，从荒蛮踏入文明之旅，您会恍惚，纷纷向您走来的，正是信阳先民们的不屈开拓精神与一个个王朝兴衰的背影。这些上古的遗物，在遥远的时光辉映下，古信阳南北文化相互交融而折射出的独特明亮的光彩，至今依然浸润滋养着这片厚重土地上的子民们。

百花城——由信阳市规划展示馆和国土地质博物馆组成。整体建筑群采用四合院的方式，用建筑体量围合出一个面向百花园开放的院落空间。城市规划展示馆，是信阳整体形象和对外交流的重要平台，步入规划展示大厅，这个城市的历史、现状与未来就会了然于胸。它用建筑艺术语言诠释了这座城市的精神气质与公共生活，以流畅的形态语言构建出洋溢着理性光芒与灵感风采的规划思路，在全体人民睿智从容的笔下，正描绘着一个弯道超车、跨越式发展的信阳。

国土地质博物馆，展示着位于亚热带与暖温带分界线上的信阳1.89万平方公里丰富的国土资源、矿产资源、水热资源以及多样的动植物种类。一件件精美的地质标本，掀开了这块土地25亿年久远的身世与秘密。这里似乎仍蕴藏着数亿年前火山喷发时的温度，保留着板块俯冲、山脉隆起的沧桑动感。美丽的大别山正是经历了无数次裂海断风、风侵水蚀，才造就了今天令人赏心悦目的灵山秀水。

百花之窗——信阳市行政机关向人民群众敞开的窗口。推开这扇窗子，扑面而来的是热火朝天干事创业的热情，是如火如荼建设发展的场景，是全心全意为民服务的赤诚。在这里，服务一条龙、办公一站式、办结一周制，让一个个急切期待的心灵如沐春风。这扇充满阳光之窗，打开了人民群众获得更加幸福更有尊严生活的绿色通道，搭建了群众与政府心灵沟通的桥梁。

百花之声——信阳市的会议中心和演出场所。信阳正虔诚倾听来自世界的声音，也揣着自信向世界发出自己的心声。不论是人大代表、政协委员的真知灼见，还是人民群众的热切期盼，理念、思想、观点、情感都在这里碰撞，闪现出激动战栗的火花。不论是信阳独特的嗨子戏、灶戏、山歌、竹马舞，还是咏叹调、小夜曲、歌剧、芭蕾，古今中外、东西南北的艺术在这里交流，在或清新或浓酽的艺术的欣赏中，倦怠的身心得以抚慰。这里，演绎着信阳人对民主与法治的敬重、对民俗文化与高雅艺术的热爱、对美好生活的希冀与追求。

百花酒店——即将落成的百花酒店A座、B座，将五星级的服务与信阳8000年的人文风情寓于其中，尽现茶都风华。在这里呼吸着纯净清新的空气，远离了繁杂尘世的喧嚣，在百花美丽的绽放之中，看天边的流云与灿烂的晚霞交相辉映。宽敞舒适的房间、完善的会议设施、精致的美食、顺达的交通，一切服务都是那么方便而快捷。它已不仅仅是一处简单的休憩之处，它是信阳欢迎海内外宾朋的一抹莞尔而温馨的微笑，它是信阳接纳众多友人心路历程上泊船的港湾。

百花会展——信阳市的会展中心。错格排列的窗、框式玻璃幕墙和厚实的石材柱廊，以建筑艺术中最本质和最深沉的精华部分阐释了一种富有生命力的高级简单。浑厚的檐口、深远的出挑、超越视线的构件，重复释放出超乎寻常的力量。复合、透空、细致的建筑形式和肌理充满了高强度的技术感、未来感和信息感。信阳人民将在这里博览前沿的科技、时尚与文化，并感受由此所带来的强烈的冲击力。远远望去，百花会展犹如天际线一道飞虹，正迎风招展着信阳于时代发展中的绚烂。

窗——这是一处充满寓意的核心景观。沉稳地伫立于百花园中央。这是连接古今的时代之窗，用累积的平凡常态的时空，透视着一种厚重的守望与传承；这是积淀根脉的精神之窗，用源远的仁义礼智的厚重，浸润着一座城市的品质与胸怀；这是映照灵魂的文化之窗，用丰腴的民俗雅致的甘泉，滋养着一方水土的情思与感动；这是放飞梦想的视界之窗，用绵延的坚定自信的目光，牵移着一个晴空丽日的明天。铜雕《零地标》，标示着信阳通向世界各地的距离，面向世界，信阳胸怀锐气，从零出发。在《零地标》的基座上有三组数字，既是纪念，又是寄寓。"976"，即公元976年，宋太宗赵光义将"义阳"改为"信阳"，地标的高度取了97.6厘米。"60"，地标立柱高、宽均取60厘米，寓意百花园为庆祝中华人民共和国成立60周年而建。"100"，地标基座总宽100厘米，与百年地宫的寓意正相吻合。《零地标》正下方恰是"百年地宫"，留存着21世纪初记忆信阳的众多物品，期待信阳跨越疾行百年之后，能够欣慰回望。《零地标》上方为恢宏大气的象形窗口，通体的红色琉璃在阳光的照射下，晶莹剔透，光彩夺目。它犹如一架摄像机的镜头，定格、延伸、探究、深入。信阳将沿此透视世界，看多姿多彩、瞬息万变的世界，世界也将从这里聚焦信阳，看蓬勃发展、精彩纷呈的信阳。

徜徉在这芳香四溢的百花园中，邀徐徐升起的明月，舞一场流光溢彩的浪漫；浏览于博古架的方寸之间，看悠久厚重的历史，裁一片余晖将层林尽染，和一声编钟穿越时空之鸣，抚一曲豫风楚韵如梦似幻，驾一叶小舟，穿梭文化的浩渺烟波，面向世界，只有打开！唱响！呼唤！

百花园区,它是一首精致的诗歌,它是一幅大气的画卷,它是拥抱幸福共赴美好愿景的乐章。

(信阳市大型景观园区百花园专题片解说词)

2010 年 10 月于申城

后 记

结集，无非就是将分散的文章、文稿、作品等收集起来，编纂成一本书或文集。但因为感知的不同，每次的结集方式自然也就不尽相同。这本《羽毛的重量》与我之前结集出版的三本散文集都有所不同。

《春天的角度》描写的是二十多年前的新县，新县地处大别山腹地，红色历史与自然山水交相辉映，城在山中，水在城中，楼在绿中，人在画中，恬静适宜，美不胜收。好在我没有偏安一隅，而是在每天工作完成后，于夜深人静之时，将在新县创作的和从固始老家带到新县来的散文手稿，细心地从好几个牛皮纸档案袋中小心翼翼抽出，一份份展开，然后一字字、一句句，一行行查看审阅，当时的场景让我想起现实生活中的木匠、篾匠在完成了一件或大或小或值钱或不怎么值钱的木器件、竹器件时总是上上下下、左左右右、来来回回地观察、整修、打量、打磨、打理，如此三番五次、五次三番，放心了才交出去。

第二本散文集结集于省城，取名《另一种存在》。相比《春天的角度》，《另一种存在》的结集从容了许多，一者，有了前者的经历，不陌生。二者，作品的手稿被打印出来了，便于整修。三者，其间，找了种种借口，谢绝了郑州朋友的盛情邀请，也婉拒了不少同学的小聚。如此一来，时间与空间不那么逼仄了。这让我想起先生曾打过的一个比方：时间如海绵里的水，是可以挤出来的。尽管当时有些朋友对此有点儿意见，但最后还是没有真的生我的气，当他们后来了解真相并且拿到《另一种存在》这本书时，误解更是烟消云散。我想，这该是文学的力量。

《水的血脉》是我的第三本散文集，掐指一算，也有十年时间了，结集于鲁迅文学院，鲁院环境之美，条件之优，让我至今仍印象深刻，感觉仍很好，每个学员都是单间，我居305室，每天除去上课、讨论、参加文化活动，我充分利用了这难得的机会，把自己关在屋里，认真整理一个时期以来以石佛镇为背景，以家族为主线，展现中原地区回族风貌的散文作品，因为这本书是中国作家协会重点作品扶持项目，所以，我在已往的精心上又平添了几分小心。如此，自然就丢失了与来自天南地北的同学沟通交流的大好机会。按说，我是孤寂的，但最终，我战胜了孤独与寂寞，当我写完《水的血脉》最后一个字，顾不上收拾，我冲出了305室，冲下楼梯，冲向院落，沐浴在北京蓝下。

《羽毛的重量》的结集，四年前就准备好了，只差"序"，一放，四年过去了。也好，四年后的今天，我从原书稿中拿下了三四万字，虽再三犹豫，末了还是狠下了心。因为我有了新的想法，那就是，被拿下的篇章与我下一个写作计划契合度较高，它们应该结集一起，书名都想到了，叫《申城笔记》。如此一来，忍痛割爱之感大大缓解。与此同时，我又为《羽毛的重量》新添了八篇新作，皆为我退休后所写。

所谓结集成册，在我看来既为之形而上的言说达意，也是为了防止已有作品的散落丢失，写作者在这个方面，尤其以手写为主要手段的写作者几乎都有痛心的教训，我就是一直以来只能以手写。很多人劝我学习电脑写作，但我一直没能接受，甚至排斥。排斥，不是因为太难学，也不是我学不会，而我坚持不学、不用，在我自己也认为不会打字、不会用电脑的写作必然要落后于这个时代时，我仍然坚持不学不用，我为自己的赌气、固执、顽固、迂腐、不能与时俱进而苦恼，而自责，但同时，联想到当下社会再没有多少人愿提笔写字时，我又对自己所有文学作品的手稿倍加珍惜。于是，从这个春天开始，我对自己确认结集于《羽毛的重量》的篇章，开始了耐心而细致的整理，小到标点符号调整，大到段落增减，字词句删改的变化更是布满了半数以上篇章的字里行间。我就这么在申城、在我的书房里，静静地、缓缓地、轻轻地、慢慢地、心平气和地、有条不紊地、与世无争地、从容自由地进行着《羽毛的重量》的结集。想想，这种状态置放于退休后平常的生活之中，无疑使这种平常的生活显得有滋有味起来，而把平常的生活过得有滋有味，正是诗意，正是许许多多的人所梦寐以求的。

仅有诗是不够的，还得有远方。

就差远方了。于是，当 7 月底终于完成《羽毛的重量》的结集，将其交付出版社后，我便陪着妻子、孙女，与峻峰兄、文龙兄两家，兴高采烈从新郑直飞乌鲁木齐，开启了为期半月的新疆之行⋯⋯

2023 年 9 月于申城